沈从文给少年的阅读课

第一册

沈从文 著

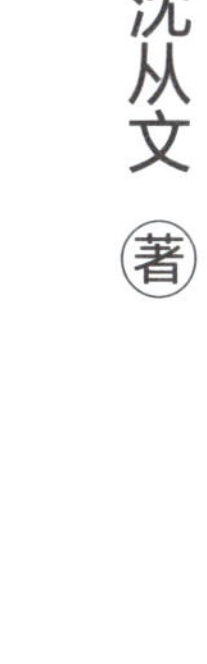

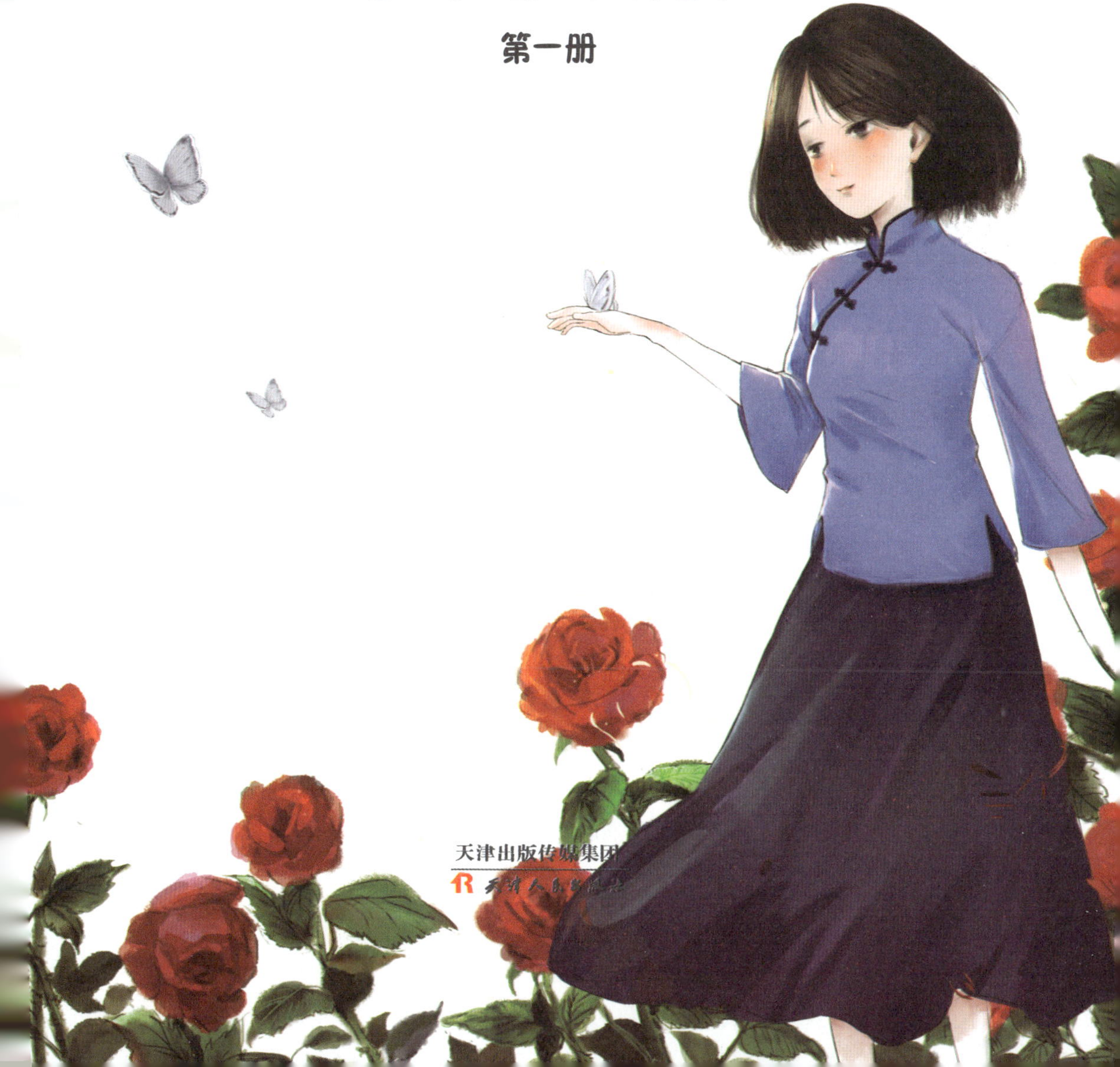

天津出版传媒集团
天津人民出版社

图书在版编目（CIP）数据

沈从文给少年的阅读课 ：全 4 册 / 沈从文著 . -- 天津：天津人民出版社，2021.4
ISBN 978-7-201-17112-8

Ⅰ．①沈… Ⅱ．①沈… Ⅲ．①中国文学－现代文学－作品综合集 Ⅳ．①I216.2

中国版本图书馆 CIP 数据核字（2021）第 026734 号

沈从文给少年的阅读课：全四册
SHENCONGWEN GEI SHAONIAN DE YUEDUKE
沈从文 著

出　　版　天津人民出版社
出 版 人　刘　庆
地　　址　天津市和平区西康路 35 号康岳大厦
邮政编码　300051
邮购电话　（022）23332469
电子邮箱　reader@tjrmcbs.com

责任编辑　王昊静
策划编辑　杨莹莹
特约编辑　闫　静
装帧设计　尛　玖

印　　刷　三河市华润印刷有限公司
经　　销　新华书店
开　　本　710 毫米 ×1000 毫米　　1/16
印　　张　39
字　　数　480 千字
版次印次　2021 年 4 月第 1 版　　2021 年 4 月第 1 次印刷
定　　价　128.00 元（全四册）

目录

沈从文给少年的阅读课 第一册

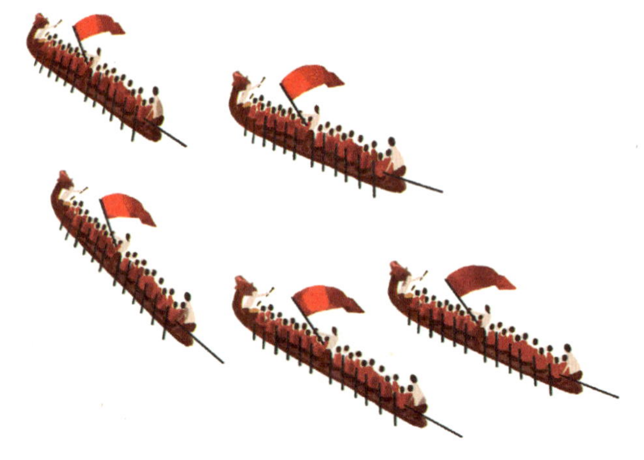

沈从文给少年的阅读课 第二册

沈从文给少年的阅读课 第三册

景物集

人物集

沅水集

抒怀集

致子女

致妻子

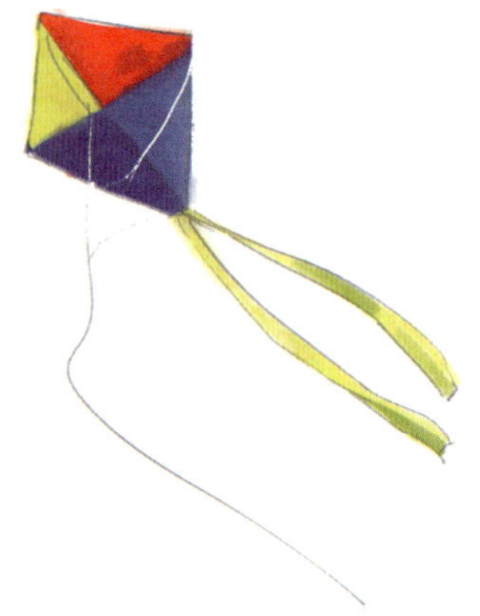

致兄弟

九妹还时常一人站立在花钵边对着那深红浅红的花朵微笑，像花也正觑着她微笑的样子。

——《玫瑰与九妹》

在那地方待过一年半载的人，应当没有不知道洞井坎上那个门前挂有“家传神方”的医生家的。这又是一个药铺，傩寿先生便是这药铺的掌柜，日常靠在那个旧的脱了漆的硬木长铺柜上，玩弄着他的花猫。

——《爹爹》

歌声早上有，晚上有，除了是河水过大，淹过了再下游数十里的纤路，船只无从行动，平常每一个日子里就都有这歌声！因了这歌声，住在上游一点儿的人，才有各样精致的受用，才有一切的文明。

——《爹爹》

母亲作了碾坊的主人，三三还是活在碾坊里，吃米饭同青菜小鱼鸡蛋过日子，生活毫无什么不同处。三三先是望到爸爸成天全身是糠灰，到后爸爸不见了，妈妈又成天全身是糠灰……

——《三三》

三三的事，鱼知道的比母亲应当还多一点儿，也是当然的。三三在母亲身旁，说的是母亲全听得懂的话，那些凡是母亲不明白的，差不多都在溪边说的。

——《三三》

又不能嗾人走开，又不能自己走开，三三就非常着急，觉得自己的脸上也像天上的霞一样。

——《三三》

一堆日子悠悠的过去，青岛上的空气同日光，把他的性格开始加以改变，这年轻人某种受损害了的感情，为时不久就完全恢复过来了。

——《凤子》

从他住处的窗户望出去，可以眺望到远远的海，每日无时不在那里变化颜色。一些散布在斜坡下不甚整齐的树林，冬天以来，落尽了叶子，矗着一片银色的树枝，在太阳下皆十分谧静安详。

——《凤子》

谁知道在梦里永远不变的，事实上将变成什么样子呢？好的风俗同好的水果，会不会为这个时代带走呢？

——《凤子》

几个人几只狗在积雪被覆的溪涧中追逐狐狸，共同奔赴蹴起一阵如云如雾雪粉，人的欢呼兽的低嗥所形成一种生命的律动，和午后雪晴冷静景物相配衬，那个动人情景再现到我的印象中时，已如离奇的梦魇。

——《雪晴》

玫瑰与九妹

大哥从学堂归来时，手上拿了一大束有刺的青绿树枝。

“妈，我从萧家讨得玫瑰花来了。”

大哥高兴的神气，像捡得“八宝精”似的。

“不知大哥到哪个地方找得这些刺条子来，却还来扯谎妈是玫瑰花，”九妹说，“妈，你莫要信他话！”

“你不信不要紧。到明年子四月间开出各种花时，我可不准你戴，……还有好吃的玫瑰糖。”大哥见九妹不相信，故意这样逗她。说到玫瑰花时，又把手上那一束青绿刺条子举了一举，——像大朵大朵的绯红玫瑰花已满缀在枝上，而立即就可以摘下来做玫瑰糖似的！

“谁稀罕你的，我顾自不会跑到三姨家去摘吗！妈，是罢？”

“是！我宝宝不有几多，会希罕他的？”

妈虽说是顺到九妹的话，但这原是她要大哥到萧家讨的，是以又要我去帮大哥的忙：

“芸儿去帮大哥的忙，把那蓝花六角形钵子的鸡冠花拔出不要了，就用那四个钵子分栽。剩下的把插到花坛海棠边去。”

大哥在九妹脸上轻轻的刮了一下，就走到院中去了。娇纵的小九妹气得两脚乱跳，非要走出去报复一下不可。但给妈扯住了。

“乖崽，让他一次就是了！我们夜里煮鸽子蛋吃，莫分他……那你打妈一下好罢。”

“妈讨厌！专卫护大哥！他有理无理打了人家一个耳巴子，难道就算了？”

妈把九妹正在眼睛角边干擦的小手放到自己脸上拍了几下，九妹又笑了。

大哥这一刮，自然是为的报复九妹多嘴的仇。

满院坝散着红墨色土砂，有些细小的红色曲蟮四处乱爬着。几只小鸡在那里用脚乱扒，赶了去又复拢来。大哥卷起两只衣袖筒，拿了外祖母剪麻绳那把方头大剪刀，把玫瑰枝条一律剪成一尺多长短。又把剪处各粘上一片糯泥巴，说是免得走气。

“老二，这一些是三种（大哥用手指点），这是红的，这是水红，这是大红，那种是白的。是栽成各自一钵好呢，还是混合起栽好——你说？”

“打伙儿栽好玩点儿。开花时也必定更热闹有趣……大哥，怎么又不将那种黄色镶边的弄来呢？”

“那种难活，萧子敬说不容易插，到分株时答应分给我两钵……好，依你办，打伙儿栽好玩点儿。”

我们把钵子底底各放了一片小瓦，才将新泥放下。大哥扶着枝条，待我把泥土堆到与钵口齐平时，大哥才敢松手，又用手筑实一下，洒了点儿水，然后放到花架子上去。

每钵的枝条均约有十根左右，花坛上，却只插了三根。

就中最关心花发育的自然要数大哥了。他时时去看视，间或又背到妈偷悄儿拔出钵中小的枝条来验看是否生了根须。妈也能记到每早上拿着那把白铁喷壶去洒水。当小小的翠绿叶片从枝条上嫩杈丫间长出时，大家都觉得极高兴。

“妈，妈，玫瑰有许多苞了！有个大点儿的尖尖上已红。往天我们总不去注意过它，还以为今年不会开花呢。”

六弟发狂似的高兴，跑到妈床边来说。九妹还刚睡醒，正搂着妈手臂说笑，听见了，忙要挣着起来，催妈帮她穿衣。

她连袜子也不及穿，披着那一头黄发，便同六弟站在那蓝花钵子边旁数花苞了。

“妈，第一个钵子有七个，第二个钵子有二十几个，第三个钵子有十七个，第四个钵子有三个；六哥说第四个是不大向阳，但它叶子却又分外多分外绿。花坛上六哥不准我爬上去，他说有十几个。”

当妈为九妹在窗下梳理头上那一脑壳黄头发时，九妹便把刚才同六弟所数的花苞数目告妈。

没有做声的妈，大概又想到去年秋天栽花的大哥身上去了。

当第一朵水红的玫瑰在第二个钵子上开放时，九妹记着妈的教训，连洗衣的张嫂进屋时见到刚要想用手去抚摩一下，也为她“嗨！不准抓呀！张嫂”忙制止着了。以后花越开越多，九妹同六弟两人每早上都各争先起床跑到花钵边去数夜来新开的花朵有多少。九妹还时常一人站立在花钵边对着那深红浅红的花朵微笑，像花也正觑着她微笑的样子。

花坛上大概是土多一点儿罢。虽只三四个枝条，开的花却不次于钵头中的。并且花也似乎更大一点儿。不久，接近檐下那一钵子也开得满身满体了。而新的苞还是继续从各枝条嫩芽中茁壮。

屋里似乎比往年热闹一点儿。

凡到我家来玩的人，都说这花各种颜色开在一个钵子内，真是错杂的好看。同大姐同学的一些女学生到我家来看花时，也都夸奖这花有趣。三姨并且说，比她花园里的开得茂盛的远。

妈因为爱惜，从不忍摘一朵下来给人，因此，谢落了的，不久便都各于它的蒂上长了一个小绿果子。妈又要我写信去告在长沙读书的大哥，信封里九妹附上了十多片谢落下的玫瑰花瓣。

那年的玫瑰糖呢，还是九妹到三姨家里摘了一大篮单瓣玫瑰做的。

一九二五年十一月于北京窄而霉小斋

赏析

本篇创作于1925年，主角九妹的原型便是沈从文的九妹沈岳萌。

小说通过语言和动作的细节描写，刻画出了一个天真快乐的九妹，她是家里人人宠爱的心肝宝贝。“九妹还时常一人站立在花钵边对着那深红浅红的花朵微笑,像花也正觑着她微笑的样子。”这一句作者运用比拟的修辞手法，生动形象地表现了九妹对玫瑰花开的欣悦、喜爱之情，营造了一种美好纯真、稚气可爱的意境。有九妹在的家，总是充满了快乐的气氛，令身在北京的作者无限怀念。

爹爹

一

在湖南保靖县城沿河下游三里路远近一个地方，河岸有座小小的坟。这坟小到同平常土堆一样，若非这土堆旁矗立的一块小碑，碑上有字，则人将无从认识这下面埋得有一个人了。说是碑，也只是一段刨光了的柏木罢了。木上用生漆写得有字，字并不记这死者姓名籍贯，也不写立这一段木头的人姓名。

碑词是这样的——

朋友们，你们拉纤从这里经过，
不拘是薄暮，是清晨，请你们
把歌声放轻。
这土堆下面有一个年轻朋友
的长眠，他死的是不很心甘的。

这地方，是正在那所谓拐角的洑流高岸旁，拉船人到了这里，有一小段辛苦吃的。为使载重的货船上前，拉船的人全体必需在这个地方把身子爬伏下来，手脚并用把一身绷得紧紧的，口上喊着“摇老和黑”“咦老和黑”才能使船前进的。在一些船夫们吆喝中，在一些掌头的和舵把子蹬脚到舱板上有节奏的声音鼓励中，船于是如一匹大象，慢慢的摇摆着它那庞大的身体，分开白的浪沫爬上这个急流了。

没有任何人因这个木块上的半湮灭的文字把歌声稍稍放轻么？不，办不到的。歌声早上有，晚上有，除了是河水过大，淹过了再下游数十里的纤路[①]，船只无从行动，平常每一个日子里就都有这歌声！因了这歌声，住在上游一点儿的人，才有各样精致的受用，才有一切的文明。这些唱歌的人用他的力量，把一切新时代的文明输入到这半开化的城镇里。住在城中的绅士以及绅士的太太小姐，能够常常用丝绸包裹身体，能够用香料敷到身上脸上，能够吃新鲜鲍鱼蜜柑的罐头，能够有精美的西式家具，便是这样无用的，无价值的，烂贱的，永远取用不竭的力量的供给拖拉来的。

这在河中万千年前有船行走时，大致就已经是这样了。这歌声，只是一种用力过度的呻吟。是叹息。是哀鸣。然而成了一种顶熟悉的声调，严冬与大热天全可以听到，太平常了。在众人中也不会为这歌声兴起任何哀感了，不会的。把呻吟，把叹息，把哀鸣，把疲乏与刀割样的

① 纤（qiàn）路：纤夫拉船所走的路。

痛苦融化到这最简单的反复的三数个字里，在别一方面，若说有意义，这意义总也不会超乎读书人所熟悉的“渔歌欸[2]乃胜过蛙鼓两行”的意义吧。但在自己这方面，似乎反而成了一种有用的节拍，唱着喊着，在这些虽有着人的身体的朋友躯干上就可以源源不绝的找出那牛马一样的力量，因此地方文化随到着这一条唯一水路，交通也一天一天的变好了。

睡到这高岸上三尺土下的年轻的人，显然是非常安静，灵魂已离开了这里，不怕这些人在他头上踏着沉重的脚步唱歌与喘气了。这一段柏木似乎是空立的，死了的是把这世界上一切事抛开，生前的苦闷，生前的爱憎，全撒手不管，很和平的闭了眼睛用那黄土作枕长眠了。若果当日立那段柏木的是一个拉纤的人，或者他将把这碑语这样来写：

地下年轻人，吾不为汝悲！

汝今已长卧，应忘饿与疲。

谁能断定在这一条河上有那行船不用许多肮脏的汉子背纤的一天吗？这里有了这样一条河，天生就的又是许多滩，就已经把这个地方的许多人的命运铸定了。在这坟头上，长年不断来往的，全是在饥与疲中度过每一天的时光的，到消磨了骨里最后的一点儿力量时，则这类人才

---

② 欸（ǎi）：象声词，指摇橹声。

能同王侯将相同样得到这死亡的一份厚礼。早一点儿把这个得到，在自己还可说是一种不当的幸福欲望，不为有余憾罢。

但是，把一个健壮有为的身体，毁灭到一件料想不到的意外事上，这对生命仍然可以说是一种奢侈浪费。这年轻的夭亡的朋友，对于生命挥霍的结果，把另外一个活着的人生活全变了。

二

我想问：你们住在凤凰县城那时节，认识一个名叫傩（nuó）寿先生的外科医生么？这人姓吴，名字是吴成杰，但别人都只喊他作傩寿先生。

认识那就好。我也想，在那地方待过一年半载的人，应当没有不知道洞井坎上那个门前挂有“家传神方”的医生家的。这又是一个药铺，傩寿先生便是这药铺的掌柜，日常靠在那个旧的脱了漆的硬木长铺柜上，玩弄着他的花猫。那是不必买药看病，只要有过一次打这儿过身，就可以瞻仰瞻仰这位先生的。

把一些起花的，微微返着亮光的，圆的长的，大小不等的药坛作背景，傩寿先生常常是像一尊罗汉一样坐在那铺柜里头。凡是这个样子给了不拘谁一个粗心人，也不很容易把这一瞥而过的印象消失。

从药铺的招牌上看来，从那“家传神方”的文字上看来，我们可以估定这个药铺的年龄，或许已比药铺掌柜的年龄多了一倍；傩寿先生年纪是四十七，那至少这药铺已将到九十个周年了。本地凡是老药铺，生意总不会极其萧条，只看另一家在东门开铺子的益寿堂药铺，就可以完全明白了。何况药铺老板又是全县著名的外科医生，那这铺子的生意，不消说，是很发达的。

不过如今关门了，倒闭了。

不是赔本，也不是生意萧条来歇业。只是店上的铺柜板子再不全下了。铺板不下，则从那儿过身的，只能看到铺板上因过年贴的红纸金地的“开张骏发”四个字，这字代了傩寿先生的圆圆的和气脸儿，给人看了怅惘。

那是这当家门面上的人死了吧，这也不是。死是死了一个人，可不是当家的傩寿先生。傩寿先生还活着，不过从前是“好好的活着”，如今可说“还是活着”吧，倒似乎并不“好好的”了。虽说到南门打从洞井坎上过身的人，已不会再见到这圆脸阔额双下巴高身材的好医生了。但听人说若是要找他，到玉皇阁去，玉皇阁僧人打钟的地方，可以很容易的遇到傩寿先生。初初看，脸子已全走了样，但你仍然可以从那疏疏的眉与下巴认得这便是那个医生。他是在这儿镇天的随便哭，如同一个小孩子。

上了年纪的人，常常把眼泪来当饭，哪算得是什么生活呢？但是中年丧子的情形，使人哀毁终是免不了的事。这儿子，死的时间是太不合适，要死也不应当到这个时候死。早死点儿，则傩寿先生可以再找一个伴，看傩寿先生不是再能养两个儿子的；迟到这老子归土以后再死，那就更妙。死得不是时候，则简直是同时死了两个人了。傩寿先生因了儿子的一死，自己至少也死了一半。这算一件最不幸的事。然而是无法。人要死，就死了，那死了的人，在生前想不到要死，则死后也总不会再担心到活着的父亲了。

做父亲的得到了儿子死去的信息以后，把大门前的匾牌摘下，把铺板关上，就到玉皇阁这平素相熟的老和尚处，来镇天悲泣，一些来得势子太凶的忧愁，把这老头子平空毁了。

人人可怜他。可是“可怜”这一件事哪里能够抵得一个儿子的好处？为了儿女的一切，有些人是连别的什么好处都不要的。傩寿先生他也不是想到要人怜悯来活下度着这下半世的每个日子的。就是恨他，虐待他，假若是这样可以把那个儿子从死神的手上夺回来，他全愿意。若是他一死，就可以使儿子活转来，也愿意。总之他认为儿子是有着那活到这世界上的权利，要死也只有像自己老年人死的，如今儿子却先死了，所以这是一种顶伟大的悲哀。

虽然药铺关了门，生意不做了，人在长长的钟声下哭着过日子了，关于所谓好事，仍然推辞不来。一城中的人，知道傩寿先生的，家中儿子同人打架打伤了，或是玩茅马，骑高跷，无意摔伤了，扭了腰，破了皮，甚至于上楼梯碰伤膝盖骨，还是来请他帮忙调理。白天家中无傩寿先生影子，则到玉皇阁来找他。这老人，见到小孩子的娘带了鼻涕眼泪的孩子来到这个地方，就是在哀痛中也从不拒绝来人的请求。一面是疯子一样怀恋着已经埋到异地土里了的儿子，一面又来为人看病敷药。本来在平常时节，就不一定责人以报酬的傩寿先生，到近来，设或有人因为不好意思不得不设法将财礼备上，傩寿先生就叹气。他说，——

“唉，不必要这个。这我是找不到用处的，把这东西拿回去，没送铺子钱的就退他们，有多的时候就拿送给穷人罢。”礼物是决不要了。

知道傩寿先生具西河之痛，又因着家中病人非傩寿先生亲来诊视不成，这主人总每每具备许多礼物亲自带了仆从来到玉皇阁委婉的请他，同时且把礼物陈上去。结果当然是按时到来，礼物却真无用处，全不要。

这老头子在哀痛中并不忘了他的本事，处治别人的病痛，总能够有很好的效果，只是对自己的心上的病就不会怎样调理了。

因为全不收受诊病的礼物，于是在城里知道他的人中才觉到他真是一个全好人，且所有同情也似乎比以前更多，这个我说及，更不是傩寿先生所要的！

人家的怜悯，虽不一定比送礼物来得不慷慨，却实在比礼物还无用的一种东西。傩寿先生不是为要人称他做“好人”才来为人治病施药，正像不要人为怜悯他才让这儿子死掉一样。人是天然好性格，儿子却意外的死去；这期间，不说有那命运存在，那在他是不行的。若说无命运，儿子决不会死。死是没有理由的死，正因为这样，无法来抵抗这命运所加于其身的忧愁负荷，所以傩寿先生也只有尽自己悲痛下来了。

遇到不拘一个做母亲的引带了哭哭啼啼的儿子，来到玉皇阁那殿外，把一个头伸进门隙探望傩寿先生时，即或是这老头子正流着身世无望无助眼泪，也会即时站起来。

“傩寿伯伯，这孩子又把手割了，告他莫劈甘蔗又不信我的话，瞧。”于是说着这些话的母亲，必定还装作很恼这孩子顽皮，出了事又要来劳动傩寿先生很不好意思的样子，把孩子的身上轻轻的拍打了两下。孩子这时本来要人安慰，还正哭丧着脸，经这一打当然又哭了。

“算了，算了，小孩子都是这样的。在什么地方？让我来看。”于是傩寿先生就陪小孩坐到那殿前石凳子上，给小孩检查伤口，到玉皇阁厨房去找水来为洗创，再敷上一点儿药末之类，再同小孩说两句笑话。小孩子是打架打伤的，就同小孩讨论一下打架时用脚去怎样套别个脚的技术，劈甘蔗所伤则同小孩子研究用刀的方法，直到这小孩子嘻嘻笑笑说“傩寿伯是什么都内行”的话以后，做母亲的见时候已够，把孩子就带走了。傩寿先生就独自一人站到这院子中出神。

“唉，老朋友，别这样子了！”那老和尚知道在外面的傩寿先生，为了见到别的小孩子，心上载不住悲哀，就在里边喊。“来，我们下盘棋吧。”

“我说，你是这样，就别给他们孩子诊病了。”

“办不到。你瞧他们多可怜。做娘的，作孩子的，都要我这两手来安慰，我好说我不干吗？”

说话要他不理病人的和尚，想起佛的慈悲为怀，就觉得自己火性不退，恧恧[③]的不说话，想棋式去了。傩寿先生见无话可说，无端的又把同那小孩子说笑的话搬到回想上来痛心。

打架顽皮做一件不当做的事，是他自己小时经过的。到儿子长大，则儿子又每天到外面同人打闹给自己看。儿子在外面同人打架，管教实无办法。或者儿子被人打流血，到家来，哭着要药，到上好药以后，又笑笑的说要爹爹教一两手拳脚好报仇，这小孩的麻烦事情，这个时候哪里会再有？把别人家孩子打伤了，回家来答答讪讪不好意思说，到爹爹说明被打伤的人爹爹已给了伤药，又为他调解讲和了以后，儿子那种羞愧感激的样子，这个时候也不能见了。在爹爹面前撒赖，不上学，也不再有了。在爹爹身边走着，一面念自己作的诗给爹爹听，也成了过去的很久的事了。在离开爹爹以后，从四川寄回野山七来，谎爹爹说是从峨嵋山上采来的，直到为爹爹认识是假货，才又说是捡得的，这天真的谎话这个时候也不能够再听到了。这以后，又有谁能寄这个药来？儿子一死一切皆完了。什么也不有。儿子把作爹爹的所有快乐，以及一点儿小小脾气，也带到土里去了。

为别的人的儿子治点儿病痛，在施行手术时节，在谈笑话给这些顽皮孩子听时逗得这类孩子欢喜的时节，傩寿先生似乎稍稍好了点儿。可

③ 恧恧（nǜ）：自愧、惭愧的样子。

是一到别的小孩成了哭脸，这做父亲或做母亲的，就全不体会到傩寿先生，赶忙把这孩子从傩寿先生身边带回家去了。

傩寿先生在平常，就是常常为人所笑为那类近于“迂而且傻”的单身汉子，把妻死过后不续弦，这是给了一些人的谈助的。失了妻，不再娶，就只抱养到这遗雏把日子延长下来，许多人都说这男子讲的义道近于无稽。先是人劝他，说，医生年纪既不老，家中无一个女人也寂寞，并且家事也得人料理，就找一个相近的女人填房，也不算罪过。他那时，总说这件事不必操心。一面很有礼貌的感谢这为他设法的人，一面讷讷的说自己是行医的人，单身汉子也凡事较方便。

别人说：“医生，你也随便点儿，不要太固执好了。”听人说到这类话，显然是辩也无可辩的，医生就只好说“慢慢的商议，忙个什么”，把话岔开。

劝医生续弦，其中不是无那贪医生小康，想从自己亲戚中选一相宜女人给医生，来结这一门亲，为自己打算的自利人。但医生，却并不疑心到这些事上。其所以不在三十岁以前续娶，只是记到妻在临殁时说好好待这四岁儿子的话。医生见到许多许多后妻待前妻儿子的薄行，怕新的人一进门，这儿子就得受苦。到了后妻又产孩子时，则这小孩当更无人过问，为了这件事，所以凡是人来说到续弦的利益，无论说得怎么动听，也只有全拒绝下来了。到三十岁以后，则又以为倒不如再过几年儿子讨媳妇，所以更不愿为儿子找那后妈了。

到如今，医生可成了正牌的单身汉子了。假如医生还能记起往年在为人劝他续娶时节拒人的话语，说是自己行医单身汉子也较方便点儿的旧话，会只有更伤心！如今的医生，把儿子一死，倒像凡事不方便。以前一颗心，像全寄存到儿子胸腔子里，做什么事都只为儿子，多吃一碗是为儿子欢喜，少吃一碗饭是为儿俭积，如今儿子既不再到这世界上，这颗心，已不知要放到什么地方去了。若说从前是春天，则如今已到了凄凉的深秋，以后也永远只有这秋天吧。

这时节，是不是还想着再从一个妇人身上找寻一个小孩？不。医生自己觉得人已快到五十岁，不中用，迟早间就会平空死去，纵再有小孩子已不会见到这小孩子在自己面前来淘气的情形了。

儿子在，医生实以为纵有了六十岁，也仍然是四十岁的心，就因为儿子的成立使医生忘却时间在人身上的意义。如今一切完了。如今似乎已有七十岁，把儿子的年龄也增加到自己身上来了。

若能随到儿子死，傩寿先生也愿意。此时但是半死半活。人家还说“老头子虽伤心，过一阵儿自然就好了”，这话只使他更苦。过一阵儿便能够好？永远不会有的！

悲哀这东西，中于人，像中毒。血气方刚的少年，亦有不知这是怎么一回事者，这从许多许多例子上可以得到凭据。纵也免不了有一时中毒，抵抗力量异常强，过一会儿，就复原了。有人说，发狂之事多半为青年人所独有，这发狂来源，则过分悲哀与过分忧郁足以致之。然而年轻人，因中毒而能发狂，高度的烧热，血在管子里奔窜，过一阵，人就恢复平常状态了。老人到纵阳阳若平时，并不稍露中毒模样，可是身体内部为悲哀所蚀，精神为刺激所予的沉重打击，表面上即不露痕迹，中心全空了。老年人感情中毒，不发狂，不显现病状，却从此衰退萎靡下去，无药可治。

医生上了年纪，是已不能发狂的人了，所以虽初初得着儿子噩耗时，也正如那少年人罹忧患模样，哭闹叫号不已，但这是最初一个月的事。稍稍过了一阵以后，即如别人所说的话一样，居然好了。

他不再去到玉皇阁大钟下哭了。

他只呆坐到家中度着萧条的每一个日子，帮工把饭开来就吃，在吃饭以外谁也不明白在这老头子脑中有些什么事情。

医生的精神，就在这种潜伏着的痛心里消磨着。每日让一种从回想上得来的忧愁啮食着这颗衰败的心，不知道在什么时候为止。他自己，则是这样算定到，总有一天心为这小虫啮空，自己于是忽然就撒手归天，一切完事。

到医生重复回到家中时，业务上的事又忙起来了。人家正如怀着好意不让医生坐在家里自悲自叹一样，请医生帮忙的每一天总有多起。

到别人的家中去，无心无意的喝着盖碗中的新泡雨前茶，不说话。或者说话就同小孩子说话，倒很好，至少暂时可以得到一点儿安慰。一到为主人用那好像是极同情的话谈到这个死在异乡水里的人时，傩寿先生可又要从眼中流泪了。他不愿人提到这个，而人家却总不了解偏又同他谈这个。这以为是一番好心的，只是增加医生的凄恻，可是这增加傩寿先生痛苦的一切，在别人倒真以为是和医生要好咧。

三

傩寿先生又把铺柜门开了，是在三个月以后。

依然是那么在一种坛子罐子的背景中，我们可以见到这个医生的脸儿。来看病的人，凡是穷，或是装做忘了带药钱来的，这药总仍然得由医生这方面舍给，医生是全不在乎此。

医生样子似乎略略不同一点儿了。不是瘦，不是老，只是神气变了。

在对待来照顾生意或劳驾诊病的方面，这个医生笑容可掬的脸儿，仍然是如往天一样。可是这个笑，不是往天的笑了。若有一个人能稍稍注意到这脸上，就不忍心再看医生如此的笑脸。不过人家都说是医生已完全忘却了儿子，认为医生再不会在儿子方面伤心了，且俨然这医生就是为他们这些小孩子治病送药才活到这世界上的样子。人类的自私当然是各处一样的，他们实在已经就把“好人”的名声给了傩寿先生，也可以算是难得的一种慷慨了！

某一天，天快断黑了，街背后的坡上的树林已经听到有乌鸦喊着归林的声音了，傩寿先生忽然想起一件事，忽然又要走到玉皇阁去。

“先生，怕下雨罢。”这个作帮手有了七年的矮子，意思是要傩寿先生就在家里得了。

“不要紧。不会的。”

说着，也就不再作声，扬扬长长的走向玉皇阁去。

老和尚是正敲打着木鱼念那消食经的。这时佛堂中的长明灯已慢慢的有了权势。灯把一些碧绿色的光，给佛堂中照的如同一座坟墓。从这黯澹[④]的灯光中看见的一切，全是幽沉沉的可怕。和尚是习惯这个事了，傩寿先生也不是怕鬼的人，他们俩就在这殿中同这无数尊佛爷作伴。

这个老和尚，本来把念经看得并不比说话为有用处的。念经与其说修佑，不如说是无人谈话消除寂寞吧。虽然出了家有二十年，但一个平常人的爱情在这老师傅身上也找得出一份儿（然而一个方丈的好处他也并不缺少），正因其如此，乃成了傩寿先生欢喜的朋友，也成了许多人都欢喜的师傅。傩寿先生能同老和尚合得来，是因这和尚并不全像一个和尚，不是一见到人就谈因果，更不是一见人就劝人念佛；这和尚最有道行的一点儿，只是不矫情，又没有势利眼睛。且这个和尚会做各种蔬菜，倒很可以说是一个懂味的高僧！

和尚一见医生来到，木鱼就停了。

“嗨，我老以为你到乡下去了！”

---

④ 黯澹（dàn）：比喻没有希望，不美好，阴沉、昏暗。

“我哪里还有心思下乡玩？”说话的傩寿先生，就坐在那个跪经的蒲团上面，抱了膝只是摇头。

“还不能够放下么？”其实和尚自己也就有许多事放不下。他就常常念及这个死到异乡的人。他作了这年轻人的寄父，是有过十一年了。这年轻人在生时，和尚就教过他书，又教过他做诗，到后这年轻人离开这个地方了，每一次给他爸爸写信来时又总不忘问候到寄爹。这一来，真应说是“缘尽恩绝”！

和尚见医生不说话，知道是这悲痛在这个心上并不曾稍杀，就说“应当要快乐一点儿才好”。

“我是极力想找寻一点儿快乐的，办不到！”

“我见你这多久不来，还以为你为什么人请下乡去了。这几天来我也不知道怎么回事，心神恍恍惚惚。人老了，真是难。”

“我想请你来为他作一次道场，你看看选一个日子。”

“好，回头翻翻历书吧。”

他们两人就在这些佛爷面前讨论起各样用项来。香，烛，黄表纸，以及鞭炮五供之类，和尚也不怕当到面前的佛爷发气，就只从省俭上开出数目。医生说这个未免太少，和尚就说决不会少。医生的意思，是为这死人热闹一场，则一切铺派来得大一点儿也不为过分，然而和尚对这个就否认。

和尚说：“亲家，这个实在无益。用钱多是好了和尚，我这个和尚可并不想你这次法事上叨光！”

“那外面看来也太不像样！”

“这事是为给人看吗？”和尚对这个话就未免不平。

医生意思，就是给人看。从人的快活中以为自己也可以安慰这无可奈何的心，才是他做道场的本心。若说为死者超度，那是为有罪恶的死者而设，自己的儿子，并不是坏人。

结果顺着医生意见，只好加上一些花样，如像水陆施食燃天蜡等等，假使是别一个和尚办这件事，傩寿先生的胡椒，至少也会要用到五斤六斤，“一个姓黄的家大醮中，”和尚说，“那一次用胡椒末是二十斤，到最后还有一顿素面不下胡椒的。”

话正说到用胡椒的趣事，忽然听到山门外有一个人喊着进来。转过了韦驮殿，声音是更明白了。

“傩寿先生，傩寿先生……”一个妇人气急败坏的窜进殿中来。明明白白是傩寿先生刚站起身来在她面前，这奶妈样子的妇人却并不曾见到医生似的，问和尚傩寿先生究竟在不在这里。

“我问你，什么事？”医生见这妇人已快疯，就拧着这妇人膀子问她。

“唉，天！……”她也不再说什么，拉着医生的长袖子就走。

“究竟是怎么回事啦？”

“救命救命，快去快去！”

医生踉踉跄跄便为这个妇人拖出了玉皇阁。若不是许多人都认识这个是傩寿先生，则这样一个年轻妇人把这样一个中年汉子从庙里拖出，匆匆忙忙的，且深怕他逃走的模样，真有得是新闻笑话！

医生在街上时也察觉到这个真不很好看了，就问明了是在什么地方什么病痛，且要这个妇人先跑到洞井坎上去拿刀与药瓶之类。

“傩寿先生你快走！恐怕赶不及了！”妇人鼻涕眼泪横流四溢的去了。医生望到这个情形只是笑。他是常常就为人那么催促到了别人家中，到后又不过是鼻子流血一类小病的。

然而医生依然照妇人所告的街名同名走去，忙得像充军。

别人的儿子，这样的关心，自己的儿子却见也不能见一面即为水淹死。医生的儿子死时，可有过一个本地方人这样关心过？在医生这一方面，本地方人所能给这好人唯一的好处，就只是麻烦。医生在忧愁中也只得这个。正因为太随便不讲究排场，像一县城的当差的医生。不拘何时都可以随喊随到，一般人把这个权利也就都不放松了。谁都不能说傩寿先生是他们有了儿子才来在这地方行医，可是谁一有了痛苦总就记起这个公差来了。并且，为了傩寿先生的药方，又神灵，又简便，那些做父母的遇事疏忽，尽儿子去玩刀打架也有之。医生在什么时候能为人忘记？除非每一个人都没有病痛，这个我们可以从许多人处知道这话是很对。在医生儿子死过后，来看医生或说是悼慰医生的人，全不是那类家中孩子无灾无难的人！家中孩子没有病，他们就知道不麻烦医生了。

医生这个时候已到了那妇人指定的家中了，一些人见了傩寿先生气喘吁吁的走来，也不说请坐一坐，把那通常的装烟倒茶礼数也简略了去，只是即刻就引带他到病人床边去。

做母亲的见了医生已来，就把一个哭过的已不成形了的焦急的眼睛望医生。“唉，傩寿伯伯来了！”

“到什么地方成了这个样子？”

“他们到叫作什么地方去玩……”那个做母亲的也说不清楚。

还是另外一个女人来同医生说，才知道是刚才那位到玉皇阁去的奶妈，把这孩子在吃过饭后领到营堡上去玩，不知如何一失神，这孩子从奶妈的监视下逃出，走过到桥边去，奶妈不久就听到呱得一声喊，回头看小孩子已不见，再到桥边去，则桥下的小孩正抽搐卷成一堆。人是已昏了。吭他拧他又不知道，过了多久才哭出声来。于是抱回家来了。于是就想起傩寿先生了。

孩子只四岁，这一跤还不知是伤了什么。回到家来又不哭，又不喊，只把眼睛紧闭像一匹小猫儿的低低嘶着。医生非常怜悯的到床边去按揣孩子的全身，不到一会儿那奶妈从医生家拿来一切用具了，医生就开始把袖子挽到肘上来灌小孩的药。一面又安慰到那家中人说不要紧不要紧。

把药灌下去以后，约有十分钟，孩子忽然呱得哭出声来了。且不止，哭得声音非常长，医生搭着他的两只肥手，说这是气厥，既然喊得出声来，从声音中可以知道内脏还不伤，无妨了。

医生看那奶妈，见到奶妈在一旁只是作揖。“以后小心点儿好了。小孩子是本来也难照扶的，眼一打岔就出事情。”那奶妈，因为医生对她的过错，既在小孩子那里补救，又来用言语在主人面前补救，说明这过失是免不了的，就非常感激的对医生望着，且在眼睛中流出那感激的泪。

孩子在哭喊时也动弹了。医生又去脱了孩子全身衣裳各处的检视，见外面只腕上划破了一点儿皮，臀部成了青色。

“不要紧，不要紧。孩子命大，幸好不是横到跌下地，我看这样子，还似乎是有意跳下去，因为地方过高，才筑坏了气。”

奶妈在心中，可把医生佩服的了不得。原是奶妈就眼望到这孩子跳下桥的！他们玩，先只以为跳到第二级石段上面，谁知道孩子心太大，以为奶妈鼓励他从顶上那地方跳下，一面为了给奶妈一惊，就在奶妈不防备的当儿踊身向下一跃。待到奶妈听到一种钝声时，这孩子已如同那另外女人所说的蜷成一堆昏过去了。

主人见到孩子已无大危险，又见到医生颜色很泰然，才想起喊丫头舀水给医生洗手，又才记起拿烟茶出来。

医生额上因走路匆促而出的汗，还大颗大颗贴在上面，洗手的水还不来，就用袖子去揩拭。这一家的人，只除了那下厨房去倒水的丫头外，全望到傩寿先生的额上的大汗以及扯袖子拭汗水的情形好笑。

四

傩寿先生死了。这做爹爹的，就为了不能让儿子一人在地下寂寞，自己生着也寂寞，要儿子复活既不能，于是就终于死了。

死是忽然的，如一般人所说很没理由的，然而当真死了。以后是每当什么人家的小孩子，磕破了头或割破了皮，别人想起要止痛止血，做父母的就叹气说：“傩寿伯伯已经死了，若在就好了。”就是那么来念到这个人的。

医生一死给了许多人不方便倒是真的。

一九二八年初作

赏析

本篇小说写于1928年。小说第一节用诗一般的语言，引出了本篇小说的悲剧起始——一位年轻纤夫的死。从第二节开始，小说的主人公傩寿先生才出现，他是死去的年轻纤夫的爹爹。作者只字未提命运的残酷与悲苦，却通过对傩寿先生的细腻描写，让读者真切地体会了中年丧子的悲切之痛，感佩傩寿先生作为医生的无私与善良，同时又嘲讽了人的自私自利。

小说在平淡中开始，在平淡中结束，没有热烈的情感，却又无限的深沉，阅读始终伴随着郁结于心的淡淡悲伤。

三三

杨家碾坊在堡子外一里路的山嘴路旁。堡子位置在山弯里，溪水沿到山脚流过去，平平的流到山嘴折弯处忽然转急，因此很早就有人利用到它，在急流处筑了一座石头碾坊，这碾坊，不知从什么时候起，就叫杨家碾坊了。

从碾坊往上看，看到堡子里比屋连墙，嘉树成荫，正是十分兴旺的样子。往下看，夹溪有无数山田，如堆积蒸糕，因此种田人借用水力，用大竹扎了无数水车，用椿木做成横轴同撑柱，圆圆的如一面锣，大小不等竖立在水边。这一群水车，就同一群游手好闲的人一样，成日成夜不知疲倦的咿咿呀呀唱着意义含糊的歌。

一个堡子里只有这样一座碾坊，所以凡是堡子里碾米的事都归这碾坊包办，成天有人轮流挑了仓谷来，把谷子倒到石槽里去后，抽去水闸的板，枧槽里水冲动了下面的暗轮，石磨盘带着动情的声音，即刻就转动起来了。于是主人一面谈着一件事情，一面清理到簸箩筛子，到后头上包了一块白布，拿着个长把的扫帚，追逐着磨盘，跟着打圈儿，扫除溢出槽外的谷米，再到后，谷子便成白米了。

到米碾好了，筛好了，把米糠挑走以后，主人全身是灰，常常如同一个滚到豆粉里的汤圆。然而这生活，是明明白白比堡子里许多人生活还从容，而为一堡子中人所羡慕的。

凡是到杨家碾坊碾过谷子的，都知道杨家三三。妈妈十年前嫁给守碾坊的杨，三三五岁，爸爸就丢下碾坊同母女，什么话也不说死去了。爸爸死去后，母亲作了碾坊的主人，三三还是活在碾坊里，吃米饭同青菜小鱼鸡蛋过日子，生活毫无什么不同处。三三先是望到爸爸成天全身是糠灰，到后爸爸不见了，妈妈又成天全身是糠灰，……于是三三在哭里笑里慢慢地长大了。

妈妈随着碾槽转，提着小小油瓶，为碾盘的木轴铁心上油，或者很兴奋的坐在屋角拉动架上的筛子时，三三总很安静的自己坐在另一角玩。热天坐到有风凉处吹风，用包谷秆子作小笼，冬天则伴同猫儿蹲到火桶里，剥灰煨栗子吃。或者有时候从碾米人手上得到一个芦管做成的唢呐，就学着打大傩的法师神气，屋前屋后吹着，半天还玩不厌倦。

这磨坊外屋上墙上爬满了青藤，绕屋全是葵花同枣树，疏疏的树林里，常常有三三葱绿衣裳的飘忽。因为一个人在屋里玩厌了，就出来坐在废石槽上洒米头子给鸡吃。在这时，什么鸡欺侮了另一只鸡，三三就得赶逐那蛮横无理的鸡，直等到妈妈在屋后听到鸡声代为讨情时才止。

这磨坊上游有一潭，四面有大树覆荫，六月里阳光照不到水面。碾坊主人在这潭中养得有几只白鸭子，水里的鱼也比上下溪里多。照一切习惯，凡靠自己屋前的水，也算是自己财产的一份。水坝既然全为了碾坊而筑成的，一乡公约不许毒鱼下网，所以这小溪里鱼极多。遇到有不甚面熟的人来钓鱼，看到潭边幽静，想蹲一会儿，三三见到了时，总向人说："不行，这鱼是我家潭里养的，你到下面去钓罢。"人若顽皮一点儿，听到这个话等于不听到，仍然拿着长长的竿子，搁到水面上去安闲的吸着烟管，望到这小姑娘发笑，使三三急了，三三便喊叫她的妈，高声的说："娘，娘，你瞧，有人不讲规矩，钓我们的鱼，你来折断他的竿子，你快来！"娘自然是不会来干涉别人钓鱼的。

母亲就从没有照到女儿意思折断过谁的竿子，照例将说："三三，鱼多咧，让别人钓吧。鱼是会走路的，上面总爷家塘里的鱼，因为欢喜我们这里的水，都跑来了。"三三照例应当还记得夜间做梦，梦到大鱼从水里跃起来吃鸭子，听到这个话，也就没有什么可说了，只静静的看着，看这不讲规矩的人，究竟钓了多少鱼去。她心里记着数目，回头好告给妈妈。

有时因为鱼太大了一点儿，上了钓，拉得不合式，撇断了钓竿，三三可乐极了，仿佛娘不同自己一伙，鱼反而同自己是一伙了的神气，那时就应当轮到三三向钓鱼人咧着嘴发笑了。但三三却常常急忙跑回去，把这事告给母亲，母女两人同笑。

有时钓鱼的人是熟人，人家来钓鱼时，见到了三三，知道她的脾气，就照例不忘记问："三三，许我钓鱼吧。"三三便说："鱼是各处走动的，又不是我们养的，怎么不能钓。”

钓鱼的是熟人时，三三常常搬了小小木凳子，坐到旁边看鱼上钩，且告给这人，另一时谁个把钓竿撇断的故事。到后这熟人回到磨坊时，把所得的大鱼分一些给三三家。三三看着母亲用刀剖鱼，掏出白色的鱼脬来，就放到地下用脚去踹，发声如放一枚小爆仗，听来十分快乐。鱼洗好了，揉了些盐，三三就忙取麻线来把鱼穿好，挂到太阳下去晒。到有客时，这些干鱼同辣子炒在一个碗里待客，母亲如想到折钓竿的话，将说：“这是三三的鱼。”三三就笑，心想着：“怎么不是三三的鱼？潭里的鱼若不是我照管，早被看牛小孩捉完了。”

三三如一般小孩，换几回新衣，过几回节，看几回狮子龙灯，就长大了。熟人都说看到三三是在糠灰里长大的。一个堡子里的人，都愿意得到这糠灰里长大的女孩子作媳妇，因为人人都知道这媳妇的妆奁是一座石头作成的碾坊。照规矩，十五岁的三三，要招郎上门也应当是时候了。但妈妈有了一点儿私心，记得一次签上的话语，不大相信媒人的话语，所以这磨坊还是只有母女二人，不曾有谁添入。

三三大了，还是同小孩子一样，一切得傍着妈妈。母女两人把饭吃过后，在流水里洗了脸，望到行将下沉的太阳，一个日子就打发走了。有时听到堡子里的锣鼓声音，或是什么人接亲，或是什么人做斋事，“娘，带我去看，”又像是命令又像是请求的说着，若无什么别的理由推辞时，娘总得答应同去。去一会儿，或停顿在什么人家喝一杯蜜茶，荷包里塞满了榛子胡桃，预备回家时，有月亮天什么也不用，就可以走回家。遇到夜色晦黑，燃了一把油柴！毕毕剥剥的响着爆着，什么也不必害怕。若到总爷家寨子里去玩时，总爷家还有长工打了灯笼送客，一直送到碾坊外边。只有这类事是顶有趣味的事。在雨里打灯笼走夜路，三三不能常常得到这机会，却常常梦到一人那么拿着小小红纸灯笼，在溪旁走着，好像只有鱼知道这会事。

当真说来，三三的事，鱼知道的比母亲应当还多一点儿，也是当然的。三三在母亲身旁，说的是母亲全听得懂的话，那些凡是母亲不明白的，差不多都在溪边说的。溪边除了鸭子就只有那些水里的鱼，鸭子成天自己哈哈哈的叫个不休，哪里还有耳朵听别人说话！

这个夏天，母女两人一吃了晚饭，不到黄昏，总常常过堡子里一个人家去，陪一个将远嫁的姑娘谈天，听一个从小寨来的人唱歌。有一天，照例又进堡子里去，却因为谈到绣花，使三三回碾坊来取样子，三三就一个人赶忙跑回碾坊来，快到屋边时，黄昏里望到溪边有两个人影子，有一个人到树下，拿着一枝竿子，好像要下钓的神气，三三心想这一定是来偷鱼的，照规矩喊着："不许钓鱼，这鱼是有主人的！"一面想走上前去看是什么人。

就听到一个人说："谁说溪里的鱼也有主人？难道溪里活水也可养鱼吗？"

另一人又说："这是碾坊里小姑娘说着玩的。"

那先一个人就笑了。

旋即又听到第二个人说，“三三，三三，你来，你鱼都捉完了！”

三三听到人家取笑她，声音好像是熟人，心里十分不平！就冲过去，预备看是谁在此撒野，以便回头告给母亲。走过去时，才知道那第二回说话的人是总爷家管事先生，另外同一个从没见过面的年轻男人。那男人手里拿的原来只是一个拐杖，不是什么钓竿。那管事先生是一个堡子里知名人物，他认得三三，三三也认识他，所以当三三走近身时，就取笑说：“三三，怎么鱼是你家养的？你家养了多少鱼呀！”

三三见是总爷家管事先生，什么话也不说了，只低下头笑。头虽低低的，却望到那个好像从城里来的人白裤白鞋，且听到那个男子说：“女孩很聪明，很美，长得不坏。”管事的又说：“这是我堡里美人。”两人这样说着，那男子就笑了。

到这时，她猜到男子是对她望着发笑！三三心想：“你笑我干吗？”又想：“你城里人只怕狗，见了狗也害怕，还笑人，真亏你不羞。”她好像这句话已说出了口，为那人听到了，故打量跑去。管事先生知道她要害羞跑了，故说：“三三，你别走，我们是来看你碾坊的。你娘呢。”

“娘不在。”

“到堡子里听小寨人唱歌去了，是不是？”

“是的。”

“你怎么不欢喜听那个？”

“你怎么知道我不欢喜？”

管事先生笑着说：“因为看你一个人回来，还以为你是听厌了那歌，担心这潭里鱼被人偷尽，所以……”三三同管事先生说着，慢慢的把头抬起，望到那生人的脸目了，白白的脸好像在什么地方看到过，就估计莫非这人是唱戏的小生，忘了擦去脸上的粉，所以那么白……那男子见到三三不再怕人了，就问三三：

“这是你的家里吗？”

三三说：“怎么不是我家里？”

因为这答话很有趣味，那男子就说：

“你住在这个山沟边，不怕大水把你冲去吗？”

“嗨，”三三抿着小小的美丽嘴唇，狠狠地望了这陌生男子一眼，心里想：“狗来了，狗来了，你这人吓倒落到水里，水就会冲去你。”想着当真冲去的情形，一定很是好笑，就不理会这两个人，笑着跑去了。

从碾坊取了花样子回向堡子走去的三三，在潭边再上游一点儿，望到那两个白色影子还在前面，不高兴又同这管事先生打麻烦，于是故意跟到这两个人身后，慢慢地走着。听到两个人说到城里什么人什么事情，听到说开河，又听到说学务局要总爷办学校，因为这两人全都不知道有人在后面，所以自己觉得很有趣味。到后又听到管事先生提起碾坊，提起妈妈怎么人好，更极高兴。再到后，就听到那城里男人说：

“女孩子倒真俏皮，照你们乡下习惯，应当快放人了。”

那管事的先生笑着说：“少爷欢喜，要总爷做红叶，可以去说说。不过这磨坊是应当由姑爷管业的。”

三三轻轻地呸了一口，停顿了一下，把两个指头紧紧的塞了耳朵。但仍然听到那两人的笑声，想知道那个由城里来好像唱小生的人还说些什么，所以不久就仍然跟上前去。

那小生说些什么可听不明白，就只听那个管事先生一人说话，那管事先生说：“少爷做了磨坊主人，别的不说，成天可有新鲜鸡蛋吃，也是很值得的！”话一说完，两人又笑了。

三三这次可再不能跟上去了，就坐在溪边的石头上，脸上发着烧，十分生气。心里想：“你要我嫁你，我偏不嫁你！我家里的鸡纵成天下二十个蛋，我也不会给你一个蛋吃。”坐了一会儿，凉凉的风吹脸上，水声淙淙使她记忆起先一时估计中那男子为狗吓倒跌在溪里的情形，可又快乐了，就望到溪里水深处，一人自言自语说：“你怎么这样不中用！管事的救你，你可以喊他救你！”

到宋家时，宋家婶子正说起一件已经说了一会儿的事情，只听宋家妇人说：“……他们养病倒希奇，说是养病，日夜睡在廊下风里让风吹，……脸儿白得如闺女，见了人就笑……谁说是总爷的亲戚，总爷见他那种恭敬样子，你还不见到。福音堂洋人还怕他，他要媳妇有多少！”

母亲就说：“那么他养什么病？”

“谁知道是什么病？横顺成天吃那些甜甜的药，什么事情不做在床上躺着。在城里是享福，到乡里也是享福。老庚说，害第三期的病，又说是痨病，说也说不清楚。谁清楚城里人那些病名字。依我想，城里人欢喜害病，所以病的名字特别多；我们不能因害病耽搁事情，所以除打摆子就只发烧肚泻，别的名字的病，也就从不到乡下来了。”

另外一个妇人因为生过瘰疬[①]，不大悦服宋家妇人武断的话，就说：“我不是城里人，可是也害城里人的病。”

“你舅妈是城里人！”

“舅妈管我什么事？”

“你文雅得像城里人，所以才生疡[②]子！”

这样说着，大家全笑了起来。

母女两人回去时，在路上三三问母亲：“谁是白白脸庞的人？”母亲就照先前一时听人说过的话，告给三三，堡子里总爷家中，如何来了一位城里的病人，样子如何美，性情如何怪。一个乡下人，对于城中人隔膜的程度，在那些描写里是分明易见的，自然说得十分好笑。在平常时节，三三对于母亲在叙述中所加的批评与稍稍过分的形容，总觉得母亲说得极其俨然，十分有味，这时不知如何却不大相信这话了。

走了一会儿，三三忽问：

---

① 瘰疬（luǒ lì）：又称老鼠疮，生于颈部的一种感染性外科疾病。

② 疡（yáng）：皮肤生疮，或是溃烂。

“娘，娘，你见到那个城里白脸人没有呢？”

妈妈说：“我怎么见到他？我这几天又不到总爷家里去。”

三三心想：“你不见到怎么说了那么半天。”

三三知道妈妈不见到的，自己倒早见到了，便把这件事保守着秘密，却十分高兴，以为只有自己明白这件事情，此外凡是说到城里人的都不甚可靠。

两人到潭边，三三又问：

“娘，你见到总爷家管事先生没有？”

若是娘说没有见过，反问她一句，那么，三三就预备把先前遇到总爷家那两个人的一切，都说给妈妈听了。但母亲这时正想起别一个问题，完全不关心三三的话，所以三三把方才的事瞒着母亲，一个字不提。

第二天三三的母亲到堡子里去，在总爷家门前，碰到那个从城里来的白脸客人，同总爷的管事先生。那管事先生告她，说他们昨天曾到碾坊前散步，见到三三，又告给三三母亲说，这客人是从城里来养病的客人。到后就又告给那客人，说这个人就是碾坊的主人杨伯妈。那人说，真很同三小姐相像。那人又说三三长得很好，很聪敏，做母亲的真福气。说了一阵话，把这老妇人说快乐了，在心中展开了一个幻景，想起自己觉得有些近于胡涂的事情，忙匆匆地回到碾坊去，望到三三痴笑。

三三不知母亲为什么今天特别乐，就问母亲到了什么地方，遇到了谁。

母亲想，应当怎么说才好，想了许久才说：

“三三，昨天你见到谁？”三三说：“我见到谁？没有。”

娘就笑了，“三三你记记，晚上天黑时，你不看见两个人吗？”

三三以为是娘知道一切了，就忙说，“人是有两个的，一个是总爷家管事的先生，一个是生人……怎么？”

“不怎么。我告你，那个生人就是城里来的先生，今天我见到他们，他们说已经同你认识了，我们说了许多话。那少爷像个姑娘样子。”母亲说到这里时，想起一件事好笑。

三三以为妈妈是在笑她，偏过头去看土地上灶马，不理母亲。

母亲说：“他们问我要鸡蛋，你下半天送二十个去，好不好？”

三三听到说鸡蛋，打量昨天两个男人说的笑话都为母亲知道了，心里很不高兴，说道：“谁去送他们鸡蛋，娘，娘，我说……他们是坏人！”

母亲奇怪极了，问：“怎么是坏人？什么地方坏？”

三三红了脸不愿答应，母亲说：

“三三，你说什么事？”

迟了许久，三三才说：“他们背地里要找总爷做媒，把我嫁给那个白脸人。”

母亲听到这天真话什么也不说，笑了好一阵。到后看到三三要跑了，才拉着三三说：“小报应，管事先生他们说笑话，这也生气吗？谁敢欺侮你？……”说到后来三三也被说笑了。

她到后来就告给娘城里人如何怕狗的话，母亲听到不作声，好久以后，才说：“三三，你真是还像小丫头，什么也不懂。”

第二天，妈妈要三三送鸡子到砦子[3]里去，三三不说什么，只摇头。妈妈既然答应了人家，就只好亲自送去。母亲走后，三三一个人在碾坊里玩，玩厌了又到潭边去看白鸭，看了一会儿鸭子，等候母亲还不回来，心想莫非管事先生同妈妈吵了架，或者天热到路上发了痧？……心里老不自在，回到碾坊里去。

但是过了一会，母亲可仍然回来了。回到碾坊一脸的笑，跨着脚如一个男子神气，坐到小凳上，告给三三如何见到那先生，那先生如何要她坐到那个用粗布做成的软椅子上去，摇着荡着像一个摇篮。又说到城里人说的三三为何不念书，城里女人全念书。又说到……三三正因为等了母亲半天，十分不高兴，如今听到母亲说到的话，莫名其妙，不愿意再听，所以不让母亲说完就走了。走到外边站到溪岸旁，望着清清的溪水，记起从前有人告诉她的话，说这水流下去，一直从山里流一百里，就流到城里了。她这时忖想……什么时候我一定也不让谁知道，就要流到城里去，一到城里就不回来了。但若果当真要流去时，她愿意那碾坊，那些鱼，那些鸭子，以及那一匹花猫，同她在一处流去。同时还有，她很想母亲永远和她在一处，她才能够安安静静地睡觉。

母亲看不见到三三，站在碾坊门前喊着：“三三，三三，天气热，你脸上晒出油了，不要远走，快回来！”

---

③ 砦（zhài）子：同寨子。

三三一面走回来，一面就自己轻轻的说："三三不回来了！"

下午天气较热，倦人极了，躺到屋角竹凉床上的三三，耳中听着远处水车陆续的懒懒的声音，眯着眼睛望到母亲头上的髻子，仿佛一个瘦人的脸，越看越活，朦朦胧胧便睡着了。

她还似乎看到母亲包了白帕子，拿着扫帚追赶碾盘，绕屋打着圈儿，就听到有人在外面说话，提到她的名字。

只听到说："三三到什么地方去了，怎么不出来？"

她奇怪这声音很熟，又想不起是谁的声音，赶忙走出去，站在门边打望，才望到原来又是那个白脸的人，规规矩矩坐在那儿钓鱼。过细看了一下，却看到那个钓竿，是总爷家管事先生的烟杆，一头还冒烟。

拿一根烟杆钓鱼，倒是极新鲜的事情，但身旁似乎又已经得到了许多鱼，所以三三非常奇怪。正想去告母亲，忽然管事先生也从那边来了。

好像又是那一天的那种情景，天上全是红霞，妈妈不在家，自己回来原是忘了把鸡关到笼子里，因此赶忙跑回来捉鸡的。如今碰到这两个人，管事先生同那白脸城里人，都站在那石墩子上，轻轻的在商量一件事情。这两人声音很轻，三三却听得出，是一件关于不利于己的行为。因为听到说这些话，又不能嗾（sǒu）人走开，又不能自己走开，三三就非常着急，觉得自己的脸上也像天上的霞一样。

那个管事先生装作正经人样子说："我们是来买鸡蛋的，要多少钱把多少钱。"

那个城里人，也像唱戏小生那么把手一扬，就说，“你说错了，要多少金子把多少金子。”

三三因为人家用金子恐吓她，所以说，“可是我不卖给你，不想你的钱，你搬你家大块金子来，到场上去买老鸦蛋吧。”

管事先生于是又说：“你不卖行吗，你舍不得鸡蛋为我做人情，你想想，妈妈以后写庚帖[④]，还少得了管事先生吗？”

那城里人于是又说：“向小气的人要什么鸡蛋，不如算了吧。”

三三生气似的大声说：“就算我小气也行。我把鸡蛋喂虾米，也不卖给人！我们不羡慕别人的金子宝贝。你同别人去说金子，恐吓别人吧。”

可是两个人还不走，三三心里就有点儿着急，很愿意来一只狗向两个人扑去。正那么打量着，忽然从家里就扑出来一条大狗，全身是白色，大声汪汪的吠着，从自己身边冲过去，即刻这两个恶人就落到水里去了。

于是溪里的水起了许多水花，起了许多大泡，管事先生露出一个光光的头在水面，那城里人则长长的头发，缠在贴近水面的柳树根上，情景十分有趣。

可是一会儿水面什么也没有了，原来那两个人在水里摸了许多鱼，全拿走了。

三三想去告给妈妈，一滑就跌下了。

刚才的事原来是做一个梦。母亲似乎是在灶房煮午饭，因为听到

④ 庚帖：旧时订婚，男女双方互换的八字帖。

三三梦里说话，才赶出来的。见三三醒了，摇着她问，“三三，三三，你同谁吵闹。”

三三定了一会儿神，望妈妈笑着，什么也不说。

妈妈说：“起来看看，我今天为你焖芋头吃。你去照照镜子，脸睡得一片红！”虽然照到母亲说的，去照了镜子，还是一句话不说。人虽早清醒，还记得梦里一切的情景，到后来又想起母亲说的同谁吵闹的话，才反去问母亲，究竟听到吵闹些什么话。妈妈自然是不注意这些的，所以说听不分明，三三也就不再问什么了。

直到吃饭时，妈妈还说到脸上睡得发红，所以三三就告给老人家先前做了些什么梦，母亲听来笑了半天。

第二次送鸡蛋去时，三三也去了。那时是下午。吃过饭后，两人进了总爷家的大院子。在东边偏院里，看到城里来的那个客，正躺在廊下藤椅上，望到天上飞的鸽子。管事的不在家，三三认得那个男子，不大好意思上前去，就让母亲过去，自己站在月门边等候。母亲上前去时节，三三又为出主意，要妈妈站在门边大声说，“送鸡蛋来的了”，好让他知道。母亲自然什么都照到三三主意作去，三三听到母亲说这句话，说到第三次，才引起那个白白脸庞的城里人注意，自己就又急又笑。

三三这时是站在月门外边的。从门罅里向里面窥看，只见到那白脸人站起身来，又坐下去，正像梦里那种样子。同时就听到这个人同母亲说话，说到天气和别的事情，妈妈一面说话一面尽掉过头来，望到三三所在的一边。白脸人以为她就要走去了，便说："老太太，你坐坐，我同你说话很好。"

妈妈于是坐下了，可是同时那白脸城里人也注意到那一面门边有一个人等候了，"谁在那里，是不是你的小姑娘？"

看到情形不好，三三就想跑。可是一回头，却望到管事先生站在身后，不知已站了多久。打量逃走自然是难办到的，到后就被管事先生拉着袖子，牵进小院子来了。

听到那个人请自己坐下，听到那个人同母亲说那天在溪边见到自己的情形，三三眼望到另一边，傍到母亲身旁，一句话不说，巴不得即刻离开，可是想不出怎样就可以离开。

坐了一会儿，出来了一个穿白袍戴白帽装扮古怪的女人。

三三先还以为是男子，不敢细细的望。到后听到这女人说话，且看她站到城里人身旁，用一根小小管子塞到那白脸男子口里去，又抓了男子的手捏着，捏了好一会儿，拿一枝好像笔的东西，在一张纸上写了些什么记号。那先生问"多少豆，"就听到回答说："同昨天一样。"且因为另外一句话听到这个人笑，才晓得那是一个女人。这时似乎妈妈那一方面，也刚刚才明白这是一个女人，且听到说"多少豆"，以为奇怪，所以两人望望，都抿着嘴笑了起来。

看到这母女生疏的情形，那白袍子女人也觉得好笑，就不即走开。

那白脸城里人说，"周小姐，你到这地方来一个朋友也没有，就同这个小姑娘做个朋友吧。她家有个好碾坊，在那边溪头，有一个动人的水车，前面一点儿还有一个好堰坝，你同她做朋友，就可到那儿去玩，还可以钓些鱼回来。你同她去那边林子里玩玩吧，要这小姑娘告你那些花名草名。”

这周小姐就笑着过来，拖了三三的手，想带她走去。三三想不走，望到母亲，母亲却做样子努嘴要她去，不能不走。

可是到了那一边，两人即刻就熟了。那看护把关于乡下的一切，这样那样问了她许多，她一面答着，一面想问那女人一些事情，却找不出一句可问的话，只很希奇的望到那一顶白帽子发笑。觉得好奇怪，怎么顶在头上不怕掉下来。

过后听到母亲在那边喊自己的名字，三三也不知道还应当同看护告别，还应当说些什么话，只说妈妈喊我回去，我要走了，就一个人忙忙的跑回母亲身边，同母亲走了。

母女两人回到路上走过了一个竹林，竹林里正当到晚霞的返照，满竹林是金色的光。三三把一个空篮子戴在头上，扮作钓鱼翁的样子，同时想起总爷家养病服侍病人那个戴白帽子的女人，就和妈妈说：“娘，你看那个女人好不好？”

母亲说，“哪一个女人？”

三三好像以为这答复是母亲故意装作不明白的样子，因此稍稍有点儿不高兴，向前走去。

妈妈在后面说，“三三，你说谁？”

三三就说：“我说谁，我问你先前那个女子，你还问我！”

“我怎么知道你是说谁？你说那姑娘，脸庞红红白白的，是说她吗？”

三三才停着了脚，等着她的妈。且想起自己无道理处，悄悄的笑了。母亲赶上了三三，推着她的背，“三三，那姑娘长得好体面，你说是不是？”

三三本来就觉得这人长得体面，听到妈妈先说，所以就故意说，“体面什么？人高得像一条菜瓜，也是体面！”

“人家是读过书来的，你不看她会写字吗？”

“娘，那你明天要她拜你做干娘吧。她读过书，娘近来只欢喜读书的。”

“嗨，你瞧你！我说读书好，你就生气。可是……你难道不欢喜读书的吗？”

“男人读书还好，女人读书讨厌咧。”

“你以为她讨厌，那我们以后讨厌她得了。”

“不，干吗说‘讨厌她得了？’你并不讨厌她！”

“那你一人讨厌她好了。”

“我也不讨厌她！”

“那是谁该讨厌她？三三，你说。”

“我说，谁也不该讨厌她。”

母亲想着这个话就笑，三三想着也笑了。

三三于是又匆匆的向前走去，因为黄昏太美，三三不久又停顿在前面枫树下了，还要母亲也陪她坐一会儿，送那片云过去再走。母亲自然不会不答应的。两人坐在那石条上了，三三把头上的篮儿取下后，用手整理头发。就又想起那个男人一样短短头发的女人。母亲说：“三三，你用围裙揩揩脸，脸上出汗了。”三三好像不听到妈妈的话，眺望到另一方，她心中出奇，为什么有许多人的脸，白得像茶花。她不知不觉又把这个话同母亲说到了，母亲就说，这就是他们称呼为城里人的理由，不必擦粉脸也总是很白的。

三三说：“那不好看，”母亲也说“那自然不好看。”三三又说：“宋家的黑子姑娘才真不好看。”母亲因为到底不明白三三意思所在，拿不稳风向，所以再不敢谗言，就只貌作留神的听着，让三三自己去做结论。

三三的结论就只是故意不同母亲意见一致，可是母亲若不说话时，自己就不须结论，也闭了口，不再作声了。

是另外一天，有人从大寨里挑谷子来碾坊的，挑谷子的男人走后，留下一个女人在旁边照料到一切。这女人具一种欢喜说话的性格，且不久才从六十里外一个寨上吃喜酒回来，有一肚子的故事，许多乡村消息，得和一个人说说才舒服，所以就拿来与碾坊母女两人说。母亲因为自己有一个女儿，有些好奇的理由，专欢喜问人家到什么地方吃喜酒，看到些什么体面姑娘，看到些什么好嫁妆。她还明白，照例三三也愿意听这些故事，所以就向那个人，问了这样又问那样，要那人一五一十说出来。

三三却静静的坐在一旁，用耳朵听着，一句话不说。有时说的话那女人以为不是女孩子应当听的，声音较低时，三三就装作毫不注意的神气，用绳子结连环玩，实际上仍然听得清清楚楚。因为听到那些怪话，三三忍不住要笑了，却别过头去悄悄的笑，不让那个长舌妇人注意到。

到后那两个老太太，自然而然就说到总爷家中的来客，且说到那个白袍白帽的女人了。那妇人说：她听人说，这白帽白袍女人，是用钱雇来的，雇来照料那个先生，好几两银子一天。但她却又以为这话不十分可靠，她以为这人一定就是城里人的少奶奶，或者小姨太太。

三三的妈妈意见却同那人的恰恰相反，她以为那白袍女人，绝不是少奶奶。

那妇人就说，“你怎么知道不是少奶奶？”

三三的妈说，“怎么会是少奶奶。”

那人说：“你告我些道理。”

三三的妈说，“自然有道理，可是我说不出。”

那人说：“你又不看见，你怎么会知道。”

三三的妈说，“我怎么不看见？……”

两人争着不能解决，又都不能把理由说得完全一点儿，尤其是三三的母亲，又忘记说是听到过那一位喊叫过周小姐的话，来用作证据。三三却记到许多话，只是不高兴同那个妇人去说，所以三三就用别种的方法打乱了两人不能说清楚的问题。三三说，“娘，莫争这些事情，帮我洗头吧，我去热水。”

到后那妇人把米碾完挑走了。把水热好了的三三，坐在小凳上一面解散头发，一面带着抱怨神气向她娘说：“娘，你真奇怪，欢喜同老婆子说空话。”

“我说了些什么空话？”

“人家媳妇不媳妇，关你什么事！”

……

母亲想起什么事来了，抿着口痴了半天，轻轻的叹了一口气。

过几天，那个白帽白袍的女人，却同总爷家一个小女孩子到碾坊来玩了。玩了大半天，说了许多话。妈妈因为第一次有这么一个稀客，所以走出走进，只想杀一只肥母鸡留客吃饭，但又不敢开口，所以十分为难。

三三则把客人带到溪下游一点儿有水车的地方去，玩了好一阵，在水边摘了许多金针花，回来时又取了钓竿，搬了凳子，到溪边去陪白帽子女人钓鱼。

溪里的鱼好像也知道凑趣，那女人一根钓竿，一会儿就得了四条大鲫鱼，使她十分欢喜。到后应当回去了，女人不肯拿鱼回去，母亲可不答应，一定要她拿去。并且听白帽子女人说南瓜子好吃，就又为取了一口袋的生瓜子，要同来的那个小女孩代为拿着。

再过几天，那白脸人同总爷家管事先生，也来钓了一次鱼，又拿了许多礼物回去。

再过几天那病人却同女人在一块儿来了，来时送了一些用瓶子装的糖，还送了些别的东西，使主人不知如何措置手脚。因为不敢留这两个尊贵人吃饭，所以到两人临走时，三三母亲还捉了两只活鸡，一定要他们带回去。两人都说留到这里生蛋，用不着捉去，还不行，到后说等下一次来再杀鸡，那两只鸡才被开释放下了。

自从这两个客人到来后，碾坊里有点儿不同过去的样子，母女两人说话，提到“城里”的事情就渐渐多了。城里是什么样子，城里有些什么好处，两人本来全不知道。两人只从那个白脸男子、白袍女人的神气，以及平常从乡下人听来的种种，作为想象的根据，摹拟到城里的一切景况，都以为城里是那么一种样了：一座极大的用石头垒就的城，这城里就有许多好房子。每一栋好房子里面住了一个老爷同一群少爷；每一个人家都有许多成天穿了花绸衣服的女人，装扮得同新娘子一样，坐在家里，什么事也不必作。每一个人家，屋子里一定还有许多跟班同丫头，跟班的坐在大门前接客人的名片，丫头便为老爷剥莲心去燕窝毛。城里一定有很多条大街，街上全是车马。城里有洋人，脚干直直的，就在这类大街上走来走去。城里还有大衙门，许多官如包龙图一样，威风凛凛，一天审案到夜，夜了还得点了灯审案。城里还有好些铺子，卖的是各样稀奇古怪的东西。城里一定还有许多大庙小庙，庙里成天有人唱戏，成天也有人看戏。看戏的全是坐在一条板凳上，一面看戏一面剥黑瓜子。坏女人想勾引人就向人打瞟瞟眼。城门口有好些屠户，都长得胖墩墩的。城门口还有个王铁嘴，专门为人算命打卦。

这些情形自然都是实在的。这想象中的都市，像一个故事一样动人，保留在母女两人心上，却永远不使两人痛苦。他们在自己习惯生活中得到幸福，却又从幻想中得到快乐，所以若说过去的生活是很好的，那到后来可说是更好了。

但是，从另外一些记忆上，三三的妈妈却另外还想起了一些事情，因此有好几回同三三说话到城里时，却忽然又住了口不说下去。三三问到这是什么意思，母亲就笑着，仿佛意思就只是想笑一会儿，什么别的意思也没有。

三三可看得出母亲笑中有原因，但总没有方法知道这另外原因究竟是什么。或者是妈妈预备要搬到城里，或者是做梦到过城里，或者是因为三三长大了，背影子已像一个新娘子了，妈妈惊讶着，这些躲在老人家心上一角儿的事可多着呐。三三自己也常常发笑，且不让母亲知道那个理由。每次到溪边玩，听母亲喊“三三你回来吧”，三三一面走一面总轻轻的说：“三三不回来了，三三永不回来了。”为什么说不回来，不回来又到些什么地方来落脚，三三并不曾认真打量过。

有时候两人都说到前一晚上梦中到过的城里，看到大衙门大庙的情形，三三总以为母亲到的是一个城里，她自己所到又是一个城里。城里自然有许多，同寨子差不多一样，这个是三三早就想到了的。三三所到的城里，一定比母亲那个还远一点儿，因为母亲凡是梦到城里时，总以为同总爷家那堡子差不多，只不过大了一点儿，却并不很大。三三因为听到那白帽子女人说过，一个城里看护至少就有两百，所以她梦到的，就是两百个白帽子女人的城里！

妈妈每次进寨子送鸡蛋去，总说他们问三三，要三三去玩，三三却怪母亲不为她梳头。但有时头上辫子很好，却又说应当换干净衣服才去。一切都好了，三三却常常临时又忽然不愿意去了。母亲自然是不强着三三的。但有几次母亲有点儿不高兴了，三三先说不去，到后又去；去到那里，两人是都很快乐的。

人虽不去大寨，等待妈妈回来时，三三总很愿意听听说到那一面的事情。母亲一面说，一面望到三三的眼睛，这老人家懂得到三三心事。她自己以为十分懂得三三，所以有时话说得也稍多了一点儿，譬如关于白帽子的女人，如何照料白脸的男子那一类事，母亲说时总十分温柔，同时看三三的眼睛，也照样十分温柔，于是，这母亲，忽然又想到了远远的什么一件事，不再说下去；三三也想到了另外一件事，不必妈妈说话了，这母女就沉默了。

砦子里人有次又过碾坊来了，来时三三已出到外边往下溪水车边采金针花去了。三三回碾坊时，望到母亲同那个管事先生商量什么似的在那里谈话，管事一见到三三，就笑着什么也不说。三三望望母亲的脸，从母亲脸上颜色，她看出像有些什么事，很有点儿蹊跷。

那管事先生见到三三就说：“三三，我问你，怎么不到堡子里去玩，有人等你！”

三三望到自己手上那一把黄花，头也不抬说，“谁也不等我。”

管事先生说：“你的朋友等你。”

“没有人是我的朋友。”

“一定有人！想想看，有一个人！”

“你说有就有吧。”

“你今年几岁，是不是属龙的？”

三三对这个谈话觉得有点儿古怪，就对妈妈看着，不即作答。

管事先生却说：“你不说我也知道，你妈妈还刚刚告我，四月十七，你看对不对？”

三三心想，四月十七，五月十八你都管不着，我又不稀罕你为我拜寿。但因为听说是妈妈告的，三三就奇怪，为什么母亲同别人谈这些话。她就对母亲把小小嘴唇扁了一下，怪着她不该同人说到这些，本来折的花应送给母亲，也不高兴了，就把花放在休息着的碾盘旁，跑出到溪边，拾石子打飘飘梭去了。

不到一会儿，听到母亲送那管事先生出来了，三三赶忙用背对到大路，装着望到溪对岸那一边牛打架的样子，好让管事先生走去。管事先生见三三在水边，却停顿到路上，喊三姑娘，喊了好几声，三三还故意不理会，又才听到那管事先生笑着走了。

管事先生走后，母亲说：“三三，进屋里来，我同你说话。”

三三还是装作不听到，并不回头，也不作答。因为她似乎听到那个管事先生，临走时还说，“三三你还得请我喝酒，”这喝酒意思，她是懂得到的，所以不知为什么，今天却十分不高兴这个人。同时因为这个人同母亲一定还说了许多话，所以这时对母亲也似乎不高兴了。

到了晚上，母亲因为见到三三不说话，与平时完全不同了，母亲说：“三三，怎么，是不是生谁的气？”

三三口上轻轻的说：“没有，”心里却想哭一会儿。

过两天，三三又似乎仍然同母亲讲和了，把一切事都忘掉了，可是再也不提到大寨里去玩，再也不提醒母亲送鸡蛋给人了。同时母亲那一面，似乎也因为了一件事情，不大同三三提到城里的什么，不说是应当送鸡蛋到大寨去了。

日子慢慢的过着，许多人家田堤的新稻，为了好的日头同恰当的雨水，长出的禾穗皆垂了头。有些人家的新谷已上了仓，有些人家摘着早熟的禾线，舂[①]出新米各处送人尝新了。

因为寨子里那家嫁女的好日子快到了，搭了信来接母女两人过去陪新娘子。母亲正新为三三缝了一件葱绿布围裙要三三去住两天。三三没有什么理由可以说不去，所以母女二人就带了些礼物到寨子里来了。到了那个嫁女的家里，因为一乡的风气，在女人未出阁以前，有展览妆奁（lián）的习惯，一寨子的女人都可来看，就见到了那个白帽子的女人。她因为在乡下除了照料病人就无什么事情可作，所以一个月来在乡下就成天同乡下女人玩玩，如

---

① 舂（chōng）：把东西放在石臼或乳钵里捣掉皮壳或捣碎。

今随了别的女人来看嫁妆，所以就碰到了这母女两人。

一见面，这白帽子女人就用城里人的规矩，怪三三母亲，问为什么多久不到总爷家里来看他们；又问三三为什么忘了她。这母女两人自然什么也不好说，只按照到一个乡下人的方法，望到略显得黄瘦了的白帽子女人笑着。后来这白帽子的女人，就告给三三妈妈，说病人的病还不什么好，城里医生来了一次，以为秋天还要换换地方，预备八月里就回城去，再要到一个顶远的有海的地方养息。因为不久就要走了，所以她自己同病人，都很想母女两人，同那个小小碾坊。

这白帽子女人又说：曾托过人带信要她们来玩的，不知为什么他们不来。又说她很想再来碾坊那小潭边钓鱼，可是因为天气热了一点儿，不好出门。

这白帽子女人，望到三三的新围裙，裙上还扣了朵小花，式样秀美，就说："三三，你这个围腰真美，妈妈自己做的是不是？"

三三却因为这女人一个月以来脸晒红多了，就望到这个人的红脸好笑，笑中包含了一种纯朴的友谊。

母亲说，"我们乡下人，要什么讲究东西，只要穿得上身就好了。"因为母亲的话不大实在，三三就轻轻地接下去说，"可是改了三次。"

那白帽子女人听到这个话，向母女笑着，"老太太你真有福气，做你女儿的也真有福气。"

“这算福气吗？我们乡下人哪里比得城里人好。

因为有两个人正抬了一盒礼过去，三三追了过去想看看是什么时，白帽子女人望着三三的背影，“老太太，你三姑娘陪嫁的，一定比这家还多。”

母亲也望那一方说，“我们是穷人，姑娘嫁不出去的。”

这些话三三都听到，所以看完了那一抬礼，还不即过来。

说了一阵话，白帽子女人想邀母女两人进砦子里去看看病人。

母亲看到三三有点儿不高兴，同时且想起是空手，乡下人照例又不好意思空手进人家大门，所以就答应过两天再去。

又过了几天，母女二人在碾坊，因为谈到新娘子敷水粉的事情，想到白帽子女人的脸，一到乡下后就晒红了许多的情形，且想起那天曾答应人家的话了，所以妈妈问三三，什么时候高兴去寨子里看“城里人”。三三先是说不高兴，到后又想了一下，去也不什么要紧，就答应母亲不拘哪一天去都行。既然不拘什么时候，那么，自然第二天就可以去了。

因为记起那白帽子女人说的话，很想来碾坊玩，故三三要母亲早上同去，好就便邀客来，到了晚上再由三三送客回去。母亲却因为想到前次送那两只鸡，客人答应了下次来吃，所以还预备早早地回来，好杀鸡款客。

一早上，母女两人就提了一篮鸡蛋，向大砦走去。过桥，过竹林，过小小山坡，道旁露水还湿湿的，金铃子像敲钟一样，叮叮的从草里发出声音来，喜鹊喳喳的叫着从头上飞过去。母亲走在三三的后面，看到三三苗条如一根笋子，拿着棍儿一面走一面打道旁的草，记起从前总爷家管事先生问过她的话，不知道究竟是些什么意思。又想到几天以前，白帽子女人说及的话，就觉得这些从三三日益长大快要发生的事，不知还有许多。

她零零碎碎就记起一些属于别人的印象来了……一顶凤冠，用珠子穿好的，搁到谁的头上？二十抬贺礼，金锁金鱼，这是谁？……床上撒满了花，同百果莲子枣子，这是谁？……那三三是不是城里人？……若不是滑了一下，向前一窜，这梦还不知如何放肆做下去。

因为听到妈妈口上连作呸呸，三三才回过头来，“娘，你怎么，想些什么，差点儿把鸡蛋篮子也摔了。你想些什么？”

“我想我老了，不能进城去看世界了。”

“你难道欢喜城里吗？”

“你将来一定是要到城里去的！”

“怎么一定？我偏不上城里去！”

“那自然好极了。”

两人又走着，三三忽然又说：“娘，娘，为什么你说我要到城里去？你怎么想起这件事？”

母亲忙分辩说，“你不去城里，我也不去城里。城里天生是为城里人预备的，我们有我们的碾坊，自然不会离开。”

不到一会儿，就望到大寨那门楼了，门前有许多大榆树和梧桐。两人进了寨门向南走，快要走到时，就望见榆树下面，有许多人站立，好像在看热闹，其中还有一些人，忙手忙脚地搬移一些东西，看情形好像是发生了什么事情，或者来了远客，或者还是别的原因。母女两人也不什么出奇，依然慢慢的走过去。三三一面走一面说：“莫非是衙门的委员来了，娘，我在这里等你，你先过去看看吧。”妈妈随随便便答应着，心里觉得有点儿蹊跷，就把篮子放下要三三等着，自己赶上前去了。

这时恰巧有个妇人抱了自己孩子向北走，预备回家去，看到三三了，就问，“三三，怎么你这样早，有些什么事。”但同时却看到了三三篮里的鸡蛋了，“三三，你送谁的礼呢？”

三三说：“随便带来的。”因为不想同这人说别的话，于是低下头去，用手盘弄那个盘云的绿围腰扣子。

那妇人又说，“你妈呢？”

三三还是低着头用手向南方指着，“过那边去了。”

那女人说，“那边死了人。”

“是谁死了？”

“就是上个月从城中搬来在总爷家养病的少爷，只说是病，前一些日子还常常出外面玩，谁知忽然就死了。”

三三听到这个，心里一跳，心想，难道是真话吗？

这时节，母亲从那边也知道消息了，匆匆忙忙的跑回来，心门咚咚跳着，脸儿白白的，到了三三跟前，什么话也不说，拉着三三就走，好像是告三三，又像是自言自语的说，“就死了，就死了，真不像会死！”

但三三却立定了，问，“娘，那白脸先生死了吗？”

“都说是死了的。”

“我们难道就回去吗？”

母亲想想，真的，难道就回去？

因此母女两人又商量了一下，还是到过去看看，好知道究竟是些什么原因。三三且想见见那白帽子女人，找到白帽子女人，一切就明白了。但一走进大门边，望见许多人站在那里，大门却敞敞的开着，两人又像怕人家知道他们是来送礼的，不敢进去。在那里就听到许多人说到这个白脸人的一切，说到那个白帽子女人，称呼她为病人的媳妇，又说到别的，都显然证明这些人并不和这两个城里人有什么熟识。

三三脸白白的拉着妈妈的衣角，低声的说“娘，走。”两人就走了。

到了磨坊，因为有人挑了谷子来在等着碾米，母亲提着蛋篮子进去了，三三站立溪边，望到一泓碧流，心里好像掉了什么东西，极力去记忆这失去的东西的名称，却数不出。

母亲想起三三了，在里面喊着三三的名字，三三说：“娘，我在看虾米呢。”

“来把鸡蛋放到坛子里去，虾米在溪里可以成天看！”因为母亲那么说着，三三只好进去了。水闸门的闸板已提起，磨盘正开始在转动，母亲各处找寻油瓶，为碾盘轴木加油，三三知道那个油瓶挂在门背后，却不作声，尽母亲各处去找。三三望着那篮子，就蹲到地下去数着那篮里的鸡蛋，数了半天，到后碾米的人，问为什么那么早拿鸡蛋到别处去，送谁，三三好像不曾听到这个话，站起身来又跑出去了。

《三三》创作于1931年8月至9月，沈从文笔下的三三同《边城》里的翠翠一样，也是“真善美”的化身，她们淳朴、美丽、率真。但三三更为勇敢、爱幻想，对感情更懵懂。

作者多次写到与鱼有关的内容，这是一种意象手法。“三三的心事河里的鱼比母亲知道的还多”，我们可以看从此句出作者有着对人与自然和谐共存的美好愿望。三三不准外来人钓鱼，但是被阻止的人也没有因此而生气，反而与三三逗趣，由此可以看出，作者希望即使人与人之间存在着利益冲突，也能因善良而和谐相处。

除了鱼，作者在文中运用了其他意象，例如梦境。这些意象对人物形象的塑造、故事的发展都有着很多暗示，值得反复阅读、细细品味。

凤子（节选）

三月的北京，连翘花黄得如金子，清晨在湿露中向人微笑。春假刚还开始，园游会，男女交谊会，艺术同志远行团，……一切一切由于大学校年轻大学生，同那种不缺少童心的男女教授们组织的集会，聚集了无数青年男女，互相用无限热情消磨到这有限春光。多少年轻男子，都莫不在一种与时俱来的机会上，于沉醉狂欢情形中，享受到身边年轻女子小嘴长臂的温柔。同一时节，青年男子××，怀了与世长辞的心情，一个人离开了北京，上了××每早向南远远开去的火车。这年轻男子，纯洁如美玉，俊拔如白鹤，为了那种对于女人方面的失意，尊重别人，牺牲自己，保持到一个有教育的男子的本分，便毫无言语，守着沉默，离开了××学校同北京。这年轻人为龙朱的同乡，原来生长的地方，同后来转变的生活，形成了他的性格，那种性格，在智慧某一方面，培养了一种特殊处，在生活某一方面，便自然而然造成了一点儿悲剧。为了避免这悲剧折磨到自己，毁灭了自己，且为了另一人的安静与幸福设想，他用败北的意义而逃遁，向山东的海边走去。

一、寄居青岛的生活

到了山东青岛，借用了一个别名，作为青岛的长期寄居者后，除了一个在北京的哲学教授某某，代理他过某处去为他取那一点儿固定的收入，汇寄给这个人生败北的逃亡者，知道他的行踪外，其余就再也无一个人知道他的去处。既离开北京那么远，所在的地方又那么陌生，世界上一切仿佛正在把他忘却，每日继续发生无数新鲜事情，一切人忘了他，他慢慢的便把一切也同样忘去了。这一点儿，对于他自然是一种适当的改变。同一切充满了极难得的亲切友谊离远，也便可同一切由于那种友谊而来的误会与痛苦离远，这正是他所必须的一件事。一个新的世界，将使他可以好好休息一阵。青岛的不值钱的阳光，同那种花钱也不容易从别处买到的海上空气，治疗到他那一颗倦于周旋人事思索爱憎的心。过了一阵日子以后，在十分单纯寂寞生活里，间或从朋友那一方面，听到一点儿别处传来关于他离开××以后的流言，那种出于人类无知与好奇的创作，在他看来，也觉得十分平淡，正如所谈的种种，不大像是自己事情一样。从这些离奇不经传说上，大都只给了他一个微笑的机会。一堆日子悠悠的过去，青岛上的空气同日光，把他的性格开始加以改变，这年轻人某种受损害了的感情，为时不久就完全恢复过来了。

这年轻人住的地方去海并不很远。他应感谢的，是他所生长那个湘西野蛮地方，溪涧同山头无数重叠，养成了在散步情形中，永远不知疲倦的习惯。为了那一片大海，有秩序的荡动，可以调整到他的呼吸。为了海边一片白色的沙滩，那么平坦，在潮水退过的湿沙上，留下无数放光的东西，全是那么美丽，因此这个人，差不多每一天总到那里去，在那将边留下一列长长的足樱无边的大海，扩张了他思索的范围，使他习惯了向人生更远一处去瞭望。螺蚌的尸骸，使他明白了历史，在他个人本身以外，做过了些什么事情。贴到透蓝天上的日头，温暖到这年轻人的全身，血在管子里流得通畅而有秩序。在这种情形下，这年轻人的心情，乃常如大海柔和，如沙滩平净。

默思的朴素的生活的继续，给他一种智慧的增益，灵魂的光辉。

他所住的地方，在一个坡上。青岛上的房子，原来就多位置在坡上的。那是一个孤独的房子，但离一堆整齐的建筑，××区立大学的校址，距离却并不很远。房子不大，位置极为适当。从外面看去，具备了青岛住宅区避暑游息别墅的一切条件。整齐的草坪，宽阔的走廊，可以接受充足阳光的窗户，以及其附近的无刺槐树林，同加拿大白杨林，皆配置得十分美丽。从内面看来，则稍稍显得简单朴素了一点儿。房东是一个单身男子，除了六月时从北方接回那个在女子大学念书的唯一女儿，同住两个月外，没有其他亲眷，也没有其他朋友。到后不知如何，把楼下六个房间全租给了××大学的教授们住下，因此一来，便仿佛成为一个寄宿舍了。他的住处同房东在楼上一层，东家一个年老仆人，照料到他饮食同一切，和照料他的主人一样的极有条理。作客人的又十分清简，无人往来，故主客十分相安。从他住处的窗户望出去，可以眺望到远远的海，每日无时不在那里变化颜色。一些散布在斜坡下不甚整齐的树林，冬天以来，落尽了叶子，矗着一片银色的树枝，在太阳下皆十分静谧安详。连同那个每日皆不缺少华洋绅士打高尔夫球的草坪一角，与无数参差不等排列在山下的红瓦白墙小房子，收入到这个人窗户时，便俨然一幅优美的图画。

自从住处成为××大学宿舍后，那房子里便稍稍热闹了一点儿。在甬道上或楼梯边，常常有炒菜的油气，同煤炉的磺黄气，还有咖啡气味，有烟卷气味。若照房东的仆人，自己先申明到他是“尊重他官能的感觉”的言语，“说得全不是谎话”，那么，甬道上另外还有一种气味，便应当是从那些胖大一点儿的教授们身体上留下来的。这里原住得有六个教授，一切的气味，不必说，自然是从那些编了号的房中溢出，才停顿到甬道上的。这些人似乎因为具有一种极高的知识，各人还都知道注意安静。冬天来时，各人无事，大致皆各关着房门，蹲守到自己房中火炉边，默思人生最艰深的问题，安静沉着如猫儿。在冬天，从甬通出去那个公共大门铜扭上头，被不知谁某，贴上了一个小小字条，很工整的写着：“请您驾把门带上”的，那样客气的字句，于是大家都极小心的，进出时不忘却把门带上。因此一来，住到楼上的他，初初从外面进门时，在那甬道间，为了一种包含了各样味道的热气，不免略略感觉到一点儿头昏。

但冬天不久就过去了。种种情形，已被春天所消灭，同时他渐渐的也觉得习惯了。故本来预备在春天搬一个家，到后来，反而以为同这些哲人知人住在一个大房子里，别人对于他不着意，为很有意思了。

他住到这里也快有一年了。那个唯一朋友，因为听到他在这边日子过得很好，所以来信总赞助他到第二年再离开此地。且对于他完全放下所学的艺术，来在默思里读××哲学，尤加赞美。××哲学可以治疗到这年轻人对男女爱情顽固的痼疾，故一面同意他的生活，一面还寄了不少关于×××的书来。

春天来时，不单通甬道那个门可以敞开，早晚之间，那些先生们的房子里一切，也间或可以从那些编了号的房门边，望得很清楚了。有些房里，一些书，几乎从地板上起始，堆积将到楼顶，这显然是一个不怕压坏神经的教授房子。另外一些房里，又只随便那么几本书，用一种洒脱的风度，搁在桌头上，一张铁床斜斜的铺着，对准了床头，便挂了一幅月份牌。（月份牌上面，画一时装美人，红红的脸庞，像是在另外一些地方，譬如县公署的收发处，洗染公司的柜台里，小医院男看护的房间里，都曾经很适当的那么被人悬挂着，且被人极亲切的想着，一到了梦中，似乎这画中人，就会盈盈走下，傍近床边。）此外，间或也可以听到这些先生们元气十足的朗朗笑声，同低唱高歌声音了。那住处楼下一层，春天来仿佛已充满了人情，凡属所见所闻，同时令还不什么十分违悖，所以他一面算到他来此的日子，一面也似乎才憬然明白，虽说逃亡到了这里，无一个熟人，清净无为如道士，可仍然并没有完全同人间离开。

良好米饭可以增补人的气力，适当运动可以增加人的体重，书本能够使一个人智慧，金钱能够给世界上女人幸福：可是，大海同日光，并没有把人类某一种平庸与粗俗减少一点儿，这个年轻人初初注意发现它时很惊讶的。不过这并不是人的错处。一切先生们，全是从别一个地方聘请来的！一切人都从那个俗气的社会里长大，“莲花从脏泥里开莲花，人在世界上还始终仍然是人。”××哲学对于他有所启示。年轻人既然有一双健康的脚，可以把他身体每天带到海边去，而那种幻想，又可以把他的灵魂带到大海另一端更远处去，关于人的种种问题，也就不必注意，骚扰到这个平静的心了。

二、一个黄昏

他的住处既然在山上，去海边时，若遵照大路走去，距离就约有一里远近。若放弃了那条大路的方便，行不由径，从白杨林一直下去，打一些人家的屋后，翻过一道篱笆，钻过一个灌木树林，再遵小道走下去，也可以走到海边。从这条道路走去，距离似乎还近了一点儿。这年轻人为了一种趣味，一点儿附在年轻人身上的孩子心情，总常常走那条小路。另外一个理由，便是因为从那条捷径走去，则应当由一家房子的围墙边过身，从低低的围墙上，可以望到一个布置得异常精美的庭园。同时那人家有两只黑色巨獒，身体庞大，却和气异常，一种很希奇的原因，这年轻人同那两只狗在他同它的主人相熟以前，就先同它成为朋友了。他每次走那人家墙外过身时，两只狗若在园中，必赶忙跑到墙边来，轻轻的吠着，好像在说，“你进来，看看我们这个花园，这里并没有什么人。”

两只狗似乎是十分寂寞的。那屋里当真就没有什么人，永远只是一个老年绅士，穿了宽博的白衣，沉默的坐在屋前，望到那两只狗，在花园里跑着闹着，显得十分快乐的样子。似乎任何一天，这人都不离开那小屋同花园。似乎所有的亲人，就只身边那两只狗。

这隐士的生活，给了年轻人一种特别的印象。有时候停顿在围墙外，那老绅士正在墙内草坪上，同那只黑狗玩着，互相皆望到时，便互相交换一度客气的微笑。但因为某种原因，这种善意的微笑，在这地方的住居者看来，也早成为一种普遍的敬礼，算不得什么希奇了。从这机会上，到成为两个朋友，还隔了一种东西，这一点儿年轻人是明白的。

下面一件事，还应当把时间溯回去一点儿，发生到去年九月末十月初边。

有一天，一个黄昏里，落日如人世间巨人一样，最后的光明烧红了整个海面，大地给普遍镀成金色，天上返照到薄云成五色明霞，一切皆如为一只神的巨手所涂抹着，移动着，即如那已成为黑色了的一角，也依然具一种炫耀惊人的光影。

年轻人在海滩边，感情上也俨然镀了落日的光明，与世界一同在沉静中，送着向海面沉坠的余影。

年轻人幻想浴了黄昏的微明，驰骋到生活极辽远边界上去。一个其声低郁来自浮在海上小船的角声正掠着水面，摇荡在暮气里。沙滩上远近的人物，在紫色暮气中，已渐次消失了身体的轮廓。天上一隅，尚残留一线紫色，薄明媚人。晚潮微有声息，开始轻轻的啮咬到边岸。……那时节残秋已尽，各处来此的人皆多数已离开了此地，黄昏中到海滨沙上来消磨那个动人黄昏的，人数已不如半月前那么拥挤。因为舍不得这海边，故远远的山嘴上，海军学校兵营喇叭声音飘来时，他反而向更远一点儿的地方走去。他旋即休息到一只搁在沙上的小游艇边，孤独的眺望到天边那一线残余云彩。

只听到身近边，有一个低低的中年男子的声音，“你瞧，凤子。你瞧，天上的云，神的手腕，那么横横的一笔！”

一个女人一面笑着，一面很轻的说了一句话。没有听清楚说的是什么，但从那个情形里看来，两人是正向那一线紫色注意，年轻人所注意的地方，同时另外还有四只眼睛望着的。

那两人似乎还刚从什么地方过来，坐到沙上不久，女人第二次很轻的说了一句话，就听到那男子又说："年轻人的心永远是热的，这里的沙子可永远是凉爽的。"

女人仍然笑着。"这一线紫色，这一派角色，这一片海，无颜色可涂抹的画，无声音可模仿的歌，无文字可写成的诗！"

那女人，听到这个学究风度的描画，就又轻轻的笑了。从这种稍稍显得放肆了一点儿快乐笑声里，可以知道女人的年龄，还不应当过二十岁。

女人似乎还故意那么反复的说着："无文字的诗，无颜色的画，这是什么诗？我永远读不熟！"

那男子说："凤子，你是小孩子。这种诗原不是为你们预备的，这理由就是因为你们年轻了一点儿。一个人年轻并不是罪过，不过你们认识世界，就只用得着一双眼睛，所以我成天听到你说，这个好看，那个不好看。年轻人的眼睛，中意一切放光热闹的东西，就因为自己也是一种放光热闹的东西！可是……"

"你要我承认一切是美的，我已承认了！"

男子就说，"你把一切自然的看得太平常，这不是一件很公平的事。"

女人仿佛仍然笑着，且从沙地站起来，距离是那么近，白色的衣服，在黑暗中便为女人身体画出一个十分苗条的轮廓。

因为站起了身子，所以说话声音也清楚多了，女人说，"我承认一切都是美的。甚至于你所称赞到的，那船上人吹的角声，摇荡在这空气里，也全是美的。可是什么美会成为惊人的东西？任什么我也不至于吃惊。一切都那么自然，都那么永远守着一种秩序，为什么要吃惊？”

男子声音：“一切都那么自然，就更加应当吃惊！为什么这样自然？匀称，和谐，统一，是谁的能力？……是的，是的，是自然的能力。但这自然的可惊能力，从神字以外，还可找寻什么适当其德性的名称？凤子，你是年轻人，你正在生活，你就不会明白生活。你自己那么惊人的美丽，就从不会自己吃惊！你对镜子会觉得自己很美，但毫不出奇。你觉得一切都要美一点儿，但凡属于美的，总不至于使你惊讶。

女人说：“我不明白，为什么原因，我们要惊讶我们成天看到的东西。”

男人便重复的说：“凤子，你是小孩子，你不会明白的。”

女人没有再说什么，重新坐下去，说了几句话，声音太低，听不清楚了，最后只听到“浮在海上的小船，有一个人拉篷，那个小灯，却挂在桅上”，似乎正在那里，指点海面一切给男子知道。坐在两丈以内的年轻人，同意了那中年男子对于女人的“小孩子”称呼，在暗中独自微笑了。

可是听到女人报告海面一切时，那中年男子，却似乎轻轻的叹息了一声，稍稍沉默了。过了一阵，才听到那男子换了一个方向，低低的说："你们年轻人的眼睛，神的手段！"

女人一面笑着，一面便低低的喊叫起来："天啊，什么神的手段，被你来解释！"

男人说，"为什么不是一件奇迹呢？老年人的眼睛，一种多么可怜的东西！枯竭的泉水，春天同夏天还可以重新再来，人一老去，一切官能都那么旧了。一切都得重新另作，一切都不在那个原来位置上重显奇迹。把老年人全都收回去，把年轻人各安置一颗天真纯朴的心，一双清明无邪的眼睛，一副聪明完全的耳朵，以及一个可以消化任何食物的强健胃口，这一切一切，不容人类参加任何意见的自然。归谁来支配？归谁来负责？……"女人说，"我们自己在那里支配自己，这解释不够完全了么？"

男人说，"谁能够支配自己？凤子。……是的，哲学就正在那里告给我们思索一切。科学则正在那里支配人所有的一部分。但我说的是另外一件东西，你若多知道一点儿，便可以明白，我们并无能力支配自己。一切都还是有一只看不见的手在提弄，一切都近于凑巧。譬如说，我这样一个人，应当怎么样？能够怎么样？我愿意我年轻一点儿，愿意同你一样，对一切都十分满意，日子过得快乐而健康，一个医生可以支配我吗？我愿意死了，因为你的存在，就不能死。……有一样东西就不许可我，即或我自己来否认我是一个老人，有一样东西……"

女人似乎不说什么话，只傍到男子微笑，同时也就正永远用这种微笑否认着。男子把话说来，引起了一种灵魂上的骚扰，到后自己便沉默了。

一会儿，女子开始说着别一种话，男子回答着，听到几句以后，再说下去，又听不清楚了。

女人回答得很轻，男子接着又说，“是的，是的，你说得不错。生活过来的人思索到的事情，不应当要那些正在生活的人去明白。生活是年轻人一种权利，而思索反省却是一个再没有生活权利了的老年人的义务。可是我正想到另外一件事情。……”女人似乎问到那男子，男子便略带着年长人的口吻，“凤子，你是小孩子，你不会知道的。”

两人大致还继续在说那一件事情，另一处过来了两个俄国妇人，一面豪纵的笑着，一面说着俄语，这一边的言语便混乱了。等到那俄国妇人走过去后，这边两人也沉默了。那时海面小船上的角声，早已停止，山嘴上一个外国人饭店里，遥遥的送了一片音乐过来。

经过了一些时间，只听到女人仍然那么快乐的笑着，轻轻的说，“回去了罢，我饿了！”两个人于是全站起来，男子走近水边，望了一会儿，两人就向东边走去了。

两人关系既完全不像夫妇，又不大像父女，年龄思想全极不相称，却同两个最好的朋友一样那么亲切的谈到一切。而且各带了这样一种任性的神气，谈到各样问题。这种少见的友谊，引起了默坐在船旁的年轻人一种注意，等到两个人走后，就无意中也跟到后面走去。他估量到在那边大路灯下，一定可以看清楚两人的脸貌。到了出口处，女人正傍到那个肩背微偻的男子走着，正因为从背后望去，在路灯下，那个女人身体背影异常动人，且行走时风度美极，这年轻男子忽然感到一种不可言说的惆怅，便变更了计划，站定在路旁暗处，让那两个人走去了。

回到住处以后，为了一点儿古怪的原因，那女人的风度，竟保留到这个逃亡者记忆上没有擦去。同时，他觉得“凤子”这个名字，好像在耳朵边，不久就已十分熟悉了。但这女人是谁？那中年男子是谁？他是无从知道的。好在青岛地方避暑的游人，自从八月以来，就渐渐的在减少，十月以后，每到黄昏时节，两人比肩来到海滩上，消磨这个黄昏的，人数已极有限了。他心里就估量着：“第一次为黄昏所迷的人，第二次决不会忘记了这海滨。”他便期待着那个孪生的巧遇。

那一对不相识的男女，一点儿谈话引起了他一种兴味，这年轻人希望认识那个有趣味的中年男子的欲望，似乎比想看看那年轻女人的心情还深切。青岛十月以来，每一个黄昏，落日依然那么燃烧到海上同天空，使一切光景十分庄严华丽，眩人心目。可是同样的事，第二次始终没有机会得到。一点儿印象如一粒小小白石，投在他平静的心上，动荡成一个圆圆的圈儿，这圆圈，便跟随了每一个日子而散开，渐渐的平静下来。于是，一堆日子悄悄过去了。于是，冬天把雪同风从海上带来，接着新的春天也来了。

三、隐者朋友

四月的清晨，一切爽朗柔和。每个早晨日头从海面薄雾里浮出后，便有一万条金色飘带，在海上摇动。薄媚浅红的早霞，散布在天上成一片。远近小山同树林，皆镀上银红色早雾。新生的草木，在清新空气里，各湿湿的蒸发一种香气，且静静的立着，如云石镇上的妇人，等候男巫的样子，各在沉默里等待日头的上升。年轻人拿了一枝竹枝，一路轻轻的鞭打到身旁左右的灌木，从那条小路向山下走去。走过了那一片树林，转过一片草地，从那孤单老绅士家矮围墙边过身时，正看到那个老绅士，穿了一件短短的条子绒汗衫，裸了一双臂膀，蹲到一株花树下面，用小铲撮土。那个方法一望而知就有了错误。那株花树应当照到原来的方向位置，那绅士并没安置得适当，照例这一株树是不会活的。那个时节那两只狗正在园中追逐，见到了墙外的年轻人了，就跑过来，把前脚搭在墙上，同他表示亲昵。同时且轻轻的吠着，好像同他那么批评到它的主人："你瞧，花应当那么栽吗？你瞧，这花值几块钱吗？"年轻人同时心里也就正那么想着："这花实在不应当那样栽的。"他便那么立着停顿不动了。他等候一个机会，将向这个主人作一种善意的建议。

那主人见到这一边情形了。他的狗对外人那么和气亲切，似乎极其满意，便对墙外的年轻人和善的笑着，点了一下头。

“先生，天气真好！你说，空气不同很好的酒一样吗？”

年轻人说：“是的，先生，这早上空气当真同酒一样。不过我是一个平时不大喝酒的人，请你原谅，容许我另外找寻一个比喻。”但一时并没有较好的比喻可找寻，所以他接着就说：“这空气比酒应当还好一点儿，我觉得它有甜味。”

“那么，蜜酒你觉得怎么样？”

“好吧，算它是蜜酒吧。先生，您这两只狗不坏，雄壮得简直是两只豹子。”

“这狗有豹子的身份，具绵羊的灵魂。”接着便站了起来，“我看你倒很早，每天你都……你精神倒真是一只豹子！”

“老先生，你也早！你不觉得你很像一个年轻人吗？”

那老绅士听到人家对于他的健康，加以风趣的批评，就摇头笑了。“你应当明白你是豹子呀！”那时正有一群乌鸦在空中飞过去，引起了他的仰首，“不过，你瞧，老鸹比我们都早，这东西还会飞！”

一点儿放肆的，稍稍缺少庄重，不大合乎平常规矩的谈话，连接了两个人的友谊。不到一会儿，墙外那一个，便被主人请进花园里了。第一次作客，就是从那一道围墙跳进去的，这种主客洒脱处，证明了某种琐碎的礼节，不适用于他们此后的交谊。到了花园以后，那两只黑色巨獒，也显得十分快乐，扑到客人身上来，闹了一会儿，带了一种高兴的神气，满园各处跑去。他们已经谈到栽花的事情了，这客人一面说到一种栽移果树的规矩，说明那株花树应当取原来方向的理由，一面便为动手去改动。那绅士对于客人所说到的经验颔首不已，快乐的搓着两只手，带一点儿轻微的嘲弄的神气，轻轻的说："我看你是一个农业大学的学生。"

这话似乎并不是预备同客人说的。客人却说："叫我做农夫，我以为较相宜一点儿。"

老绅士就说："这是我的错误，因为把一个技师当成了学徒。"

"没有的，你这是把我估计错了。我并不是技师。"

因为绅士正像想到什么话，微笑着，没有说下去，客人又说："我是一个砍了少许大树，却栽过许多小树的人。……"

绅士把手很快乐的摇着，制止到客人言语的继续。"那莫管罢。你不做这件事，一定就做那件事。你不像一个平常人，也正如我不像一个更夫一样。你不要再说下去，我倒看出你是什么地方的人了。"这绅士随即就用一种确定的神气，说明了客人的籍贯。且接着那么说着："你并不谎我，你的确是一个农人，因为你那地方，除了这一种人没有别的职业。你是那地方生长的。可是，为什么原因，那地方会产出那么体面的手臂，体面的眼睛，和那不可企及的年轻人的风度？……"

忽然听到一个陌生人，很冒昧的也很坚定的说到他是什么地方的人，且完全没有说错，这年轻人为了一种意外的惊讶，显得有一点儿呆板了。他回答说，“先生，这是我难于相信的，因为你并没有说错！我听到你用我那地方人的言语，说我们那里的一切，我疑心是一个梦。”

绅士见到面前的人承认了，也显得十分快乐。“这应当是一个梦的，因为在此地我能碰到你！”

“我听人提到我那里一切，似乎……”

“是的，那是一样的，所生长的乡下，蚂蚁也比别处的美丽，托尔斯泰先就为我们说过了！”

“可是，我得问你，不许你推辞，你把我带走了五千里路，带回了十五年岁月，你得说明这个古怪地方，你从什么方面知道！”

“你瞧，你脸色全变了。一句话不如一个雷，值不得惊讶到这样子！”

绅士于是微微的笑着，把客人拉到屋前廊下，安置那年轻人到一个椅子上坐上，自己就站在客人的面前。“用镇筸[①]地方的比喻来说罢，我从一堆桃子里，检出一颗桃子，就明白它是我屋后树上的桃子。你会不会相信，我从你十句话里，听到了一个熟悉的字眼，就知道你是镇筸的人？”

---

① 镇筸（gān）：地名，旧时对湖南凤凰县南的称呼。

“可是你不是我那里的人，你说话的文法并不全对！”

“你的猜想并不错误，我并非生长在那地方的树，却是流过那小河的鱼。我到过你那里，吃过那地方井水，睡过那地方木床，这一切我都不能忘记！”

主人到后进屋里拿了一些水果出来，一面用一把小刀削去大梨的外面，一面就赞美镇筸的水果。

客人说，“先生，你明白我意思，我正在恭恭敬敬听你告诉我那地方的一切，我离开了那个地方有了十五年。我这怀乡病者的弱点，是不想瞒你也不能瞒你的！”

那绅士说：“我盼望你告诉我的，是十五年以前一切的情形。多可怜的事，我二十年不见那个地方了！谁知道在梦里永远不变的，事实上将变成什么样子呢？好的风俗同好的水果，会不会为这个时代带走呢？假若你害的是一种怀乡病，我这一尾从那小河里过道的鱼，应当害得是一种什么样的疾病呢？”

一种希奇的遇合，把海滩上两粒细沙子黏合到了一处。一切不可能的，在一个意外的机会上，却这样发生了。当两人把话尽兴的说下去，直到分手时，两人都似乎各年轻了十岁。

为了纪念这一种巧遇，客人临走时节，那绅士，摘了屋前一朵黄色草花，一面插到年轻客人帽子上去，一面却说：“照你们镇筸的习惯，我们从此是同年了。这是一个故事，别忘了这故事是应当延长下去的。所以你随时都不妨到我这里来，任何时节你都是一位受欢迎的朋友。你若果觉得是一个镇箪人，等不及我来为你开门，就仍然得从墙上跳进来。我这大门原是为那些送牛奶人同信差预备的，接待你并不相称！”

那时候两只黑色大狗，正站在他们的身傍，听到大门边门铃响动，忙跑过去，瞻望了门边一下，就把邮差搁到石阶级上两封信同一卷报纸，衔到主人身边来了。那绅士把信件接到手上，吩咐那只较大的狗：“傩送，去开门罢。以后不要忘记，一见了这个客人，就应当开门把客人接进来，知道了么？”那狗好像完全懂得到主人的意思，向客人望着，低低的吠了一声，假若它是会说话，将那么说：“我全知道。”接着即刻就很敏捷的跑过去，咬着那大门前的铁把手，且用力一撞，把栅栏门便撞开了。

“难道这个有风趣的老人，是去年十月，在海边黄昏中说话那一个吗？”一个过去的影子，如一只黑色的鸟儿，掠过年轻人的心头，在回家的路上，他不大相信他今天所遇见的事情。

四、某一个晚上绅士的客厅里

因为一个感觉使他心上温暖起来，所以他就想从这老绅士方面，知道去年海边那两个人，那一件事。但这个机会，似乎被年轻人自己一种顾虑所阻拦了。一点儿不可解释的心情，使这年轻人同这老绅士接近时，好一些日子，竟只能谈到两人皆念念不忘的那个边疆僻地。各人都仿佛为了某样忌讳，只能数说到过去，却对于如何就成了目前的种种，可不大提及。

并且说到过去，也多数是提到那一个地方，关于风俗与人情的美丽宜人处，皆有意避开其他事情。照××地方人的习惯看来，这种交情并不妨碍友谊的诚实。两人把愿意说到的说去，互相都缺少都会上人那种探寻别人一切而自己却不开口的恶习。两人一切话语皆由自己说出，不说到的对方从不侦察，不欲说的即或对方无意中道及，也不妨不理。两人因为那一个××人的习惯，因此把年龄的差别忘掉，把友谊在另一默契下，极亲切的成立了。

但由于诚实的自白，两人不久却都知道了对方皆是孤独的住在此地，都不必做事，各凭了一定固定的收入，很从容的维持着生活。这一点点了解，把年轻人另一种疑心除去了。

那老绅士的确不出大门的。一切生活都为一男仆处置。那男仆穿了干净的衣服，从不说话，按照规矩做一切事情。白天无事时，把屋外花园整理得如块精美地毡，不到花园做事，就在各处窗户边徘徊，把各个窗户里外，揩拭得异常洁净。即或主人要他做什么买什么时，也不见这男仆说话，只遵照主人吩咐去做。因此使人疑心，这人上街买什么时，一定也只是用手指指，不需说话。但从各方面看来，这主仆二人是毫无芥蒂过着日子的。老绅士生活，除了每天在太阳下走走，坐到屋前廊下，吃一点儿白水，命令那两只大狗，作一点儿可笑的动作以外，就在自己卧房里，看看旧书，抄些所欢喜的东西。那个布置得极其舒服的客厅，长年似乎就从无一个客人惠临。一间小书房，无数书籍重叠的堆积，用黄色绸子遮掩着。壁间空处挂一些古铜戈和古匕首，近窗书桌上陈列无数精致异常的笔墨同几件希有的磁器，附带说明这一家之主，对于本国艺术文物的鉴别力，如何超人一等。但这寂寞的人，年龄不可欺骗已过了五十，心情和外表都似乎为了一种过去的生活，磨折到成了一个老人。一种长时间的隐居生活，更使他同人世一切取了一种分离态度，与这个世界日益相远。但自从与年轻人相熟以后，在这个绅士感情上，却见出仍然有一种极厚的人情味。这个绅士由他年轻的友人看来，仍然不缺少一个年轻男子的精神。生命的光焰虽然由于体质上的衰老，不能再产生那种对于人生固执的热力，已转成为一种风趣而溢出，但隐藏在那个中年的躯壳中的，依然是一颗既不缺少幻想也不倦于幻想的心。长时间的隐居，正似乎是这个绅士，有意把他由于年龄而来的不可避免的拘束减少一点儿的手段，却在隐遁情形中，打量生活到那个过去已经生活过的年轻时代里去的。从这件新的友谊上，恰证明了年轻人对于他老友所加的观察，并没有如何错误。

绅士的沉默，只似乎平时无人可以说话的原因。他所需要的，是同一个人，来说他年轻时代的种种。最好还要这个人能有××地方人民的风格，每一只脚不必穿一只合适的鞋子，每一句话却不能缺少一个恰当的比喻。这个人现在已于无意中得到，因此他自然忽然便年轻起来，他的朋友，也自然而然把年龄为人所画出的界线，一同忘掉了。既然两人把友谊成立到那另一个世界里的一切，慢慢的，这被世人所不知的地方，被历史所遗忘的民族，两人便不能顾忌，渐渐的都要提到了。……稍后一点儿日子里，某一个晚上，便轮到那老年绅士，在他那布置得十分舒服的客厅中，柔软的灯光下，向年轻人坦白的提到那个眷念××地方的理由了！

那时节老年绅士坐到年轻人的对面，正在用刀为他的朋友割切一个橘子。一面把切好了的橘子，亲热的递给了他的朋友，一面望到那年轻人华丽优雅的仪表。绅士眼睛中有一种只应当在年轻人眼睛中燃烧的光辉。绅士轻轻的几乎是无声的说，“真是怎样一个神的手段！”年轻人没有听到，因为所吃的橘子十分佳美，只当是称赞到青岛的橘子。

绅士便说：“镇箪地方壮大新鲜长年无缺的瓜果，养成我这种年龄的人有童心的嗜好。二十年来若每天没有一点儿水果伴到我，竟比没有书籍还似乎难以忍受。”

年轻人说：“这种嗜好也同读××差不多，不算一件坏事情。”

“是的，在一个大图书馆里去，看书是一件多么方便的事。到××

去，瓜果并不值钱。可是这种嗜好在××为一种童心，在别处则常常为一种奢侈。正如用丰富的比喻说话一样，在××可以连接两人的友谊，在别处则成为一种浪费。××地方山中的桃李橘柚，与蕴藏在每一个人口中的甜蜜智慧言语，同这里海边的鱼蟹盐沙，原是同样不能论价的东西！”

年轻人微笑着，同意了这个比拟。他不愿意用这十余年来日子所加于每一个人身上的变化，联想到这些日子在其他物质上的改革。他自己所梦想到的，一切也仍然是那么一个野蛮粗暴的世界。在那一片野蛮粗暴的地方，有若干精悍，朴厚，热情的灵魂，生气勃勃的过着每一个日子。二十年来新的一页历史，正消灭到中国旧的一切，然而这隐藏在天的一角，黑石瘦确群山之中，参天杉树与有毒草木下面，一点儿残余的人民，因为那种单纯，那种忍耐，那种多年来的由于地方所形成的某种固执，这时候已成了什么样的变化，谁能知道谁能说明呢？

因为提到了嗜好，绅士到后忽然叹喟起来，显然为那个嗜好的来源，略略感到了一点儿惆怅。绅士说，“××地方的栗树，为我留下一个不可磨灭的印象。”

年轻人说：“××栗树并不很美，正如××野猪并不很美。××最美的树当是杉树，常年披上深绿鸟羽形的叶子，凝静的立定，作成一种向天空极力伸去的风度。那种风度是那么雅致，那么有力，同时还那么高尚不可企及。按照××的山歌：情人为人中之杉，杉树为树中之王。那称呼毫不觉得溢美。”

绅士接到说：“是的，我见过那种杉树，熟悉那个名言。谁有能力来否认，身在那种大树面前，不感觉到自己的卑小与猥俗[①]？我并不称扬栗树，以为那胜过杉树。我想起的是那栗树上所结的无数带刺圆球。八月九月，明黄的日头，疏疏地泼了一林阳光，在一切沉静里，山头伐树人的歌声，懒散的唱着，调节到他斧斤的次数。就是那种枝叶倔强朴野的栗树，带刺的球体自动继续爆炸，半圆形的硬壳果实，乌金色的光泽，落地时微小的声音，这是一种圣境！自然在成熟一切，在创造一切，伐树人的歌声，即在赞美这自然意义中，长久不歇。这境界二十年来没有被时间拭去，可是，我今年已五十五岁了，就记到这个，多明朗的一个印象！”

“时间使树木长大，江河更改，天地变色，少壮如狮子的人为尘为土，这个我们不能不承认。不过有多少事情，在其他方面极易消失的，在我们记忆上，却永远年轻。譬如一个女人，不尽只能在钟情于她的男子心中永远年轻，且留到诗人的诗歌上面以后，这女人在一组文字上，也永远有青春的光辉，如一朵花，如一片霞，照耀人的眼目……”老年绅士听到这个议论，因为正提到他心中所思量到的一个问题，似乎稍稍受了一点儿寒气，望到他年轻朋友，把那个斑白的端整的头摇动不已，

① 猥俗：意为粗野庸俗。

带点儿抗议性质说道："这是一件事实，我的朋友。只是这一句话不是你年轻人说的。这是为老年而有所钟情的人一个说明。你是一个年轻人，你不适宜于说这句话。"

年轻人承认了这一点儿，显露出谦虚和坦白微笑，解释到这句话的来源。"这是从一本书上记下的。这话或者我将来还有用处，等到将来看去。至于现在，假若这句话适用于事实，我想象在我面前的老友，一定就有一点儿事情，行将同我说到。"

绅士瞥望到天花板，好像找寻一种帮助，"可惜得很，当我年轻一点儿的时节，天并不吝惜给我一些机会，安置我到一种神奇故事里去。不过郭景纯[②]那一枝生花的妙笔，并没有借给过我，诗人的才气于我无分。一些不可忘却的印象，如今只能埋葬在那么一个敝旧的躯壳里，再过不久，这敝旧躯壳，便又将埋葬到黄土里了。"

"若我有幸福可以从老友口中听到这个故事，这故事行将同样的纯洁的保留到这一个年轻一点儿的心上，重新放出一种光辉。"

"我愿意把它安置到一个年轻人心上去，我愿意做这件事。而且没有比你更适当的一个人，使我极方便的说到这件事。不过杉树的叶子因对生而显得完美，我担心我的言语，不能如一首有韵的诗那么整齐。"

"对生的皂角未必比松树还美。松树的叶子，生来就十分紊乱，缺

② 郭景纯：郭璞，字景纯。两晋时期著名文学家、训诂学家。以"游仙诗"名重当世。

少秩序。”

“这松树老了，已经为岁月人事把心蚀空了。”

“为了位置一个与日俱增的经验，长江大河也正在让流水淘蚀。这是一种自然的规律。”

“可是一切改变皆使人不欢，秋天来时草木也十分忧郁。”

“假若草木能有知觉，它在希望或追忆里，为未来或过去那个春天，它应当是快乐的。”

绅士对于这个对白发生了一种思索的兴味，他愿意接续到这一点儿问题上，思想徘徊逍遥。他承认了年轻人的议论，同时又有所否认。他说：“是的，草木应当快乐，因为它有第二个春天可以等待。这一方面我们可仍然看出了人类的悲惨处，因为人类并没有未来。一个年轻人在爱情中常常悬想到未来，便极胡涂的打发了现在。到了老年，明白未来永远不会来到了，想象的营养，便只好从过去那个仓库里支取他的储蓄。我就是只能取用昨天储蓄却不能希望明天的一个人。”

年轻人在这个储蓄比喻上，放下另外一个意见。“一个有面粉同金块储蓄的人，永远不至于为生活艰难所困；一个不缺少人生经验的人，他那取之不竭的智慧，值得一切人给他一种最大的尊敬。”

“我的朋友，你说得对。从你的言语上，老年人应当得一种知足的慰藉。不过应当有一个转语，找回我们那个原来的问题。人和草木不能相同，我还有一点儿意见。就是草木既有过去，也有未来，同时还大都明白现在。阳光同雨露使它向人微笑，它常常是满意现在，而尽量享受现在。我们在今天这个日子里，所要谈到的，思索的，工作的，就常常只是为了明天或昨天，使我们度过这一个当前。我明天是什么呢？我问你。”

“我的老友，这是一个平安的休息。”年轻人答后他老朋友的询问，同时记起了东方哲人胡大圣，曾经以一种最东方的感情，对这休息所发的一番明论，便复述出来。“若果一个人在今天还能用他的记忆，思索到他的青春，这人的青春，便于这个人身上依然存在，没有消失。我的老友，这个格言值得我们深思。我请你相信，在我眼睛里，你的雄辩，已证明了你的少壮，你的叙述，也行将把你青春恢复转来。万里的长江，当每次春水发后，那古旧的河床，洋洋洒洒挟巨流而东下时，它便依然是有力而年轻的。我希望让一道回忆的河流经过你那还不衰弱的心上，在这温柔的灯光下，我还可以有那种荣幸，重新瞻仰你一度青春的风仪。”

老绅士低低的自言自语的说了一句“又是一个疯子”。年轻人听到，脸色全变了。年轻人显得十分激动，一点儿回忆激动了他的血流，却谨慎的节制到自己的冒失。因为从老绅士神色上看来，这一句话原不是为他而说，与年轻人无关系的。

但年轻人却从这句话上，把去年十月来那个黄昏中人，认清楚就是对面的一个了。

那种新的发现，使年轻人不免稍稍矜持起来了，他将手无目的伸出了一会儿又缩回来，“我有点儿冒昧，想将一个隐藏在心中有半年了的印象，询问到我的朋友。去年十月里，一个体面的黄昏中，大海为落日所焚烧后，天边残余了一线微紫，在那个海边沙滩上，我曾经于无意中听到一个年高有德的人，对黄昏作过了一段描绘，对人生阐发了一种哲理。同时还有一个女人，倘若我的记忆力并不十分坏，这人的名字，应是凤子。……”老绅士听到这个话时，不即作答，只望到年轻人微微的笑着，带一点儿惊愕，仍然似乎自言自语的说：“啊，有一个凤子，那应当是一件真实的事情了。”接着稍稍沉静了一点儿，若果年轻人过细注意一下，还可以看到绅士是为了这个询问，把要说的话给紊乱了的。那时绅士带一点儿长者的神气轻轻的说：“……你用不着骗我，这女人你一定觉得很美。”说了望到年轻人，又说：“你坐过来一点儿，我将告你一些事情，使你明白一切。我们从另一个题目上说去，慢慢的会说到栗子，说到凤子，结束到你所不忘记的那个黄昏里。我们慢慢儿来说，让这一道行将枯竭的河流，愉快的重新再流一次。”

这老绅士把话说到这里止住了，站起了身子，按了一下电铃，顷刻之间，那个沉默的仆人，就恭恭敬敬的站到门边了。绅士吩咐他说：“把那一篓柑子拿来，取一瓶樱桃甜酒，另外煮一点儿极浓的咖啡……”

“这一道枯竭的河流，行将流一个整夜，”年轻人想到这一点儿，看着绅士，正斜斜的躺到沙发一边去，脸儿红红的，蒸发了一种青春的热力。两人在暂时的沉默中，互相交换了一个亲切的微笑。

赏析

《凤子》是沈从文于青岛时期创作的中篇小说，它成文的时间跨度非常大，于1932年写成之后几经修改。

整篇小说共十章。从内容上，可以分为两部分。前四章为第一部分，是青年男子在青岛时的见闻；后六章是第二部分，为老年绅士回忆年轻时在湘西的见闻。本书节选了第一部分，即序至第四章。

小说在叙事上主要通过人与人之间的对话，来推动故事的发展，同时在人物的对话中暗含了作者的思想。

第一场对话发生在“一个黄昏中”中，是一名叫凤子的年轻女子与一位老绅士的对话，写出了作者对时间与生命的哲思。由于凤子太年轻，她正经历生活，所以无法回头审视生活。而老绅士已有所经历，他可以抽离出生活而看生活，所以老绅士多次重复“你是小孩子，你不会明白的”。

第二场对话发生在第三章与第四章中，是青年男子与独居老绅士的对话，写出了对人生观的思辨，以及作者对于青年与老年两种不同生命状态的思考。对话中使用了大量的比喻，例如老绅士把自己比作“流过那小河的鱼”，把青年人与老绅士的相遇比作“海滩上两粒细沙子”等。

除了对话描写，在本篇的第一章和第二章中，我们可以读到很多作者对青岛的大海和日落等非常精妙的景物描写。

雪晴

竹林中一片斑鸠声，浸入我迷蒙的意识里。一切都若十分陌生又极端荒唐。这是我初到“高枧”地方第二天一个雪晴的早晨。

我躺在一铺楠木雕花大板床上，包裹在带有干草和干果香味的新被絮里。细白麻布帐子如一座有顶盖的方城，在这座方城中，我已甜甜的睡足了十个钟头。昨天在二尺来深雪中走了四五十里山路的劳累已恢复过来了。房正中那个白铜火盆，昨夜用热灰掩上的炭火，不知什么时候已被人拨开，加上了些新栗炭，从炭盆中小火星的快乐爆炸继续中，我渐次由迷蒙渡到完全清醒。我明白，我又起始活在一种现代传奇中了。

昨天来到这里以前，几个人几只狗在积雪被覆的溪涧中追逐狐狸，共同奔赴蹴起一阵如云如雾雪粉，人的欢呼兽的低嗥所形成一种生命的律动，和午后雪晴冷静景物相配衬，那个动人情景再现到我的印象中时，已如离奇的梦魇。加上初初进到村子里，从融雪带泥的小径，绕过了碾坊、榨油坊，以及夹有融雪寒意半涧溪水如奔如赴的小溪河迈过，转入这个有喜庆事的庄宅。在灯火煌煌笳鼓竞奏中，和几个小乡绅同席对杯，参加主人家喜筵的热闹，所得另外一堆印象，增加了我对于现实处境的迷惑。因此各个印象不免重叠起来。印象虽重叠却并不混淆，正如同一支在演奏中的乐曲，兼有细腻和壮丽，每件乐器所发出的每个音响，即使再低微也异常清晰，且若各有位置，独立存在，一一可以摄取。新发酷的甜米酒，照规矩连缸抬到客席前，当众揭开盖覆，一阵子向上泛涌泡沫的滋滋细声，却不曾被院坪中尖锐呜咽的唢呐声音所淹没。屋主人老太太，银白头发上簪的那朵大红山茶花，在新娘子十二幅大红绉罗裙照映中，也依然异样鲜明。还有那些成熟待年的女客人，共同浸诱了青春热情黑而有光的眼睛，亦无不如各有一种不同分量压在我的记忆上。我眼中被屋外积雪返光形成一朵紫茸茸的金黄镶边的葵花，在荡动不居情况中老是变化，想把握无从把握，希望它稍稍停顿也不能停顿。过去印象也因之随同这个而动荡、鲜明、华丽，闪闪烁烁摇摇晃晃。

眼中的葵花已由紫和金黄转成一片金绿相错的幻画，还正旋转不已。

……筵席上凡是能喝的，都醉倒了。住处还远应走路的，点上火燎唱着笑着回家了。奏乐帮忙的，下到厨房，用烧酒和大肉丸子肥腊肉肿了脖子，补偿疲劳，各自方便，或抱了大捆稻草，钻进空谷仓房里去睡觉，或晃着火把，上油坊玩天九牌过夜去了，我自然也得有个落脚处。一家之主的老太太，站在厅堂前面，张罗周至的打发了许多事情后，就手抖抖的，举起一个芝麻秆扎成的火炬，准备引导我到一个特意为我安排好住处去。面前的火炬照着我，不用担心会滑滚到雪中，老太太白发上那朵大红山茶花，恰如另外一个火炬，使我回想起三十年前祖母辈分老一派贤惠能勤一家之主的种种。但是我最关心的，还是跟随我身后，抱了两床新装钉的棉被，一个年轻乡下大姑娘，也好像一个火炬。我还不知道她是什么人。她原来在厅前灯光所不及处，和一个收拾乐器的乡下人说话，老太太在厅中问："巧秀，巧秀，可是你？""是我！""是你，你就帮帮忙，把铺盖送到后屋里去。"于是三个人从先一时还灯烛煌煌笳鼓竞奏的正厅，转入这所大庄宅最僻静的侧院。两种环境的对照，以及行列的离奇，已增加了我对于处境的迷惑。到住处房中后，四堵白木板壁把一盏灯罩擦得清亮的美孚灯灯光聚拢，我才能够从灯光下，看清楚为我抱衾抱裯[3]的一位面目。十七岁年纪，一双清亮的眼睛，一张两角微向上翘的小嘴，一个在发育中肿得高高的胸脯，一条乌梢蛇似的大发辫。说话时一开口即带点儿羞怯的微笑，关不住青春生命秘密悦乐的微笑。可是，事实上这时节她却一声不响，不笑，只静静站在那个楠木花板大床边，帮同老太太为我整理被盖。我站在屋正中火盆边，一面烘手，一面游目

③ 抱（qīn）衾抱裯（chóu）：抱着被子、被单等。衾，被子。裯，被单或床帐。

四瞩，欣赏房中的动静：那个似静实动的白发髻上的大红山茶花，似动实静的十七岁姑娘的眉目和四肢，……那双清明无邪的眼睛，在这个万山环绕不上二百五十户人家的小村落中看过了些什么事情？那张含娇带俏的小嘴，到想唱歌时，应当唱些什么歌？还有那颗心，平时为屋后大山豺狼的长嗥声，盘在水缸边碗口大黄喉蛇的歇凉呼气声，训练得稳定结实，会不会还为什么新事情而剧烈跳跃？我难道还不愿意放弃作一个画家的痴梦？真的画起来，第一笔应捕捉眼睛上的青春光辉，还是应保持这个嘴角边的温情笑意？我还觉得有点儿不可解，整理床铺，怎么不派个普通长工来帮忙，岂不是大家省事？既要来，怎么不是一个人，还得老太太同来？等等就会走去，难道也必须和老太太两人一道走？倘若不，我又应当怎么样？这一切，对于我真是一份离奇的教育。我不由得不笑了。在这些无头无绪遐想中，我可说是来到乡下的“乡下人”。

我说，“对不起，对不起，我这客人真麻烦老太太！麻烦这位大姐！老太太实在过累了，应当早早休息了吧。”

从那个忍着笑代表十七岁年纪微向上翘的嘴角，我看出一种回答，意思清楚分明。

“哪样对不起？你们城里人就会客气。”

的确是，城里人就会客气，礼貌周到，然而总不甚诚实得体。好像这个批评当真是从对面来的，我无言可回，沉默了。

到两人为我把床铺整理好时。老太太就拍一拍那个绣有“长命富贵”的扣花枕帕的旧式硬枕，口中轻轻的近于祝愿的语气说：“好好睡，睡到大亮再醒，不叫你你就莫醒！”且把衣袖中预藏的一个小小红纸包儿，悄悄的塞到枕头下去。我虽看见只装作不曾看见。于是，两个人相对笑笑，有会于心的笑笑，像是办完一件大事，摇摇灯座，油还不少，扭一扭灯头，看机关灵活不灵活。又验看一下茶壶，炖在炭盆边很稳当。一种母性的体贴，把凡是想得到的都注意一下，再就说了几句不相干闲话，一齐走了。我因之陷入一种完全孤寂中。听到两人在院转角处踏雪声和笑语声。这是什么意思？充满好奇的心情，伸手到枕下掏摸，果然就抓住了一样东西，一个被封好的谜。试小心裁开一看，原来是包寸金糖。知道老太太是依照一种乡村古旧的仪式。乡下习惯，凡新婚人家，对于未结婚的陌生男客，照例是不留宿的。若特别客人留在家下住宿时，必祝福他安睡。恐客人半夜里醒来有所见闻，大早不知忌讳，信口胡说，就预先用一包糖甜甜口，封住了嘴。一切离不了象征。唯其象征，简单仪式中即充满牧歌的抒情。我因为记得一句俗话，“入境问俗”，早经人提及过，可绝想不到自己即参加了这一角。我明早上将说些什么？是不是凡这时想起的种种，也近于一种忌讳？五十里的雪中长途跋涉，已把我身体弄得十分疲倦，在灯火煌煌笳鼓竞奏的喜筵上，甜酒和笑谑所酿成的空气中，乡村式的欢乐的流注，再加上那个十七岁乡下大姑娘所能引起我的幻想或联想，似乎把我灵魂也弄得相当疲倦。因此，躺入那个暖和、轻软、有干草干果香味的棉被中，不多久，就被睡眠完全收拾了。

现在我又呼吸于这个现代传奇中了。炭盆中火星还在轻微爆炸。假若我早醒五分钟，是不是会发现房门被一只手轻轻推开时，就有一双眼睛一张嘴随同发现？是不是忍着笑踮起脚进到房中后，一面整理火盆，一面还向窗口悄悄张望，一种朴质与狡猾的混合，只差开口，“你城里人就会客气。”到这种情形下，我应当忽然跃起，稍微不大客气地惊吓她一下，还是尽含着糖，不声不响？我不能够这样尽躺着。油紫色带锦绶的斑鸠，已在雪中咕咕咕呼朋集伴。我得看看雪晴侵晨的庄宅，办过喜事后的庄宅，那分零乱，那分静。屋外的溪涧、寒林和远山，为积雪掩覆初阳照耀那分调和，那分美。还有雪原中路坎边那些狐兔鸦雀经行的脚迹，象征生命多方的图案画。但尤其使我发生兴趣感到关切的，也许还是另外一件事情。新娘子按规矩就得下厨，经过一系列亲友预先布置的开心笑料，是不是有些狼狈周章？大清早和丈夫到井边去挑水时，是个什么情景？那一双眉毛，是不是当真于一夜中就有了变化，一眼望去即能辨别？有了变化后，和另外那一位年纪十七岁的成熟待时大姑娘比较起来，究竟有什么不同处？……

盥洗完毕，走出前院去，尽少开口胡说。且想找寻一个人，带我到后山去望望并证实所想象的种种时，“莫道行人早，还有早行人”，不意从前院大胡桃树下，便看见那当新郎的朋友，正蹲在雪地上一大团毛物边，有所检视。才知道新郎还是按照向例，天微明即已起身，带了猎枪和两个长工，上后山绕了一转，把装套处一一看过，把所得的已收拾回来。从这个小小堆积中，我发现了两只麻兔，一只长尾山猫，一只灰獾，两匹黄鼠狼。装置捕机的地面，不出庄宅后山，半里路范围内，一夜中即有这么多触网入彀[④]的生物。而且从那不同的形体，不同的毛色，想想每一个不同的生命，在如何不同情形中，被大石块压住腰部，头尾翘张，动弹不得；或被圈套扣住了前脚高悬半空挣扎得精疲力尽，垂头死去；或是被机关木梁竹签，扎中肢体某一部分，在痛苦惶惧中，先是如何努力挣扎，带着绝望的低嘶，挣扎无从，精疲力尽后，方充满悲苦的激情，沉默下来，等待天明，到末了还是不免同归于尽。这一摊毛茸茸的野物，陈列在这片雪地上，真如一幅动人的图画。但任何一种图画，却不会将这个近乎不可思议的生命的复杂与多方，好好表现出来。

后园竹林中的斑鸠呼声。引起了朋友的注意。我们于是一齐向后园跑去。朋友撒了一把绿豆到雪地上，又将另一把绿豆灌入那支旧式猎枪中，藏身在一垛稻草后，有所等待。不到一会儿，枪声响处，那对飞下雪地啄食绿豆的斑鸠，即中了从枪管喷出的绿豆，躺在雪中了。吃早饭时，新娘子第一回下厨做的菜中，就有一盘辣子炒斑鸠。

一面吃饭一面听新郎述说下大围猎虎故事，使我仿佛加入了那个在自然壮丽背景中，人与另外一种生物充满激情的剧烈争斗与游戏过

---

④ 彀 gòu：圈套、牢笼的意思。

程。新娘子的眉毛还是弯弯的，引起我老想要问一句话，又像因为昨夜晚老太太塞在枕下那一包糖，当真封住了口，无从启齿。可是从外面跑来的一个长工，却代替了我，打破了桌边沉默，在桌前向主人急促陈述：

“老太太，队长，你家巧秀，有人在坳上亲眼看到。昨天吹唢呐的那个中寨人，把你家大姑娘巧秀拐跑了。一定是向鸦拉营方向跑，要追还追得上。巧秀背了个小小包袱，还笑嘻嘻的！”

“嗐，咦！”一桌吃饭的人，都为这个消息给愣住了。这个集中情绪的一刹那，使我意识到一件事，即眉毛比较已无可希望。

我一个人重新枯寂的坐在这个小房间火盆边，听着炖在火盆上铜壶的白水沸腾，好像失去了一点儿什么，不经意被那一位收拾在那个小小包袱中，带到一个不可知的小地方去了。不过事实上倒应当说“得到”了一点儿什么。只是得到的究竟是什么？我问你。算算时间，我来到这个乡下还只是第二天，除掉睡眠，耳目官觉和这里一切接触还不足七小时，生命的丰满、洋溢，把我的感情或理性，已给完全混乱了。

阳光上了窗棂，屋外檐前正滴着融雪水。我年纪刚满十八岁。

赏析

1945至1947年间，沈从文发表了《赤魇》《雪晴》《巧秀和冬生》与《传奇不奇》四篇小说，内容上前后连贯，构成了一个短篇小说系列。

《雪晴》的主体写的是“我”在第二天早晨醒来时对昨晚喜宴的回忆。小说中发生的事情前后不足七个小时。在小说的开端，作者用大量的笔墨，描写了“我”对雪后晴天乡村自然风景的欣赏。在描写喜宴时，作者改变了往常的写作风格，既无民俗景观描写也无场面铺叙，而是散碎的“印象”，例如甜米酒“翻涌泡沫的嗞嗞细声”“尖锐呜咽的唢呐声音”“银白头发上簪的那朵大红山茶花”“新娘子十二幅大红绉罗裙”。这种对记忆碎片的描写，像极了人们酒醒后记忆散乱的状态，这样的写作方式值得学习和借鉴。

沈从文给少年的阅读课

第二册

沈从文 著

天津出版传媒集团
天津人民出版社

天是渐夜了。日头沉到对河山下去，不见日头本体后，天空就剩一些朱红色的霞。这些霞还时时在变，从黄到红，又从红到紫，不到一会儿已成了深紫，真是快夜了。
——《船上岸上》

一切光景过分的幽美，会使人反而从这光景中忧愁。我如此，远也正如此。

——《船上岸上》

这样歌，就是载着我们年轻人离开家乡向另一个世界找寻知识希望的送别歌！歌声渐渐不同，也像我们船下行一样，是告我们离家乡越远。我们再不能在一个地方听长久不变的歌声。第二次也不能了！

——《船上岸上》

这女孩的头发留得很长，披到脑后非常平顺。神态凝静，仿佛有着一颗与年龄不相称的成年人的心。但长眉下一双微向上飞的眼睛，清明无邪的眼珠，却凝聚着一种爱娇，口辅微微开合，从神情上所凝结成淡淡的忧愁痕迹即刻也就失去了。

——《冬的空间》

冬天已到了我的住处。我看到了冬天，感觉到冬天，如今我还意识到，要用我这手抓住了这冬天给我的忧郁。

——《冬的空间》

所谓巨大的人，所谓将向人生大道走去的人，不将也应当如此悍然毅然竭尽生命之力，用着顽固的不变的姿势，一切无所畏怯的活着下来么？
——《冬的空间》

一夜的雪把世界全变了。这雪真似乎是特给了许多人堆雪偶像的方便而落，到第二天早上，平地已有雪六寸厚了，天色还晦暗不明，有要把雪再添六寸的神气。

——《冬的空间》

记得有一首短歌，是给梦的歌，说：梦，你要骗我也尽管照你的意思做去，只是不要太匆匆忙忙。想起似乎有谁这样用忧郁的笔写到纸上的小诗，女人×惘然的望到返映微光的窗纸，不知何处有鸡叫了。

——《冬的空间》

天上白白的日头慢慢的移着，云影慢慢的移着，什么人家的风筝脱线了，各处便都有人仰了头望到天空，小孩子都大声乱嚷，手脚齐动，盼望到这无主风筝，落在自己家中的天井里。

——《静》

晒楼下面是斜斜的屋顶，屋瓦疏疏落落，有些地方经过几天春雨，都长了绿色霉苔。屋顶接连屋顶，晒楼左右全是别人家的晒楼。有晒衣服被单的，把竹竿撑得高高的，在微风中飘飘如旗帜。
——《静》

船上岸上

写在《船上岸上》的前面

十二月九日，是叔远南归四年的一个纪念日。

同叔远北来，是四年又四个月。叔远南归是四年。南归以后的叔远，死于故乡又是二十个月了。

在北京，我们是一同住在一个小会馆，差不多有两个半月都是分吃七个烧饼当每日早餐。天气寒冷，无法燃炉子，每日进了我们体面的早餐后，又一同到宣内大街那京师图书分馆看书。遇到闭馆，则两人就藏在被里念我们的《史记》。在这样的情形下，他是终于忍受不来这磨难，回家了。我因无家可回，不得不在北京待下来。

谁知无家可归者，倒并不饿死；回家的他，却真回到他的“老家”去了。生来就多灾多难的我，居然还来吊叔远，真是意料不到的事！

今天写这点儿东西，是我想从过去的小事上，追想我们的友谊，好让我心来痛哭一次。以前我能劝别人莫从失望到绝望，如今我是懂得自勉自劝了。

船停了后

船停了。

停到十八湾。十八湾是辰河中游长长的一条平潭。说十八湾地名应作“失马湾”者，那当去志书上找证据。从地形上看，比从故事上看方便了许多。所以人人都说这是十八湾。潭长七里，湾拐本极多，但要说十八的数是顶确实，那也并不一定。不说十二、十五，说十八，一面言其多，一面谐“失马”的音，不算极无意义了。

船到十八湾多停停，因为是辰河船舶往来一个极方便停船的所在。下行停到此地，则明天可以在晚饭左右抵浦市泸溪。上行则从辰溪县[①]上游潭湾地方开船，此为第一天顶合式的停船码头。

我们船是下行的。

船停在码头边成一队，正如一队兵。大船排极右，其他船只依次来。这是说我们所有下行船一帮。虽然这只是一帮，船就有四十只，各把船头傍了岸，一个石头堆成的码头早挤满不能再容别的船舶了。别的船，原有别的帮，也就有别的码头让它们泊岸，两不相关。

停了船，不上岸不成的。

坐船久了的人，一爬上岸，总觉得地是在脚下晃动。无形中把在船

① 辰溪县：隶属湖南省怀化市，位于湖南省西部。

上憩着为水荡摇成为新习惯，一上岸，就反而觉岸在动了。实则动的是自己身子。但是谁能不疑心是地动呢。

上了岸原也无事可作，大多数人都坐在岸边石墩子上看到一帮船。船的头尾全已站了人，相互欣赏。凡是日间在篷里呆睡呆坐的，这时全出到舱面来了。各个船上都全在煮饭，在船头，在船尾，无一个不腾起白的烟气。一些煮好了饭的，锅中就炒菜，有油落在锅里炸爆的声音，有切菜的声音。有些用鼎罐煮饭，米已熟，把罐提起将米汤倾倒到河中去。又有人蹲在船篷上唱戏。坐在岸边慢慢的看看天夜了。

“远，我们怎么样？”我意思想上船了。

他说饭还不曾熟，随到他们到上面街上买一点儿东西，看有什么买什么。我们就上了街。

天呵，这是什么街！一共不到二十家铺子，听人说这算南街。再过去，转一个拐直入山上去，有一个小石堡子门，进堡子门零零落落一些人家，比次而成一直行，算东街。

“看不出，铺子小，生意倒不错咧。”远说着就笑，我也笑。“比你乡下那小砦子还小得多，还是打道回衙吧。”

从麻阳下行的船，到高村可以将一切应用东西完全准备好，如像猪肉呀，猪油呀，盐同辣子呀，高村全可买。从辰州上行的船，一切东西也办得整齐丰富，在路上要买就还有的是机会买活鱼和小菜。那么这里生意应当萧条了。

猪肉一类东西这地方销路实际上似乎真不怎样好，看看屠案上，所有的猪肉，就全像从别个乡村赶场趸来的东西！牛肉有是有，是更来得路程远一点儿，颜色变紫了，一望而知是水牛肉。

但这地方另有生意真可以搭股分呢。凡是码头顶好的生意，并不是屠户。只要是这地方有船停泊，卖小吃东西的总不会亏本。从五十、六十里路大市口上趸来的半陈点心，一到这地方来，成了奇货可居了。鸡蛋糕，雪枣，寸金糖，芝麻薄饼，以至于能够扯得多长的牛皮糖，全都有，全易出卖。还有南瓜子、花生，从搭客到船上火头师傅[②]，对于这类东西都会感到极浓厚趣味。小孩子则还要更贪嘴。大家争着买，抢着拿，因此一来价钱更可以高升一些。

还有卖纸烟，卖大烟的哩，全是门前堆了不少的人，像是做水陆道场[③]大施食光景，热闹得很。

我们到一个卖梨子花生的摊子边买梨。

问那老妇人："怎么卖？"

"四十钱一堆。"说了又在我同叔远身上各加以眼睛的估价。

一堆梨有十来个，只去铜元四枚，未免太贱，就一共买了四堆。

"不，先生，这一共买就只要百二十钱。"

"怎么？"

---

② 火头师傅：船上负责做饭的师傅。
③ 水陆道场：汉传佛教中盛大且隆重的法会。

“应当少要点儿。”

望到那诚实忧愁憔悴的面貌，我想起这老妇人有些地方像我的伯妈。伯妈也有这样一个瘦脸，只不知这妇人有不有伯妈那一副好心肠。

“那我们多把你这点儿钱也不要紧。”我就一面用草席包梨，一面望那妇人的脸。

远也在望她。

妇人是全像我伯妈了。她说既然多给钱也应多添几个梨子。

一种诚朴的言语，出于这样一种乡下妇人口中，使我就无端发愁。为什么乡下同城里凡事都得两样？为什么这妇人不想多得几个钱？城里所谓慈善人者，自己待遇与待人是——？城里的善人，有偷偷卖米照给外国人赚点钱，又有把救济穷民的棉衣卖钱作自己私有家业的。这人也为世所尊敬，脸上有道德光辉所照，因此多福多寿。我就熟习不少这种城里人。乡下人则多么笨拙。这诚实，这城中人所不屑要的东西，为什么独留在一个乡下穷妇人心中盘据？良心这东西，也可以说是一种贫穷的元素，城市中所谓“道德家”其人者，均相率引避，不欲真有一时一事纠缠上身，即小有所自损，亦必大张其词，使通国皆知他在行善事。以我看，不是这妇人太傻，便是城市中人太聪明能干！

远似乎也为这妇人感触着一种心思，望到这妇人又把筐中的梨检出到簸箕里，大小平均兼扯的摆成一堆，摆好后，要我们抓取，不愿抓，就轻轻嘘了一口气。末后还是趁我们不备，把一堆梨放到我们席包里了。

我们把梨包好，走开了。

我在路上问远："你瞧这妇人，那种诚实坦白的样子，真使人想起生无限感慨——你怎么？我见你也望她！"

"这人实在太蠢了。城里人可不这样。"

远的话的幽默使我作一度苦笑。

我们一旁走，一旁从席包中掏出梨来啮，行为像一个船夫。也只有水手才吃这梨！梨子味酸得极浓，却正是我们所嗜，若非知道吃饭有鳜鱼，我们每人会非吃十个才知道止住。

到了岸边

到岸边。

天是渐夜了。日头沉到对河山下去，不见日头本体后，天空就剩一些朱红色的霞。这些霞还时时在变，从黄到红，又从红到紫，不到一会儿已成了深紫，真是快夜了。

我们依然坐在那码头石墩子上，我们的船离我们不到五丈，船上煎鱼的油味，顺着微风飘来时就可以闻到。

在空中，有一些黑点，像摆得极匀，在那灰云作背景的天空匆匆移向对岸远汀去。我猜那是雁，远却猜是乌。然而全猜错了。直到渐渐小去才听到叫出轲格轲格声音来，原来这是直嘴渔鹭鸶！弯嘴渔鹭鸶值钱，这些便是那些打鱼人用不着的直嘴鹭鸶。算作野鸟了。自由自在的到生来，习惯远远去在高苇子岸边过夜。

望到鹭鸶，我想起远家中的那只大白鹤，就问远，是不是还欠挂④那只鸟。

“怎么不？还有狗，还有那火枪，都会很寂寞。”狗是为远追逐田兔的，枪是不知打过多少山鸡的，所以远说到时就当真俨然见着他家那只黑狗卧在门前顶无聊似的等待主人回来！

“我也念它呢，”我说，“我念它第一次咬我吓了我，第二次同我亲热时扑上身来又吓了我！我就是一个招架不住。和我要好有个分寸，就对了。”

我们全笑了。

当真这时家中的狗也许极无聊，因为正是吃夜饭时节，人既离了家，则狗同谁到夜饭桌边去闹？若远的侄子在家，还可以来一同抢掉在地下的鸡头。若家中尽剩他母亲一人，那就有苦受了！因此我又想起那黑狗吓了我后为远的母亲用杖挞它时伏于地面不动的情形。是，这是一匹狗，还有比狗更可恋的许多许多东西！人一离开有谁再去仓上看我们的钓竿？此后碾坝上的鱼，谁去钓？鱼不也会寂寞么？

简直不堪设想！就是远的母亲，那笑脸，那一副慈祥心肠，把儿子一走，那老人的笑脸同这好心肠，给谁受用？

不想吧，也不成。于是我们谈着一切顶有趣的故事，从远的母亲到

---

④ 欠挂：指牵挂，挂念。

远家长年的一只草鞋，因这只草鞋曾为远拿起打着一只斑鸠，远一切近于偶然凑趣，可是也够巧了。

谈也谈不完。

到船上煎鱼姜辣香味为我闻及时，对河的岸同水面，已全为一种白色薄薄烟雾笼罩，天上是一片青色，有月亮可以看得出了。

我们上船把饭吃，吃鳜鱼，还各用上一杯酒。船上规矩有鱼不吃酒不行，所以照规矩两人勉强吃下。

吃了饭以后，又上岸。天上月更明亮了。在月下，有傍了各帮的船尾划着小划子的人曼声叫卖猪蹄子粉条声音，这声音，只像他是为唱歌而唱歌，竟不像是真在那里招引主顾。桨的拍水声，也像是专为这歌声搭拍而起。

在水上远处，又可听到摇橹的歌声，声极清，又极远。一切可说非常美。

有船从上游下驶，赶到这地方停泊，便是这奇怪歌声来源了。虽有月，初七初八的月光非常淡，所以总先听到歌声从水面飞来，不见船，不见人。到认清来船形体时节，这时歌声已快止，变了调，更急迫了。不久就听到船上人语嘈杂。

一切光景过分的幽美，会使人反而从这光景中忧愁。我如此，远也正如此。我们不能不去听那类乎魔笛的歌，我们也不能不有点儿念到渐渐远去的乡下所有各样的亲爱熟习东西。这样歌，就是载着我们年轻人离开家乡向另一个世界找寻知识希望的送别歌！歌声渐渐不同，也像我们船下行一样，是告我们离家乡越远。我们再不能在一个地方听长久不变的歌声。第二次也不能了！

两人默默地呆着，没有可说的。

这时别的船上也有不少人在岸上坐。且有唱戏的，一面拉琴一面唱，声作麻阳[⑤]腔。

远轻轻的说："从文，你听，这是《文公走薛》！麻阳人最长的是摇橹唱歌打号子，一到唱戏，简直像一只受伤的猪在嘶声大叫了。"

琴既是嗡嗡拉着，且有一个掌艄模样的人为拍板，一时是决不会止住。我想起要看看那卖梨子的妇人这时是不是还在作生意，就说我们可以再到街上去玩玩。我们就第二次上了街。

月光下的街上美多了。

一切全变样，日里人家少，屋显陋小，此时则灯光疏疏落落正好看。街道为月光映着，也极其好看。

屠户已关了门，只从门罅露出点儿黄色灯光，只听到里面数钱声音，若不是那张大案桌放在门外，我们就会疑心这是大的钱铺了。看来他们生意仍然不坏，并不如我们先时所想。

其他的人家，已有上过铺板的，却知道是门里仍然有人做生意。其

⑤ 麻阳：麻阳苗族自治县，为湖南省怀化市辖县。

他不曾关门的，生意却依然是忙乱着，一盏高脚丹凤朝阳煤油灯，在那灯光下各样坛子微微返着光，还有那在灯光下摇去摇来扁长头颅的影子，都有一种新鲜趣味。我们就直向那有灯光处走去，每一个灯下全看看是卖什么样东西。全没有买却全都看到，十多个摊子全看过了。

到卖梨子妇人小摊旁，见这老妇人正坐在一小板凳上搓一根麻绳，腰躬着，因为腰躬着，那梨子簸里那桐油灯便照着她的头发，像一个鸟窠。

听到我们走近摊子旁，妇人才抬起头来。大约以为我们是来买梨，就说梨是好吃的，可以试试。

“我们买得许多了。”

“哦，昰才来买的，我真瞎眼了！”妇人知道我们不是要梨子，原是上街玩，就起身搬了两个小竹凳子让我们坐。

当然是不坐。

本来是预备来同这妇人说说话的我，且想送她一点儿钱，到此又像这想头近于幼稚，且看看这妇人生活，听她谈及还很过得去，钱不便送她，我们随即又转身到河边码头去。

上船来，同远睡在一块儿，谈到这妇人，远想起他妈，拥着薄被哭。哭，瞒不了我，为我知道了，我只能装成大人，笑他“不济事”。出门不到三百里就想家，这一去还有三千里，怎么办？一会儿，都睡着了。再过四天，我们船帮才到辰州府。

赏析

《船上岸上》是沈从文于1927年创作的一部短篇小说。

小说讲述了“我”与叔远乘船离乡，船到十八湾多停，便决定上岸去逛逛。二人去往岸上、回到船上的所见所闻，例如卖梨子的老妇人、鹭鸶等，使他们怀念起家中的伯妈、大白鹤、黑狗、钓竿和老母亲，最后离愁之情难以抑制，叔远拥着薄被哭了。船上和岸上对应着离乡之愁的由淡转浓，情节与情感的推进非常有节奏感。

本篇小说除了写离愁，还通过描写卖梨老妇人的坦白与善良，颂扬朴实和不懂得欺诈的乡下人，讽刺都市人的腐化堕落和人性丧失。小说中有大量对船上和岸上人、物的描写，细腻而又生动，值得细细品味。

冬的空间

第一章

一

……心情到近来，软柔得如蜡，差不多在任何事情上皆不缺少融解的机会。

十一月了。冬天已到了我的住处。我看到了冬天，感觉到冬天，如今我还意识到，要用我这手抓住了这冬天给我的忧郁。

我或者会如一匹叶子，离了所在的枯枝。我的灵魂，——倘若灵魂还是我的一种产业，我还有权利可以放弃或保留，我将尽这风吹我到一个生地方去，落到人家屋顶，或是飘到小池小井里，我一点儿不留恋我的过去。我告给他们，我是活厌了，有风，我将尽它吹，我将因掉在一个举目无亲的世界里，因此死去，不再要人料理，也不料理别人，没有一个人肯相信我这话的真实。我如今不再向旁人说到这些愚蠢的言语了，我将怎么来挥霍我这日子，是我自己的事。

想起我自己是很蠢得可笑的。我总缺少使自己看得完全一点儿那种机会。我总嫌知道别人太少而别人知道我则更少五倍。我就只在一种憧憬的完全上系着我的哀乐。我要明白我自己，明白了，我似乎就能从此超生。心情的软弱，既全因为一切所谓彼岸的达到，明白了谁也无可援手，我就应当喑哑，诚实的做人，迈步的走上我的人生大道，但是——一个完全无用的东西！一个在任何辩解上也是懦弱无力的小器，还从种种机会上，尽别人称为有恒性的男子，无耻极了。

——我的心，你使我蒙羞的机会这样多，你的所得是些什么？

二

“二哥，夜了！”是女孩子的声音，在向房中近身处的一个伏在窗边小桌上做事的男子喊着。

“你开灯。”男子仍然还是伏在桌上头也不回，“玖，莫看了，开灯！”

那个女子，捏着悬在床前的电灯开关按了两次，灯还没有光明。于是含着小小嗔怒的神气，用爱娇的声音说话，“讨厌的灯，这样夜，电还不来。——你写什么？”

“我写文章，”那人啪的把一枝捏在手上的骨杆笔放下了，“今天守到这桌边一整天，还只有五张。头脑乱极了。现在另外写点儿感想那类东西了。心中不很愉快。”

“吃了饭再写，我们出去看看。”

“快吃饭了么？”

“是的，有人在食堂中闹了。我们出去好不？”

虽这样说着，那说话的女子似乎也仍然毫不以黄昏的景色为意，还是坐在床边看书的。

天色渐渐暗淡下来。听到打第七次的下课钟声音，听到楼梯上有人忙乱的走动的声音，听到楼下食堂有人吵闹的声音，两人才各把工作放下，望到面前的小窗。看到窗外所残留的黄昏光景，那男子，用着很沉郁的调子说道：“我们又过了一天了，玖。”接着且轻轻叹息，像是对这日子的消逝加以惋惜。

“快过年了。”女子说过年的话，表示日子过去也似乎仍然可以讴歌。

“是的，到过年，我们还不知道住在什么地方去。”

“仍然……”

“到这里行吗？我这功课教半年别人就早厌了。我很明白，别人不需要我，我们能放赖到这地方么？”因为这时说的这些话像是极不相宜，所以那个玖就另外说一种话。

“今天是礼拜三，明天我有法文。”

“有法文，你好好念你的书吧。我近来常常总感觉到缺少生存的气概，不知为什么，心软弱极了。往常见你因为很小的事就哭，一点儿不能节制自己的眼泪，还以为是女人，身体不怎么好，又任性，所以这样。你那性格我是在先总能原谅，到后就会生气的，因为你如果懂得二哥生活的烦恼，如果还可怜二哥，就不应当常常无理由流眼泪。但我自己到近来，也成为女孩子了。一点儿不值价，眼前一切皆像在欺侮我。”

“你莫多写字。妈就告过你很多次数了，医生又告过你。”

“哪里是多？文章做了一天还是昨晚上那五张，照抄了一次。我这头脑一点儿也没有用了。往天写短篇，把神略凝，就看得一切清清楚楚，从从容容的写下，像最近《小说月报》的《会明》同《菜园》，全是那样子写成。虽改了又改，人总不糊涂。写成后倒到床上疲倦像死人，正好像与商务印书馆送我那篇文章的十六块钱报酬不相称，不过总是把心中的东西写出了。如今写不出，脑中塞满了一切杂乱的东西，不知道要怎么办。”

“你放两天莫写好点儿。你又懂劝我莫在生气时节念书，你自己一点儿也不讲究这些。”

“我能够讲究么？不写怎么了？快过年了。这里的薪水昨天算是反欠五十七块钱，真应当感谢他们，许可你学费也欠账。我们还答应为妈买药，并寄点儿钱给那可怜的老人家过年。我还应当退《红黑》的二百五十块钱。还应当退《冰季》的二十块钱。还应当把××的八十块书钱送人。一啪拉写十五万字也不够。现在还应当在礼拜天就写成五万，好去同×先生说，他告我说过中华或者还可想一个法。两百块钱我们也仍然不能搬家。账真不是有方法还清楚的事。我们在缝衣店方面，也欠下好几块钱的账了。”

说着，听着这样的话与她二哥并立在窗前的玖，无可回答，把电灯开关一按，灯明了。全房中为新的光明充满，窗外的黄昏景致不能再见到了，二哥暂时不再说话，在灯光下看那自己所写的半张日记。

名叫玖的为一年约十六岁，有着俏丽身材，以及苍白秀美脸庞的女孩子。身穿浅蓝鹅绒的小袖旗袍，披灰色毛呢的方格大衣。因为先一时才一个人从课堂下课回来，房中又清冷异常，所以在房中也没有把大衣脱去。这女孩的头发留得很长，披到脑后非常平顺。神态凝静，仿佛有着一颗与年龄不相称的成年人的心。但长眉下一双微向上飞的眼睛，清明无邪的眼珠，却凝聚着一种爱娇，口辅微微开合，从神情上所凝结成淡淡的忧愁痕迹即刻也就失去了。

被这美丽女孩子称为二哥的男子A，年纪大约有二十七岁。是一个贫血人的白色瘦脸两颊略略下陷颜色憔悴的年轻人。眉眼如女人却缺少光辉，口略向内收敛，平常人的鼻子与平常人的额角。若在一些大学生中站着，很难为人认识这是一个据说有着异样头脑的人物。这男子，身穿藏青色细哔叽[1]长绒袍，身材很小。房之中有一大藤椅，当一坐到那有大的靠背的藤椅中时，人就沉到椅的中间去，有他人从外面走来，从背后望，也不会再发现得出这人的去处了。

男子A是在这江滨私立××大学的文学教授，女人为本校的英文系一年级旁听生。因一个熟人的原故，所以在本年秋季学期的开始，兄妹

① 哔叽：一种面料。

二人就一同到这地方来，同一些不认识的各地方生长的男女学生在一块生活，消磨这长长的日子了。住处男的是在××大学的教职员寄宿舍，女的则在女生宿舍中；现在的房间是这二哥的房间。因为房间是一些伶便聪明同事所选剩的一个坏房间，一些器具，一个床，两个又小又旧的白木写字桌，加上两扇旧糊的门窗，房中的情调任何时节总显得异常窘人。主人又正是一个不会使这房子成为体面的那种无美感人物，一些书，胡乱的无秩序的陈列在架上，一些学生文卷同各处年轻朋友寄来商量的稿件，堆满了一桌。地下全是报纸同零碎字纸。素壁四堵，毫无装饰。一些很少用处的白磁金花的茶杯就占据在一个白木茶几上，如对主人行为加以嘲笑的原因张着口不动。

因为灯光一明，女人看到桌上的情形了。

“二哥，你不要理这些事，人既身体很坏，管这些闲事做什么？”

“不管怎么行？我是来教书的。”

“你上讲堂教书好了，为什么把精神耗费到另外一些事上。”

“我想或者还有相信我主张的人。有一个就很好了。我告他们试来开始努力，我要使他们对于工作发生兴味。”

玖就笑，说，“你发现了‘天才’没有？”

“我不许他们自信是天才，所以我看谁蠢一点儿就相信谁可能有希望。”

“但是在宿舍，我听到有人说到你的功课了。她们以为全是很可笑的话。她们都说，晓得那个人说什么怪议论，胡乱极了，自己也好像弄不分明在说明某种意思。”

男子就笑了。他想议论应当是这样的，一点儿不奇怪。因为到堂上去时，在甬道中或者廊下，来来去去总是见到许多不缺少俨然极聪明的脸嘴。女人原是更多心窍玲珑的人，见到这萎靡男子，用着她们年轻女人的本分，容易生轻视心也是当然了。他想明白她是怎样的女人，就问玖：“那是谁？”

“不是你班上的，是四川人。”

“四川人就完全是有出息的人，女人是不消说了。我以后倒很想看清楚一下这些女人的脸目，因为不大注意过她们，失敬了。” 女孩子笑着，摇着那小小的头，“二哥，是高身材的女人；那不是美人。”这样说，仿佛是以为二哥纵看也不会吃亏，倒不如莫看为好。其实他虽说是倒要看看清楚这些女人的脸，却是并无必须知道这些女人的脸柔软粗糙意思。到了认真在一个女学生面前时，就是在本班上过课，他也没有那种闲情逸致来欣赏她们的美处了。

因为听到有女人在背后批评过这一类话，虽然心中仍旧还是坦然泰然，但对于自己教书的失败是又得到一种证明了。

以他想，则像这样子每月拿这点点钱，除了上课改卷子，与同学们谈谈白话，还得尽这些陌生的人认识，且毫无责任的加以背后的嘲笑，是太大的一种损失了。他想不到教书就只是得到这些无聊，并且想不到嘲笑他的还是那并不美观的女人。

有人在房门外叩门。进来了，是校役问吃饭的时间。当那校役把门带上走下楼去以后，女孩玖在灯下轻轻的温习着法文的生字。男子为一个可笑的孩气的思想所缠扰，在一张纸上用笔写着：“女人全是了不得的人物，哪怕生长得极丑也很少悲伤的机会。”但这人在心上却用血写着：“我将使你们女人中最美丽的女人爱我。”

三

夜中很冷。因为天气的温度下降，各处皆显得沉静，宿舍各处很早的就毫无声息了。

女孩玖在七点钟后就回到女生宿舍从一个女同学温习英文去了。俨然作着生存中勇士的他，坐在那张小小的写字桌前，一个人就咀嚼着自己的寂寞，反复的埋在沉思里。

……什么事情使我软弱到这样子？我为什么就不能拿别的事上得来的羡慕引起自己的骄傲，很顽固的活到这世界上作一个人？我要做什么事，为什么不去勇敢的走我所能走的路径，到前面去发现自己的命运？

……我这书可以不教了，为了一些苦痛，我将牺牲了事业，也很应当。我文章也不必做了，倘若因为任性的原故，没有人再要我教书。我不活，不为母亲或幼妹活到这世界上，只要有机会，使我到羞愤失望死去的理由，我就应当死！

……我当肯定我的生存。活着，无可奈何，各以其因缘终不免有一种纠纷到身上来，我无论如何当正面去接受，去证实，去流血流泪。

……我逃避一切，世故的小聪明，以为所作所为总不至于是在危险地方散步，于生活不至于发生急剧的变故。我就因这原故还在另一时节不知羞耻的懦怯无用活到这世界上轻轻的呼喊“寂寞寂寞”。真是一点儿羞耻也不知道的不可恕的东西！

……不妨重新来做一个人。我找出一些机会来使一些人也来为我难过。不拘是憎恨，是愤怒，以及嫉妒与羡慕，在我总仍然比之于今日为多有所得。

……我应当使自己也觉得出自己是一个活人，凡是活人分内的幸福同忧患皆有我的一份。

想着，皆是一些气壮神王的话，不过只须另外又想想“是别人的事！”心情于是更软弱了。一个能够在生活意义上加以分析的人，一生就只能分析，别的属于实际相去就更远了。“要我的一份”，能够说这个话是对的，但是若能详细看看，所谓分内的“一份”，不就已经得到了多日了么？作着那“我一定要”的任性样子，实则任何方法皆无法使生活向前，这不轻易迈步的顽固精神，就正是自己所以为利益的精神。许多无用的人都那样对于生存抱有一种厌恶，且常常负疚发誓，否认自己，说是“明天”便应重新在做人的意义上另作一个估价；但是，这明天，就永远还是明天。终于日子悠悠的从容过去了。任日子悠悠过去，连向生活的正面作一度正视也缺少气概的男子，是面前纵有着所谓幸福的门，也仍然不能迈步撞进！

气候是冬天了。凡是春天夏天皆已缺少气概去做人的人，冬天的来临只增多生活萧条的方便。看看一切，木叶脱了枝，水面每早上皆结了薄冰，冷风使一切人皆缩颈如乌龟，已到了虫类冬蛰入土的节候。一个人所适宜的只是每天喝一点儿酒，找着那陶然微醺的机会，或围炉取暖，与朋友谈谈岁暮天寒儿童异地的回忆，使情感渐渐温暖，融解于生活调子中。既不能照到这样去享受冬天，又不能奋力使无聊的生活得一转向机会，只尽使野心扩张，在生活外作荒唐遐想，更毫无目的向自己痛加挞责，真是一个不知世故无用处的年轻男子！

冬天使这男子心情萎靡，也使这男子双手红肿。缺少补充一个火炉的一点点钱，住处是大窗向北，校中书记也弃之不顾的一个最坏最小的房间，任何时节房中总似乎比较外面还寒冷侵人。他于是用厚的棉被垫到藤椅上，包裹了身体，坐在桌边灯下做事，且时时揉搓已经为三天来江风吹红发肿的手背。

他想起一些对他生活大有帮助的熟人，以及近日所欠的一些已经近于对不起人的旧债，望到桌上的那枝三年来兄妹二人皆依靠它生活的粗大象牙笔杆，同那个脐形玻璃墨水瓶，又想着其他欲痴呆终无从痴呆的种种失败，叹着长气，眼睛凝着泪，颓然向椅后一仰，用那红肿的手背擦着眼睛哭了。

稍过一会儿听到有人进了房，轻轻的脚步，照着往日深怕吵闹哥哥工作的乖巧态度，站到椅背后，没有注意也知道这是玖。

“二哥，你怎么？”

仍然还是不做声。

在平常，女孩子玖因为体质的孱弱，非常容易哭，离开了妈在哥哥身边，为小小事情也得把眼睛哭肿。这哥哥，为了这事是常常感到十分窘迫，非用尽了所有对女人的温情，说着若干欢喜的话语，不能使这孩子心平气和的。朋友中有谈及这类事时，他总说写一万字文章是容易事，哄孩子真是一件伟大的工作。女孩玖的哭是使这哥哥成为母性，时时刻刻皆得具备对孩子的理解与同情，倒把自己孩子脾气失去了。但今天晚上是哥哥在哭泣，意外的惊诧给了这女孩，很难于处置的望着她的二哥。

他应当在这最亲近的最能用女人的同情待他的妹面前，任意的流泪，把所有挤压在心上的，流在血管里的，使自己中毒的一些郁结泄尽。但当女孩玖进到房中来站到椅后，毫无声息，稍稍过了一些时间，那男子不敢再任性，把头掉回，望到妹子却笑了。这时女孩玖眼中也凝了泪，因为见到哥哥的注意，勉强的装着微笑，即刻借故走到书架边去取书。

“玖，不许难过，我是故意这样子。”

女孩不做声，为着“故意”这种字言，也故意找架上的书。于是男子A反说，用同小孩子说笑话故事的神气。

“我往常小时也顶欢喜哭，凡是受小小冤屈，或者被人殴打，天生的柔弱又无法报仇，就可以哭一整天。到稍大，在警备队做正兵，仍然是常常有机会哭。到沅州屠宰局时，收屠宰税同一个屠户争持，也哭过。再后人越大，经过可哭的事情越多，我反不会流眼泪了。我在北京那样穷困，白天到头发胡同京师图书馆烤火看书，晚上用棉絮包脚坐到桌边为晨报社写文章，可不曾哭过。到后写信给郁达夫，这好人，他来我住处，邀我到北京西单牌楼四如春吃饭，又送我三块钱，我拿这钱到手上时虽异常伤心，也不能哭。到后来上海，流鼻血到江小姐看了晕去，也不哭。但今天可想来哭哭了。我真是在学你行为了，想不到真很方便，一哭，什么也完了。”

“什么也不会完！”虽然这样答应着，且回头强笑，女孩玖的神气，却很惨。

男子A站起身来捏着了女孩玖的右手。

“怎么？不许这样子，使二哥为你难过！你这手也冻了。你应当把手放到衣口袋里去，不要到球场去打球了。你看，我手也肿了。去年不肿，房中有壁炉，今年到这地方来可不行了。明天我到会计处去再借十块钱去上海买手套。”

“我不要手套，你应当拿点钱把呢裤子取回来，这薄呢太不成样子。”

“怕什么，不会落雪的，今天这样冷，明天又会天晴。”

“这时北京或者结冰了，在北海溜冰真是一件快活事情。我们许多同学全会溜冰，听说一双冰鞋要二十块钱。燕京学校冰场男女通宵溜冰，真有趣味。”女孩玖乖巧懂事，似乎全是为了想用言语挽救自己同二哥心境的下沉，才夸奖住厌了的北京。

“你欢喜仍然到北京去？”

“我不拘什么地方全不欢喜。”

“我好像是不拘什么地方全不欢喜。这里我还不到半年，又厌了。我想我到年底到青岛去，那里学校开学就不再回来，不能开学我到北京去。”

“你不是说北京住六年也厌了么？”

“北京住六年还没有住这里三个月厌烦。这里人太多了，我不欢喜那些年轻男女。”

“那你到青岛不也是……”

“我一定去青岛，我不怕他们。你暂住留到这里，若是学费缴不出，就到蔡先生家去住，她不会使你为难。”

“我也愿意去青岛。”

“那就一同去，他们答应为我预备有住处，地方总还不坏。那里是海，你是欢喜看海的，又爱爬山，到了那里身体也会好点。”

“我这几天总不大睡得好。”

“你更加瘦了。一天吃那点点饭，见了你吃饭就使我生气。小孩子闹气，不相信二哥的话，使妈担心，使二哥也担心。”

“你也瘦了许多。”

到这时，男子A就摸了摸女孩玖的脸，又摸摸自己的脸，“我老了，像已经有了四十岁，一切皆缺少兴味。近来人真堕落了，什么也不做。”说着，到桌边，见到一堆本班大学生的文卷，摇摇头，“我到堂上曾生着气说他们一点儿不能刻苦。我自己是连享福也厌倦了的，刻苦更与我离远了。”

女孩玖这时正翻出一本书，就另外问她哥哥，“二哥，黄先生说××那本戏剧要上演，她自己演戏，冯先生也演戏，就是演这个剧本。”

她就把剧本一页一页的翻着，又接着说道：“这里又是自杀，前天看那个也说自杀，戏里面难道除了自杀就没有别的事可做么？”

这男子A这时已躺在床上，听到说自杀，就说，“他们能够自杀，是为强干，不是为衰弱，因为××是现在这世界上年纪虽老心却年轻的作家，他看清楚了一切，在攻击一切，一点儿不协妥。那自杀不是那个洛凯士的最后一幕么？他把那人写得多好。如果我是那个人，我一定也那样自杀的。”

“他们要你演那你为什么不答应。”

“我去演自杀给他们看，拍手，喊好，那是再无聊没有的蠢事了。我是就因为不愿给那些讨厌的人看我的扮演，所以许多事都不去做，并且好像真要自杀也不敢了。”

“依我想，尽他们坐在下面的人看，是无味得很的。”

“可是你是年轻小孩子，应当事事发生兴味。”

“凡是人多，我对什么也不欢喜。我只欢喜一个人到好地方去玩。我愿意到外国无一个熟人的地方去做舞女。我愿意去做看护。我愿意去当兵。——只是这地方读书我觉得无聊。”

“你同二哥一样脾气，想那些分外的事，以为那就是完全。二哥自己是现在明白了，真是呆子！先以为只要能够在大学校上一天课就好了，现在到这里教书还无趣味。先以为每一个月有三十块钱，我就将好好的活下去，现在十个三十的数目也仍然不够。事业同金钱都不是使人生活向前的东西。名誉也没有用处。玖，还是好好把法文念好，我们有机会就到法国去，不然你也可以译点书，或把你二哥的文章译成法文。在五年以内就要做到，不然二哥……”

“我欢喜去法国。”

“你才说什么都不欢喜，又说欢喜法国。”

“是这样想，到法国去，全是生人，全是生地方，一切习惯好坏一点儿不明白，一切规矩礼节都很新，一切——二哥，那地方不知道有梨子没有？”

“你是想吃梨子了。”

“哪里，我一点儿也不！”

男子A从床上起来，跑到楼下消费社去买梨。梨来了，说是哪里哪里辩着的天真的玖，在二哥面前已习惯了虽到失败还不承认的脾气，见到梨一放在桌上，就不再客气，把削梨刀拿在手中了。

于是两人吃着梨。一面吃梨一面对于梨子说着种种话语。

“北京人宁愿意吃一个大柿，可不吃这大鸭梨。”

“这里值一毛钱一个，六年前在北京两铜元就可以买到。”

“我们那宿舍密司李，听到她说，哎呀，天津梨真好！我告她，这梨在北京本地方可不大吃，北京还有白梨同蜜梨，才算好梨子。她不相信。”

“远了点就贵，贵了点就好，一定的道理。现在我们吃天津梨也像很不错了。”

“我是成天吃这种梨的，也成天想吃白梨。”

四个梨子各人吃去两个。

把梨吃过又谈了些别的话，女孩玖，拿去了一本戏剧，三本其他书籍，又要返到自己宿舍去了，要二哥送她。

他们下了楼，不久就走到校中大坪了。时为月晦②，坪中依稀可辨途径，有湿雾下降，远地灯光所照及处皆是淡烟一抹。沟外小屋镇静如在睡眠中的小牛，绕校园树木皆如在打盹情形中的工人，白天挖泥，夜晚还忘记归家，微微的在寒气中摇动。天静风微，兄妹二人并排走过浸满了湿雾的空阔黑暗的广场。

把人送到篱笆边，纤长的人影已为宿舍房间露出的灯光所映照，分明的卧在地下，男子独自返身从原路回去了，走了数步，女孩玖轻轻的喊道：

“二哥，二哥，我告你，你莫要忘记医生说的话……”

男子A没有作声，匆匆的向广场走去，把身体消失到乳白的薄雾里。镇上火车站很凄凉的敲着一段废铁轨做成的钟，最末次由上海来的火车已快到了。

---

② 月晦：指的是看不到月亮的那个日子。农历的每月三十为晦，因为三十是次月初一的前一天，即新月的前一天，月亮随太阳同升落，晚上看不到月亮就会很黑。

四

回到房中的男子A，翻了会所写的日记，看看不知是谁上年来就挂到壁上，因为记起日子来方便的缘故就没有为听差扯去的一张日历，礼拜二是二十五，忽然又想起了月底的事情，故不久就又伏在那小小肮脏桌上继续写着文章了。

第二章

一

大广坪上全是白霜。仿佛真是在昨夜就来到这广坪四周，在水沟内做挖掘污泥工作的工人，大清早就把工作疲倦到自己身体，已有许多人在担土掘泥了。打霜天比平时特别寒冷，太阳也似乎因畏避这早寒的原故还没有完全露出地平线上。在用工作使本身得到温暖的工人们，以及一个初从床上新棉絮中爬起，痴立在寒气中哆嗦的校役，口中皆出白气，像新加过燃料以后的汽管口端。广场一角正有几个特别早起的学生在练习篮球，广场中央有两匹不知谁家饭馆喂养的狗，仿佛所谓诗人那么很寂寞的在那碎白如盐的枯草地上散步。

有大霜太阳是必须出的。

知道天气情形，而在那里悠悠的唱着赞美这爽朗冬晴天气的歌的，在广坪周围树上有一些雀儿，在广场一端白屋中，有一个年纪轻轻的女子。

女生宿舍黄字四十号，二楼的东向一角，阳台上搁有一钵垂长缨花大如碗的菊花，在寒气的迫胁中，与房中一女人的清朗柔软歌声中，如有所感，大的花朵向着早晨的光明相迎微笑。

女人唱：

春天是我们的，春天是我们的，

看呀，你也年轻，我也年轻。

听呀，请你试规规矩矩听听：

一颗流星，向太空无极长陨，

一点儿泪，滴到你的衣襟。

相信我，这热情，这花，这爱，

这俄顷，一分，一秒，一刹那，

你应当融解，你应当融解，

还有那……

唱到这里时，在同房另一床上，有一个女人，用着同样的柔曼的声音唱道：

是啊，应当融解，应当融解，

我们的硝酸，硫酸，盐酸，

还有那——还有那近视眼小胡子的今韵古韵，

还有那《尚书》的今文古文，

多极了啦，数不清，说不清！

我的天哪，你要我怎么同你拼命！

在先唱歌的就笑了，喊，“嗨，玉丫头，你就醒了？早哪。你诗才不坏，我看你还是做诗吧。”

把功课编诗的就说，“是呀，我明天就做诗人去，赋诗赏菊，梦里好同陶靖节划拳照杯。我们的菊花近来开得太好了，见了我真有点儿诗兴。虽然只一钵，开花三朵，要做诗，大约也可以写一本诗吧。可是主任说：不及格，留学一年。我难道还应当在这里做一年诗人么？”

“是做情人不是做诗人。要懂诗。”

“那么还是不懂诗好一点儿，我是A教授在他班上说的‘偷懒的人’，让功课麻烦一点儿还好，若是像××让恋爱麻烦，成天想躲避那蠢笨的脸嘴，也成天读那更加三倍蠢笨的信，不如选五个学分的物理，三个学分的化学，又来一个古代诗的分类，又来一个……”“聪明人说呆话，你装什么道学，你的事我清楚极了。”

“你清楚极了，佩服佩服，你那么清楚我的事，你自己？你唱些什么？”

“我是‘口上有诗心中无思’，生活作证。”

“‘口上有诗’，多说得好听！可惜我不是（阿）……错了错了，打嘴打嘴。不过，五小姐，你这口上有诗，这句话以我照化学的公式分析分析，好像不是应当向我说的，也不是你口中说得出的，这字面是‘男性的梦呓’，你说！”

“我说啊！我说你口上有青酸，除非……才能融解与中和。”

“青酸，有毒，也不是你向我说的，让我想想：是了是了，‘口上有诗’，真是大作家的精粹言语！可惜诗是有——你也有我也有，……错了错了，打嘴打嘴，我口上是不会有诗的。要美人才不缺诗趣。五，我真恨我为什么是女子，你那可爱的小小唇上的诗，就不能拜读。”

“我说你口上有青酸，身上也有。”

“或者是有一点儿的，就因为不能拜读那一首‘诗’。”

唱歌的女人不愿意再说什么话了，把一双柔软手臂从湖色的绸被中伸出，向空虚攫拿。又顾自又唱歌道：

“消融消融，融入伊柔波似的心胸！”

那名玉的女人嘲弄似的也唱道：

做梦做梦，我的梦！
我睁大了别的人所称赞我的流星的美丽眼睛，
看你逃去方向的脚踪。

那在前唱歌的又忍不着要说话了，他说，

“诗人，要寻找牧童的脚踪，你找羊的脚踪吧。”

“五小姐，我佩服你！我记到《旧约》上好像说过：一个有恋爱在心上燃烧的人，他一切行为皆是诗。你瞧你这样善于比拟，顶不会疑心别人的我也不免当真要疑心了。”

“世界上有一个顶不会疑心别人的玉丫头，居然也就要疑心，奇怪的很！不过《旧约》我在慕贞读过三年零六个月，没有这句话。你记错了，那是一本名叫《××之爱》一书上的话语！”

“好记忆，一百分，你说你不看那些书，你倒记得到那些书，‘天才’的女郎，无怪乎逗人怜爱！我若是男子，我一天得写两封信给你。”

“不是男子也未尝不可以写，写好了，请我转去，我这人很高兴为你服务。放心我去同小羊说，小羊是又乖巧又天真的人，她也愿意有一个像你这样的……”

“我拧你的嘴！五，你坏，我是纵明白你嘴上美丽有诗，也要拧的，小心呀！”

“正是！一切都得‘小心’，不只是拧嘴唇，别人听得出，玉丫头！”

“应当要让别人听得到，你不是这个意思么？”

五小姐忽然把被盖一掀，坐了起来，“起来，不许懒惰，要做事去！”

随着就拥着一件大衣下床了，短大衣下面露出细长的一双白腿，如霜如雪。

二

在盥洗间，各处是长的头发同白的腿臂，各处是小小的嘴唇与光亮的眼睛，一个屋子里充塞了脂粉腻香，大的白磁盆里浮满着肥皂白的泡沫。

年轻人一面洗脸一面与同宿舍中的女子谈着关于这一天功课的话语，或者还继续在床上的谈话，说着旁人纵听到也不分明那意义所在的笑谑。

这时节，大广坪已有许多年轻男子站在早晨的太阳下念书，挖泥工人也已经为工作所温暖发热流汗了。

女人玉与五在一排洗脸，从外面来了女孩玖，穿着男子式的米色细羊毛短绒衣，拿了手巾同牙刷，见无空处，就傍了玉的身边，等候机会。玉抬了头，见到玖了。

“玖小姐，你早！”

“不早，太阳在我床上半天了。”

五把手正擦满了一脸肥皂沫，也抬起那可笑的脸来，向玖招呼，“住处好么？”“好极了，晚上清静得很，天亮了，不是太阳晒到床上还不会醒。因为很舒服，见了太阳也还是不想起床，所以才这样晏。”

“我恐怕你还不曾醒，所以不敢过你房中吵你。”

“我醒了好一会儿。这里早上空气真好。今天打了霜，更加冷，但是太阳美极了。”

“若是十二三，在房中看月出也有趣味。”

玉这时已把脸洗毕让出了位置，且为女孩玖倒水。

“谢谢你，玉小姐，我自己会倒。”她把壶抢在手上，不让玉做事。

玉把壶给了玖后，就捏着玖细羊毛绒衣的肩膊，很亲爱的说，“这点点衣不怕着凉么？”

“很暖和，我在北京住了一阵，过了两个冬天，到这里来一点儿不难过。”

“可是你手肿了。”

“那是到坪里打球风吹红的。”

“谁给你做的这好看衣服？母亲么？”

“一个朋友，二哥相熟的女人。”

女孩玖无意的说着这样话语，毫不为意认为还必须在这话上解释女人是有四十岁左右的女人，因此这话使玉同五皆有所误会，心中皆如失去了一种说不分明的东西。正把头低到水中的五，接着就羡企似的说道：“玖姑娘，你真是有幸福的孩子。”

这时的玖已把从热水中取出拧着的大白牛肚手巾覆到脸上，就不作答，心中好笑。

玉说，“A先生待玖姑娘真好，使人羡慕。”

玖仍然笑，搓着毛巾，想起昨晚上同二哥说的同往青岛的话了，就问两人，“放了假，你们到什么地方去？”

玉说过××，五说留到这里，且接着说若果留到这里能同玖在一处，真近于幸福的话。但玖却告她们，说不定明年又得离开这地方到别处去。两人皆诧异了，其中五的平素以美自骄的意识尤其近于发现了一种损失。她稍稍沉郁了一点儿，说，“为什么原故？”

“说是身体不很好，脾气也坏得很，所以换一个地方。他性情是那样，就因为脾气不好，所以我母亲才回到乡下去养病，不然本来是说到这里找一个房子住的。若是我母亲到这地方，那就有趣味多了。”

“玖小姐舍得母亲么？”

“没有法子，二哥也是舍不得母亲的。我们在一处住不能活下去，所以母亲回到乡下去。还说明年想法回去看看，我二哥也有十年不到过乡下了。可是又说去青岛，我不明白究竟是到什么地方去。”

听到女孩玖说的话，两人就都不做声了，各人在心中有所思索。玖因为记起青岛有海水，风景很美，就又自言自语说道：“我真奇怪海水，深得底都好像没有。”

玉想走，五说，“小姐，你又忘了你的东西，你的心真不知跑到什么地方去了。”

因为不愿意再说什么话，女生玉仍然不理，走回房间去了。走到廊下时还听到五的声音，“小羊是天真快乐的，放心吧。”然而说着这话语时节的五，已经不是早上唱歌时节五的快乐，从语气中也可以听出是无可奈何聊以自解的意思。

三

第一班淞沪火车像平常日子一样，在三等车里带来了一车蠢人，就是身上肮脏，言语朴陋，成天各以其方便做事，用工作使身体疲倦，晚上又从工头处得三毛五毛的报酬回家去睡觉的下等男女。另外是在二等头等车厢里，载来了一批有学问，皮肤柔滑，身穿上等细软材料衣服，懂许多平常人不能明白的事情，随随便便谈一点儿什么就可以在签名簿上画一个到字，于月底向会计处领取薪水的大学教授。这些教授到了车站，下了车，随意又坐到一辆人力车上去，即刻有一个同工人差不多肮脏不体面的汉子拖着车把就跑。

于是不到十分钟后，车夫还没有出校门十步，这些教授就站在讲堂上，用粉笔写那些问题，同一群年轻人谈着完全与“天气”“工人”“车夫”无关系值四元一点儿钟的话来了。

学生呢，为学分原故耐耐烦烦听着的也总有人，很有心得那种样子忙忙的写着记录的也有人，把心思想到功课以外，或者是一封信，一首诗，一块钱与一件蠢事，也仍然总不缺少这种人。但是课堂外面太阳底下的薄霜慢慢融解又慢慢的化作白烟的事，是没有人想到那美的。挖泥的人跌到沟水里去，爬起时全身浆着墨绿色肮脏东西，也是没有人想到那寂寞的。天空蓝到像海，一个人向天空想到海，心也近于像海一样的寥阔，无边无际，这更不是年轻学生有分的事了。学生们全到课堂上做转贩一个上等人的知识去了，只留下两个小饭馆中送早面到宿舍收碗回去的邋遢孩子，在广坪中让太阳炙着破棉袄绽肉的肩背，对于天气以及天底下的情形出神。其中一个在回头发现了曾偷过鸡头的狗也在那里很悠暇神气散步时，很不平似的抬起石子奋力向狗身上掷去，被石子打中臀部的狗，一面嗥着逃走一面回头望着打它的仇人，似乎从那扁脸小鼻子上认清楚了是合兴馆的伙计，同时也记起了偷东西吃那一回事，于是不再做声，窜过干沟，跑到枯根株还未拔除的棉田里去了。

四

在上海方面，装满了整船的丝绸，茶叶，桐油，鸡蛋等等向海洋浮去的大舶，皆乘早潮满江时节出口，船皆傍江边南岸行驶。大而短笨常常画着一面旗式一个狮子一颗星的烟筒，冒着淡淡的青烟，间或还发着比山中老虎嗓子还沉闷的短促声音，从一里外的××学校大坪中看来，是仿佛这船是在岸旁或竟是在岸旁旱地上慢慢的行动，且如大声呼喊船上人，也当能听到。其实船在江中行驶，去岸尚数十丈，若在江边散步，就可知道船去江边已经如何远了。

青年A无课，又不欲作其他事情，大清早就在江边玩。看江上潮涨潮落，目送全身以钢铁作成俨然是蓄藏着无尽的生命之力，顽固的转着转着轮叶向大洋浮去的轮船。望着那庞然巨物过去后，尾部机轮所激起的大浪，涌到江边堤脚，作生气样子，以及被这余浪所摇撼，如为一只大手所挝过因而发昏东歪西倒的小舟，心中总若有所失，非常寂寞。大的船，悍然毅然勇敢的向不可知的海洋走去，靠一点儿人类经验，风涛暗礁皆无所惧，终于把责任尽过，再休息到一个新的日光下面，船真是可佩服的东西！所谓巨大的人，所谓将向人生大道走去的人，不将也应当如此悍然毅然竭尽生命之力，用着顽固的不变的姿势，一切无所畏怯的活着下来么？

见着大船的过去，以及小舟的摇摆，青年A站在那石堤上，目送着汤汤而去的铁体钢心的怪物，就心想：这真是一个人生最好的对照，这些浮在水面的东西！人是浮在比水面还轻柔的一种生活上头，因为缺少力，我的心，就只能在别人生活巨浪后面摇荡如醉。我从没有去自试向我所欲达到的方向驶去的气力，也缺少这近于吓人的雄心，因为心的柔软，到近来，就索性连平凡的欲望也没有了……他于是在堤上追跑着，似乎只要能追及那船，就可以请托这船上人带他到所要到的一个地方去。但是这船毫不留恋的走远了。他跑了一会儿才不再跑，喘着气，用着神气颓唐的眼睛，望着太阳下所照的一切世界。柔软无用的人！新的日子原是就可以带他到一个新的天地去，但他只凝神到空虚，这空虚是连幻象也缺少的一片茫然漠然的蔚蓝。

过了一会儿，自言自语说，

“我有我的方向，应当载满一船劳苦与眼泪，卸到我那彼岸的货仓！”

他走回去看下课了没有，在学校长廊下见到了玖同另外一女人站在那里品评一钵菊花。

“玖，你下课了？”

“接到还有。你难道已经到过江边了么？”

“我玩过了一点儿钟。”

这时另外有一个女生走过身来问A的考试问题。那同女孩玖在一起的约莫有二十岁左右的女子，就轻轻的问玖，“这是你哥哥？”女孩玖也轻轻答应，且悄悄的笑，因为见到与二哥说话的正是校中顶不美观的一个女人。好像有许多话还说不完，到后是无话可说了，就又向玖说话。接着噹噹噹上课钟又打着了，许多穿衣服体面的学生好像很为自己一件衣服合式满意，腰梁骨笔直的竞向各人课堂走去，许多女生也同男子一样的很匆匆的从廊下走去，并且有全身是粉笔灰的教授夹杂在学生中，凭了那好酒好肉培养而成的绅士神气，如鸡群之鹤矫矫独立，与A认识的总同他略略点头，或者说一句很平常的应酬话。男子A同玖离开时，那与玖在一个班上读英文的女人，回头望了A一眼。

“真是怕人的世界，这样多年轻人！”这样想着一面低了头向长廊东端走去的男子A，为了天气，为了在这好天气下所见到的一些年轻人，心上觉得异常寂寞。因为在众人中，许多人皆能为一些很愚蠢的知识所醉，成天上课，吃饭，厌倦了也不妨发点小小牢骚，间或到毛厕去用小铅笔之类，写一点儿近于泄怨的幼稚可怜的话语，就居然可以神气泰然的活到这世界上，处处见出愚蠢也处处见出这些年轻人的生气勃勃。自己却无时无事不在一种极偏心的天秤上，称量自己生活，就觉得年轻人的天真烂漫完全无分，想抓到一个在基本心情上同类的人竟无从找寻，孤立的而仍勉强的混到这些人中间，生存的时代与世界皆有错误样子。但是刚走到长廊东端，又给两个女人拦住了。男子A神气略显得窘迫，用忧愁的眼睛望到这两个女人，想明白有些什么事必须到这些地方来商量。

女人是早晨在床上唱歌的玉同五，两人因上堂的××教授请了假，这时来找A问关于考试的事。女人五说，“没有什么事，想向先生借一本书，我们买书不到。”

玉也说，“我只能抄点笔记，怎么办？我也没有。”

“不能够请托一个人去买这样书么？”

“是买不出。已经买过了，卖完了。”

“那到我房里拿去，可是过两天得退还我，因为同学太多，让大家看看。”

他们于是到了A的房间。说着“真糟真糟”一类话，把桌上杂乱的书一面整理一面微笑着的男子A行为，使二女人见到感觉得出一种温情的动遥游目检察一房的所有，唯一的女孩玖的一个十二寸半身小影发现在书架上层。五把相拿在手上，“A先生，玖姑娘真是个有福气的人。”听着这话的A作着微笑，女子玉却因见到这情形也用另一意义微笑着。

五又说，“这真美，像画上的人。”

“像一匹小羊。柔和天真到这样子，不是像羊么？”玉意别有所指把话重复的说着，尽五白眼也作为不知，到后就走到书架边低头找书，取出了一本皮面金花的小小圣经，“A先生，你是教徒？”

已经把书整理过后，倚身到桌边，以背向窗的男子A说，“天国的门不是为我这种人开的，要有德行同有钱的人，才应当受洗。我是把圣经当成文法书看的，这东西不坏。”

因为看到女子玉把圣经翻着，念着第一页上面用蓝墨水写上的话语，男子A又说道：“这是一个女人送我的。我住北京时病到医院，医院照例什么都没有，就只放一本大字圣经，我就成天吃黄色药水，看《约伯记·历代志》过日子。有一天，又躲到床上看圣经，读《雅歌》，这女人是教会的什么长，来各处病房安慰病人，到了我房里，看我正在很吃力地把一本圣经搁在枕边翻，女人就取到手上看，见到我在圣经上批的对于译文方言解释，就大喜欢，用中国话问我是什么会里的教友。我告她不是，这女人看了我两眼，抿抿嘴走了。但第二天又来，我们就是朋友了，她因此就送我这样一个小字本精致东西。到去年，我同我妹去一个教会的办事处找过她，圣诞节且送过玖妹一件很值钱的羊毛短衫。”

两个女人听到说及短衫，心中皆略略感受小压迫。但男子A接着又说，“这女人初看很怕人，似乎真像《小物件》上小学校的女管理先生，一副冰冷脸孔，竟与她的事业完全不相称。但熟了以后，才明白年龄同宗旨皆不能拘管她的天真童心。一个四十岁的人，吃宗教饭也有了二十年，却看我的小说，很有趣，以为任暑假中当译一些心中所欢喜的给她的国内朋友看。真是了不得的人，若不是因为玖妹身体不济，我将送她到这老女人处学××去了。”

女生五在早上不忘记洗盥间的谈话，这时无意中听到这话，血管子里的血畅快了许多，望到A的瘦脸，复望到桌上的许多稿纸，“A先生，你又在做什么文章了呢？”这样说着就到玉身边用手暗拧了玉的肩部一下，“密司玉，你的诗怎么不拿来给A先生看。”

玉说，“我是赏菊的诗，学究气免不了，看了也头痛。我记到你好像有一本山歌是看牛看羊人唱的，不是有这样一本书，你告过我，还要我写一个封面题字么？”

男子A不知道这话是一种属于私隐的嘲谑，就说“既然写得有这样多山歌，想必一定有不少好作品，若果作家高兴，我倒非常想有福气看看。”

一种与聪明完全相反的话，使两个女人皆失去了拘束大笑不止。

五

把两个年轻女人打发走后，一个人站在自己房中书架旁，手翻着那册刚为女生玉看过的小小圣经，心上发生一点儿极暧昧的动摇，又旋即为另一种懂世故的理智批驳着，摇头做出很凄凉的苦笑。这日的事在日记本上，他应当加上这样一点儿旁人不会明白的话：她们以为我是先生，居然敢在我面前不红脸地走来走去，说笑话，真是胆量不小的女子！

一切有福气的女子，也正如其他一切有福气的男子一样，又聪明，又乖巧，大概总应当逗一些人怜爱崇拜吧。这泪中微笑的心情，是女孩玖也不会了解她的哥哥的。

两个女人皆俨然各有所得的回到住处，一面各在自己写字桌上翻看新借的书，一面各人在心上想起一些年轻女子所仿佛能理解的荒唐事情。像平时作论文一样，年轻人，有着一颗聪明善感的七窍玲珑心，看书一遍即可按照堂上题目写成一篇有条有理的论文，如今是这两个女人用一些印象作为根据，在心上另外作着一种通畅清顺醒目悦心文章的。

六

一个钟表里面机械之一那样脚色，大鼻头为早风刮得通红，站到教务处门前看一只衰弱苍蝇在窗上爬生大趣味。办事人则坐在大办事房柚木写字台旁边，低头烂脸填写一种极麻烦琐碎的表册，不三分钟又抬头看看壁上的挂钟。下课时间到了，就在房里喊一声“打钟！”于是人在外面用着元气十足的声音答应“嗻！”于是那陈列在大礼堂附近，用木架高悬，成天为那红鼻子校役拉着振子敲打，即刻发着噬噬的又如因为被北风所吹，害小伤风，因而声音略哑的校钟声音响了。于是一群年轻人很奋勇的大踏步从课堂中跑出。于是教授们很和气的到会计股同主任谈天去了。

每一堂课，皆不缺少一种学生头痛。每一堂课，一些作教授的，皆总有些对于自己的课感到无聊或非常得意的人。时光为教务处壁上的钟摆一分一秒所啄去，到后是教授与办事人轮到休息，照例的午饭时间已到。绕学校附近各小饭馆的大司务，同提竹篮送饭，见狗就想拾石子掷去，一见纸烟上小画片就捏在手心当宝物的江北孩子，以及馆子里打杂的伙计小二，倒忙起来了。教授们拿很大的一种数目，选一本书诵读给年轻人听。

大司务为三五毛钱的原故，手执大锅铲，在灶边一点儿不节制气力的炒菜。年轻人真是一切率真，每天一早起来就知道洗脸刷牙齿，肚子空了晓得先吃一点儿早面，上课就笔记照抄，上毛厕就在板壁上写一点儿近于发泄的言语，读英文又很勤快的认生字，到午饭时，一窝蜂皆来到饭馆，于是吵闹着，欢呼着，用着对于这一顿饭“催促”或“讴歌”任何一种理由，毫不受教育所拘束，使所有供给大学生吃饭的地方皆成为有生气的地方。又间或就在饭馆动起武来，破皮流血，气概不凡，从精神上看来，完全看不出学生为国文系治音韵学的大学生。

大广坪四围沟边就只剩下一些黑色污泥，成小堆，为太阳所晒，放出微臭的气味，在下风远处走过的学生们，皆用手掩鼻匆匆过去。一些为手捏处放光的铁铲铁锄，大的竹箕，古意盎然的缺口土窑水壶，散漫的卧到沟中。沟上烂泥处蹲得有一个看守家伙的粗蠢汉子，口咬短烟管一枝，让温暖的太阳熬炙肩背，引为幸福。

远处兵营一大队新兵，正分班蹲在地下，吃带黑色发过霉劣米煮成的饭。

到了下午没有功课的就在大广坪中踢球，毫不吝惜气力，当圆的球无意中滚到沟外时，挖泥人总欢欢喜喜的代为把球掷回来。

仍然到了夜间，仍然是一些很有希望的生命力极强的年轻人，从课堂涌出，转到笑语嘈杂金铁齐鸣的食堂。工人皆背了锄头竹箕回家，兵营中吹起喇叭，声音融和在暮色中，柔软而悲哀。淡白的日头沉到地平线下去。没有一个人对这各样情形加以综合生出空漠感想。

开回上海的火车，把聪明人同蠢人仍然带回去了。

七

仍然是灯下，男子A同女孩玖，在一个房中做事。

“二哥，你说写穷人，从反面写也行，我如今试来写正面。”

那二哥似乎并不注意到这话，所以女孩玖又说，“二哥，你也仍然正面写过了，你××不是完完全全的写？”

男子A说，“什么正面？”

“穷人，贫苦的，被忽视与轻视的，肮脏愚蠢的人。”

“只看你写的态度，同你文字上的技术，只要写得好，反正无关系。文章太坏，有好主张同好思想也是不行的。文字完全，把极平常的人物也能写得感动人，这完全是艺术。”

“那我不写了，”接着，女孩玖就抓起自己面前一张写了将近两千字的稿件想扯碎。

在没有扯碎以前为男子A所抢去了，她就轻轻嚷着，“不行呵，不行呵，我不许你看，写得太坏，不许看！”

“这脾气是不对的，玖。我说过一百次，文章写了不许扯，写成了也得给二哥看，你又这样发脾气！”

“为什么我把写得不好的文章留下来给人看？”

“别人还有勇气印，你连给二哥看的勇气也缺少，这是正当脾气么？”

“退我呵！我不欢喜这样！你不退我我就不管。”

“不要你管，”男子A就一面把那创作稿件就灯下看着，一面笑。

女孩玖又说，“我不答应！我不答应！你笑我，以后我不写了！”

孩子气重的女孩玖站到一旁放赖，男子A把文章看完了，站起身把文章递还给她，“你写得好，并不坏，就写这穷人如何无望无助的到江边去，以为她在晚上做的梦会实现。她在江边等候梦中的放光耀目东西，但是只见到来来去去的船只。她就数这船只的数目，一，二，三，二十，三十七，一直数到她生活上从没有经过手的数目上去，到后就把这数目记到心上，回家……你有天才，很细心，听二哥的话写成就送到《小说月报》去。”

女孩玖一面看着自己文章一面听男子A说话，最后咬了一下嘴唇，说，“二哥你说怪话，你笑我，好歹我不写了。”

男子A就仍然把自己的文章接写下去，一面摆头表示女孩玖的话不应当这样说。

过一会儿，有人在房外叩门。男子A漫声的答应，说，“请。”

门外的人仍然不推门，又叩了两下，男子A第二次又说“请。”

还是在门外剥剥的叩着，男子A稍稍生了点儿气，站起身来拉门。门开了，一个女子，点点头，害羞样子微笑，怯怯的走进来，见了女孩玖在此，仿佛放了心，也不再顾及男子A了，就同玖去说话。

“她们找你开女同学会，快去！”

女孩玖说，“我不去，先就同玉小姐说过了。”

“不行，玉小姐说不行，要全体，有要紧事商量。”

“我不会商量什么，玉小姐知道我！我说明白了，怎么又要我去！”

“我不知道，是她要我来的。”

“我请你说说，我要做点事，到我哥哥这里，不能到会。”

男子A就从旁说，“玖，去去也好，你应当习惯这些事情。”

“我不高兴去。”

大家无话再说，来的一个女子也好像找不出话可说了，就望这房中的一切，望了一会儿，又怯怯的望到男子A，忽然说，“你不去，那我要走了。”

女孩玖说，“密司朱请你同玉小姐说，对不起。”

那女子点点头，向女孩玖不自然的笑笑，又向男子A笑笑，走去了。

男子A把门掩上。

“玖，这是你同班上课的同学么？”

“是的。人老实极了，为班上长得顶好看的女子。”

“我倒不觉得这女人有什么好处。”

“久看看就会发现。清秀得很，这人功课都好。”

“女人照例功课都好。”

因为这话是近于说“也不过功课好罢了”的意思，女孩玖稍稍不平了，便说，“这人思想也不坏，我看到过她书架上有许多新书，社会科学，国际问题，新艺术理论……比同学都多。”

男子A想到另外什么事上去似的，不再说话，仍然坐到桌边了。坐了一会儿，一个字也不再写，温习到一些为女孩玖所不了解的事情，到后忽然说，“我们到江边玩去，怕不怕冷？”

女孩玖说外面一点儿也不冷，于是两人不久就出了学校到江边去了。

江面全是薄雾。

江里帆船在雾中，隐约闪着小小的红风灯。正涨晚潮，微浪啮堤，正因为这细碎声音，一切空间反觉得异常寂静。

循薄明的长堤石道上走去，走到男子A日间追大船处，男子A想起日间的事，不动了。

“二哥，你倦了？”

男子A摇头不语。

第三章

一

女孩玖很早的起身，邀约朱到球场习网球，玩了一会儿，又邀同伴到她二哥房中去取书。用着稍稍不安静的心情陪了玖到教员宿舍去是朱这个人。到宿舍了，女孩玖也习惯用手叩门三下，没有答应，又看看天气，已经是二哥起床以后的时间，就轻轻的推门。

门开了，房中空气极坏，电灯还放黄光，男子A躺到床上，衣也不脱，皮鞋也不脱，被盖还未曾完全拉开就随意的搭到身上，房子中地下无数碎纸，显然是主人夜来睡得极晚。

女孩玖与那同伴女子皆愣住了，女孩玖轻轻的走到床边去，很忧愁的望到男子A憔悴的脸，长的发，以及一只搁在被外瘦小的右手。

“二哥，二哥……”

男子A似乎并没有酣睡，一听到女孩玖的声音就惊醒了，爬起身来睁着充满了血的一双失眠的眼睛，望着妹子勉强的笑，且一面说着“真太晏了晏了晏了”的话，作一种在妹子前面自责的神气，想将昨晚上的一切遮掩过去。但女孩玖摇摇头，把脸背过去了。

男子A明白玖要做什么了，就说：

“玖，忘记你是大人了么？”

女孩玖，听到男子A的话，且记起在房中还有朱，是没有正式介绍给二哥的客，就回头装着笑脸，勉强对男子A笑，“二哥，你为什么又这样子？”

男子A也装着笑脸，“不是通夜不睡，是起得太早了，到后又倦得很，所以成这样子了。”说到这里男子A已望见电灯，还有光，没有熄灭，就赶紧把机关拍的一按，且如往常情形，一面检拾桌上的稿件，一面说话，“写得很有头绪，做文章真是天气早好一点儿，不为旁人吵闹，清清静静……”

女孩玖心里就想：“你完全说谎，对于我同客人。显然是在夜间过度疲倦了，所以到这个时候来说谎！”但是她却说：“二哥你真勇敢。”

“我的文章在下礼拜就完成了。我以为这篇写得很好，你看了也一定欢喜。”

“好是一定的。你是不是还要我题几个字？”

“自然的事！你为我写章草好点，不要钟体，你写钟体不大好，因为汉隶太无根据。”

“可是笔真不行，我得借笔来！”

“好，你借一只好笔来，并且随意画一个封面画。”

他们俩在客人面前互相谎着，且都用着笑脸，又皆明明白白这谎话背后所蕴藏的眼泪。女孩玖且正式把女生朱介绍给这说谎话的二哥了。男子A望到朱，很勉强的点头，且更勉强的找出一些话语来同那女人接谈。他问到女生朱同乡，又问到朱选的课程，以及从××转学以来对于这新学校同旧学校的趣味差别，竟像非常想明白这些事情那样关心。女孩玖则从旁代为解释，好像男子A要在女生朱生活上写一篇小说的原因，所以同时把自己对于朱的长处也说及。她说到朱的功课，说到思想，说到人，其实这些话昨晚上在堤边就已经全说过了，如今又来在朱本人前面重复一次。

本是怀了稍稍不大安定的心来到这房里的朱，到此见到这兄妹二人情形，话更不能多说了。她用着聪明的眼睛看望对她说话的人，拘束的不自然的回答着，又在女孩玖的赞美言语上，做出害羞的笑，她也有一些说谎的精神，就是一面觉得男子A近于可怜，然而她说的却是“非常欢喜看A先生作的《山鬼》。”她在对谈上也找出了许多近于客气的言语，可是主人的笑她看得很清楚，那是一种与叹息并不两样的东西。她知道第一次谈话最相宜的还是赞美，所以赞美了男子A文章，还同时赞美到女孩玖的美丽和天真。她本想说“做文章身体太坏是不行的，应当为一些人爱惜自己一点儿”，但她仿佛为了大家“安宁”起见，却只说出一些平常客气的话。

预备铃摇过了，女孩玖同客人已把书拿走上课去了。男子A坐到自己床边，想着昨晚上的工作，想着这时上课去了的有着柔软的心的妹子，又想着这使女孩玖同客人皆似乎极其难过的情形，工作结果只是一些什么意义。

二

吃过午饭以后。

“你哭了！”

“哪里有这事。睡不好，眼睛就这样子。”

男子A不再说什么，只想着一切。因为不愿意使女孩玖伤心，就说别的话。

“玖，为什么大清早就引客人到我这里来？”

“我以为你早起来了。”

“人家看到我们房里这样子真会笑话。”

“哪里，她们才不会为这些事笑你！”

“你不是说四川人就说过我吗？”

“但是我听到那四川人她们常常说到你，可见得并不是很讨厌了。”

“我倒以为单为这些原因明年也不再教书了，我不愿意让女人说到我。我倒并不想要这些女人欢喜我。一些年轻的人，天真烂熳的吃饭上课，莫以为我爱做文章说得可怜，只想一个女人援手，就以为我在她们面前也会感到可怜！”

女孩玖笑了，不做声，然而又轻轻的像不让二哥听到一样，说，“人家崇拜你哪，有什么办法？”

“我才不希罕这种东西！若果是靠到这些意义，就有理由安分知足活下去，那我不写文章也够了。我是还担心那些女人以为我平常很随便，就以为是想要使她们看出我的可怜，因而在我面前更加矜持小心起来的。”

女孩玖仍然笑，摇头，表示意思是：“我猜不会有，这些女同学全老实极了。”

但女孩玖并没有老老实实把另外一时节女生朱同她谈到的近于老老实实的话，告给男子A过。她只另外谈到功课，谈到试验，谈到在试验时一些学生与教授故意麻烦的情形，也不再说到女人，也不敢再问到昨夜究竟为什么写了一夜文章。

这时第二十一教室，正坐满了一室年轻男女，看着讲台上讲比较文学教授抄引的作品。那教授引得是男子A文章的一段，抄满了一黑板，一面抄一面又回头说，“不要把标点加错。”大家就笑。这是一句话，在凡是这教授所担任的功课上面，遇到抄引笔记时，他总不忘记这一种责任内的嘱咐，为了重视笔记起见，这人有时还观察学生的笔记册，因此学生中有人就在笔记册上也写上那一句话，好让教授见到的。

把黑板写满，应当是教授说话的时节了，这就凭了一点儿在另一时节所知道男子A的种种，解释这文章以何因缘写成，以及内容的糅和情感与理智表现的美处。

在讲堂下最末排坐的是十个女生，玉，五，朱三人成一线坐在角上，正如其他同学一样很随意的领会到先生的分析。

到后听到讲“天才”一定是有，且把如何生活就算天才的话期望到同学，学生全笑了。第二次又返身面向黑板写字时，玉就同五说话。

玉说，“听这个讲不如找小羊来谈天还有趣味，她讲这一课比大教授高明多了。”

五说，“小羊应当也来听听这一课，好多有一个机会去说笑话。”

玉又说，“她今天好像哭过一会儿，我上午在第七教室见到她，问她为什么不愉快，不做声，微微的笑着，走开了。”

五又说，“你应当安慰她，她是你的——”“你要我打你了？”

“你自然有权利这样做，因为假若你是……”

坐在一旁的朱听到这两人说的话心中匿笑，装着一点儿不注意的神气抄录笔记。先是不懂所说“小羊”是谁，到后清楚了，她同时还明白“小羊”哭泣的原故，下了堂，就走到黄字宿舍去找那所谓“小羊”。

三

玖尚没有回宿舍。宿舍中只有另外一个同学，正在翻着×××那本书。朱走进房去。

“珑小姐，她不在这里么？”

“好像是上课去了。”

“我下堂没有课，她下堂也没有。”

“那是到她哥哥那里去了。”朱想走，同房的珑于是又说，“这孩子不知为什么原故，今天哭了一会儿。”朱答着“哦”字，仿佛这事情完全不是自己关心的事，很匆促的走下楼梯，到了楼梯确碰到了女孩玖。她们暂时皆站在楼梯口边。

“我到你房里找你，不见你。”

“什么事？”

“同你玩玩去，我引你到好地方去。”

“愿不愿到江边去看看船去？”

朱正望到这女孩玖的微肿的眼睛难过，一时不即回答。

玖就又说，“欢喜去就等我一会儿，我换件衣，我二哥也在外边等我。”

朱稍稍凝神，想了一会儿，本是预备邀玖去玩玩，以为可以安慰这女孩，现在反像是被玖所邀，忽然说不去了。她说，“我不去，”也不再在奇突的话上加以“我记起了”或是“我几几乎忘了”那类话语解释，说过不去，并且即刻就走了。女孩玖一点儿不曾注意，匆匆的跑上楼去换衣。女子朱走出屋外，就见到男子A站立在路上，军人风度的姿势把两只手插到衣袋里，忧郁的向她招呼。这女人脸略红，点点头，从男子A身边走过去时，柔驯得像一匹小猫。男子A望到这女人在大广坪中走着的背影，完全没有想到这是最先抱着“怜悯别人”的心而来，到后确又抱着“缺少别人怜悯”的心而去，一个非常寂寞的女子的。

女子朱一个人返到了自己住处，同房一女人正在念李商隐锦瑟诗，见到了朱，就询问她李义山诗是不是平素欢喜的诗。女子朱正为一种心上小小纠纷所苦，就很奇突的说，“我什么都不爱，”说过后，坐到自己床边，一事不作，痴了半天。

四

天气已经到了将近深冬，虽然是大日头成天从东方跃起又从西方坠下，在日光下还有人晒杂粮，打赤膊作工也很平常的事，但那只是一些无教养愚蠢顽强的下等人的行为，在××学校，办事的地方，全在那里安置预备过冬的煤炉了。肮脏汉子三三两两扛了竹梯，铁筒，铁炉到了教务处又到事务处，满校各处跑，大钉锤随意的敲打，从讲堂外边过身时也大声说话。若不是为安置这铁炉的原故，这样放肆的行为，恐怕罚一个月薪水还不容易使教务长快活。这些做工的人因为安置炉子，并且也居然有机会躺在会客室沙发上歇憩了。并且一出去，也居然同学生一起涌到吃饭地方坐下了。不过年轻人虽然同到这些汉子在一处吃饭，却都明白这些是无知识的人，都懂到顾全身分，也不再用同他们说什么话，也不问问今年煤炉比去年煤炉价钱如何不同，也不必知道这些人每一天做工有多少钱收入，他们因为是读书的子弟，吃饭以前上四堂功课，吃饭以后又得上四堂功课，他们就只记到功课的内容，或单记着功课的名称，以及担任这一课的教授脸孔。他们还有间或还在僻静处写写标语的人在内，这些上等人，全都明白身分这样东西有怎样用处！

因为听说新装了煤炉且新升了火的会客室，很暖和宜人，下了课后，许多学生皆在会客室中围炉取暖，与同学谈天，仿佛对于因为有了这炉子，这一天就过得特别舒畅。其中有人轻轻的唱歌，有人打呵欠，很愿意就在那炉子旁边睡一中觉。有人先尚发牢骚想到第四阶级，因此一来也成为自由党了。

另外有两个男子，在会客室的一角，辩论到目下流行的“艺术问题”。各人凭记忆在一些看过一遍两遍的新书上，各举出了一些连自己也不很分明的例。又说诗，是情绪，是情感，是节奏，又说艺术方面，是革命，是下层的呼喊，是力，其实到后是说到两人皆有点儿找不出头绪，不知道应当如何来解释了，所以不得不结束了。两个年轻人皆各看了一本《女神》，一本《呐喊》，订得有《小说月报》同《语丝》《北新》，又另外看过五六本翻译的书籍，又听过名人演讲，又能标点不错，又能做点小说。这两个很有作为的青年谈到很激烈时，几乎真快要决裂动武，若非两人皆想到主义以外的学谊，恐怕两个天才皆炸裂了。把话变换方向，两人就说到一个女同学身上去，同在一条战线了，是一同皆觉得女生五生长得不坏，有理由使人想起时心跳，他们于是各尽所知推测到这女人的未来情人。

这时节，男子A同女孩玖，正在车站上遇到了五，五在车站送一个人，因此同这兄妹二人同时回返校中。会客室窗外是路，来去人皆可以望到。年轻人照例是一见到女人就有感想，且能在一个女人一言一事上造作出若干谣言若干幻想，就感觉到全身松快。

男子A同女孩玖等三人走过那路边时，是已经为一个英文系二年级，头发很长，西装整齐，单是那样子送进当铺也可作一个艺术家的估价的大学生见到，这已经很像个艺术家样子的人，正把脸贴在玻璃窗上看外面天气，忽然见到五同A在一起从外面走来，心里一跳，就呱的一声，正说到五的两个同时就向窗外一瞧，居然就毫不对于自己所见加以考虑，便认为应当要用一个平常男子所有的妒嫉了，各人骂了一句野话，就凭空猜想了一些谣言，且为这自己所幻想的事情烦恼着。两人故意走出去，因为可以试试五看她还有所畏惧没有，在大廊下他们遇及了，女生五仍然傍到这兄妹二人，男子A一点儿也不明白自己有这样两个敌人，他只在这两个大约读过一本莎士比亚戏剧因而就有骄傲颜色的大学生脸上加以小小注意，除佩服这种年轻人耳大头圆相貌是很有福气的相貌以外，别的全不留意走过身了。

这两个宝贝这一来像很受了侮辱，居然不再到会客室去取暖，走到一个空课堂去了。

到了那课堂拾起地下碎粉笔头来，用英文各写了一句骂女生五的话语，才算稍稍气平。

世界上发生的事情原就全是这种样子，女生五是毫不为那两个同系的学生设想，就走进了男子A住处的。然而A，又毫不为五设想，谈话总像一个在讲堂上的教授，完全不体会到对面女人是如何愿意有了解那心上蕴蓄的人。但正因为这无拘束，随便谈了许多话。且更无拘束的是女孩玖，用着最天真的态度待人，女生五到后仍旧是俨然若有所得的回到宿舍去了。

五

日子，另一世界这时或者正糟蹋到战争上去，或者正糟蹋到酒食上去，或者谋杀，或者啼喊，或者肉体的陈列，或者竹木的殴打，一切虽不同，夜却一般又来到了。

天夜了，在兵营里的兵士，还成队的在操坪里唱歌，正如这白昼的埋葬，需要这世界上顶可怜的愚蠢人类唱着喊着，夜之神才能够凄然的抓一把黑暗洒在地面。

第四章

一

过了十天。天气变了。日里大风从北面吹来，使着有力的呆气，尽吹到晚还不止。大广坪中正如有无数有脚东西在上面跑过，枯草皆在风中发抖。傍晚时大广坪除了间或见到一二小馆子送饭人低了头走过以外，一个人也没有了。到了黑夜，傍学校各人行道电灯皆很凄凉的放散黄色的暗淡光辉，风在广坪，在屋角，各处散步，在各处有窗门处皆如用力的推过，一二从廊下走过或从广坪一端走过的人，皆缩颈躬背，惟恐被风揪去的样子畏缩走去。

男子A因为心上燃烧到烦恼的火，煎迫得利害，想起了女孩玖的被盖太薄，恐晚上天气寒冷失眠，便把自己所用的羊毛线毯送到女生宿舍去。到了那个地方却见到朱，朱正在同女孩玖谈话，见了A来很不自然的笑着，这还是十天前那晨微笑从A身边走过的最初一次。因为本来只要稍稍有意见面，只要一到玖这里就决定可以见到A了，但朱是为了一种很心乱的纠纷反而有意常常避开了A的。她知道A常常在玖处，所以玖处也不敢来了。她知道玉、五两人是有一种关系同玖比自己与玖还要好的，因为怕玖同玉、五提及，所以与玖上课也不讲话了。她因为今晚上风大，以为决不会遇到A，才来到玖处谈话。

无意中仍然在一处了，女子朱没有话说就想走。

男子A说，“我妨碍你们了，很对不起。我是要做事去了，我还是先走，你们可以多谈谈话。”

女孩玖也说，“不要走，你应当再玩玩，回头我送你回去。”

女子朱不得不坐下了，男子A虽说要走，却一时也不能走。女孩玖问他关于新妇女问题假使写戏剧应当如何表现，想请他代为解释，并把一个解决方法见告。这件事正是男子A来此以前朱同玖讨论的问题，男子A想了一会儿，摇摇头笑。

“怎么样？告我们一点儿。把你意见告给我们。我们正议论到，不懂方法，应当如何描写，如何把全局延展成为一个完善的剧本。”

男子A说，“密司朱意见以为怎么样？”

“我是没有意见的。我以为，”她说的好像是本身，“悲剧不一定是写人类流血的事，这个不知道是不是，请A先生指示。我以为男子在工作上当顽固，女子在意识上也不妨顽固。

若是有一颗顽固的心，又在事业欲望上处处碰壁，她当能在新的道德观念内做一个新人，然而自己又处处看出勉强，这心的冲突，是悲剧。”

女孩玖说，“这话我一点儿不懂。”

“你小孩子要懂这个做什么？”男子A说着，又换语气同朱说，“你说得对极了。悲剧不是死亡，不是流血，有时并且流泪也不是悲剧。悲剧应当微笑，处处皆是无可奈何的微笑。”

女孩玖同女子朱皆当真在微笑了，但女孩玖仍然不很懂这些事，她于是读起剧本上的话来。这时因为听到这一边有人说话，五同玉借故过到这房里来了。玉问女孩玖是讨论到什么，那样热闹。

大家仿佛毫无拘束的谈到新妇女的话，在男子A议论中三个女人皆在心上各有所会，很小心的避开这言语锋刃，用一个微笑或另外一个动作遮掩到自己的感情。到后与女孩玖同房的那女生也从别的寝室回来了。这是一个相貌极其平常的女人，沉默娴静，坐前自己床边听这些人谈话，说到自己仿佛能理会得到的话时，也在那缺少心机的脸上漾着微笑的痕迹。

男子A忽然想起自己到这里无聊了。他要走。他用“要做事去”一个不可靠的理由离开了女孩玖寝室，走下楼到了大广坪，穿广坪走去。风极大，路旁电灯幽暗如磷火。

男子A因为想从近处走过这黑暗无人的广坪，所以从草上走过。

坪中五步外皆不见人，走到前面，却分明有人从前面窜过去，受了惊骇样子，且飞奔的向校外走去了。前面是球门的木柱所在，隐隐约约看得出有白粉笔写的字句。男子A心里清楚了，觉得一个年轻人能看清楚了自己方向，只要是自己所选定，不拘写标语，散传单，喊叫，总是属于可佩服一流的青年。因为觉得这年轻人也有认识的必要，所以就装作神气泰然的走到学校门边传达处，作为看有无信件的神气等候着，看看这敢在十点钟以前写标语的，究竟是怎么一个人物。很等了一会儿，果然有一个人从校外扬扬长长的来了。若果男子A还能记得到同五在一块从车站回到那一次，到长廊下时曾有两个二年级英文系的学生迎面走过，还在心中暗暗佩服这年轻人品貌过的事，那就会记得到这是其中一个青年了。但男子A只认识得到这是一个英文系学生，且曾看见过他用英文与一个同学说话，如今见到还敢写标语，就认为这一定是一个有思想的人物了，他就预备以后同这个人认识。那男子却没有料到男子A是想同他认识，且料不到有人疑心他是刚才用粉笔写过什么的脚色，堂堂的回到宿舍去了。

二

女子朱一人从黄字寝室回到自己寝室时，也得横逾广坪的。因为是大风，孩子脾气的玖，一定要送她到大坪中心，两人才分手各回寝室。这任性的提议自然不为朱所答应。到后是从五处借来一电筒，披上玖的一件大衣，一个人从大坪里走去了。照规矩一个女人胆小便不会嫌路远，应当遵平常径赛的跑道走去，因为傍跑道有一些灯。但同样是因为风大的原故，且手上有电筒，无所畏惧，所以到后也如男子A所取的途经横穿大坪。球门木柱上的粉笔书无意中也见到了，用电筒一照，歪歪斜斜一行字，这样写着：

教授A同本系五姑娘是情人，（皆）打倒。

大约皆字应当为“该”字，聪明的大学生错了。看到这样标语的朱，人痴了。这类标语正像是为她一人而写的一样，她稍稍迟疑了一会儿，匆匆的走了。但走了几步又返了身，把所有木柱上的字擦去，才废然回到宿舍。心中一面想起这些男子或就是在另一时写过许多信给自己的无聊男子，一面又不忘记到那话语，且想起过去五玉称女孩玖为小羊，又如何对小羊要好的情形来了，心中十分难过。写过这标语的大学生，正神气清爽的在宿舍中得意，以为第二天大家见到时如何口呼同志，料不到这文字除朱看来有另一意义似乎用血写在心上外，这粉笔字当时就擦去了。

三

“一切年轻人的事皆无分贪图了，只有工作是我自己本分上的东西。”

男子A这样想着，坐到自己房中正想开始来写一个短篇，就以年轻人，苦于政治烦闷，因而很勇敢悲壮的，在半夜里到各处写标语一件事作为主题，刚刚写下一句“晚来风大”，门外有人敲门了。

“请！”随了请字进来了一个同事，大学二年级英文教授，年三十一岁，扁脸短鼻头，因为新西服的原因把脊梁骨挺直，走路非常有西洋人风度的一个××省人。是大约为慕名那一类情形，因此常常来到男子A住处谈话了。照例男子A与同事学生，皆无差别的待遇，一来就床上坐，有东西就吃，没有东西时热水也不为客照料，话则毫无拘束的随意谈去，所以来的人纵非常拘谨，到过三两次也就仿佛极熟了。这英文教授是每次来时总先说一句“在著作么”似戏谑又似敬仰的话语的，答应说“没有”，那就坐下了。答应说“做一点儿小事”，那就说“不要太做长久，我来换换你的方向”。怎么样换换方向？是得A来听听这教授很精采的自白，如何读书，如何教书，又如何也常常用英文写文章，只是不大好，说时且露着一点儿对于“博士”一类人英文程度的不平，对于名人的不信任，这样那样而已。虽然也常常觉到无聊，但有时又觉得在烦恼中得此“有志气”的人谈谈也是好事，所以这人就常常有机会来了。

人如今是进来了，破了往例，不问“在著作么”这一句话。

“先前你灯是熄了的，到什么地方去了？”

“到女生宿舍才回来。”

“你们著作家是……”他意思是用着敏感的正确的头脑，要说“女生总欢喜你们”但又立刻觉得这话不大好，所以不讲下去了。

稍过了一会儿，这教授又换了一个方向，用着全然外行而又不服气的神气说道：“你到了这里，我们学校可以给了你不少小说材料！”

男子A笑，心中想：“自然我就是找材料来的。”

照例男子A与同事谈话时节，有许多机会是得受窘的。譬如做文章，他们总欢喜很客气的谈到一点儿外行意见，同时还不忘记供给一个故事的胚胎，如谁人爱谁，又如何爱，谁又被抢，到后同抢劫的匪徒拜了把子。再不然则说“我的生活直可写一本名著，奇怪而且伟大”，他们就以为这是一个作家需要的好材料！学生们写文章呢，大体也是这样子，用五百字或一千字，写一个故事，非常吃力的写成，自己看来就常常感动得很。于是很规矩的抄出，缴卷了。整个的天真，使人完全无办法，分辨解释皆简直全无用处。遇到这情形，男子A就只能点头认可，微笑，或者说“很对很对”，于是同事中觉得这年轻教授还有趣味，本来先虽是很看不起写小说的人，到后也就不怎么讨厌了。这英文教授，是很相信每一次谈话总对于一个作家有大影响的，所以且常常当笑话那样子说，“不要把我写成书上的人物！”听过这样话的男子A，仍然只能作苦笑。

这时英文教授在房中走动了，皮鞋橐橐[1]地响，似乎不能忘记先前的话，就又问男子A：

“我们校里女生有不有天才？”

“我不知道。女人照例是聪明，当然不缺少很优秀的女子。”

“当然，（点头科）不然，（摇头科）我的意思是作家也应配作家，才能相得益彰。你说是不是？”

为这雅谑，男子A无话可说了。从这话听来，才明白平常自己常常到女生宿舍，已经就很为这些有知识的大学教授注意了。他心想，同这些人说话是很难的，讽刺他又不懂，不做声他就以为是心虚默认，且更不妨造作一些谣言，流传到学生中去。想到这里稍稍觉得一些东西可怜了，因此男子A说：

“我也是这样想过了，一则找材料，二则找女人，就来到这地方了。”

教授一点儿不觉得这是反话，就很关切的轻言细语问男子A：

“是谁？告给我。”

“当然要告你，再过一会儿罢，我还要有许多事请你帮忙，你大概高兴？”

“自然效劳。有什么问题我总可以解决。不过你得防备××先生，人坏极了，各处造谣言，一个礼拜上八点钟课，总有二十四点钟批评别

① 橐橐（tuó）：象声词。多状硬物连续碰击声。

人的事。这人真是个不敢领教的人。”

对于××先生的切齿，显然是曾在一些男女事上吃过××的亏了，男子A猜想一定是这人曾经爱上谁个女人，所以这样高兴谈到女生的天才。他于是问英文教授：

“你说天才，你班上有没有这个女子？”

这汉子不做声，就望到男子A呆笑。

男子A又问，“告给我，是谁，你一定是发现多日了，两年来的你当然比我多知道许多。”

仍然是呆笑，因为愉快得意，脸也更其扁圆了。

男子A不再询问时，这汉子却轻轻的说道：“他们都是说×××全校第一名。”

这汉子，原来是心上有伤的人，虽天生一个应当本分一点儿的脸孔，却蕴蓄了一颗不能自甘平凡的心，毫无问题是爱到学生×××了。男子A因为想起一切男子的无用处，所以听到这亟于找寻哀诉机会，又浅薄又可笑的行为，心里也很难过，不能再嘲笑他，又不愿意再问到他了，就不说话。

“她又选有你的课，多幸福！”这教授于是又这样说了一句。

男子A只能望到这大学教授作苦笑。因为这无理的可怜的妒心完全不必有，自己就是成天成夜在为一个女人害相思，也决没有想到这学校中任何一个女子来的。但待要同这种蠢人解释，说是请同事放心，来此认真说只是生活，既不是想从同事领教找寻创作材料，也不是想同女生中什么人恋爱，这话是万万不会为这教授相信也很分明了。到后他就敬了英文教授一支香烟，代表了他的同情。烟雾的圈在那越看越扁的脸上，作一种轻轻的摸抚，旋即散开了，教授夸奖到烟好时，男子A在他那脸上看出人类悲剧的一个最好范本。

因为不忘记吸烟时节那扁脸，男子A一个人独自伏身在桌上，心的边缘像为一种忧郁所啮食，先前预备写下的文章也不能再写了。想到写标语年轻人的行为的悲壮，想到扁脸人又愚蠢又庸俗的爱恋的煎迫，男子A到十二点时还没有脱衣睡眠。但是另一个小房间里的扁脸教授，已在新制棉絮里，梦到一拳把同他抢女人的男子A打倒，跪到×××前读求爱的英文诗了。

四

黄字宿舍女生五，在烛光下写了一封长信，写成了，没有发去的勇气。

第五章

一

女生朱觉得非常寂寞。特别同女孩玖要好了。然而与女孩玖在一处见到男子A时，总即刻借故有事走去。间或也问到过玖是不是欢喜五，玖的答语多是小孩子的话语，一点儿不注意到这些，所以同时也说到二哥性情是并不欢喜同女人来往的，听到这话的朱总若有所失，沉默很久。

有一天，在男子A班上，讲中国新兴文学方向与进展，因为引到标语文学，男子A说到另外一些写标语的人的心情，在用一种比譬的解释，说是欢喜在厕屋一类地方很不节制的写上什么的脚色，若果艺术一点儿，是可以成为诗人的，说到这个时大家全笑了。其中有曾在那么墙板上用铅笔写过些字的人物，脸上泛着微红。男子A又说及如何的对于那类人敬服，坐在学生席上的女生朱没有做声，也随了众人微笑。下堂时，遇到玖，就说，“A先生还不知道别人写标语骂过他同五小姐。”

女孩玖说，“是谁？”

“不知是谁，半个月前的事。”

“说什么？”

“说A先生同五是一对……”

“好笑极了，二哥自己一点儿也不知道。”

“恐怕谁也不会知道，因为我当时看到就擦去了。”

“我要告给五小姐去。”

“嗨，不行。莫告她，这是不能随便说的事情。”

“那你同我又说了！”

“你真是小孩子。”

朱走了，玖到她二哥住处去。男子A正在批改一个卷子，桌上还堆有许多卷子没有看过。

“二哥，我听人说有人写标语骂你。”

“那算什么事。这是大学生的长处。”但是，改了一些别人的稿子，就又问玖：

“听谁说？”

“是朱。”

“在什么地方？”

“不明白，她好像说是十几天前，见到了这文字，是用粉笔写的，把你同五写在一处，说是一对。”

“这是极不通的谣言，恐怕还是近于像由女人造作的。”

“女生哪里有这种兴味。”

“五知道没有？”

“好像不知道，朱同五并不好。她并且不许我告五。”

男子A就笑了。他想：“一定的，女人的心，不是浅薄，是太敏感了。”稍过，就说：“玖，朱还另外问过你什么话没有？”

玖说没有。玖因为怕妨碍她二哥事情，告过了这话就走去了。男子A想必定是玖说了一些很天真的话，并且估计这话在五同玉同另外许多同学皆说及的。因为似乎是一种足把自己位置到可歌唱处的好地方去，男子A对这些女人是感到一点儿愉快的。但是假若这学校真有那种天真烂漫的大学生，凭了小小的聪明，在上课以外还要散布一些谣言，使这谣言在一些人心中，作一种荒谬的发展，嘲笑和妒嫉的继续，在男子A方面仍然是一种不可忍受的痛苦。

好像无论如何，纵写下的标语仅仅是朱一人见到，只要是居然有人感到这需要，把一些很觉可笑的话语，写到大众可以看到的地方去，也就可知一定是还有不少其他年轻人，在心中蕴蓄这谣言的种子多日了。为了这件事，是不是应当想想对待方法？或者当真的就去爱，尽一些人成天就书也不再念的去“不平”。或者离开这地方，让一些年轻人也有些女人可以倾心，得到心跳红脸的机会。这些就是方法了。用这样方法那样方法皆可以变更自己这时的地位，也同时能变更一切人心上的位置。但他两样事皆没有作，他以为若果五有这欲望，那将给五培养这欲望的好机会，若完全没有，那就将给朱也有些机会做别的事。

一本五的卷子被翻出来了，一页一页的检察，除了聪明的痕迹外露，一点儿没有其他什么隐衷。他把卷子抛开了，在心上自言自语说，“这是不会的，我不能尽这谣言滋长，将在一件事上使这女人永远站到她那毫无机心的态度上做人！我得让一些常常在身边的人知道我并没有为谁倾心，也没有为谁痛苦。我是不能在你们这些年轻人面前有可怜理由的。我若是有一天自杀，也只是厌恶一切，不高兴同许多人活在一个世界上，凭这理由我也许自杀。到了我真活得不愿意时，我是正为有什么人在爱我这一类原因，我或者跳到江水中淹死罢。但使我厌世的女子，在这个学校是还没有！”

但是这谣言如何使其不再盘踞到某种人心中，男子A是不去想那解决方法的。

二

只是一个原因，男子A欢喜在一些人事上分析，这结果是虽然一件可以泰然坦然处之的事仍不能完全放下。在学校的小球场男子A见到了朱，朱很窘的神气，想走去又不能够，似乎很可怜。

“朱小姐，我听到玖说及你告她的一件事。”

女子朱红脸说不出话来，把眼睛向地下望。

“当真是有这事么？”

“我没有理由造谣。是半月前的事。”

“他们真太可怜了，我真觉得他们可怜得很，再有一个月我离开这里，大约大家全快活了。”

“若是走，全快活……自然有人很快活！我想是这样。”

男子A笑，女生朱就觉得男子A的话与自己所说的话，皆可以使自己心变软弱，到不能不哭地步，不再说什么话，点点头，飞跑到球场另一端女同学群里去了。男子A忽然觉得当真有亟于离开这地方的需要了。就为了自己一点儿自私，似乎以早早离开这个地方好点儿。因为一切必然的进展，完全把自己陷于不能自拔的情形中。平素把一颗心拘于自己工作上，拘于自我的悲哀欣赏上，一旦在这些男女事情中还得来负下一些不必负荷的义务，生活是更多烦恼了。

但到这来的男子A，这样天气还是无法在住处安置一个炉子，写成了的一部小说是已经被人家用一种很客气的理由退回了，把它送到另外一个地方去，第二次失望也得到了。现在各学校皆只有一个月就得放假，书业既极其萧条，相熟的地方无从拿一点儿钱，换一学校又不相宜，若是仍然搬到上海去住，则用什么来对付房钱同火食？上海不是北京，一住下来可以半年不名一钱，北京既不能凭空飞去，租界上哪里找得到生活？并且不大明白自己性情让他来到这里教书的人，还会以为年轻人毫无恒心，见异思迁，把固有的职业放下又去各处流荡，为不可救药。自己生活虽不一定当在完全处努力，不过把这误解的方便给人，也仍然是一种痛苦。还有，穷使他在过去成为许多人不欢喜的人，如今是仍因为穷，无法在生活上认真了。

看了一会儿在球上发生兴味的年轻人的行为，又看了一会儿以看球为乐事的旁观者陶然自得的种种平凡的脸，男子A感到心上积孽的烦累，觉得用他人作榜样这幸福是永远不能达到了，就一个人回到住处，在平常拿来写字用的小桌边坐下了。

因为不许这心上的东西扩张，看一本古旧的书寄托到自己这颗无着落的灵魂。

三

这些人一吃了饭全到玖处。在玖同五同玉面前，女生朱极其不自然。做人的义务是这个女人比其他诸人为多的。她多知道了一些事，就为这些事情把如量的烦恼得到了。

玖见到朱的沉默，只以为是心中有别的事，就说：

“朱小姐，你这样子像观音了，听说观音是又和气又忧愁的。”

“我忧愁什么？你小孩子说的话不当数。”

五会心的笑，似乎知道这沉默理由。然而以为朱只是因为别一个男子心上有所纠纷罢了，就率真的问朱：

“是不是为了一个人？”

朱作为不曾听到这话的意思掉头同玉说话。她说，“玉小姐，你看完《人心》没有？”

“人心哪里会看得完？”玖是这样插着嘴。

“我是说莫泊桑那本小说。”

玉说，“看得一半了，还好。”

“你看完了或者会以为更好。但那上面的女人是太过了。那恐怕是法国女人。”

“你意思是中国女人应当怎么样？”

“中国女人我并不是说我很懂。不过中国一般女人是——”玖正把一个木匣给五玩，木匣开时作大声，众人全惊了一下。

玖说，“这匣子奇怪的很，它只差不会说话。”

“小孩子，”朱轻轻的说，把匣子抢到手上看。“若是会说话，你会更欢喜它了。”

五说，“会说话，它就可以说‘我讨厌你，恨你，’你不相信就问它。”

女子朱脸上显出可怜的神气，把匣子交给了玖，“正是！有口了，就聪明得很，会说许多话。佩服极了。好极了。可爱极了。”

女生玉望到这说奇怪话的两个人憨笑，也说道：“口不是说话的东西，记得到没有？”

玖说，“那是吃梨吃糖的东西了。”

另外三个人听到这话皆觉得好笑。玖因为说到糖记起了二哥在前天到上海去询问稿件时买回的糖，从床下箱中取出那一个纸盒来请大家吃糖。把糖拿到手上最先的是玉。

女生五说道：

“玉，你口为什么又吃糖？”

玉不做声，把一块赭色咖啡糖掷到口中慢慢嚼着。到后是五也照样把糖吃过一块了，想第二次再取，玉才忽然想起一件事的神气，把五的手拖住不放，说，“我是说你的口不是吃糖用的，让你吃过一次，还不节制这分外的好处，不行的啊！”

“好利害的嘴！真会骂人！但是糖我还是要吃。”

“偏偏不许吃！”

于是抢着，各用着女人任性的样子闹着，到后是气力大一点儿的玉把装糖的盒子抢去了，站到房之中间，无可奈何的是五。玉揶揄五道：“五，你的口赋闲了，应当赋闲！”

五不答不睬，想心上的事样子，轻轻的叹着气。

玖却说，“这里还有一个更好的东西，”她把抽屉里剩下的一种香糖给了五。“试试这个，吃过了你满口会香！”

女孩玖并且把这香糖也分给了站在一旁微笑的朱，朱摇头拒绝了，用“不能再吃”作为理由，意思却是“这糖只有五一个人有分能吃”。玉也拒绝吃香糖，说是“那个并不是人人有分的东西”。

五就一人吃香糖，神气很自然，说，“我吃了看你们怎么样！”

玖一点儿不觉得这些女人为什么说话行事必须这样难于理解。她当真是一个小孩子，在这些情形中，仿佛不能了解这些女人很快乐健康生活，到了二哥面前，谈谈故事时，二哥因为这话所生的摇动，这孩子也没有见到。

四

四个人不到一会儿就上课去了，与女孩玖同住一房因为有朱等来此才走出到外面花圃的那女人，回到房中，看着满地包糖花纸，摇摇头，就拿起一册放到女孩玖写字桌上男子A所作的××小说来看。她很懂这些女子同玖能要好的原因，她虽与玖同房，却反而没有什么话说了。

这人是数学系二年级学生。一个看来也不讨厌也不使人特别欢喜的女子。年纪是二十一岁。看样子是规矩中人。男子A间或来女孩玖房中时，这女人总是很少说话，沉默的坐在自己位子上，看看书，或假装看书，听玖同她二哥说话。男子A一点儿也不会想到这是一个了不起的女人。

这女子这时看了两页书，心中仿佛非常烦乱，不能自持，放下书，伏在自己的字桌上来写信了。到听打下堂钟为止，把信写成了，又把信藏到衣箱里去。

到了晚上。男子A同玖把饭吃过后。

“玖，你认得这是谁写的字？”

男子A把一个信封给玖看。女孩玖看了一会儿，就摇头。

“认不出，又好像是熟人的笔，非常熟，就说不分明是谁。”

“你看是像朱的？”

“不。朱的字体很写得长，我看得出。”

“像不像玉的？”

“也不像。”

“像五的？”

“更加不像。”玖肯定的回答了她哥哥的询问，又把那信封拿到手上反复的看，“二哥，为什么得这个信？写些什么话，让我看看好不好。”

“不送你看。这奇怪极了！上一次我接到了一封也是很怪的信，里面只说一句话，说得很怪，在一张纸上写上：‘你真是有幸福的人！’我先以为是一些学生做的事，很平常，把它扯了。今天又得一个信，字迹似乎同前次的一样，写的话是女人口气，你说怪不怪。”

“写些什么？”

“写得很可笑。但这个人我觉得是很可怜的。这人以为我当真是有幸福的人，并引了我写在××××上的两句诗。一定是女人，信上就是不说是女人，也可以看得出是一个女子的口吻。”

“也许是男学生胡闹，开这样玩笑。”

“上面又并不是玩笑话，我猜想是……”

“我看朱——”

“可是你说不是朱的字。并且我认定也不是朱写的，因为语气近于同我并不很熟的一个人。”

女孩玖在心中揣想一切同学，想了半天，想到另外一些事了。到后忽然说道：

“二哥，你实在是有幸福的人，别人说得不错！”

女孩玖的笑话，使男子A沉默了许久。

晚上到后落细雨了，男子A把玖送回宿舍，过玉五房中说了一会儿话，吃糖，说女人在新的世纪里应当如何多明白认识自己那一类话，雨大了，借伞回去，说是不必送回，明天自己来取，那是女生五的话。

女孩玖回到自己房里去时，见到同宿舍的女同学正把脸伏在枕上，像是在哭。

“什么事？不舒服么？”

这女人见到女孩玖问她，就摇头，且作苦笑，稍过一阵，就聊以排遣的样子唱起上一天所学的一支洗衣人歌来了。

同样的是这冬天晚上细雨霏微里，被饭馆主人用懒惰的一种原因打了一拳又踢了一脚的送饭江北小孩，拭着眼泪提了饭篮正从广坪走到女生宿舍楼下，很寂寞的捡拾女生们把饭吃过放到楼梯下的碗盏，把碗碟相磕发大声音。为女生服务的妇人，以为是狗来了，开了门就想把手上的木槌掷去，见到是送饭孩子，就说：

“多福，我差一点儿把你当狗打了。”

孩子什么也不说，不管当狗当人，只望到栏杆上一顶红纸做成的高帽子出神，因为这帽子是在日里学校赛球时学生们戴到头上的东西，这时却戴到上楼梯的栏杆的木头上了。

第六章

一

女孩玖在男子A的房中低低的哭泣。男子A一脸是血，静静的躺在床上。满地是血染。桌上一条用为擦手的毛巾，也全染成红色了。

窗外落雪了，小鹅毛片样子正在落，从窗上望去，望得见两个相叠的红色屋顶，上面匀匀的铺着薄雪，把屋顶渐渐的变成了白色。

房中还无火炉，故清冷异常。男子A是从早上流过许多鼻血以后还不曾起过床的。

“玖，什么时候了？”男子A幽幽的涩塞的声音问，见女孩玖不作声，就叹气，说，“为什么这样子？我不是说过我们应当好好的活下来么？”

玖用那因为流泪已略显得红肿的眼睛望到男子A，男子A就又说道：“怎么这样子？眼睛又肿了！别人笑你！二哥这点点血是不会死的。纵要死，也不是哭的事。我算是尽过我的本分了，天使我到这种情形，应当想想哭以外的法子！前几天不是同二哥说到要做男性的女子么？如今是时候了。如今还是应当努力，譬如二哥，不工作，怎么办？工作结果虽仍然像这样子，没办法了就流点儿血，但是我们总算活过一段了。”

女孩玖仍然不做声，不哭了，坐到平时二哥做事的桌边，只痴痴的望到窗外的飞雪，为男子A的病心中难过，热的泪还是沿了脸上流下，滴到前襟。直到男子A想把身体抬起，恐怕又得流血了，才很轻的说，“你不要起来，再摇动是不行的！”

男子A就仍然躺下了，问：“雪还在落么？”

“落得很大。”

“你穿这点点衣，冷不冷呢？”

“很好过。”

“很好过，可是不许为我这件事哭泣！”

女孩玖就把脸背了男子A，“这样流，怎么办？”

“我这点儿血毫不要紧，你不能随便哭！你这时节没有在你二哥面前流泪的权利，因为你知道我病。你自己转到宿舍去看看书好了，你或者就坐到这里看书。我明天一好就又可以写更好的文章了。我记到每一个集子我总有一篇文章是流过鼻血以后写成的。流过血一次，我就又有精神了，或者明天，或者后天，一定可好。他们既然说文章要篇数多，才能照得行市算钱，我就写许多短篇出来，同他们再做一次生意，让这些人刻薄一次。有了钱，我们可以办一个炉子，买点儿药，把你衣服赎出当铺，还了这里火食账，病也不怕了。”

“但是这时节怎么办？我想可以到上海去向蔡小姐借一点儿钱来，你还是到医院去。”

“医院有什么用处？我这样子你以为我可以坐三十分钟汽车么？”

“请江边的医院医生来也好。”

“莫做这呆事情。医生不是为我们这种人预备的！你让我静静的躺一天，不要为我担心，你要玩就同五她们玩去，你昨天不是说朱要你到她那里去吃从家乡带来的菜么？仍然还是去好。”

“我不想玩。”

“那就在这里看书。把我告你那本书念过再玩，你应当照到我说的话，书念完了做点记录，你不能又借故不做。”

“我不欢喜那书。我现在来为妈写信好了。”

“好，就写信也好，只不许哭。你要校役把地下血点洗去，把手巾也搓洗一下，这时不流了，我自己很明白。”

女孩玖就走到门边去叫了两声用人，返身到桌边预备写信。男子A又嘱咐：“不许说身体不好，不许说又流了血，应当说一切很好，知道么！”

女孩玖点头，把一张信纸开始写着“近来我同二哥身体很好……”一面把不能制止的眼泪滴到纸上。过了一会儿，男子A问：“好了么？”女孩玖说：“好了，你不要看，我念给你听。”她就对那仅仅写过一句话的一张信纸，读着许多使男子A听来愉快的话。

二

在扁脸教授的房中，照料宿舍的长头校役正把白铁壶中的沸水倒进热水瓶。

扁脸汉子说，“A先生在住处么？”

“在。”

“有女学生么？”

“没有，你家，他病了，鼻孔流血，今天爬不起来了，你家。”

“哈，有这回事？怎么不请医生看？”

“今天是礼拜，校医到上海去了。”

“病了没有人来看他吗？”

“就是那个小姐，他的妹妹吧，你家。”

“别是传染病？”

“不是，是老病。”

“鼻子破了吃三个蜗牛会好。”

校役把水瓶灌满了，所以不说蜗牛应当如何吃，只说“先生还要水不要水？”扁脸教授于是仍然说，“把蜗牛三个敲碎生吃，治百病。”校役出门不久，这教授就到男子A的房中了。一进门就问血是不是还在流，还不等男子A回答，就又把蜗牛治病的方法告给了男子A，一种天真的热情见出这人的肝胆。男子A倦怠不能支持，卧到床上，不作声，然而点头，意思表示感谢也表示一切领教了，对于这方法将来是总得试试，就因为这丹方新奇，说来也很动听。

扁脸教授在房中各处望了一会儿，“A先生，人病了，寂寞不寂寞。”

男子A说，“并不寂寞。”男子A这意思是“纵寂寞也是当然。”但扁脸教授却以为这样话极中肯了，他得到一个方便把一个女人的名姓提出了，他问男子A，有学生来看过没有。

告他没有谁来，就又露出不大相信得过的伟人神气，“我好像听到×××在你房中说话，”这样说时且悻悻的笑，把一个俗物的脸更夸张的摆在A眼前。

男子A望到扁脸教授，心里想：“你这呆子，凭什么理由总得来我这里谈一个与我毫无关系的女人？”可是男子A也并没有说出口来，沉默的态度倒给了扁脸教授一种同样的领会，以为男子A同自己一样对于×××这个名字也能悦耳适心，故第二次这女人名字提出时，且附以由自己感觉到的猜想，说是“有人造谣言说×××同你很好”这样荒谬绝伦的话，男子A分分明明看得出这谣言就只是这俗物的谣言，所以说："既然有了谣言，将来或者就特意来把这谣言证实一下，也是很有趣味的事。"

"可是我不相信，因为这属于不可能。"

"你怎么不相信？是可能的。"男子A看不过这人的样子，所以故意说出这话来窘这扁脸教授，"本来是谣言，但我这人的趣味是不避谣言，却常常把生活跌到谣言里去，以为这至少也可以使一些造谣的人又开心又不舒服。"

"你这个人这样可真不得了，太浪漫了！"

"本来不浪漫！"

"但是谣言算不得什么，我们生存有一个更大目的，不是与谣言这东西对抗的。你这样一来不是太浪漫了么？"

"本来是严肃的！"男子A几乎是在嚷了，因为很奇怪某一种人耳朵对于言语的解释特别。

但扁脸人还是说教授不能浪漫，"太浪漫了就要病，我听说，你流了许多血，可了不得！"

男子A忽然又觉得同这种人说话为无聊了，就把脸掉到另一面去，对墙装睡。

扁脸教授似乎为怜恤天才的原因，叹息了两声，轻轻把门带上走去了。男子A想到这俗物又单纯又狡猾的心事，哭笑皆非。可是想不到是这人回到他自己房里时，就告给校工即刻应当为A教授找寻蜗牛的话。

他似乎想从这些事情上尽一个朋友的义务，使男子很明白×××是有了一个爱人，而这爱人自己虽间或造点儿谣言，是不许谣言从另外口中发生，也不许谁证实这谣言的。男子A在流血衰惫中静静的体会到面前活跃的一切人行为心情，但在另一空间的人事，男子A完全没有猜中。

三

女孩玖到了自己宿舍，一双美丽的眼睛显得略肿。对于玖的注意，是近于与玖同房女人的义务，已经有许多日子了。

那女人每见到女孩玖一时非常天真的笑闹，一时又很可怜的样子坐到自己座位上，半天不做事，总觉得有一点儿不安。本来不欢喜同其他女人说话的性格，在与同房的女孩玖是应当把脾气稍稍改正了一点儿的。但因为女孩玖还是另外一个人的妹子，那女人，为了一种隐匿在心中深处的罪孽，虽同在一个房间住下，同玖也不能说多少话语了。

这时这女人见到玖眼睛是哭过的眼睛，就在心上猜想这红肿因由。

另一个女子来邀玖到×××去开××会，本来是先两天答应了的期约，现女孩玖却说不愿意同去，因为身体不好。那来邀玖的女人走了。同房的女人得了说话的机会，“是不是有病？”

玖不做声，想了一会儿。到后才说：“我哥哥鼻子坏了，血流了许多。”

同房女人听到这个话，脸色白了一点儿，好像是这鼻血同女孩玖的眼睛，皆由于自己所作荒唐事所成，神气很不安定，到后破了例，一个人披了大衣，走到江边去了。玩了一点儿钟才回来，全身是雪。回来时，见玖同朱正把头聚在一处念书，心中若有所失，第二次复又离开宿舍到图书馆去。看了一些宗教神学的书籍，一些在图书馆看杂志的男子同学，皆估计这女人是一个努力读书的好女子，她自己则一点儿不曾注意到书上的文字内容指示的是些什么东西。

到晚上，因为玖的原因，朱同玖曾到过男子A房中坐了一会儿。晚来雪更大了。然而天气转比白天暖和了许多，所以到病人处谈了一会儿以后，朱仍然伴女孩玖回宿舍，两个人毫无顾忌的谈到男子A的病中情形。年轻的玖，忽然说到她二哥接到的信那件事了，她说："不知是谁，写这样信给哥哥。"

朱说，"那容易明白之至，绝对是远在天边，近在眼前。"

朱的意思指的是玉同五。

女孩玖摇头否认，"不是的，决不是。"

朱说，"这人倒聪明！是应当明白的了！人家那样热情，不是……"女孩玖好像想起了一个人，把话岔开了，她说，"落雪了，朱小姐，我们做罗汉，罗汉是不要热情的。"

朱说，"若是要融，还是缺不了热。"

"融了就完了，有什么用处？"

"你只晓得雪。"

“难道你说的不是雪吗？”

朱点头复摇头，“玖，今夜雪太大了，我不去了，好不好？”

“好极了，我们明天可以在坪里堆一个大雪人，每天可以见到。”

与玖同房的那女人又想披了大衣有出去的样子，为朱见到了。“这时还有事么？”对于朱这样询问只用一个使人不愉快的摇头作回答。这女人走到另外一个宿舍去，一直到熄灯时才回来，回来时衣也不脱，就把被盖搭到身上睡了。这是同谁在抖气，做这样任性的事情，女孩玖同女生朱虽同在一个房间，完全没有明白，就是这女人自己，也仿佛是说不分明的。

四

一夜的雪把世界全变了。这雪真似乎是特给了许多人堆雪偶像[②]的方便而落，到第二天早上，平地已有雪六寸厚了，天色还晦暗不明，有要把雪再添六寸的神气。酿雪天照例无风，天空全是厚的灰色云，落了雪地气特觉暖和多了。从上海开来的八点钟火车到站时，三等车中仍然是一些肮脏的人同一些兵士下车。这些人各以其方向，到了站，把车票递给一个查票员后，就把肩膊缩拢，从积雪的小路上走去了。兵士们穿起庞大臃肿与身体不相称的军服，用大的竹杠，抬取由火车运来的军米，吵吵闹闹的在雪中走着。穷学生也夹杂到这些人中，穿薄薄的夹衫，飘飘然如学道之士，从上海赶回学校。

---

② 雪偶像：雪人。

二等车中只有三个体面人，穿厚而柔软的皮袍，外加毛呢大氅，挟大皮包，从家中吃了白木耳之类清补的早点，赶到学校来上课。这些上等人下车了，一群车夫皆围拢来找生意。

教授之一是哲学家，对雪生了诗意，于是说，“好雪啊！好雪啊！自然之神秘美丽使人赞美佩服！”

另一教中国诗的就吟柳子厚“千山鸟飞绝”的五绝诗。

又另一经济学教授，就提议踏雪走去，以为一面是欣赏美景，一面也实行平民生活。

虽车夫如何谦卑客气的请坐上去，说是雪深路滑很不好走，终于没有坐车，三个体面人就在一些穷人所走的雪路上走去了。

因为好雪，雪的美，给了许多人以新鲜的喜悦，壮观的感动。守在车站边以为星期一生意一定不坏的车夫，完全失败了，无一个人坐车，大家皆失望得很，火车且即刻又开回上海去了，就觉得非常寂寞，相对无聊的笑，且互相用一种野话嘲谑。

雪一落，于是各处皆有雪的偶像产生了。在车站边小屋子中住下的路工，把大的铁铲铲取站上路轨旁的积雪，在车站旁堆起大雪人来了。学校外小馆子送饭小孩子，把路上的雪扫除的结果，也在饭馆前堆起雪人来了。军营中兵士，把营部操坪的雪铲成一堆，也砌成一个雪人了。××学校的广坪，则有了三个白雪作成的偶像。学校中雪人比其他地方的稍稍不同，就是纵然这东西也是积雪所成，全身的装束却俨然体面许多。学校的雪的偶像，在坪中三个以外，又有几个为女生作成的。女生宿舍附近的园里，女生五同女孩玖等一共七个女人就合作堆了一个极美观的雪像。五同朱用刀削刮雪人衣服同肩部，站在一旁袖手旁观的玉却这样长那样短的指挥。把雪人作成就以后，因为没有眼睛，不活泼，女孩玖就回到自己房中找出了两粒黑色圆钮扣，陷到那雪人的眼眶里去。

雪人精神极了，大家皆拍手笑，且邀约站成一字，排排向雪人行礼。站在一旁的玉，看了雪人一会儿，却故意装成惊讶的样子，同女孩玖说话。

“玖小姐，怎么把扣子放到眼睛里去？应当换一种东西才对。”

“只有扣子像眼睛！”女生甲说。

“还有更像眼睛的东西。”

女孩玖就说，“玉小姐，你说换什么？”

“换糖好一点儿。”

“糖要融。”女生乙说。

“难道雪就不融么？眼睛应当是柔软的，是甜的，不应当像钮扣那样子无味木强，明白我的意思了么？”

玖是对于玉的奇巧提议完全赞同的，正想当真去取糖，五却说道：“玖小姐不要听诗人的话！诗人只会口上赞美同铺张，总是不动手。……你要甜眼睛你自己去要，怎么指挥玖？”

玉说：“玖小姐，你还是去取糖来，莫听她的话。”

女孩玖当真就跑上楼去了，取来了糖，很有兴味的把那两粒钮扣挖出，另把嵌两粒糖到雪人眼眶里面。女孩玖完全是个小孩子，见雪人已成就，欢喜极了，就把其余的糖分给众人，说，“你们大家吃眼睛吧，味道不坏！”

虽然禁止过玖取糖的女生五，见到糖，也仍然不反对放到口中了。

大家笑着吃糖时，与女孩玖同宿舍的那女人，正独自在楼上晒台间看到下面。

五

望到屋顶斜面一片白，男子A心情拘挛着，为这眩目的东西所摇摆，想出去看雪。加了一件夹衣，戴了帽子刚要想出宿舍下楼梯，扁脸教授却从后面追来，很亲洽的把手搭到男子A肩上。

“老A，你这血我晓得不要紧，鼻血不是病。看雪去么？我两人去看。外面坪里好极了。文学大家应当不缺少赏雪雅兴。应当有诗。听人说有学生在造偶像。”

男子A站在楼梯边却不动了。

“我不是这些人的偶像，我何必下楼去。”心这样打量时就停顿在楼口边了。

“怎么？不是预备要下去看看么？”

“我还有事情，”男子A就回头走，一面说，“我不想去看偶像，”一面返回自己房中，嘭的把门关上，下锁了。

这扁脸教授就一个人下了楼梯，口中吹哨子唱歌，毫不以男子A行为奇异。他走到学生们所堆砌的一个雪人面前时，看到有学生用雪砌成的皮匠两个大字，就纵声的笑，以为这雪人不是一个皮匠，简直是一个教授，因为肌肤轮廓皆是一个上等人模型。可是完全想不到堆砌偶像这些人，也完全是把一个日常所见到的上等人作为偶像胚子的，但略有嘲弄的意思，却把一个不尊贵的名义给了这偶像了。

在大的雪偶像前面，用着佩服的神气，对这东西加以惊异的，很有一些人。这些人，就是所谓生命力外溢时时不能制止自己的胡闹，成天踢踢球或说点笑话就可过日子的大学生了。另外也还有人在心上想着“过三天我看你还能如何伟大”的不平神气，对这三个雪人看望的。还有人抱了“太阳一出雪就消融”的乐观与悲观心情，所谓今古君子之流，在那里步章太炎原韵，或仿十四行体，做咏偶像诗的。但是机会使各处雪人到了下午皆更夸张的把身体放大，因为天上的雪又在落了。

男子A第二次鼻血是在吃午饭的时候流的。这时外面雪正大，大广坪里还有许多的年轻人堆雪人玩，互相在雪中追逐，捏雪团对掷，使送饭的小孩子发生大的兴味，忘记了篮里汤菜已经冰冷。

因为出血，正在一旁吃饭一旁说到女生堆雪人故事的女孩玖着了忙，把碗放下了。她照到她二哥说的话到楼下去取雪来止血，把雪用盆装来了，男子A的血便滴在这白雪中。一面把雪敷到鼻部同头部，一面躺到床上去，被上也全是血污了。女孩玖不知所措的在房中各处转。

“玖，不要紧。你吃饭吧。冷了是不行的！”

女孩玖没有做声，摇摇头。

“你吃饭，听我的话！不听二哥的话我可要生气了。我们不能同时有病，还不明白么？”

女孩玖又点点头，刚把碗拿到手上，见到血把男子A手染红了，又放下碗来照料男子A。

“不要你管，不要你管，自己吃饭！你不吃饭我当真要生气了！”

女孩玖仍然拿了碗，背了男子A，装作吃饭的样子，大的泪落在碗里，到后把一个为母亲赠作十六岁生日的碗，掉在地板上打碎了。

男子A不再说话，因为两个鼻孔皆堵塞了棉花，血仍然在鼻腔里涌，到后是从口中喷出血来了，血喷到面前盆里，所有一盆白雪皆成了红色。

六

下午三点在××小医院里住下的男子A，躺到床上毫无生气。女孩玖坐在床边照到男子A意思给一个书店主人写信。信成了，轻轻念着：

××先生：我的病又发了，毫无办法，如你所知道的一样。现在住到××院里，自然是不会即刻就到危笃。但人一病倒，书是教不成了。请你告给我一个消息，是我那一本书究竟要不要？若是要，你就即刻为我送点儿钱来。我的情形你明明白白，学校方面是一个薪水也没有剩余，所有希望只在你书铺一方面。

念完了信的女孩玖。把信放在膝头上。

“二哥，是这样子写么？”

男子A在那瘦黄的脸上漾着可怜的微笑。声音极低的说，“玖，你写得好极了。”

“哪里！我不明白像不像你口气？”

“你比我写得还好。我是一为到这些人写信就得生气的。

你坐五点钟车把信自己拿去，送到他经理处，若是不在家也就回来了，不要太晏，天晚了很麻烦。”

“我想一定要找他拿钱来，不然我到蔡先生处住一晚，明天总有结果。”

“住到上海也好，不过实在没有钱，就到蔡家借点儿钱也好，我恐怕他们近来也很不方便。”

“我去看看再说。我赶得及就回来，赶不及就不回来，你在这里总不怕什么罢。”

“一点儿不要紧，你去罢，车差不多会快来了。”

女孩玖就走出房到待诊室看了钟，还差二十分，又走回病房来。

“二哥，若是见到×××得了钱，我一定回来。”

“你回来这里也关门了，不如到蔡先生处住一晚也好。你放心，我自己晓得这时血不会再流了。”

来了一些年轻男学生，女孩玖不再说什么话，披了大衣出了病院到车站去了。

年轻人来看男子A的病，其中一个学生甲，用着近于好奇的神气，说，“听A先生流了吓人的血，这时好了吧。”

男子A点头苦笑。心里想想：这是吓人的事，倒想不到。

复次年轻人中又有一个乙说话了，他说，“这是火气。”

男子A仍然只有点头苦笑。见到这情形，就有另外一个懂事一点儿的学生丙，用现在中国所有批评家神气，在同学乙言语上加以指正。

“鹭鸶，什么火气水气，说这样无常识的话！”

“怎么不是火气？血属金，——”

“博士高雅，博士高雅，什么血属金，念你妈的灵光经！”

那被同学取绰号名为鹭鸶的，很不服气样子，也不问地方，大约是天真烂漫习惯了，说话非所长，就想捏拳头打。

学生丙躲到男子A床边去，似乎求救。

学生丁，一个小脸小鼻大麻子的人，说，“怎么打起来了？要打就出去，这是医院，是A先生病室，这样放肆，真应记大过一次。”

还有戊己不说话，只是笑，且摇头，仿佛意思是说“真不敢当”。

男子A见到这情形，觉得年轻人真是很痛快的活到这世界上，使人羡慕不已，然而也很受窘了，见戊不说话，就问戊，“你们是从什么地方来？”

“从江边。因为在路上听到有同学说到A先生今天鼻血流得太多，搬到了这里，所以邀来看看。”

“今天雪真大！”

“是的，大极了。江边很美。”

“你们真舒服。”男子A说着就叹了一口气。

丁就向丙说道：“A先生说你真舒服，团头团脸，有官像，听到么？”

丙说，“听到了，你的恋爱要我讲给A先生听没有？”

甲说，“只管讲！”

乙说，“老甲，你的事我清清楚楚，我明天还得到同乡会集议席上报告，不要以为自己干净得很！”

大家随意在病人床前说着笑话，且似乎是这些话是正为男子A是教授的原故，才处处还加以剪裁来说的。本来再玩一会儿或者就当真会听到许多据说极其动人的恋爱故事了。但学校的大钟一响，年轻人皆记起吃夜饭这一件事，觉得有应当赶到食堂争夺一个好位置的必要，所以一窝蜂走了。

甲乙丙丁离开病人时，就同时说道：

“A先生，我们明天再来看你！”

男子A很忧愁的说，“好，你们明天来！”这些人就走了。

人走了后，男子A心想：一些有福气的人。……学文学，自然会要产生无量数伟大作品。……还有先生咧，教英文，大约恋爱之类，还会用英文写情书。……毕业了，也去教书。……一些宝贝。因为家里有钱，或者从更苦的阶级里爬到这里念书，穿新衣，开会，吃茶点或写报告，快活了。……有理由天真烂漫活到这世界上的人很多？……不过任如何为这些人着想也很无聊，因为这些年轻人，到食堂把座位占据到后，也就正在男子A病上作一种猜想，甲乙丙虽各有所持，总而言之则以为男子A是为女人而病，大家皆以为这猜想绝不会错。幸好蒸鱼到了桌上以后，大家意见才能统一，异口同声说是近来食堂蒸鱼味道总是太淡，再不注意真得另外换一个馆子包饭才好，把男子A开释，继续谈鱼肉的事了。

七

在××书店编辑处的会客室里，女孩玖站到那堆满了书像堆店一样的地方，等候经理的回来。经理为别的事出门了。

一个平时很风流自赏的小编辑客客气气的把女孩玖让进这会客室，拿烟拿茶，非常恭敬。但女孩玖没有下车时见到车站上电灯已经就放了光，这时还不见经理回来，一面挂牵到病院里的哥哥，一面肚中有点儿饥饿，对于书店那小编辑的殷勤一点儿不能领情。那编辑问了许多话，见女孩玖不理会，抖气到另一房间吃晚饭去了，女孩玖就一个人在这会客室中，很无聊的等候着。小编辑把饭吃过，似乎仍然不能忘记会客室的人，又走过来了，虚伪谦恭的询问女孩玖是不是吃过了饭。

女孩玖只是摇头，也不答应什么，且样子十分轻视这男子，小编辑觉得在女孩玖前面失了尊严，心里很难受，就说，“×先生今天不一定会回来，因为往天总不到这时就到回来了。”

女孩玖听到这话，想了一想，好像等候到这地方，同这讨厌的男子谈这样那样也无聊，就把男子A给这经理的信封上，写了几个字，告给这人说是明天一早九点仍来等候回信，把信交给那编辑，离开这会客室了。

把女孩玖送出门外，痴痴的看到女孩玖背影的风流自赏小编辑，回到编辑室，把没有封口的信取出一看，知道是男子A的信，且猜想女孩玖一定是男子A的妹子了，颓然坐下，先本还想写情诗的勇气完全没有了。

出了××编辑所的女孩玖，想到既然明早还得来此等候回信，返校是办不到的事了，就搭了公共汽车到蔡家去。

到了蔡家，约有了七点半钟样子。

那男主人是男子A的朋友，女主人则另一时曾教过女孩玖的半年英文，是一对从大学毕业以后就住在这里靠翻译书籍为生活的夫妇。男子如今正有事情出去了，只女主人在家中楼上，一人吃晚饭，见到玖来欢迎极了。房中有炉子，非常暖和，就忙为女孩玖脱衣，一面问吃饭了没有。女孩玖说还没有吃饭，即刻就同在一桌吃饭了。姨娘下楼去取碗筷时，两人就谈话。

“学校也落雪么？”

“大得很，比这里好像还大。”

“冷不冷？”

“不冷，落了雪就不冷了。”

“炉子？”

“还没有升。”

“怎么还不升炉子？”

“钱又用光了。”

“怎么一个人来？”

“二哥病倒了，流血不成样子，现在住在医院里，所以我下午五点钟来取点儿钱。”

“呀，又病了！”

“流得血多，到后没有办法了，才到医院去。”

“得钱没有？”

“没有。人不在家，明天再去。”

“我这里拿三十去，昨天我们才得一点儿钱。”

“那我现在就要回去，因为我告给了二哥，一得钱就来。我还要到医院里去看看。”

“这个时候怎么好去，到这里住，明天再去！”

“不，若是蔡先生这边可以拿点儿钱，我现在就回去好一点儿。”

“那怎么行？车恐怕赶不及了！”

“赶得及！”

“赶得及也莫去，天气冷，病了也得你二哥担心。”

“不，我应当就走。”

“吃过饭好点儿，天气这样冷！”

“不，我回去吃。”

“我看还是明天去好点儿。”

“我心里慌得很，要走。”

姨娘把碗取来了，听到说要走的话，就留客，“玖小姐不要走，又在落雪了，夜里怎么一个人坐车？”

“我就得走！”

也不问女主人怎么样，站起身来取大氅，女主人知道女孩玖的脾气，且明白男子A性情，就不再说什么了，从箱中把钱取出，把三张十块的票子给女孩玖，自己只留下几张一元的钞票。

“那你们又怎么办？难道不要用了么？”

“我们还有零的，你拿去好了。”

“我拿二十就有了。”

“全拿去！明天我可以去为你到××书店找经理，把图章留在这里好点儿。取得钱我就要夕士送来，或者我自己来，就到看你哥哥。”

“好极了。不过我还是拿二十去。”

“拿三十去好，小玖子怎么这样奇怪，二哥病难道不要钱用么？若是××取不到钱，夕士或者还可到别处拿点儿，不要着急！”

“那明天如是××得了钱，你来我学校玩玩也好。我们那里天气也并不很冷。”

“好，得了钱我就来，车是九点××分，人少一点儿么？”

“这几天车上全很清静，你来我那里吃早饭好了，有鱼，是广东味道，也有辣子，自己买的。”

“好得很，我来吃鱼。”

两个人下了楼，开了门，望到弄堂的雪了，站在门边的女主人，捏着女孩玖的手不放，说，“雪这样深，真是好事情！”

“是的，还在落，明天会有一尺深！”

“再落真可以做罗汉了。”

“我们已经堆了一个，还是用糖做的眼睛，他们说眼睛应当是甜的。”

“什么人说这种话？”

“是女同学。顶会说怪话的一个女人。”

“同学还好没有？”

“全是很好的，大家成天上课玩，有什么不好。”

“你们雪人大不大？”

“不大，很有趣，你明天可以来看，我们那地方是顶方便作这东西的。大家都不怕冷，大家动手做。”

“玖，那你还是明天去好一点儿，明天同我两个人一块儿去，你为我引路，不然我找不到你们，又不知道医院在什么地方。”

女孩玖站到雪中想了一会儿，忽然听到有一个人家的挂钟响了八点，记起二哥这时还大约在病院中没有睡眠，觉得无论如何要走了，就说，“我要去了，我希望明天蔡先生到我校中来，若是十点半钟的车，我就到车站等候。”

女孩玖到街口等了廿[3]分钟的公共汽车，到××换电车往车站，赶到火车站时是八点三十五分钟，到学校时是九点三刻左右。

八

女孩玖回到学校时，因为时间太晏，不能再过病院去了，就回到宿舍去。

女生五同玉听到女孩玖已经返这宿舍，就过玖的房中来，探听男子A的情形。玖告她们是才从上海回来的。因为谈到上海，才记起自己午饭同晚饭完全没有吃过，问玉同五有没有可以充饥的东西，玉为玖就在火酒炉子里煮了些西米粥，五给了玖三个橘子。

××学校熄灯时候，正是上海方面蔡姓夫妇被租界上中西巡捕把房屋包围搜索的时候。一些书籍，同两夫妇，姨娘，皆被横蛮无理的捕探带进了租界捕房，把人拘留在极其肮脏的一个地下室中，暂时也不讯问。女孩玖，却正同五玉等说到蔡家女人的思想如何新颖，夫妇如何二人到这上海地方与生活作苦战，且告给她们，明天这很可爱敬的女人就会来到这里看我们同我们所堆的雪人。几个女人都觉得这样女人真不可

③ 廿（niàn）：数目，意为二十。

不认识，嘱咐了玖无论如何得留到这里吃午饭，五同玉就回去睡了。

女孩玖没有即刻睡眠的需要，虽然累了一天，来去坐了半天车，这时才来吃东西，但想起二哥平常时节，这个时候却正是低下了头在灯下用发冻的手捏了笔写那三元一千字小说的时候，如今纵是躺在医院里，还不知是不是还在流血。纵不流血了，也总还是没有睡觉，以为在最后一班火车或者没有玖这个人。因为想起二哥的病，仿佛非常伤心起来了，就在桌边对着一枝小小蜡烛流泪。

同房另外那女人，本来已早上床睡觉了，这时却悄悄的爬了起来，披了衣，走到女孩玖身后，把手放在玖肩上。

“玖小姐，你不要这样子，可以睡了。”

女孩玖头并不回，却说，“密司×，真对不起。我没有什么，因为刚才吃东西太饱，暂时不想睡。”

“你才从上海回来么？”

“是的，九点的车，因为忙到想回来，不然是在上海朋友家里住的。”

“听说——A先生病了住到医院？”

“是的，鼻子流血，到午时又特别凶，所以到后只好到那里去了。”

“为什么要流血？”

“是老病，身体太坏，做事情太多，就得流。”

“这里难道功课也忙么？”

“不是功课是自己写文章。”

那女人好像是在想一种事情，暂时沉默，女孩玖就站起身来。这时那女人把女孩玖的手握住了，稍稍用力的捏着，显得极其亲爱。那女人说："你手都肿了，怎么手套又不戴？"

玖听到这话略显得忸怩，微笑的说，"没有手套。"

"我明天为你打一双，我剩得有很多细毛绳子，你欢喜什么颜色？"

"我明天去买，方便点儿。"

"我一天可以成一只，也蛮方便！"

玖不知道如何说话，就不做声了。

桌上的一枝蜡烛，摇摇的枣子大一点儿光辉，照出两人并肩的大影子在墙上，那女人见到这影子，心里似乎极其快乐，又依着体质的关系，对于所憧憬的一种东西发愁。

因为一定要见到玖睡下才肯上床，所以一面看玖解衣一面仍然同玖说话。谈到病人的病，玖就说，"依我说，迁到上海住方便得多，因为这里并不好。"

"是一定要到上海去住么？"

"我是这样想，不过我们眼前办不到，书卖不去。"

"难道A先生那么多书全不能拿版税？"

"卖的卖去，拿版税的也拿到不多，现在是要新书才行的。"

"这边学校欠薪么？"

"那里，一到这来就用了两百。我们用钱太多了，是这样脾气，很难说。”

“玖小姐，那你母亲在哪里？”

“在乡下小地方，七月去的。”

“母亲人总好极了？”

“母亲是好人，有病，若不因为病是不愿意转去的。”

“想母亲么？”

“母亲若是知道二哥这样子，还不知道如何着急咧。”

…………

九

“听到你妹妹说你流鼻血，好了吗？”

“好了，谢谢你的惦念。玖妹得你给那手套，说不尽的感谢。”

“哪里，一点儿点很方便的事！玖小姐真好，大家全那样欢喜她。”

“小孩子一点儿事不懂，我希望同房的同学代为照扶，有时候，好像还很顽皮，要打一两下手心才行吧。”

“哪里，她很乖巧的。”

玖来了，如平常神气，进门时用跳的姿势，见到了二哥在房里，就又把那手套给二哥看。“这是她送我的，暖和极了。”

“玖，你是第三次同我说到这事了。”

“我还要第四次说到。二哥，你也应当有这样一双，不然手冻得不体面，上讲堂，用这样一只手抓粉笔写字，真有人笑。”

“那你为我织一双。”

“请密司×织，不知高兴没有？”

“好极了，我试量量尺寸。”把手拿着了，“这样小就行了，真小，真好笑，……”绒手套即刻就织好了，代为把手套拉宽笼到手上去，姐妹样子的亲热，玖却站在一旁看。

玖的话，“合适得很！二哥，你不觉得合适么？”

男子A笑，“真是定作的，谢谢，谢谢，手可不再怕冷了。”

这样说，且把新的手套放在颊边荡着，“玖，来，试试，我手热极了。密司×，不信你也试试，我手热极了。全得这一双手套！”

“怎么，你手套上又是血！”

“哪里，先有的吧。”

“哪里，身上也是！”

“哎呀，可了不得，玖，你赶快下楼去抓一把雪来。”

“我去我去。密司×，你帮我看到二哥，我去找医生。”

“你快去，你快来，我会照扶，你快去……”各处全是血。

“怎么还不来？！”

“是的，你安静一点儿。”

“你摸我手，热得像火。（把手捏紧）你怎么也这样热？你怎么脸红？你的脸红得奇怪。你让我摸摸，呀，也热得烫手。可了不得，害病的是你！”

女生×于是仿佛自己是躺在床上，男子A却坐到桌边充看护了。医生没有来，玖却来了。玖说，“二哥，你说搬，东西已经齐全了。”

到火车站边送行，车开了，车叫了，人去了，一切完了。

女人×梦里醒来时，正是一只海舶乘晚潮下落出口的当儿，只听到洪大而短促的汽笛，时时的叫着，天还没有大亮。

记得有一首短歌，是给梦的歌，说：梦，你要骗我也尽管照你的意思做去，只是不要太匆匆忙忙。想起似乎有谁这样用忧郁的笔写到纸上的小诗，女人×惘然的望到返映微光的窗纸，不知何处有鸡叫了。

第七章

一

女孩玖大清早就起身到医院去。同房的人，一句话不说，睡在床上打量一切。听到女孩玖在楼下面锐声的喊女生五同女生玉看雪人，又听到女生五走到晒台边去同女孩玖说话，且听到五说，“玖，这样大雪，路上全满了，你那鞋子怎么行？快上来把我套鞋穿上。”不知玖说些什么，就听到女生五笑着赶下楼去了。她猜想，这一定是玉争到把套鞋给玖的事，想爬起床来看看，忽然又想起昨晚上可羞的梦，索性把被蒙头睡下了。

女孩玖走到离学校约半里远近的医院，见到两个年轻看护女人正在那小园里扫雪，也似乎要预备堆雪人样子，就问一个昨天曾见到过的看护，“密司周，我哥哥醒了没有？”

男子A的住室是第七号，是对到这小小花园的一间，那看护正要说话，里面男子A就在按铃了。玖随了看护的身后，到了男子A住室。

“玖，是你么？”

“你醒了！”

“我醒了，听到有女人说话，我就猜到是你来了，所以按铃。”

“睡得好么？”

“很好，晚上吃了药，睡得极舒服。你是昨晚上回来的么？”

“是晚上九点钟车，赶到这里快十点，所以不能来看你了。昨天碰不到那老板，不得钱。”但是女孩玖一面这样说时一面却取出那三十块钱来，交把男子A。

男子A还不懂玖的意思，以为是那书铺只送这点点钱，所以玖不高兴，就安慰玖，说，“有这点点也好了，感谢那老板，居然肯送我三十块，听说许多人卖了半年稿子还拿不到一个钱。我们得这个，可以对付目下，也算罢了。”

“不是那书铺的！是蔡先生的。她今天要来看你，说是还可到××书铺为我们问问信，若得钱就一起拿来。她要我留图章，我说不带图章，她说她认得那老板，不用图章也总可以。我昨天拿信到那里等候了一点钟，还不见回来，所以到蔡先生处去，她留我住，留我吃饭，说到你病，要钱，她就说××昨天才从一个书铺拿了三十块来，还没有用，就取送我。我得了钱，恐怕你念到我，所以饭也懒吃，就回来了。”

“看到夕士没有？”

“他有事去了，恐怕是开会去。”

“他有什么会可开？”

“他不是××么？我以为——”

“你小孩子知道什么！莫乱说。”因为那看护正在房中整理东西，所以男子A就警戒了女孩玖一下，然后就说，“玖，早上吃了东西没有？”

女孩玖笑了。“昨天我饭也不吃过，还是回到校里五小姐为我煮粥吃的。今早是一起床就跑来的。”

看护出去了，男子A想了一会儿，忽然说，“她们知道我病没有？”

“知道。”

“知道怎么不来看先生的病。”

“你当真要她们来么？我就……”

“不，我是说笑话的。”男子A知道玖的脾气，止住了玖谈这件事，接着又转向玖。

“还落雪么？”

“不。早就不落了。我们堆的那雪人，胖了许多，有趣得很。”

“太阳一出这东西就完了。”

“不容易！我听五说过。浇一点儿水在上面，凝成冰，就不容易融了。”

“你开一下窗户。”

“不怕冷么？”

“不要紧。”

女孩玖到窗边去，用手推那窗子。左右上下全无办法，就使小脾气自言自语说道：“在哪里，在哪里，怪事！欺生的东西！”

看护从房外进来，拿了盥洗器具，放到床边小凳上，就含笑的把窗轻轻一推。窗开了，冷的风从外面吹来，看护想把布幔拉下。

“让风吹，不要紧的！”

“不怕么？”

“我还要到雪地去，怕什么风？”

看护出去拿牛奶去了，男子A勉强把身体坐起，洗脸，漱口，听到火车站方面敲打废铁轨声音。

“玖，你说蔡先生什么时候来？”

“十点来，到时候我到车站去接他。”

“我也去。”

“你怎么能去？”

“我今天要转学校里去，这里我哪里能住得惯？”

“什么意思？这钱不是够住几天么？”

“哪里，——我不愿意住，我要做事，玖，你难道不明白么？”

“可是怎么能走动？他们不会放你出去。”

“把我留到这里不过是为他们要钱的原故。两天已经去了八块，昨天打针施手术又是十块，还得赏一点儿钱给他们，这是规矩。三十块钱已经快完了，不回学校去，别人怕会使我们下不去。”

“今天蔡先生会有办法！”

“他万一拿不到钱，有什么办法？”

“到学校同校长去说说。”

“你记不到他们对于你学费的催促情形么？”

“不过多住两天才行，没有钱也总可以欠一下，他们知道你是教书的，不会脱空！”

“但是快到十二月了，我们的希望，还是在我的这一只手上！”

女孩玖不敢说一定莫出去的话了，就改口说，“蔡先生来我们商量看。”

牛奶由看护送来了。看护见男子A问女孩玖想不想吃一杯牛奶，女孩玖点头又摇头，就说，“我再去拿一杯来，”当真拿牛奶去了。男子A独自喝着牛奶，望到窗外廊下为雪所映照的强光，想到远处以外什么人样子，玖也觉到二哥的神情，就说：“二哥，这雪若是在北京，到明年三月才能融了。”

“我想到妈去年在雪里为我流血害病的事。”

“但是妈现在不见到，人是快乐的。”

男子A恐玖哭，改口说，“玖，你们雪人我要去看像谁。”

看护为玖把一杯热牛奶拿来了，玖就拿糖放到牛奶里面。

男子A望到玖这方糖，想起有人说眼睛应当甜软的话了，问女孩玖：“玖，你糖吃完了没有？”

玖不听到，因为这话问得很轻，以为是说牛奶，就回答说：“二哥，这病院真方便，好像一个旅馆。”

“那我们是住到这里来赏雪了。”

望到妹子呷牛奶的孩子神气，且听到二哥的话以后憨笑的神气，使男子A心中酿着淡淡的悲哀。

二

女孩玖一人在车站旁月台上等候第三次到站的火车。在雪里，虽使孩子心情活泼，到处皆为一种新鲜的光明与圆满，然而当七个车厢为一个小车头拖到了站，看到许多人下车，看到火车又掉头从另一岔道开走到前面与向南的车厢衔接，却不见蔡先生这人，所以在失望中心里有点儿难过。火车稍停一会儿就开走了，所有上车下车的人皆离开这月台了，摇旗人也走了，脚夫也走了，就只剩女孩玖一人站到那已为许多人踹踏得稀烂的雪地里好一会儿。

她到后又安慰自己，以为或者是到××书店时间耽误了，赶不上车，所以到十二点才能来了，又想或者是因为吃饭的原故，所以下午才来了，一面想一面沿铁轨向东行，再过去两百步转弯走四十步，病院的大门便到了。见了男子A，这孩子，似乎非常失望的样子，说，“等候了半天，还不见下车，车又开走了。我想她必定有事情，不然她在平时从不对于时间马虎的。”

男子A则说，“或者不会来。”

“怎么不会来？我到十二点第四次车又去接她。……二哥，莫非下错了站，到××就下了！”

“玖，我知道你，又想一个人走到××去玩。不要去，还是上课吧，今天不是有法文么？不许耽搁，应当就去，你不能因为我病就成天玩！”

“恐怕她来了找不到我。”

“第二趟车来你再去接好了，这时上课去。”

“我去我去。”

女孩玖走出病院不久，又回到男子A房中来了。没有等二哥说话，就告说，“今天先生缺席。”

“你难道就到过学校了么？”

“我到外面碰到我同房的那个人，她告我的。”

“那女人倒雅兴不浅，一个人到处走。”

“她昨晚上说要送我一双手套。”

“怎么别人又要送你东西？”

“那我怎么知道。”

“你应当也要送你同学的东西。”

“我请他们吃过你买的那糖！”

“糖！他们全是吃糖的！”

女孩玖不懂这话意思所在，不再作声，男子A便在那苍白的脸上，荡着忧郁的微笑。

女孩玖怎么会在车站边碰到同宿舍的女生×，真好像是一件奇怪事情。火车既开去不久，大雪天要玩也各处可玩，这女人却一人跑到车站是为什么事？并且当时见到玖了，就红脸，女孩玖也不注意。问到“有法文么？”答说“先生告假。”

又问到“为什么一个人来玩？”答说“因为……”又转口，“玖小姐，你是不是就要回学校去？”女孩玖却不作声，向病院方面跑了。若果这孩子懂事一点儿，就可以看得出那一人的心事，是怎样愿意借一个故同玖在一起到病院去，又在一起回学校。但是玖却一点儿不疑心旁人，只顾走到病院告二哥不上课的消息去了。

那女人见到玖在雪地里放步跑去，从路旁新雪上踏过，留下狭长的脚印，就痴立不动，数到这脚印的数目，惘然如有所失。到后走到江边去，寂寞的站到堤上的高阜处，对汤汤江水出神。天色深浅不一的灰色。各处一望白，泊到江中不动的船只也有白点白线。且望得到五桅船有人烧火，船上出烟。

女人×想起许多别一人不明白的心事，就觉得自己软弱得不能支持，但见另一端长堤路上走来了四个女同学，女生×怕人疑心，取小路转学校了。另外四个女生到了刚才女生×站处，望到那雪中脚迹，就说笑话。甲说，“莫非是预备投江的同学，见我们来才走！”

乙更出新意，在这话上加以纠正和补充。“她一面是怕水冷，一面只舍不得学分，所以才回了头。我敢打赌，这个女人我们一转学校，可以到图书馆找到她。”

丙不服，丁也不服，同说绝对没有这样事情，于是这四个年轻有福气的女人，就约下了一点儿东道，她们都认得女生×，是穿绛色衣服长脸窄眉的女子，她们到后当真到校中图书馆找她。丙丁认输了，因为一进阅书室，这人就为众人发现了。

她看的是妇女的故事，一个美国女人的，那书上就告给他们女子如何去做人，举了四百多例，有十个是中国的新例。

可是她却并没有知道在这时另一些女人就正在她身上赌下东道的那么一回事。四个聪明女子把甲乙的猜想证实，欢欢喜喜到消费社去了，女生×取了一本杂志到手上，仍然随意乱翻，心中很觉凄凉。

三

在租界的特别犯待审室里，蔡家夫妇各占据一条长凳，分吃着用一块钱向便衣人买来的一个棱形面包，时间为被捉来的第二天十点半。

不许说话，两人就也无多话可说。昨夜来就如此关到这地方，到今早还是如此。两人只挤在一块稍稍迷了一阵，喉中为悲愤所扼，到天快明女人已经冷醒了。开了眼睛，望到屋顶上一个靠近天花板还另外用铁丝保护的小小电灯，记起被捉的一切纠纷了，轻轻的问男子，“这些蠢猪狗！把我们捉到这里来是什么事？”男子说，“我疑心是被诬告。”女子又说，“这决不是诬告，显然的是有意义的事，我看到过有许多年轻人在别的室里。”男子略显得愤怒了，“这是狗的事！我看他们怎么样！”“我们××呢？”

“不会知道的，决不会！”

坐堂了，正默默吃到面包的夫妇两人，被带上楼，进到一个巡捕长之类的小办公室去问讯。问过了姓名、籍贯、年岁、职业等项后，又把男子带出隔离，先问女子一些话。话问之后，女子走出，男子又到里面去了。仍是那外国人用法语问了一些话，出翻译说明，男子某的答话，则记录到一个簿子上，令巡捕把人带回到待审室去。男子不动，用英语质问被捕究竟，那警探长之类法国人，估计了一下，翻开簿子，在另一条上，也用英语朗朗的念着：“蔡某某，夫妇二人，篆…从××来，翻过……平时行动尚无危险处，惟所译之过激思想书籍，实为有系统的介绍，显然……”男子稍显得轻蔑那堂上人神气，说：“就只是这样一个可笑的原因么？”

那西人笑了一下，点点头，把身稍稍站起，表示这对英帝国语言说得如此流利的男子客气，男子无话可说，由一个巡捕带回拘留室，回到拘留室却不见到自己的女人，问那汉子，那汉子不作一声，訇[④]的把小铁门带上了。

---

④ 訇（hōng）：形容大声。

蔡某夫妇分开坐在地下室，听到捕房的屋顶大钟响十二下，许多黑色的人脚一一从小窗前过去时，正是女孩玖第二次从火车站失望回到病院。坐到男子A床边小椅的时候。

男子A问女孩玖，“没有来么？”

“车上全是一些蠢人。”

“他们必定有人请他们吃酒，所以忘记你到车站上去接的事了。”

“我想下午我仍然到上海去一趟，看看那个钱。”

“不要去，恐怕下午他们会来。”

“我等候一点儿的车再去接他们。”

“你欢喜踹雪，就去吧。我实在想出去了，这样好雪我可住不下这病院。”

“一出去又流怎么样？”

看护拿饭来了，女孩玖也有一份。在吃饭时，玖又说，“这真是个好旅馆。”

四

因为等候下午一点儿的车，女孩玖在车站上遇到了正想过上海去的女生朱。“玖小姐，到这地方等谁？”

“一个朋友，答应早上来，一直候了三次，还接不到，很奇怪的事。”

“A先生有课么？”

“哪里，哥哥病了，在东边那个医院里。”

女生朱稍稍惊讶，“怎么，害病？”

“鼻子的旧毛病，血流得不成样子了，到了病院，打了针，血才止。”

“我去看看。”

“你不是到上海去么？”

“再下一趟去也不要紧。”

“那我们等候一下那个人，这是个很好的女人，是我的先生。”

“是你的先生，是女人！在什么地方念书？”

“不念书，同到她男子住到上海，翻书过日子。”

“呵，是有丈夫的人！”

女孩玖不注意到女生朱先一句话的微带惊诧，所以也不注意到这一句话的语气可笑。

火车站在这时一个短衣工人打了一阵废铁轨，火车再有五分钟就到了。

“朱，你到上海做什么？”

“想买点儿书，还正想买A先生的《废屋》那本小说，因为听许多人说过，没有见到。”

“我要二哥送你一本。前一会儿正从书店拿了十本来，预备有谁要就送谁，不要花钱买了。二哥说他的书全是不行的，没有一本完全的著作，因为全是为自己写的，不是为别人写的。”

“那是他的谦虚。”

“朱，你欢喜看小说？”

“是的，你呢？”

“我看翻译，中国的不看，二哥的更不去看，所以别人说到二哥的文章，我一点儿不懂。”

“那是因为有好哥哥的原故。”

“是我懒惰。”

“是你幸福。”

“我尊敬别人有学问，我太不中用了。”

“你将来也一定会成为……”

有另外一个女人，从轨道上过来，要朱援手才能上站台。

朱就去拖那同学。拖上来了，朱问那女人，“你到上海去么？”

“是的，我们同在一路了。”

“不，我不想去了，有点儿事。”

“什么事？”

“我不想去。……车来了，快去买票吧。”

那女人买票去了，女生朱同女孩玖，就站在一起，望到那小胖子女人的匆忙背影好笑。

车来了，下来了一些人，上去了一些人，五分钟后又开走了。

两个人没有把客接到，就到病院去看男子A。

坐了半小时，要走了，又坐了半小时。在男子A处女生朱说话极少。

临走时，因为女孩玖同在一起，到路上，女生朱问玖，“有谁到过这里没有？”玖摇头，女生朱正握了玖的手走着，就把手更握得紧了一点儿。

她们俩返校中时，到女孩玖房中去取那本名叫《废屋》的小说，女孩玖且在那上面写了一行字。女生朱把书拿走后，与玖同房的女生×，问玖，“是不是下了课回来。”

玖却说，“刚与朱到医院才返身。”

女生×说，“朱这人真长得好看，使人欢喜。”

玖不懂×的意思，就笑，老老实实承认了这个话。因玖的缺少机心[⑤]，说过带了一点儿嫉心的话的×，到后反而觉得心中更凄凉了。

五

在病院中的男子A，当女孩玖同女生朱离开房中以后，心中想到前一些日子朱说到五的事情，又从自己体会上，玩味到女生玉的种种。

血的贫弱使这男子头脑异常清明。他觉到自己到这地方来别人感到的意义，也觉到自己到这地方来的意义。工作的前面，等待他的是什么，他是非常清楚的。至于人事，在每一个日子的递变下，将如何进展，他像不愿意去了解了。但日子去假期只三个礼拜，下星期即将预备考试，结束这半年课程。人事应当怎样来作一结束，他不能不想想了。

他想了一点儿钟。

---

⑤ 缺少机心：意为女孩玖单纯，没有心机。

想了又想，叹叹气，一切毫无结果。按照一个贫血人的脾气，用一些空梦使自己灵魂俨然轻举一阵，到后来，则一个小小问题，一件顶平常的事，把它分量压重到这病的灵魂上面，倏然坠下，希望便粉碎了。

男子A就在一些希望的碎片上，以及使希望构成的一些人的纠纷中，把下午度过。

六

女生宿舍用糖作眼睛的雪人，不知被谁把头打碎了，最先发现的是一同参预过这工作的女生甲，时间是晚上六点钟样子。这消息到后为女生五知道了，到玖房中同玖说，她猜得出这个人，她意思指的是朱。

玖因为雪人是自己费得气力顶多，所以特别生气了，说，“你以为是谁？”

五却说，“我知道是她，是女同学。”

“若是我知道这个人，我一定要当面骂她无耻，因为一个人她没有权利做这件蠢事。”

“不过许多人做的事是不问权利的。”

“你告我这人是谁？”

“当然是只有一个人。”

“是玉么？”

“怎么是她？”

“那是……是……是……”

“通通不是，我猜这是我们的熟人，怎么不想到就是——”伏在另一桌上读书的女生×很不安定的样子，站起了身。

把书一堆，显然是要说话的神气。但玖这时却说，“是朱么？”

女生五却说，“除了她没有其他的人，”女生×颓然坐下了。女孩玖因为已见到了女生×要说话的样子了，就转口同×说话。

女孩玖说，“×，你瞧，有人把我们雪人的头也打碎了，真岂有此理！”

那女生×作苦笑，“雪人的头那是不要紧的事，另外做一个吧。”

“说得好容易！这样大冷天气，几个人作了半天，手都肿红了，还有那眼睛，那糖做的眼睛——哈，必定是这个人想吃糖的原故，才做这件事！五小姐，你以为不是这原故么？”

五说，“自然是为糖的原故。”

玖说，“五，那我们两个人去问她，问她凭甚理由不先来讨一点儿糖吃，就贪图那两个眼睛。”

玖说到这里笑了，五也笑，就是女生×也不自然的在笑。

女孩玖到后邀五到朱宿舍去时，五以为天气冷，只适宜于在房中说点笑话，不适宜于吵嘴，所以不去。玖则孩子脾气，非问明白不可，所以一个人就走到朱住处去了。

女生朱正灯下用小刀裁那本《废屋》看，见玖来，欢喜极了。玖很生气的样子，问朱道：“朱，我们雪人被人悄悄儿打了！”

朱“呀”的一惊，因这一惊，孩子脾气的玖也看得出这事朱是无分了，就告给朱以种种事，却没有说及五曾疑心过她，只说自己还以为若果是熟人胡闹，一定就只有朱才有这胆气。

朱说，“我恐怕有胆气也没有功夫，我一回来看这本书，刚才把饭吃过，又开始来看。我正看这书上你的影子，很有趣味，还看到A先生说他自己小时候顽皮的事情。”

“可是我们倒应当明白一下，现在是谁在顽皮把雪人打碎的！”

“我想这一定是男子作的事，男子是照例有理由做这些下作事的。上一次我说的那柱上写的字，除了男子谁个女人会那样写。”

玖心想，“倒像是仇人，五说你你又说五，”想起这些时女孩玖好笑。

朱也正想到五，问玖，“五知道了这事情没有。”

玖不能再隐，就说，“五还以为是你做的事，所以我来问你！”

女生朱听说五有这种猜疑，心中很难受，问玖，“玖，我问你，他们有人说A先生在爱五，你相信么？”

玖说，“这件事我怎相信？”

“那么就是五在爱A先生了。”

“或者是那样，我仍然也不很清楚。好像她们都欢喜同哥哥说话。”

“都？什么都？五同玉两个罢了，另外还有谁么？”

“好像……”玖只这样说，就用微笑作收束，因为她要说的是“好像你也并不讨厌我二哥”，但忽然明白这个话不能说出，所以笑了。

女生朱似乎也悟出了自己说话的不检处了，也干笑。在干笑中她注意到玖的神气。

女孩玖，过了一会儿，问朱是不是欢喜郁达夫的书，因为看到了朱的书架上有一本达夫代表作。

朱告玖的话却是另外一个关于下雪的故事，因为男子A的《废屋》一书上，有好几次是用雪地作为背景的东西，玖虽非常明白那雪地的乡村，可是无一点儿趣味，所以仍然答非所问，又说到别一件事上去了。

女孩玖被女生朱留到住处同睡。熄灯后，还没有听到玖回宿舍的声音，女生五在隔房问女孩玖是不是已经上了床。女生×虽听到这话，也不代为答应一声。到后五同玉说话了，说到关于女孩玖同朱日益亲密的事，女生×听得到一些，就把这点儿话语合糅在另外一些见闻中，断定了朱同玖的关系，是为什么原故如此亲密，这理由，不消说是还有男子A在中间了。

这夜里，一个住在校外饭馆里，被赌博所欺骗的中年厨子，忽然悄悄的走到江边，用绳子自缢到船埠铁柱上，死去了。

第八章

一

天一亮，饭馆中人就起身了，不见了厨子，各处寻找没有发现。同时有车站中人到江边去看江潮涨落，发现了这雪地里的尸身，腰间的油腻围裙，以及宽盘的脸，估计像是一个饭馆中掌管锅铲的人物，所以即刻到学校来报告。馆中老板同到送饭的江北小子去看，看明白是大师傅，吓慌了，踉踉跄跄奔回铺子，把已经开过的铺板门重行关上，已经淘好的米放在一旁，到镇上禀报去了。

到了应当吃粥时，许多年轻人仍然如往日一样，走到馆子里去吃大师傅两只肮脏肥手搅成的粥。粥吃不成，倒知道了出了人命，一传十，十传百，这新闻即刻就普遍及学校了。

凡是听到这消息的，本来无意到江边去散步，因为事情新奇，也邀约去看，所以男女学生皆谈到这件事情。住在×字宿舍里的女孩玖同朱，还正在分吃一碗面，听到隔壁有女生到过江边来的说到这件事，吓了一跳，以为是同学自杀。到后又听到说是厨子，放心了，因为女孩玖说八点钟那蔡女士会来，就一同出了校门向江边走去。随即就忘记了。

在去车站的路上，她们碰到了女生×。

“×到车站玩去。”朱说的话非常自然，略无其他意思。

“去，密司×，同我们到车站玩玩，今天出太阳，多暖和！”

本来怕见朱同玖的×，听到朱的话，又不能不随到这两人走了。

她们一起在车站等候第一趟车，见到许多同学从江边回来，皆各人用着一个从戏场出来的神气，讨论着这件事情。又有些还坚持一个谬见，以为这人死得岂有此理。因为这类人大体是纵感觉到要自杀，单用着天气寒冷一个理由，也会把这牺牲精神失去的。又有些女子，则又很满意见到了这样一回事情，本来天生一颗容易感动的心，若果是死者为同学，死的理由又是恋爱，那她就无论如何也要同情了。又有些在学校会做情诗的学生，都觉得这题目只给了做旧诗的人一个好机会，新诗可无处下笔，所以就放弃了这个不愉快的故事，同朋友另外批评人生去了。一个学校有六百人，大约到江边去看看这个死者的当有一半以上，其中还有职员，口中含烟，数目不计。

还有兵营中的兵士，就是成天吃小米饭，挨打，到屋外空地上拉屎，到雪里做工的那类蠢人，刚刚挨过打的，也仍然到江边去用着“怎么会死”那种天真烂漫的眼光看了一会儿，且在那胖的印象上，与同伴作点儿嘲笑，全身发松回到营里去报告这事。

女孩玖问×，“究竟是什么原因，大家皆仿佛这样高兴！”

女生×说，“我是并不因为要看这死人到江边的。”

女生朱不做声，就望到这些从江边走回的女生心中好笑，心里想这真是一件奇怪事情，上一次校长陪拉拉博士来演讲，听讲的人就没有这样多。其实则这个一点儿也不奇怪。年轻的人，全欢喜新鲜事情发生，就是那么点点理由，也就够使全个学校得到一个爽心的刺激了。

也有因为赶早车过上海，车没有来，所以抽空跑到江边去看看这大师傅新奇的死法的，回时就在那月台上同人谈论各样死的姿势。

火车到后，下来了一些，候车的争先上车，机关车头一掉，四十分钟这消息就被带到上海各报馆里排字间去了。下车的人仍然没有女孩玖所要等候的人，车走了，玖看看天又看看回身的列车，无望了。

“人又不来，奇怪的事！”

“你们有课么？我可要走了。”女生朱说了想走。

本来无课的女生×，也作成走路的姿势，从月台向低处轨道跃下。

女孩玖说：“朱，不能陪我到医院去看看我二哥么？”

朱摇头说不去，似乎是因为×的原故，心有所怯，故愿意转学校去。

“你没有功课！”

“我旁听有课。”

女孩玖就向女生×说，“×，你可不可以同我去那里看看我哥哥，回头又一块儿回来。”

女生×低头不能答应，玖就说，“×有课我知道，还是朱你同我去。”

朱还是因为×的原故没有答应。见×没有走的意思，就先走了。女生×见到朱已走，自己不好意思不走了，就沿铁路向南走。玖不作声，看到这两个女人从烂雪路上走去，心中以为朱是不愿意同她到病院去。走了三十步，快转弯了，女生朱忽然又回头喊女孩玖。

“玖，小孩子，莫生我的气，我有事情！”

玖不做声，朱又借故跑回车站，一面跑一面说，“我知道你生了我的气，我知道你生了我的气——”走到玖身边，把玖拉住，就向医院方面走去，仿佛完全只是一个不得已的理由，就因为不愿意使女孩玖难过，才委屈的随了这女孩子的意思，勉强的做一次奉陪的人。女孩玖回头望×时，朱也就回头，且问×，“高不高兴一起去？你不去，玖小姐会生气！”

但女生×站到那雪地里，摇摇头作了一个苦笑，拒绝了。

她想起随了这两个人来到车站，仍然一个人回去，第二次的笑了。第二次笑时只有自己知道，因为并肩行去的玖同朱，很快的就转入一个红墙后面，不再见到人了。

二

十点钟车来了两个拜访男子A的客人，两个人一前一后皆到了××大学的传达处，放了一个名片。知道了人是住在去校不远的××病院后，那其中一人就到病院里去了，其一个则另外说可会女孩玖。到病院的男子，是××书店的小编辑，就是在前天下午为女孩玖所窘的那人。在女生会客室见到了玖的是男子A友人之一，这人特意前来报告蔡某夫妇被捕的事情。××书店的小编辑，到了病院，见到了男子A，最先很客气的把书店经理给男子A的稿费一百元从皮夹中取出，数点了一下，送给男子A，且戏子样子说话，从“久仰大名，熟读著作”起始到“听说贵体违和”为止，说了一篇文法不错的客气话以后，就说到前一天女孩玖到书店的事来，言中表示对男子A无限羡慕。到后就呈上新著一本，说是请求赐教。把话说完，还不走，其用意是很难索解了。

男子A间或就在一些杂志上见到过这新诗人的名字同诗题，如今却想不到这就是据说新中国的新诗人，且把新诗也献上了。因为这人好像还得谈谈“文坛”的问题，如其他拜访的年轻人一样，或者还得来一点儿褒奖才能痛痛快快打发回去，所以男子A就同这人说到一切近日上海刊物与出版业情形。这编辑非常愿意把话延长，则意外的事或将在机会上发生，方不辜负今天老远坐火车来的原意，所以说了这样又是那样，总似乎非常关心这些事情，一回去就将写文学史那种样子。当这编辑兼诗人自己发挥主张，洋洋洒洒像做文章的谈到一切，且述及自己同生活奋斗的经过时，男子A就唯唯否否，答应着这编辑，一面心中打算一百块钱将如何支配到朋友同自己债务的偿还上去。

不久女孩玖同另一客人来到病院中了，玖先进房，见到玖用跳跃急促的姿势跑进房来，正想说话又忽然凝住了喉咙不再说话，这编辑以为是女孩玖在他面前害了羞，就心惊肉跳，感动到全身是诗。

男子A见了女孩玖，就告她：“玖，他们送我钱来了。”

玖不做声，望望二哥又复望望那××书店的俗物脸嘴。

男子A还以为是玖因有人在此的原故不说话，故又说道：“你说蔡先生会为我们拿来，她还不来，我们或者还得为她送去才行！”

女孩玖几几乎是呻吟的样子在喉中“噢”了一声，走出到房外同客人说话去了。

“玖，你怎么又走？你得今天到上海去为我还蔡先生的钱，还得买一点儿药来，不要走！”

女孩玖即刻又进房来了，后面跟了朋友周君。那小编辑站起来了，男子A在朋友周走到床边来握手之后，不得不为周介绍，“那是××，诗人，那是周，周××，”这样一介绍，那编辑就想把那只写诗的手伸出来准备捏，但周却无心做这件事，坐到床边一张藤椅上了。

“见到蔡夫妇么？”

这男子就望到玖，稍稍迟疑了一阵，才含含糊糊的答应了一句话。

男子A又问，“是不是蔡告你才知道我这病？”那男子仍然还是含含糊糊的应了一句。

因为在先本意来告A，商量关于蔡夫妇二人的事应如何对付，到这里时先见到玖，一谈到A的病，所以同玖商量却只能把这消息再隐瞒一天两天为好了。男子周不能把话只维持在朋友蔡夫妇生活上面，所以看到了床边一本新书，还以为什么好书，就随手拿起翻了一页。他不知道所谓诗人就是身边的先来的客人，问A，“是谁的诗？这东西也拿来印。”

男子A说，“周，诗人就是面前的人，这本诗应当是一本好诗，应当多看看再说话！”

那诗人编辑听到周的话稍稍在脸上发了点儿烧，但疑心周即是编《大文月刊》的有名批评家，就在男子A说过话后说道：“这拙集倒想请教，不知周先生是不是高兴看看？”

男子周说：“失敬了，想不到今天在这里见到诗人。”

那编辑听到批评家称他为诗人，全身皆热了，就很谦卑的问及一切文坛事情，且随意批评一下新诗，虽极谦虚的说这是一种胡诌，然而为了表明这胡诌也仍然是有思想有头脑的东西，所以他很矜持的说了一回后，又在各人作品上作一小小估价，又骄傲又可怜的情形在周面前裸露无遗。

男子周只点点头，笑，女孩玖站在床头，也很好笑。

到后大家全无话说了。玖就问周，什么时候《大文》第十期出版，有些什么文章在上面。男子周知道玖的意思所在，所以告玖月刊文章以外，就同玖来讨论杂志最近的种种问题来，消磨这一个崭新的日子。

那编辑若非另外又来了扁脸教授，一开口就说病人不应当时时刻刻有客的话，他不至于即刻就站起身要走了。既站起了身，还没有想走的意思，忽然又很冒失的问男子A，“这里看护是男子还是女人”那样新奇的话，男子A不敢再同这诗人说话，就任他走去了。

诗人走了，出了病院，就像一个失恋的男子一样，自己明知道对女孩玖是无望了，就想象周如何在女孩玖面前献媚的情形，觉得非常可恨，恨不得有机会雇人打他一顿，但还没有走到车站，他的思想又改了方向，凭记忆想起《大文月刊》的通信处详细地址，以为明天即应当寄一本诗给这个有声望的名人，期望到那有名的批评了。

男子周临走时，男子A托他，为蔡带三十块钱回去，另外又还蔡二十。正想来到这里同A借钱供给蔡夫妇狱中费用的呢，完全把上海方面的隐瞒不说，拿了钱，看看表，只差二十分火车就要到站，嘱咐到A

安心在这院里养三五天再出院，就要走了。

“不坐坐么？我明天就要离开这个地方，我明天要到上海去。”

女孩玖听到这个，就大声的很惊诧的样子说，“绝对不能到上海去！”

“玖，那你去吧。我们应当要安置一个炉子，还得买一点儿吃的东西！你去为我买吧，只看你自己会不会做这些事。”

“我完全会，你只不要即刻出院，我一切去办！医生告过你说血分太坏，缺少凝结成分的胶质。还有，一出去，就——”男子周不让他们说话到最后，就打断了这谈话，一面说要走要走，一面向女孩玖示了一个意，再同A握握手，很丈夫气的走了。女孩玖送了周出到门外，很忧愁的说，“我怕瞒不了他！”

“不行，他今天无论如何不能因为知道这个消息，耽搁了他晚上一晚安静的睡眠。”

“我怕他要问我！”

“你不要一个人再在他这房里陪他了。你当借故说学校有事情非做不可，就返到学校里去，也不要为这个事担心失眠。

事情是可以水落石出的！一点儿不要紧，你就照到我的计划去做，隐瞒两天，到他可以抵抗身体上的衰弱时，我们再告给他就无害于事了。”

女孩玖当真即刻就离了二哥的病院，一个人很寂寞的返校中去了。一个下午没有见到二哥，男子A，还以为一定是又在学校因为想起病人的事情在哭，眼睛哭肿了，既不敢到堂上听课，也不敢到病院中来。女孩玖的哭是当真的，因为想起二哥，也想起平素教过英文的蔡夫妇，为巡捕捉去，在狱里床也没有的情形，所以心上就软弱得很，不得不哭了。

三

到了晚上玖没有吃多少饭。因为五同玉的不了解，以为眼泪的多同食量的少全为二哥的病，又因为不愿意为同楼的五与玉不了解的安慰，所以仍然走到女生朱处去读书。

“玖，你又哭，这真是不对的！你又说要学做一个大人，你看大人有成天流点儿泪的么？”

“是的，我忍了，我也骂我自己，这是不对的。”

“我也明白是你心上的软弱。”

“只有你同二哥能明白我这个不可治的病。”

“应当要克制自己，并且把身体精神，锻炼得坚强一点儿，才能做人。”

“朱。你不知道，今天的事是我有理由哭一会儿的。”

“什么事？”

“我明天后天会告诉你。”

“为什么又要几天以后才能让我知道？”

“我答应了别人。”

“答应了谁？哭也得瞒一天两天吗？”

“不是哭，是因隐瞒那件事，我才哭！”

“是家中有信来么？”

“不是。”

“是哥哥病得很严重么？”

“也不是。”

“是没有钱用了么？”

“今天××还才打发人送一百块钱来。”

“那是为什么？”

女孩玖就含泪微笑，掉了头看一本书，改口问朱，文法的前置词变化的各式，应当在什么例子找到最好的例。

女生朱不便强玖，就要玖最先把这件事告给她，因为她自信在一切事上，不致误解了玖，使玖感到难过。玖就点头答应了。

女孩玖到朱宿舍的事，与玖同房的女生×是明明白白的。

不知如何这人却无端恨起朱来，以为玖的哭与A的病全是为朱，因为玖那柔软可怜样子，女生×，在夜里，一个人睡在床上，在朱的印象上，作下了许多增加灵魂罪恶的奇梦。女生朱也同时梦到×，不过是梦到×因为性格的阴郁，不高兴再活，跑到江边淹坏了自己身体，到后是如日间大师傅一样，陈列在石堤上大路旁，成千的大学生，皆去看过一次，这样与人无关系的自杀而已。

四

可是玖所要隐瞒的事，到底失败了。男子A在下午七点时候，从一个看护讨来了新从上海带来的一张小报，在灯下消遣，却无意中发现了蔡某夫妇被捕的新闻。先是以为与蔡夫妇时常见面的周，今天上午到这里来时还不曾提起这件事，可想而知是谣言，完全不能凭信了。到后过细一想，想起了今天玖的神气，以及玖下半天不来的原因，又想起周来时问到蔡夫妇二人生活时语言的含浑，隐隐约约明白今天周是先同玖商量好了的骗局，一切只是为了病人撒下的大谎，心中便了然一切了。

男子A当时想出院回到自己宿舍去，因为想起同时在狱中忍受苦寒的朋友蔡夫妇，自己还仍然住在这病院，尽看护当老祖宗服侍，真是一件近于无耻的事情，所以一定要回宿舍了。

但院中规矩，无论如何得经医生签字才能出院，如今则医生已坐了他的自备汽车到上海去，虽然心乱得很也仍然得住下了。

夜里，男子A到半夜还不能睡眠，完全出于女孩玖意料以外。

五

男子A留下了一个字条，告给看护稍稍到外面去玩玩就回，大清早悄悄的离开了医院，回到学校了。

到了女孩玖宿舍时，却不见女孩玖，心中稍为吃惊。女生×正在梳理头发，想到一切自己无分的机缘，忽然见扣门进来的正是A，像是A已把心事看透，脸绯红了，一句话说不出口。

男子A一点儿没有注意这女子的神色有何不同。因为要明白玖的去处，是不到了上海还是早起过别处去有事，就问×：“×小姐，我想问问你，我玖妹到什么地方去了？”

“我——”这女人心中为一种莫名其妙的东西所塞，心中有许多话说不出来，只能对A做出一种似憨笑似羞怯的样子，很可怜的望着A。

男子A仍然没有注意到这情形，因为见到询问无结果，就想走，预备到五处问问，因为女孩玖有时是到五的桌上念书的。但待到男子A要出去时，女生×似乎知道了男子A一定要到隔壁去，所以又低低的呻了一声，待男子A回头，这女人就轻轻的说道：“她们是不知道玖小姐到什么地方去的。”

这话意思好像是“你要知道还是只有我明白”，又好像是因此一说A就不会再到五的房中去说话了。果然男子A就下楼去，听到橐橐皮鞋的下楼梯声音，女生×心上好像损失了很多贵重东西，不可追悔，使自己生存的勇气荡然无余，倒在床上两手蒙了脸痛哭了。

“为什么我不要他坐下，即刻为他把那孩子玖从朱处找回来？为什么不问问他病，且告他……”凡是使这女人想起的，全是一种不可追悔的过失，而这过失的成就又是完全由于自己的软弱，女生×看明白了这一点儿，就更其伤心了。

但所谓不可追悔的事情，第二次却给了女生×的方便。男子A因为恐怕女孩玖回时听×说自己从病院回来找她，以为有什么大事，且告给她要若是到病院找寻不到，就是往上海去了，所以第二次又转到楼上来写一个字条。到了房里，女生×正是为自己柔弱痛切的流泪的时候，听到A的脚步，听到A走到玖的写字台边取笔写字，不知为什么原故，先前所许的大愿，方以为无论如何要做到的，又无勇气提出了。

男子A把那字条写成，望到女生×伏在床上的优美姿势，心中以为这女人先一刻尚好好的在梳头，这时就居然装睡，一个女人的做作，使A记起许多女人给他的恶劣印象，怀着稍稍不快的反感，又走去了。

到了楼下，想起女孩玖所说的雪人，就绕到花圃里去看。

女生五正一个人在那里用小铲把雪堆到雪人头上去，像很费事的神气，见到了A从楼上下来，心中一惊，对男子A用怀疑的眼光望着。男子A说，“五小姐，你不怕冷！”

“怕冷吗?（做了一个微笑，孩子气的否认。）我听玖小姐说A先生病倒在医院里，好了吧。”

“人的病绝对自然会好。”

“是的，绝对——也不——”

男子A见到五的说话神气，记起了从前朱所说的木柱上字句，心中稍稍有点儿摇动了，“我听说这雪人眼睛是用糖做的，怎么又另外做头?”

女生五不抬头，把铁铲在雪人头上拍打一下，“他们把它头打破了。”

“幸好打破的是头。”

“那么打破身上就好么？”

“或者这样有趣味一点儿。”

女生五若有所会心，斜睨了男子A一会儿，灵魂觅途逃遁了，把话支开到另一事上去了。她问A，“见到了玖没有？”告她没有见到，五就说，“玖一定是在朱处住，因为朱这人欢喜玖，玖也欢喜朱。”说到这个话时，不消说一个女人的心情，从男子A方面领略得十分清楚的。男子A听到这个话，心想女人的聪明，总是在这些事情上面给人知道，就觉得好笑。

稍过了一会儿，男子A忽然感到无聊，就走了。女生五望到A所走的方向，把一个堆到已具眉目的雪人头，一铲打碎，把铁铲一掷，惘然若有所失回到宿舍。

玉正在写一个家信，见到五的样子，放了笔，“小姐，为什么做那难看的样子？”

“因为不会写情书，”这样嘲讽了玉一句，一肚闷气还说不出口，就又走到玖房中去找一本书。一面找书一面喊玉，“玉小姐，你那情书不必写了，做点儿别的有用事情罢。”

女生×以为是五有意伤了她，更觉得伤心了，但五即刻又匆匆忙忙走回房里去了。

本来是无事不谈的五同玉，虽然像生一些话，两人就又大笑起来了。两人的笑声使女生×听及，更以为女生五所说的话就只是专对自己而发，而纵声的笑，那理由也只是讥诮到这一面呆处的暴露。女生×想到另外一种事，不流泪了，样子忽然一变，一面拭泪一面坐在桌边写了些什么，写好又扯碎了，就痴痴的望到窗外荒田的雪。

上课钟一响，这女人看了看贴在墙上的功课表，取了一本书，下楼上课去了。

六

在雨操场男子A遇到了玖同朱正从宿舍出来。

“呀，二哥，怎么出来了？”

“怎么出来，不让她们见到，就溜出来了。玖，你来，我问你，昨天周同你说了些什么话。”

“说……”

“你瞒我！蔡先生夫妇被捕了，难道周不知道么？”

玖听到这话，心里酸楚不能忍耐了，眼睛有点儿红了，就拔步跑到操场中间去了。男子A因为朱在身边，就问朱，“玖昨天是不是到你宿舍住？”

朱点头，又非常温柔的告给A，女孩玖昨夜晚就哭过。女孩玖站到远处招手喊朱，朱点点头，也跑了。看神气，显然女孩玖很明白这事情究竟，所以男子A就赶到了大坪中心，拉着了眼睛潮红的玖，询问她在昨天周来时怎么样同她谈到了蔡的事。

“他只说人已经提去了，就只为几本书的原故。因为恐怕你睡不好，又流血，所以不告你。另外不说什么了，——他还说，你还他的钱正好用，因为要三十块钱才能从里面借两条棉絮拥身，不然再有几天会冷死了。”

听到玖的话以后的男子A，反而显得沉默了。迟疑了一会儿，就告玖，即刻为他到医院去算账，并且嘱咐玖说是有要紧事病人非过上海不可，所以走了。玖点点头，拉了朱同走，朱好像不很愿意，但又因为玖的原故不得不陪去，三个人一齐匆匆忙忙的走出校门。预备到课堂去的女生×，与几个人当面碰了头，女生×只作着似笑非笑的样子为男子A点点头，站到一边，让三人过身走去了。

在路上，男子A想起先一时在玖房中见到女生×情形，同玖说，“玖，你那同房同学真怪，一点儿不和气，一个样子并不很坏的人，倒有一个那么不合伴的脾气，怪极了。”

女生朱说，“这女人好像是有痴病，功课好，身体也好，可是我同她说话，总常常是答非所问，还仿佛是不理我的神气，我倒不明白有什么事得罪了她。”

女孩玖说，“她常常半夜里做事情，又常常哭，好像一个疯子。”

A说，“这人可能是有病，不知道为什么，我一见到她总觉得可怜。”

玖说，“那种人二哥你以为适宜于做什么？”

“适宜于同你住在一个房间里。”

“这是说她爱哭我也爱哭吗？”

“不是，是说你们可以互相参考。”

“二哥，我不同你说笑话。我以为那种人适宜于做诗，你说，是不是？”

“许多人都说诗是血泪两种东西拼合的，大概要做诗人，也做得去了。”

“A先生，这时火车不来，怎么到上海去？”朱因为看到江边的一只轮船驶过，所以想起火车。

男子A似乎不大注意到这一句话，女孩玖就代为回答，“到吴淞去坐汽车。”

男子A因为看到天气太好，就要玖送他到吴淞去，问玖愿不愿意。玖只欢喜走雪路，朱没有拒绝的理由，三个人就走向吴淞去了。

在路上，男子A稍稍走到后面一点儿，望到与玖并肩行去女生朱苗条的后身，想起与玖同房那女人的矫揉做作，像是把男子A的自尊心损失了许多，这时却又像在朱的身上找回这东西了。

七

男子A在××公里的办事处，晤到了周。

初初见到A的周，显着惊讶的神气，问A为什么就出了医院来上海。

A像有点儿生气了，“周，你为什么这件事也瞒我？”

“不是瞒你！你那样子知道了这事有什么用处。”

“我也知道我是没有用处的人，如今这里是还剩得有点儿钱，你看，怎么用就怎样处置吧。”

“医院呢？”

“还有三十，差不多够了。”

“你应当转到医院住几天，你脸上颜色不行得很！”

“我怎么能再住到那里？我问你，他们可不可以去看看？”

“只能打发书店里小孩子去，因为恐怕是另外有种事情发生。娘姨听说已经放回来了，我只见过一面，问了她一回情形，要她仍然住在家里，不要乱走，我们这时也以莫去蔡家为好。”

“你把钱怎么送去。”

“钱是托小孩子送到一个安南巡捕三黑手上，他为转送，另外把了他五块。听说得了钱，把棉被也得到了，就睡到那凳上。还算好，两个人不受一点儿虐待，也不挨打，比真六君便宜多了。”

“你不好好防备一下行么？”

“我不会，在××刊物做过文章，同你在《新月》上做文章一样，就得了一个稳健的证明，法租界同公共租界皆不足害怕了。”

“你们杂志好像许多地方就查禁过。”

“其实那上面的诗，就有些是发表到《××月报》上面的诗。现在是许多向前激进的东西，反而要赖到一种近于政府公报一类的刊物上面发表宣传了。因为凡是这些编辑只看姓名。这看姓名的方法可又与别的编辑两样：别的刊物编辑采用作品，把凡是小有名的人稿件提出尽行刊登，名字不大熟习则内容照例就糟，所以弃掉了。革命报则是完全相反，看作品，凡是名字很生疏，他就看一段两段。倘若你写得的诗前两段中了编辑先生的意，你的名字又无色彩，生疏得很，此后就不必多看，也就用红笔写登载本刊第……期的字样留下了。现在我们还是感谢那些编辑，尽一个粗糙的思想在那正宗的刊物上活动，中国情形仍然还是很可乐观！”

“但是蔡，他们怎么又……”

“那是钱，顶简单一个理由！那些巡捕同本地流氓，知道我住到这里，敲索过四十块钱。这些狗，就知道我是好人，同我认了交情，不会到我这里来麻烦了。”

“可是他们的事我们应当怎么办？”

“应当吗，我又许了钱。再有八十块钱就可以悄悄的销案放了。”

“难道这是巡捕的职务么？”

“中国人聪明，很懂到小费对于一个仆人的意义，所以一进捕房久一点儿，多懂事，又多学过规矩，一个租界捕房中的探捕，每月的正项同别项收入，合并算来总比一个大学教授为好。若是没有这些好处，哪里还会有许多新从山东、天津搭海船来到的年轻巡捕，窜到捕房去学做那种一板一眼的站岗人？”说到这里，周声音也粗糙了，像一只生气的狼，耸着肩，捏紧了拳头，“这些狗，是使你生气也感觉到多余的狗。凡是狗，只要有东西给它，那尾巴并不是专为西洋人开心而摇的！”

“你说要八十块钱，我这里有五十全拿去，若不够，我就到医院去再住几天，把那应当送的三十块钱抽出来花用，再商量别的方法。”

正因为说到侦探一类由租界当局豢养的东西，引起周的愤怒，周就用他那平素为大哥的态度，盛气凌人的说道：“你这计划真只是同你玖妹讨论的小孩子话。你自己还是回去，不要你担心。你可以不要到这里，不然身体又坏了。快一点儿回去，也省得医院里看护受处罚，你是住医院，不是住旅馆，应当要受一点儿约束，不能任性！也不要让玖为难。事情不应当这样做，一个病人，好好养息，事情不是干着一点儿急就可以了事。我们两个一起走，我到××去商量，你自己转去好了。”

被周强送上火车以后的男子A，从车窗望到月台上搓手的周，低了头叹了一口气走去了，就明白这完全是周为自己担心的原故，心中觉得颇凄凉不乐。但是这男子周，是有另外感想在心上，因为他听到一个谣言，说许多青年在租界内被捕的，几几乎全有被警备司令部引渡的消息，因此虽然有钱有时也无办法，想起蔡夫妇的未来，这男子却无把握了。

八

男子A仍然返到医院住下，因为坐了两趟火车，一下车时头发晕，也想不起早上已经要女孩玖告过医院结账的事了。

到了病院才知道所有东西完全还在院里，看护妇一见了男子A就埋怨不已，医生生气样子走来按了按脉搏，又试验了一下体温，猫儿脸样子摇头不已。

“怎么？”

“不行呀，这样子可不行！再坐一趟车这血还得流出，不相信我的话我也没有法子了。”

“我头有点儿晕。”

“是的，这是一定的，你还不止头晕，心也衰弱得很。为什么一定要到上海去玩一趟？”

“我实在不是玩！”

医生像是不承认自己说那句抱怨话了，就说，“不必说了，我的先生，来一点儿药吃罢，”一个人就走到外面药架上倒了一些白色粉末，到一个小玻璃杯内，再倒了一些好像白兰地酒一类东西，杯中药便发小小泡沫，送到男子A嘴边吃了。看到把药吃过以后的医生，也用着一个不大体面的医生做事完工的神气，眼睛瞪瞪，对看护做了一个干燥无味的微笑，离了病人，换衣去了。

赏析

《冬的空间》完成于1929年。1929年，沈从文带着妹妹岳萌在中国公学中文系当教师，这部小说的灵感便来自作者当时的自身经历。

第一章最先出场的是主人公A和他的妹妹玖。A是一名作家兼教授，有才、孤傲、软弱、贫困。此时的A正处于人生的彷徨之中，如何正视自己的内心、如何选择，很多人同A一样迷惘着。但作者并没有直接给出答案，应是希望抛砖引玉，让读者独立思考。

接下来的几章，主要是写A与妹妹玖和几位学生的交往。作者通过语言、动作、心理的描写和场景的烘托，刻画出不同的人物性格，以及人物之间的情感，笔法自然。

在第七章的最后一段，作者笔锋急转到“被赌博所欺骗的中年厨子”自杀了。紧接着第八章中，描写学生、兵士对此事的冷漠无情，感叹“究竟是什么原因，大家皆仿佛这样高兴”，点出作者对这些人的鄙夷和讽刺。所以，“冬的空间”不仅是写气候的寒冷，也是写社会环境与人心的冷酷。

静

春天日子是长极了的。长长的白日，一个小城中，老年人不向太阳取暖就是打瞌睡，少年人无事作时皆在晒楼或空坪里放风筝。天上白白的日头慢慢的移着，云影慢慢的移着，什么人家的风筝脱线了，各处便都有人仰了头望到天空，小孩子都大声乱嚷，手脚齐动，盼望到这无主风筝，落在自己家中的天井里。

女孩子岳珉年纪约十四岁左右，有一张营养不良的小小白脸，穿着新上身不久、长可齐膝的蓝布袍子，正在后楼屋顶晒台上，望到一个从城里不知谁处飘来的脱线风筝，在头上高空里斜斜的溜过去，眼看到那线脚曳在屋瓦上，隔壁人家晒台上，有一个胖胖的妇人，正在用晾衣竹竿乱捞。身后楼梯有小小声音，一个男小孩子，手脚齐用的爬着楼梯，不一会儿，小小的头颅就在楼口边出现了。小孩子怯怯的，贼一样的，转动两个活泼的眼睛，不即上来，轻轻的喊女孩子。

“小姨，小姨，婆婆睡了，我上来一会儿好不好？”

女孩子听到声音，忙回过头去。望到小孩子就轻轻的骂着，“北生，你该打，怎么又上来？等会儿你姆妈就回来了，不怕骂吗？”

“玩一会儿。你莫声，婆婆睡了！”小孩重复的说着，神气十分柔和。

女孩子皱着眉吓了他一下，便走过去，把小孩援上晒楼了。

这晒楼原如这小城里所有平常晒楼一样，是用一些木枋，疏疏的排列到一个木架上，且多数是上了点儿年纪的。上了晒楼，两人倚在朽烂发霉摇摇欲堕的栏干旁，数天上的大小风筝。晒楼下面是斜斜的屋顶，屋瓦疏疏落落，有些地方经过几天春雨，都长了绿色霉苔。屋顶接连屋顶，晒楼左右全是别人家的晒楼。有晒衣服被单的，把竹竿撑得高高的，在微风中飘飘如旗帜。晒楼前面是石头城墙，可以望到城墙上石罅里植根新发芽的葡萄藤。晒楼后面是一道小河，河水又清又软，很温柔的流着。河对面有一个大坪，绿得同一块大毡茵一样，上面还绣得有各样颜色的花朵。大坪尽头远处，可以看到好些菜园同一个小庙。菜园篱笆旁的桃花，同庵堂里几株桃花，正开得十分热闹。

日头十分温暖，景象极其沉静，两个人一句话不说，望了一会儿天上，又望了一会儿河水。河水不像早晚那么绿，有些地方似乎是蓝色，有些地方又为日光照成一片银色。对岸那块大坪，有几处种得有油菜，菜花黄澄澄的如金子。另外草地上，有从城里染坊中人晒得许多白布，长长的卧着，用大石块压着两端。坪里也有三个人坐在大石头上放风筝，其中一个小孩，吹一个芦管唢呐吹各样送亲嫁女的调子。另外还有三匹白马，两匹黄马，没有人照料，在那里吃草，从从容容，一面低头吃草一面散步。

小孩北生望到有两匹马跑了，就狂喜的喊着：“小姨，小姨，你看！”小姨望了他一眼，用手指指楼下，这小孩子懂事，恐怕下面知道，赶忙把自己手掌掩到自己的嘴唇，望望小姨，摇了一摇那颗小小的头颅，意思像在说：“莫说，莫说。”

两个人望到马，望到青草，望到一切，小孩子快乐得如痴，女孩子似乎想到很远的一些别的东西。

他们是逃难来的，这地方并不是家乡，也不是所要到的地方。母亲，大嫂，姐姐，姐姐的儿子北生，小丫头翠云一群人中，就只五岁大的北生是男子。胡胡涂涂坐了十四天小小篷船，船到了这里以后，应当换轮船了，一打听各处，才知道××城还在被围，过上海或过南京的船车全已不能开行。

到此地以后，证明了从上面听来的消息不确实。既然不能通过，回去也不是很容易的，因此照妈妈的主张，就找寻了这样一间屋子权且居住下来，打发随来的兵士过宜昌，去信给北京同上海，等候各方面的回信。在此住下后，妈妈同嫂嫂只盼望宜昌有人来，姐姐只盼望北京的信，女孩岳珉便想到上海一切。她只希望上海先有信来，因此才好读书。若过宜昌同爸爸住，爸爸是一个军部的军事代表。哥哥也是个军官，不如过上海同教书的二哥同住。可是××一个月了还打不下。谁敢说定，什么时候才能通行？几个人住此已经有四十天了，每天总是要小丫头翠云作伴，跑到城门口那家本地报馆门前去看报，看了报后又赶回来，将一切报上消息，告给母亲同姐姐。几人就从这些消息上，找出可安慰的理由来，或者互相谈到晚上各人所作的好梦，从各样梦里，卜取一切不可期待的佳兆。母亲原是一个多病的人，到此一月来各处还无回信，路费剩下来的已有限得很，身体原来就很坏，加之路上又十分辛苦，自然就更坏了。女孩岳珉常常就想到："再有半个月不行，我就进党务学校去也好吧。"那时党务学校，十四岁的女孩子的确是很多的。一个上校的女儿有什么不合式？一进去不必花一个钱，六个月毕业后，派到各处去服务，还有五十块钱的月薪。这些事情，自然也是这个女孩子，从报纸上看来，保留到心里的。

正想到党务学校的章程，同自己未来的运数，小孩北生耳朵很聪锐，因恐怕外婆醒后知道了自己私自上楼的事，又说会掉到水沟里折断小手，已听到了楼下外婆咳嗽，就牵小姨的衣角，轻声的说："小姨，你让我下去，大婆醒了！"原来这小孩子一个人爬上楼梯以后，下楼时就不知道怎么办了的。

女孩岳珉把小孩子送下楼以后，看到小丫头翠云正在天井洗衣，也就蹲到盆边去搓了两下，觉得没什么趣味，就说："翠云，我为你楼上去晒衣罢。"拿了些扭干了水的湿衣，又上了晒楼。一会儿，把衣就晾好了。

这河中因为去桥较远，为了方便，还有一只渡船，这渡船宽宽的如一条板凳，懒懒的搁在滩上。可是路不当冲，这只渡船除了染坊中人晒布，同一些工人过河挑黄土，用得着它以外，常常半天就不见一个人过渡。守渡船的人，这时正躺在大坪中大石块上睡觉。那船在太阳下，灰白憔悴，也如十分无聊十分倦怠的样子，浮在水面上，慢慢的在微风里滑动。

“为什么这样清静？”女孩岳珉心里想着。这时节，对河远处却正有制船工人，用钉锤敲打船舷，发出砰砰庞庞的声音。还有卖针线飘乡的人，在对河小村镇上，摇动小鼓的声音。声音不断的在空气中荡漾，正因为这些声音，却反而使人觉得更加分外寂静。

过一会儿，从里边有桃花树的小庵堂里，出来了一个小尼姑，戴黑色僧帽，穿灰色僧衣，手上提了一个篮子，扬长的越过大坪向河边走来。这小尼姑走到河边，便停在渡船上面一点儿，蹲在一块石头上，慢慢的卷起衣袖，各处望了一会儿，又望了一阵天上的风筝，才从容不迫的，从提篮里取出一大束青菜，一一的拿到面前，在流水里乱摇乱摆。因此一来，河水便发亮的滑动不止。又过一会儿，从城边岸上来了一个乡下妇人，在这边岸上，喊叫过渡，渡船夫上船抽了好一会儿篙子，才把船撑过河，把妇人渡过对岸，不知为什么事情，这船夫像吵架似的，大声的说了一些话，那妇人一句话不说就走去了。跟着不久，又有三个挑空箩筐的男子，从近城这边岸上唤渡，船夫照样缓缓的撑着竹篙，这一次那三个乡下人，为了一件事，互相在船上吵着，划船的可一句话不说，一摆到了岸，就把篙子钉在沙里。不久那六只箩筐，就排成一线，消失到大坪尽头去了。

洗菜的小尼姑那时也把菜洗好了，正在用一段木杵，捣一块布或是件衣裳，捣了几下，又把它放在水中去拖摆几下，于是再提起来用力捣着。木杵声音印在城墙上，回声也一下一下的响着。这尼姑到后大约也觉得这回声很有趣了，就停顿了工作，尖锐的喊叫：“四林，四林，”那边也便应着“四林，四林”。再过不久，庵堂那边也有女人锐声的喊着“四林，四林”，且说些别的话语，大约是问她事情做完了没有。原来这就是小尼姑自己的名字！这小尼姑事件完了，水边也玩厌了，便提了篮子，故意从白布上面，横横的越过去，踏到那些空处，走回去了。

小尼姑走后，女孩岳珉望到河中水面上，有几片菜叶浮着，傍到渡船缓缓的动着，心里就想起刚才那小尼姑十分快乐的样子。“小尼姑这时一定在庵堂里把衣晾上竹竿了！……一定在那桃花树下为老师傅捶背！……一定一面口中念佛，一面就用手逗身旁的小猫玩……”想起许多事都觉得十分可笑，就微笑着，也学到低低的喊着“四林，四林”。

过了一会儿。想起这小尼姑的快乐，想起河里的水，远处的花，天上的云，以及屋里母亲的病，这女孩子，不知不觉又有点儿寂寞起来了。

她记起了早上喜鹊，在晒楼上叫了许久，心想每天这时候送信的都来送信，不如下去看看，是不是上海来了信。走到楼梯边，就见到小孩北生正轻脚轻手，第二回爬上最低那一级梯子。

“北生你这孩子，不要再上来了呀！”

下楼后，北生把女孩岳珉拉着，要她把头低下，耳朵俯就到他小口，细声细气的说：“小姨，大婆吐那个……。”

到房里去时，看到躺在床上的母亲，静静的如一个死人，很柔弱很安静的呼吸着，又瘦又狭的脸上，为一种疲劳忧愁所笼罩。母亲像是已醒过一会儿了，一听到有人在房中走路，就睁开了眼睛。

“珉珉你为我看看，热水瓶里的水还剩多少。”

一面为病人倒出热水调和库阿可斯，一面望到母亲日益消瘦下去的脸，同那个小小的鼻子，女孩岳珉说：“妈，妈，天气好极了，晒楼上望到对河那小庵堂里桃花，今天已全开了。”

病人不说什么，微微的笑着。想到刚才咳出的血，伸出自己那只瘦瘦的手来，摸了摸自己的额头，自言自语的说着，我不发烧。说了又望到女孩温柔的微笑着。那种笑是那么动人怜悯的，使女孩岳珉低低的嘘了一口气。

“你咳嗽不好一点儿吗？”

“好了好了，不要紧的，人不吃亏。早上吃鱼，喉头稍稍有点火，不要紧的。”

这样问答着，女孩便想走过去，看看枕边那个小小痰盂。

病人明白那个意思了，就说：“没有什么。”又说：“珉珉你站到莫动，我看看，这个月你又长高了！”

女孩岳珉害羞似的笑着，“我不像竹子罢，妈妈。我担心得很，人太长高了要笑人的！”

静了一会儿。母亲记起什么了。

“珉珉我作了个好梦，梦到我们已经上了船，三等舱里人挤得不成样子。”

其实这梦还是病人捏造的，因为记忆力乱乱的，故第二次又来说着。

女孩岳珉望到母亲同蜡做成一样的小脸，就勉强笑着，“我昨晚当真梦到大船，还梦到三毛老表来接我们，又觉得他是福禄旅馆接客的招待，送我们每一个人一本旅行指南。今早上喜鹊叫了半天，我们算算看，今天会不会有信来。”

“今天不来明天应来了！”

“说不定自己会来！”

“报上不是说过，十三师在宜昌要调动吗？”

“爸爸莫非已动身了！”

“要来，应当先有电报来！”

两人故意这样乐观的说着，互相哄着对面那一个人，口上虽那么说着，女孩岳珉心里却那么想着：“妈妈病怎么办？”

病人自己也心里想着：“这样病下去真糟。”

姐姐同嫂嫂，从城北卜课回来了，两人正在天井里悄悄的说着话。女孩岳珉便站到房门边去，装成快乐的声音：“姐姐，大嫂，先前有一个风筝断了线，线头搭在瓦上曳过去，隔壁那个妇人，用竹竿捞不着，打破了许多瓦，真好笑！”

姐姐说：“北生你一定又同小姨上晒楼了，不小心，把脚摔断，将来成跛子！”

小孩北生正蹲到翠云身边，听姆妈说到他，不敢回答，只偷偷的望到小姨笑着。

女孩岳珉一面向北生微笑，一面便走过天井，拉了姐姐往厨房那边走去，低声的说：“姐姐，看样子，妈又吐了！”

姐姐说：“怎么办？北京应当来信了！”

“你们抽的签？”

姐姐一面取那签上的字条给女孩，一面向蹲在地下的北生招手，小孩走过身边来，把两只手围抱着他母亲，“娘，娘，大婆又咯咯的吐了，她收到枕头下！”

姐姐说：“北生我告你，不许到婆婆房里去闹，知道么？”

小孩很懂事的说：“我知道。”又说：“娘娘，对河桃花全开了，你让小姨带我上晒楼玩一会儿，我不吵闹。”

姐姐装成生气的样子，“不许上去，落了多久雨，上面滑得很！”又说：“到你小房里玩去，你上楼，大婆要骂小姨！”

这小孩走过小姨身边去，捏了一下小姨的手，乖乖的到他自己小卧房去了。

那时翠云丫头已经把衣搓好了，且用清水荡过了，女孩岳珉便为扭衣裳的水，一面作事一面说：“翠云，我们以后到河里去洗衣，可方便多了！过渡船到对河去，一个人也不有，不怕什么罢。”翠云丫头不说什么，脸儿红红的，只是低头笑着。

病人在房里咳嗽不止，姐姐同大嫂便进去了。翠云把衣扭好了，便预备上楼。女孩岳珉在天井中看了一会儿日影，走到病人房门口望望。只见到大嫂正在裁纸，大姐坐在床边，想检察那小痰盂，母亲先是不允许，用手拦阻，后来大姐仍然见到了，只是摇头。可是三个人皆勉强的笑着，且故意想从别一件事上，解除一下当前的悲戚处，于是说到一个很久远的故事。到后三人又商量到写信打电报的事情。女孩岳珉不知为什么，心里尽是酸酸的，站在天井里，同谁生气似的，红了眼睛，咬着嘴唇。过一阵，听到翠云丫头在晒楼说话：“珉小姐，珉小姐，你上来，看新娘子骑马，快要过渡了！”

又过一阵，翠云丫头于是又说：

“看呀，看呀，快来看呀，一个一块瓦的大风筝跑了，快来，快来，就在头上，我们捉它！”

女孩岳珉抬起来了头，果然从天井里也可以望到一个高高的风筝，如同一个吃醉了酒的巡警神气，偏偏斜斜的滑过去，隐隐约约还看到一截白线，很长的在空中摇摆。

也不是为看风筝，也不是为看新娘子，等到翠云下晒楼以后，女孩岳珉仍然上了晒楼了。上了晒楼，仍然在栏干边傍着，眺望到一切远处近处，心里慢慢的就平静了。后来看到染坊中人在大坪里收拾布匹，把整匹白布折成豆腐干形式，一方一方摆在草上，看到尼姑庵里瓦上有烟子，各处远近人家也都有了烟子，她才离开晒楼。

下楼后，向病人房门边张望了一下，母亲同姐姐三人都在床上睡着了。再到小孩北生小房里去看看，北生不知在什么时节，也坐在地下小绒狗旁睡着了。走到厨房去，翠云丫头正在灶口边板凳上，偷偷的用无敌牌牙粉，当成水粉擦脸。

女孩岳珉似乎恐怕惊动了这丫头的神气，赶忙走过天井中心去。

这时听到隔壁有人拍门，有人互相问答说话。女孩岳珉心里很希奇的想到："谁在问谁？莫非爸爸同哥哥来了，在门前问门牌号数罢？"这样想到，心便骤然跳跃起来，忙匆匆的走到二门边去，只等候有什么人拍门拉铃子，就一定是远处来的人了。

可是，过一会儿，一切又都寂静了。

女孩岳珉便不知所谓的微微的笑着。日影斜斜的，把屋角同晒楼柱头的影子，映到天井角上，恰恰如另外一个地方，竖立在她们所等候的那个爸爸坟上一面纸制的旗帜。

赏析

《静》写于1932年3月，时值战争不断，社会动荡不安。作者在小说中使用大量类似电影长镜头的手法，描写了小城风景秀美依旧，人们生活恬静依旧。然而，就在这岁月静好的表象之下，隐藏着一家人的悲剧。这便是岳珉一家。他们一家因战争逃难而来，战争夺走了岳珉爸爸的生命，哥哥也杳无音信。

值得令人注意的是，小说中多次出现风筝，这并不是作者的闲来之笔。那脱线的风筝就像是战乱中无法掌握自己命运的底层百姓。“看风筝”则表达了岳珉一家对亲人回归的殷切期盼。

作者用寂静的氛围、平静的情节和语言，烘托出时局动荡、命运无常，字里行间充满了淡淡的忧伤，让小说的悲剧色彩更加浓郁。

沈从文给少年的阅读课

第三册

人民英雄永垂不朽

这个庄严壮丽的大门楼背后，正衬着一片透蓝的天空，一群白鸽子和银星点子一样，在这个蓝空天幕下绕着门楼回旋飞翔。

——《天安门前》

酒

照例的三八市集，还是照例的有好多好多乡下人，小田主，买鸡到城里去卖的小贩子，花幞头大耳环丰姿隽逸的苗姑娘，以及一些穿灰色号褂子口上说是来察场讨人烦腻的副爷们，与穿高筒子老牛皮靴的团总，各从附近的乡村来做买卖。

——《市集》

要认识湘西，不能不对他们先有一种认识。要欣赏湘西地方民族特殊性，船户是最有价值材料之一种。

——《常德的船》

沅水流域的渔家子弟，白天玩不尽兴，晚上犹继续进行，三更半夜后，住在河边的人从睡梦中醒来时，还可听到水面飘来蓬蓬𠳐𠳐的锣鼓声。

——《过节和观灯》

夜梦极可怪。见一淡
绿白合花，颈弱而花柔，花
身略有斑点青渍，倚立门边
微微动摇。
——《生命》

饭后倦极。至翠湖土堤上一走。木叶微脱，红花萎悴，水清而草乱。猪耳莲尚开淡紫花，静贴水面。阳光照及大地，随阳光所及，举目临眺，但觉房屋人树，及一池清水，无不如相互之间，大有关系。
——《潜渊》

船在大海中被风浪簸荡，真像是小水塘中的玩意儿，被顽童小手搅动后情景。到后自然是船翻了，船上人千方百计从各处找来的宝物，全部落了水，船上所有人也落了水。

——《青色魇》

这匹马长得多雄骏！骨相和形色，图画上就少见。全身白净，犹如海滩上的贝壳。毛色明净光莹处，犹如碧空无云天上的满月，如阿耨达池中的白莲花。

——《青色魇》

强烈阳光照在我身上和手上，照在草地上和那个小小本子上。阳光下空气十分暖和，间或吹来一阵微风，空气中便可感觉到一点儿从滇池送来冰凉的水气和一点儿枯草香气。

——《白魇》

德和园大戏楼，是谭鑫培杨小楼奏过技的地方，在戏剧史上即十分重要，还值得保留个样子。建筑高大，重量完全担负在二十来根柱子上……
——《霁清轩杂记》

景物集

街

有个小小的城镇，有一条寂寞的长街。

那里住下许多人家，却没有一个成年的男子。因为那里出了一个土匪，所有男子便都被人带到一个很远很远的地方去，永远不再回来了。他们是五个十个用绳子编成一连，背后一个人用白木梃子敲打他们的腿，赶到别处去作军队上搬运军火的伕（fū）子的。他们为了“国家”应当忘了“妻子”。

大清早，各个人家从梦里醒转来了。各个人家开了门，各个人家的门里，皆飞出一群鸡，跑出一些小猪，随后男女小孩子出来站在门限上撒尿，或蹲到门前撒尿，随后便是一个妇人，提了小小的木桶，到街市尽头去提水。有狗的人家，狗皆跟着主人身前身后摇着尾巴，也时时刻刻照规矩在人家墙基上抬起一只腿撒尿，又赶忙追到主人前面去。这长街早上并不寂寞。

当白日照到这长街时，这一条街静静的像在午睡，什么地方柳树桐树上有新蝉单纯而又倦人的声音，许多小小的屋里，湿而发霉的土地上，头发干枯脸儿瘦弱的孩子们，皆蹲在土地上或伏在母亲身边睡着了。作母亲的全按照一个地方的风气，当街坐下，织男子们束腰用的板带过日子。用小小的木制手机，固定在房角一柱上，伸出憔悴的手来，敏捷地把手中犬骨线板压着手机的一端，退着粗粗的棉线，一面用一个棕叶刷子为孩子们拂着蚊蚋[①]。带子成了，便用剪子修理那些边沿，等候每五天来一次的行贩，照行贩所定的价钱，把已成的带子收去。

许多人家门对着门，白日里，日头的影子正正地照到街心不动时，街上半天还无一个人过身。每一个低低的屋檐下人家里的妇人，各低下头来赶着自己的工作，做倦了，抬起头来，用疲倦忧愁的眼睛，张望到对街的一个铺子，或见到一条悬挂到屋檐下的带样，换了新的一条，便仿佛奇异的神气，轻轻地叹着气，用犬骨板击打自己的下颌，因为她一定想起一些事情，记忆到由另一个大城里来的收货人的买卖了。她一定还想到另外一些事情。

街上也常常有穿了红绸子大裤过身的女人，脸上抹胭脂擦粉，小小的髻（jì）子，光光的头发，都说明这是一个新娘子。到这时，小孩子便大声喊着看新娘子，大家完全把工作放下，站到门前望着，望到看不见这新娘子的背影时才重重地换了一次呼吸，回到自己的工作凳子

---

① 蚋（ruì）：一种昆虫，体长 2 ~ 5 毫米，黑色，头小，触角短粗，复眼明显，翅阔透明，吸食人畜的血液。幼虫头部方形，尾部稍膨大，生活在水中。

上去。

街上有时有一只狗追一只鸡，便可看到一个妇人持了一长长的竹子打狗的事情，使所有的孩子们都觉得好笑。长街在日里也仍然不寂寞。

街上有时什么人来信了，许多妇人皆争着跑出去，看看是什么人从什么地方寄来的。她们将听那些识字的人，念信内说到的一切。小孩子们同狗，也常常凑热闹，追随到那个人的家里去，那个人家便不同了。但信中有时却说到一个人死了的这类事，于是主人便哭了。于是一切不相干的人，围聚在门前，过一会儿，又即刻走散了。这妇人，伏在堂屋里哭泣，另外一些妇人便代为照料孩子，买豆腐，买酒，买纸钱，于是不久大家都知道那家男人已死掉了。

街上到黄昏时节，常常有妇人手中拿了小小的笸（pǒ）箩，放了一些米、一个蛋，低低地喊出了一个人的名字，慢慢地从街这端走到另一端去。这是为不让小孩子夜哭发热，使他在家中安静的一种方法，这方法，同时也就娱乐到一切坐到门边的小孩子。长街上这时节也不寂寞的。

黄昏里，街上各处飞着小小的蝙蝠。望到天上的云，同归巢还家的老鸹[①]，背了小孩子们到门前站定了的女人们，一面摇动背上的孩子，一面总轻轻地唱着忧郁凄凉的歌，娱悦到心上的寂寞。

“爸爸晚上回来了，回来了，因为老鸹一到晚上也回来了！”

远处山上全紫了，土城擂鼓起更了，低低的屋里，有小小油灯的光，

① 鸹（guā）：此处应读轻声，老鸹是方言，指的是乌鸦。

为画出屋中的一切轮廓，听到筷子的声音，听到碗盏磕碰的声音……但忽然间小孩子又哇地哭了。

爸爸没有回来。有些爸爸早已不在这世界上了，但并没有信来。有些临死时还忘不了家中的一切，便托人带了信回来。得到信息哭了一整夜的妇人，到晚上便把纸钱放在门前焚烧。红红的火光照到街上下人家的屋檐，照到各个人家的大门。见到这火光的孩子们，也照例十分欢喜。长街这时节也并不寂寞的。

阴雨天的夜里，天上漆黑，街头无一个街灯，狼在土城外山嘴上嗥（háo）着，用鼻子贴近地面，如一个人的哭泣，地面仿佛浮动在这奇怪的声音里。什么人家的孩子在梦里醒来，吓哭了，母亲便说："莫哭，狼来了，谁哭谁就被狼吃掉。"

卧在土城上高处木棚里老而残废的人，打着梆子。这里的人不须明白一个夜里有多少更次，且不必明白半夜里醒来是什么时候。那梆子声音，只是告给长街上人家，狼已爬进土城到长街，要他们小心一点儿门户。

一到阴雨的夜里，这长街更不寂寞，因为狼的争斗，使全街热闹了许多。冬天若夜里落了雪，则早早的起身的人，开了门，便可看到狼的足迹，同糍粑[①]一样印在雪里。

一九三一年五月十日作

---

① 糍粑（cí bā）：把糯米蒸熟捣碎后做成的食品。

天安门前

近几年来，我因工作关系，无论风晴雨雪，每天早晨、晚间都得进出天安门几次。可是试想拿起笔来写写天安门，倒不知从何说起了。

三十年前到北京来观光的人，在城郊各处都常有机会看见成串的骆驼队伍，从容不迫地在灰尘扑扑的道路上前进。每只骆驼背上必驮载两大袋杂粮或煤块。末尾照例还有只小骆驼押队，颈脖下悬个筒子形大铁铃，走动时当当地响。这些铃铛大致是世代相传，经历了许多年月风霜，声音有些已经哑沙沙的了。若机会凑巧，还可看到一种用两只骆驼组成的驼轿，一前一后斜斜的排着，抬着个大木轿笼，摇摇晃晃地走着，它也许正从蒙古、热河长途远道前来，恰好停顿在城外一个店铺前边。那店铺门口屋檐前挂有一块“某某镖局”的招牌。原来《七侠五义》《小五义》中提起的镖客，还有人在继承事业，又还有主顾上门求教。这个古老城市里，当时就还留下许多这类古老社会的标本。有的属于两百年前的，有的属于七八百年前的。骆驼队本来是沙漠中的舰队，在市中心的天安门前发现时，就更加显得这个城市的古老。当时北京电车开行还不多久，若遇骆驼队伍横贯马路时，电车司机照规矩还得暂时停车，等待一会儿，像是人人都得承认这是八百年前北京建都以来的成员，对待它们应当表示一点儿客气或尊重。

三十年来，北京城经历过了许多重大事变，终于解放了。天安门成了人民争取持久和平的象征，共同努力走向幸福美好生活的象征。每逢节日，几十万群众集会游行已成平常事情。时代不同了，骆驼队伍再不容易在这里出现了。现在什么人想看看这神气庄严、体魄壮伟、耐劳负重的生物，大致得到南口居庸关一带，才有机会偶然碰上。至于住在北京市的小朋友们呢，将来只有到动物园或地志博物馆去，才有希望知道真正的骆驼究竟是什么样子，并且明白成串骆驼由长城外来到北京的种种情形。北京动物园如今若还没有骆驼的位置，我建议不妨加入两三只，并且把它们祖先两千年前就经常载运了各种重要物资，横贯西北大沙漠，对于沟通中原和西域各民族关系，以及在中西文化交通史方面所作的伟大贡献，和两千年来在华北一般交通运输中所起的重要作用，加以适当的说明。更好的自然是将来地志博物馆陈列中表现城乡关系时，能够把三十年前成串骆驼在暮色沉沉时通过天安门前的景象，和解放后几十万群众在这里看五色焰火上冲霄汉、歌舞狂欢的景象，做一个显明对比，可见出两个时代，两种社会，如何截然不同。

天安门前大路上，成串骆驼迈着大方步过路，这种古色古香的，同时也是暮气沉沉的时代，已经完全结束了。代表今天、象征明天的各种新事物，却在不断出现。天安门大白石桥、石狮子前边，我们经常都可发现一群年纪四五岁的小朋友，两颊红都都的，双双拉着手排队上公园去，随着阿姨的指点，一齐暂时停下来欣赏面前那个高大的天安门楼，欣赏毛主席六年前站到那上面向中国人民、向全世界宣布“中国人民站起来了”的那个地方。这个庄严壮丽的大门楼背后，正衬着一片透蓝的天空，一群白鸽子和银星点子一样，在这个蓝空天幕下绕着门楼回旋飞翔。回过头向南边望望，人民英雄纪念碑大棚架已经撤去，全部工程过不久就要完成了。要使得这个纪念碑更加庄严好看一些，扩大四周空地，更新的待施工的建筑群蓝图，应当已经在准备中。

前一代的流血牺牲，为这一代青年学习和工作开辟了无限广阔平坦的道路，这一代的勤劳辛苦，又正在为幼小一代创造更加幸福美好的环境，全中国人民——老年、壮年、青年和儿童，就活在这么一个新的社会中。革命纪念碑全部落成后，夏天黄昏时节，会经常有各种音乐团体，来在纪念碑前边石台上，向市民举行公开演奏会；在这里我们不仅可听到热情优美的民间音乐，还有希望可听到世界各国伟大作曲家最健康悦耳的音乐。到三个五年计划完成时，天安门前的广场，可能已经完全改变了样子，所有看台都用汉白玉石作得整整齐齐，纪念碑附近已展开极宽，四周六七层高的新建筑群，也大部分用汉白玉石装饰，作得十分华美。这里是革命博物馆，那里是祖国自然资源馆，第三是民族文化馆，第四是工业建设馆，第五是……，到晚上，这些大型建筑物里边，都光亮得和大白天一般，有万千游人进出。纪念碑前却有了二十丈大的巨型新式银幕，用电视方法，放映国家歌舞剧院正在上演的音乐舞蹈节目，免费供给三万市民群众欣赏。也还会看见成串骆驼，正在慢慢地从天安门前边走过，而且押队的那只小骆驼，颈脖下那个铃铛，依旧当当地响着，把多数人暂时都吸引到半世纪前北京旧风景画中去。原来这是历史博物馆在用电视教育回述天安门前的种种历史！

春游颐和园

北京建都有了八百多年历史。劳动人民用他们的勤劳和智慧，在北京城郊建造了许多规模宏大建筑美丽的宫殿、庙宇和花园，留给我们后一代。花园建筑规模大，花木池塘富于艺术巧思，设备精美在世界上也是特别著名的，是两百多年前乾隆时在西郊建筑的“圆明园”。这个著名花园，是在九十多年前就被帝国主义者野蛮军队把园里面上千栋房子中各种重要珍贵文物及一切陈设大肆抢劫后，有意放一把火烧掉了的。花园建筑时间比较晚的，是西郊的颐和园。部分建筑乾隆时虽然已具规模，主要建筑群却在一百年前才完成。修建这座大园子的经济来源，是借口恢复国防海军从人民刮来的几千万两银子，花园作成后，却只算是帝王一家人私有。

直到北京解放，这座大花园才真正成为人民的公共财产。颐和园的游人数字是个证明：一九四九年全年游人二十六万六千八百多，一九五五年达到一百七十八万七千多人。二十年前游颐和园的人，常常觉得园里太大太空阔。其实只是能够玩的人太少，所以到处总是显得空空的。颐和园那条长廊，虽然已经长约三里路，现在每逢星期天游人就挤得满满的，即再加宽加长一两倍，怕也还是不够用。

春天来，颐和园花木都逐渐开放了，每天除了成千上万来看花的游人，还有许多自城郊学校的少先队员，到园中过队日郊游，进行各种有益身心的活动。满园子里各处都可见到红领巾，各处都可听到建设祖国接班人的健康快乐的笑语和歌声。配合充满生机一片新绿丛中的鸟语花香，颐和园本身，因此也显得更加美丽和年轻！

凡是游颐和园的人，在售票处购买一册介绍园中景物的说明书，可得到极多帮助。只是如何使用比较经济的时间，把颐和园重要的地方都逛到呢？我想就我个人过去几年在这个大园子里住了两个夏天转来转去的经验，和园子里建筑花木在春秋佳日给我的印象，提出一点儿游园的参考意见。

我们似可把颐和园分成五个大单位去游览。

第一是进门以后的建筑群。这个建筑群除中部大殿外，还包括北边的大戏楼和西边的“乐寿堂”，以及西边前面一点儿的“玉澜堂”。“玉澜堂”相传是光绪被慈禧太后囚禁的地方，院子和其他建筑隔绝自成一个小单位。到这里来的人，还可从门口的说明牌子，体会到近六十年历史的一鳞一爪。参观大戏台，得往回路向东走。这个戏台和中国近代戏曲发展史有些联系，中国京戏最出色的演员谭鑫培、杨小楼，都到这台上演过戏。戏台上下分三层，还有个宽阔整洁的后台和地下室，准备了各种机关布景。例如表演孙悟空大闹天宫或白蛇传水漫金山寺节目时，台上下到必要时还会喷水冒烟。演员也可以借助于技术设备，一齐腾空上升，或潜入地下，隐现不易捉摸。戏台面积比看戏的殿堂大许多，原因是这些戏主要是演给帝王和少数皇亲贵族官僚看的。演员百余人在台上活动，看戏的可能只三五十人。社会在发展中，六十年过去了，帝王独夫和这些名艺人都已死去。为人民爱好的艺术家的绝艺，却继续活在人们的记忆中，及后辈热忱的学习发展中。由大戏楼向西可到“乐寿堂”。这是六十年前慈禧做寿的地方。“乐寿堂”庭院宽敞，建筑虽不特别高大，却显得气魄大方。本院和西边一小院，春天时玉兰和海棠都开得格外茂盛。

第二部分是长廊全部和以“排云殿”“佛香阁”为主体、围绕左右的建筑群。这是目下全个园子建筑最引人注意的部分，也是全园的精华。有很多建筑小单位，或是一个四合院，或是一组列房子，内部布置得都十分讲究。花木围廊，各具巧思。

但是从整体或部分说来，这个建筑群有些只是为配风景而作的，有些宜近看，有些只适合远观。想总括全部得到一个整体印象，得租一只小游船，把船直向湖中心划去，再回过头来，看看这个建筑群，才会明白全部设计的用心处。因为排云殿后面隙地不多，山势太陡，许多建筑不免挤得紧一点儿。如东边的琼岛春阴转轮藏，西边的另一个小建筑群，都有点儿展布不开。正背后的佛香阁，地势更加迫促。虽亏得聪明的建筑工人，出主意把上佛香阁的路分作两边，作“之”字形盘旋而上，地势还是过于迫促。更向西一点儿的“画中游”部分建筑，也由于地面窄狭，作得格外玲珑小巧。必需到湖中看看，才明白建筑工人的用意，当时这部分建筑，原来就是为配合全山风景作成的。船到湖中心时向南望，在一平如镜碧波中的龙王庙和十七孔虹桥，都若十分亲切地向游人招手：“来，来，来，这里也很有意思。”从这里望万寿山，距离虽远了点儿，可是把那些建筑不合理的印象也忽略了。

第三部分就是湖中心那个孤岛上的建筑群，“龙王庙”是主体。连接龙王庙和东墙柳阴路全靠那条十七孔白石虹桥，长年卧在万顷碧波中，背景是一片北京特有的蓝得透亮的天空，真不愧叫作人造的虹。这条白石桥无论是远看，近看，或把船摇到下边仰起头来看，或站在桥上向左右四方看，都令人觉得满意。桥东岸边有一只铜牛，是两百年前铸铜工人的创作。

第四部分是后山一带，建筑废址并不少，保存完整的房子却不多。很显明是经过历史事变的痕迹没有修复过来。由后湖桥边的苏州街遗址，到上山的一系列殿基，直到半山上的两座残塔，据说也是在圆明园被焚的同时焚毁的。目下重要的是有好几条曲折的小山路，清静幽僻，最宜散步。还有好几条形式不同的白石桥和新近修理的赤栏木板桥，湖水曲折地从桥下通过，划船时极有意思。

第五部分是东路以谐趣园做中心的建筑群，靠西上山有“景福阁”，靠北紧邻是“霁清轩”。这一组建筑群和前山后山大不相同，特征是树木比较多，地方比较僻静。建筑群包括有北方的明敞（如景福阁）和南方的幽趣（如霁清轩）两种长处。谐趣园主要的部分是一个荷花池子，绕着池子有一组长廊和建筑。谐趣园占地面积不大，那个荷花池子，夏天荷花盛开时，真是又香又好看。欢喜雀鸟的，这里四围树林子里经常有极好听的黄鸟歌声。啄木鸟的声音也数这个地区最多。夏六七月天雨后放晴时，树林间的鸟雀欢呼飞鸣，更是一种活泼生机。地方背风向阳处，长年有竹子生长。由后湖引来的一股活水，到此下坠五公尺，因此作成小小瀑布，夏天水发时，水声哗哗，对于久住北方平地的人，看到这些事物引起的情感，很显然都是新的。“霁清轩”地位已接近园中后围墙，建筑构造极其别致，小院落主要部分是一座四面明窗当风的轩，一株盘旋而上的老松树，一个孤立的亭子，以及横贯院中的一道小小溪流。读过《红楼梦》的人，如偶然到了这个地方，会联想起当年书中那个女尼妙玉的住处。还有史湘云醉眠芍药茵的故事，也可能会在霁清轩大门前边一点儿发生。这个建筑照全部结构说来，是比《红楼梦》创作时代略早一点儿。有人到过谐趣园许多次，还不知道面前霁清轩的位置，可知这个建筑的布置成功处。由谐趣园宫门直向上山路走，不多远还有个“乐农轩”，虽只是平房一列，房子前花木却长得极好。杏花以外丁香、梨花都很好。“景福阁”位置在半山上，这座重屋曲折“亜”字形的大建筑，四面窗子透亮，绕屋平台廊子都极朗敞。遇着好机会，我们可能会在这里看到一些面孔熟悉的著名文艺工作者、电影、歌剧、话剧名演员，……他们也许正在这里和国际友人举行游园联欢会，在那里唱歌跳舞。

颐和园最高处建筑物，是山顶上那座全部用彩琉璃砖瓦拼凑作成的无梁殿。这个建筑无论从工程上和装饰美术上说来，都是一个伟大的创作。是近两百年前的建筑工人和烧琉璃窑工人共同努力为我们留下的一份宝贵遗产。在建筑规模上，它并不比北海那一座琉璃殿壮丽，但从建筑兼雕塑整体性的成就说来，无疑和北京其他同类创作，如北海及故宫九龙壁、香山琉璃塔等等，都值得格外重视。上山的道路很多：欢喜热闹不怕累，可从排云殿后抱月廊上去，再从那几百磴“之”字形石台阶爬到佛香阁，歇歇气，欣赏一下昆明湖远近全景，再从后翻上那个琉璃牌楼，就到达了。欢喜冒险好奇的，又不妨从后山上去。这一路得经过几层废殿基，再钻几个小山洞。行动过于活泼的游客，上到山洞边时，头上脚下都得当心一些，免得偶然摔倒。另外东西两侧还有两条比较平缓的山路可走，上了点儿年纪的人不妨从东路上去。就是从景福阁向上走去。半道山脊两旁多空旷，特别适宜于远眺，南边是湖上景致，北边园外却是村落自然景色，很动人。夏六月还是一片绿油油的庄稼，直延伸到西山尽头，到秋八月后，就只见无数大牛车满满装载黄澄澄的粮食向合作社转运。村庄前后也到处是粮食堆垛。

从北边走可先逛长廊，到长廊尽头，转个弯，就到大石舫边了。除大石舫外，这里经常还停泊有百多只油漆鲜明的小游艇出租。欢喜划船的游人，手劲大，可租船向前湖划去，一直过西蜂腰桥再向南，再划回来。比较合适的路线是绕湖心龙王庙，就穿十七孔桥回来。那座桥远看只觉得美丽，近看才会明白结构壮丽、工程扎实，让我们加深一层认识了古代造桥工人的聪明和伟大。船向回划可饱看颐和园万寿山正面的全部风景，从各个不同角度看去，才会发现绕前山那道长廊，和长廊外临水那道白石栏杆，不仅发生单纯装饰效果，且像腰带一样把前山建筑群拢在一起，从水上托出，设计实在够聪明巧妙。欢喜从空旷湖面转入幽静环境的游人，不妨把船向后湖划去。后湖水面窄而曲折，林木幽深，水中大鱼百十成群，对小船来去既成习惯，因此也不大存戒心。后湖秋天在一个极短的时期中，水面常常忽然冒出一种颜色金黄的小莲花，一朵朵从水面探头出来约两寸来高，花不过一寸大小，可是远远的就可让我们发现。至近身时我们才会发现花朵上还常常歇有一种细腰窄翅黑蜻蜓，飞飞又停停，彼此之间似相识又似陌生。又像是新认识的好朋友，默默地又亲切地贴近时，还像有些腼腆害羞。一切情形和安徒生童话中的描写差不多，可是还更美丽一些。这些小小金丝莲，一年只开花三四天，小蜻蜓从湖旁丛草间孵化，生命也极短暂。我们缺少安徒生的诗的童心，因此也难更深一层去想象体会它们短暂生命相互依存的悦乐处。见到这种花朵时，最好莫惊动采折。由石舫上山路，可经过“画中游”，这部分房子是有意仿造南方小楼房式做成，十分玲珑精致，大热天住下来不会太舒服，可是在湖中却特别好看。走到“画中游”才会明白取名的用意。若在春天四月里，园中好花次第开放，一切松柏杂树新叶也放出清香，这些新经修理装饰得崭新的建筑物，完全包裹在花树中，使得我们不能不对于创造它和新近修理它的木工、瓦工、彩画油漆工，以及那些长年在园子里栽花种树的工人，表示敬意和感谢。

颐和园还有一个地区，也可以作为一个游览单位计算，就是后山沿围墙那条土埂子。这地方虽近在游人眼前，可是最容易忽略过去。这条路是从谐趣园再向北走，到后湖尽头几株大白杨树面前时，不回头，不转弯，再向西一直从一条小土路走上小土山。那是一条能够满足游人好奇心的小路，一路走去可从荆槐杂树林子枝叶罅隙间清清楚楚看到后山后湖的全景。小土埂上还种得好些有了相当年月的马尾松，松根凸起处，间或会有一两个年轻艺术家在那里作画。地方特别清静，不会有人来搅扰他的工作。更重要还是从这里望出去，景物凑紧集中，如同一个一个镜框样子。若是一个有才能的画家，他不仅会把树石间色彩鲜明的红领巾同水上游人种种活动收入画稿，同时还能够把他们表示新生生命的笑语和歌声同样写入画中。

凤凰观景山[①]

我不懂艺术，又不会作画，可是从小生长在湘西苗区一个小小山城中，周围数十里全是山重山，只临到城边时，西边一点儿才有一坝平田出现，城东南还是群峰罗列。一年四季随同节令的变换，山上草木岩石也不断变换颜色，形成不同画面，浸入我的印象中，留下种种不同的记忆，六七十年后，还极其鲜明动人，即或乐意忘记也总是忘不了。特别是靠城东南边那个观景山，因为山上原本是个山砦[②]，下边有座本地人迷信集中的天王庙，山砦实际控制着全县城，上面原住了一排属于辰沅永靖兵备道的绿营战兵。

站在山砦石头垒成的碉楼上，远望西边可及平田尽头的雷草坡一带，远处山坡动静，和那些二百年前设立在近郊远近山头的碉堡安危情况，近则城北大河，及对河苗乡一切，也遥遥在望。城南地势逐渐上升，约二里后直达一个山口，设有重兵把守，名叫“茶叶坡”。

---

① 这是一篇遗作，可能创作于 1982 年或 1983 年春。

② 山砦（zhaì）：同山寨。有寨子的山区村庄。

观景山在我作顽童时代，看来已失去了它的作用，但是照旧还设立有几户守兵，专管晚上全城治安，有老兵轮流在上面打更司柝。城里照习惯，每街都设有栅栏门，到二更后就断绝行人。由本街居民出钱，雇有专人打更守夜。换班换点，多凭山上的更点作准，才不至于误时。或城中某街失火走水[①]，山上守兵就擂梆子告警。一切还保留百年前一点儿旧制度、旧习惯，让人体会到这地方在前一世纪原本是个大军营。定下许多维持治安的办法，直到辛亥以后才取消。

这个观景山近城一面被一片树木包围着，上面有大几百株三四人才能合抱的皂角木、枫香树、香楠树及灯笼花古树，树高可能达二十余丈，各自亭亭上耸天半。有落叶乔木，也有四季常青的乔木。初春发荣时，树干必先湿湿的，随后树上才各自呈现各种不同程度的嫩绿色，或白茸茸一片灰芽，多竞秀争荣，且常常在树上就分出等级来。再不多久，能开花的就依次开花，使得小山城满城都浸在一种香气馥郁中。

先是冬晴天气中，每个人家两侧上耸高墙和屋脊上[②]，必有成群结伙的八哥鸟，自得其乐地在上面歌唱聒吵，有时还会摹仿各种其他雀鸟的鸣声。到春天来时，即转向郊外平田飞去，跟着犁田的水牛身后吃蚯蚓，或停在耕牛背上或额角间休息。人家屋脊上已换了郭公

① 走水也是失火的意思。

② 凤凰民房的山墙通常都高于屋顶和屋脊，以便起到防火的作用，所以被称作风火墙。

鸟，天明不久就孤独地郭公郭公叫个不停。后来才知道是古书上的“戴胜”。春雷响后，春雨来时，郭公也不见了。观景山则已成一片不同绿色，作成丰丰茸茸的大画屏。有千百鸣声清脆的野画眉，在春光中巧转舌头。随后是鸣声高亢急促，尖锐悲哀的杜鹃，日夜间歇不停的××[①]，尤其是在春雨连绵的深夜里，这种有情怪鸟鸣声特别动人。住在城中半夜里，唯一可听到远处杜鹃凄惨的叫声，时间可延长到夏初。早上则住城内的最多是燕子，由衔泥砌窠（kē）到生子“告翅”，呢呢喃喃迎来了春夏。

至于出城，山上鸟雀之多可就无从计数了。我的故乡是出锦鸡的地方，一身毛色奇美，叫声××[②]。

大型鸟类，则数一身明黄的青鸟，在寂静中一声“勾嘟亢当”，极容易引人到一种梦境清寂中去。各种啄木鸟声，于夏初树林中，也是一种有趣的声音。这类鸟虽不会叫，形状却十分别致，总是用两只爪子抓定面前树干。许多人家都畜养在笼中，供孩子们取乐。直到抗战时期，每只市价还不过一元中央票。（山上）还多“金不换”鸟，比锦鸡小些，也宜于笼养。最善反复自呼其名[③]，有的能延续到三十次以上，才乐意休息。

我倒欢喜那些不受豢（huàn）养的鸟类，如夏天傍晚时在田禾深

---

① 拟声词，作者当时没想好恰当的，整理时未作填补。

② 拟声词，作者当时没想好恰当的，整理时未作填补。

③ 这种鸟的叫声像“金不换，金不换”，所以有了这个名字。

处咕咕咕咕直啼唤的秧鸡，全身乌黑，行动飞快，声音虽极单纯，调子可极特别，若当大白天则一声不响。大白天多的是竹林中的画眉鸟，或锐声长呼“婆婆酒醉”“婆婆酒醉归”，等到人逼近时，才一哄飞散，可是在另外竹林中，又重新放歌。这种画眉本地人或叫竹雀，或叫洋画眉。

另外还有种土鹦哥，形象极不美观，一身毛色也只灰扑扑的，且显得野性习惯，顽劣无以复加。乡下人设套捉来时，放竹笼中，初期不吃不喝，拒绝饮食，且必碰笼，直到头部茸毛脱尽仍不屈服。可是懂它的脾气的乡下人，总尽它生气，碰得个毛血淋漓筋疲力尽，又渴又饥时，才再给它一点儿水喝，和米头子吃。过十天半月，就慢慢地转变了。平时声音还是哑嘶嘶的，且极单纯，再过一阵，你才会发现它的聪明天赋。特别是善于摹仿别的鸟声，以至于猫儿声音、小孩子哭声，远比真正红嘴绿色鹦哥或八哥还伶俐懂事，领会别的生物声音能力还强，学来更逼真。一到和人表示亲善后，就特别亲人。本城里多的是军人，在镇道两衙署当公差的军人，真正公事并不多，却善于栽花养鸟。我还记得和我近邻那个滕老四，家中养得有八哥和土鹦哥，滕老四上街时，经常就提了个竹丝鸟笼，那只土鹦哥却在他肩头上站立，有时又远远飞去，等待主人。

（根据两种初稿　1992年沈虎雏整理）

霁清轩杂记

（一）

那么大热天，除了打仗和赶考，普通在学校里长年和书本相对的人，如果办得到，都实在需要抛下书本，暂时换个方式休息休息！气候既已入伏，学校一放假，每家有孩子的都回了家。住处宽广的或不甚觉得有问题，住处小可就糟了。我家中两个顽童都正是好事喜弄的顽童时代，生命力既十分旺盛，又还不到政治活动的年龄，放假后，终日在宿舍几个小小房间中转来转去，手脚似乎总容易相撞相挨，每天都不免要发生三五回小规模争斗。结果假期一来反而对大人是一种负担。想起国内战事新闻，常常说是“此来彼往，地面既辽阔，始终碰不着。”十万八万人的行动，地面一宽广，存心互相屠杀的还彼此碰不着。何况是两个人在一所大园子里？因此如有所悟，和太太一商量，就依然把孩子们带出城了。

到郊外大园子来，我们住的还是去年那一所房子，属于霁清轩一部分。房屋在低处，门前又临溪，初来时，房中竟霉得如一块待加作料的豆腐乳，到处都生了毛。但只要稍微习惯，且不担心到自己灵魂也生毛，一到这里，就可说是名副其实的避暑，抽象的或具体的热全不会到头上来了。并且站在门前一望，即会明白霁清轩的主要建筑，原像是拿来看的。最好看处也就是从我住处向上望。不拘早晚，那所主要房子，那长廊一搭，那个亭子，那石头间大松树和小小虎耳草，人工天然，都仿佛配置得有点儿宋人画意。

顽童们自然不会喜欢宋画，除被迫写字勉勉强强留在书桌边一会会，都只想向园中空阔处跑跑，或去后山掘蚯蚓钓鱼，或去另一个地方看人家比赛游泳。最能引起他们兴趣，并作话题讨论的，还是看守园子的工人，舞着二三丈长钓竿，在长廊前白石栏干[①]边，用小蛤蟆作饵钓取王八。有时终日毫无所获，有时又一举即可将依隐于莲梗水藻间的八大王后代曳之上钩。很奇怪，有一次和孩子们在长廊前石栏边看人钓取这种圆滑水族时，同时却听另外几个游人，正议论到立法委员运烟土事。两件不同事情同时混入印象中，好像无意中触犯了谁的忌讳，竟使我不能不赶紧离开那个地方。

园子中既有了这些新奇活动，孩子们不必要的阋（xì）墙之争，自然就不会延长扩大到不易收拾，也不需要谣言人事来点缀耳目了。所以这里气候人心都并不怎么热。

---

① 即栏杆。

（二）

霁清轩大门在谐趣园一角，陌生人却不容易发现。门前石板路倒还有意思，据说是慈禧太后听人说故事的地方，按时老婆子必坐在一个石磴子上听故事，每天说一回。照我估想，可能会说到《红楼梦》中贾母和刘姥姥。相去不过四五十年，可想象不出当时说故事的排场了。现在谐趣园多的倒是刘姥姥和板儿，因为既无贾母也无慈禧，所以现代刘姥姥和板儿，就居多坐在廊上剥南瓜子吃东西。谐趣园外对宫门直上是“乐农轩”，一列东向房子很朗畅，现在住的却像是军官眷属，常有几辆自行车搁在花树下。除了有几只肥母鸡，还配合风景，此外已找不出农家气象。刘姥姥和板儿，即或偶然从那条路上景福阁，也一定不会想起这里原是为了模仿他们生活而布置的地方！

霁清轩前虽已无从想象慈禧听故事的光景，现在却尚有三种声音交替，早晚是可以印证唐人诗“鸟鸣山更幽”的黄鹂，白天是代表“多数一致”的知了，夜里是象征衰飒迟暮的鸣蛩（qióng）。一进门院坪空空的，迎面是霁清轩，廊柱楹桷全髹（xiū）绿漆画上紫藤，别致得不免有一点儿俗气。如果是老款式，可能是新装璜，在油漆时把颜色配走了样子，所以给人印象是建筑与装饰不大调和。且不像是乾隆俗，很像慈禧时代的俗，如清末广东作风，和慈禧艺术鉴赏程度相近。轩背后是个斜坡，利用天然一片大石头作成。石头在半中摺绉了一下，摺绉处就成了一道溪流，从后湖引了一绺活水穿石而过。坡度既相当斜，涧中又有些石头阻塞，活水下漱于是琤（chēng）琤琮（cóng）琮仿佛有点儿琴韵。白天受知了吵杂混耗，水声不觉得怎么大，入晚却十分动听。所以两边高处一所房子，就名清琴峡。

霁清轩和清琴峡都是乾隆题的名，清琴峡房子有两个对面炕，格局小而精致，很可能乾隆慈禧前后都住过，乾隆还在那炕上听泉赋诗，或坐在门前大石磴子上赏玩野景。现在这房子却归一个女天才住下，终日盘坐在炕上临摹画卷。房子虽还是乾隆派，房中却有了点儿“魏晋”空气和“文艺复兴”意味。

就全个霁清轩说，在颐和园中算是最有丘壑一所房子。一共四栋可以住人，分置在上上下下，用一条能起回声的长廊连接。目前对这种回声发生兴趣的是几个顽童，当年说不定还曾引起帝王太后抚掌莞尔！长廊一面代围墙，一面作甬道，还有格致。走廊设计比谐趣园的有隐显曲折，只是下面还有个小小过廊亭子，似近于蛇足。这亭子前不仅是装饰，还有点儿实用意思，或者就和我住的一所房子关系深切了。

我住的一所发霉房子没有匾额，曾经作过浴室，从墙边砖砌水塔看，可能是民国以来修整过，本来即装置的。房中还留下有两个水管口，房中有一个大炕，可容八个人同睡。如慈禧曾经这里用过浴，应当有一似通非通一匾额象征重要。既无匾额，倒很像宫女住的一间下房了。所以那个过廊亭子，可能是宫女等待听候使唤的地方。

我门前越水而过，是个石板桥，石头大大的，水流得很活，照乾隆脾气，可能和我家顽童一样，还在上面洗过脚。这些事自然多近于估想。从现实学习，是大炕上曾发现二寸长蜈蚣一条，和几只相貌奇古行动伶俐的灰茸茸小壁虎。蜈蚣夜里不知如何钻入被中，被我胡乱揉死，居然不被这小小毒虫咬叮，可谓幸运。壁虎长日在窗口爬来爬去，用蚊虫作食饵，主客之间倒似乎还相处得来。

（三）

全院中除了可供人住的四栋房子，大石堆高处还有个独立绿漆方亭子，亭子四围大石间还生长有几株松树，树大已合抱，姿势派头都蛮好看，也许还是乾隆眼看到小太监移植的。亭子下面看稍大一点儿，在亭中却大小合式。当时如在上面奏细乐，于月白风清之夜，与景物还相称。现在最大用处是从下面看看，为主要建筑霁清轩配个风景。颐和园有许多房子，当时的设计，似乎供人看的意义都重于居住。霁清轩是其中之一。许多房子宜于从外面看，远处看，如排云殿西的画中游，湖中心的龙王庙。许多地方又像是为看别的房子而作，如景福阁，瞩新楼。霁清轩却宜于在院子里看，而且特别宜于从我住的窗口或帘前看去。房屋树石都布置很恰到好处，不拘早晚都有意思。

孩子们到这里来，手足和心灵俨然都得到了解放，不出门也就在院子中流水边玩。这条水既贯穿院子而过，离我住所门前不过一丈五尺。所以大人从实用上说也终日离不开这条水。大顽童本名龙龙，因此每天必去龙王庙前面学跳水，每天泡三两点钟，半月来晒得全身如一条紫豇豆。小的名叫虎虎，因为下水时不甚多，却把全院子当成鲁滨孙的荒岛，各处去寻觅发现，一草一木都清清楚楚。画全院平面图时，一件东西都不曾忘掉。最熟习的还是一条流水，上下游都十分熟习。某个水边树根下有几只蛤蟆螃蟹，石板桥下一共有几只虾子，一共有几种鱼，某一种鱼又在什么地方，都可领带客人参观。不过大人中真有童心热心参观的，可能只有一位哲学教授。这条流水虽只有二三尺宽，十来丈长，却容纳了不少水族，即以长及一尺的常住鱼而言，就共有三种，不下十来尾。提到这一点儿，一定会有人问，“有那么多鱼，怎么不下手？难得鱼不是可以……？”事情奇怪，就真不下手！即好事的顽童小虎，却也只在水边上下徘徊，睁着一双大眼睛欣赏水中一切活动。即或下水玩，也像是和这些水族相互之间都有种了解，各不相犯。为的是他和鱼都知道，这里和平还是从二百年前就决定下来了的！原来这一道小小溪涧，虽无多少曲折，却有一点儿丘壑。设计时虽若半就天然石头绉摺断折处引水下泄，却已注意到一衣带水的效果，本来只重在引水漱过时作出一点儿琴韵，石头下有许多处都淘得空空的，结果却成了鱼虾的安全窝。水中的鱼只能作濠（háo）上鉴赏，可不宜具染指遐想。更重要的也许还是到了这个地方，吃鱼已不成问题。北平是一片平地，西山山沟地泉引出的水相当清冷，汇集在昆明湖三海和十刹海，面积虽不小，可不会产生什么怪鱼。然而昆明湖却有六七种鱼类。南方江河中生产的鳜鱼，性情本来十勇猛矫捷，宜于在深潭急浪中活动，在这里却算是昆明湖特产，大的竟到五六斤重，已为本地人取了个文绉（zhòu）绉[1]名字，名叫“花鲫”。据说寄身处多在石舫以西，水比较活又比较暖的荷丛中，可知这种鱼的祖先，还是好事的帝王或贡谀的幸臣派人从江南带来的！我们在这里经常吃的是鲘（hòu）鱼，有时每尾大到廿[2]斤重，宰割时简直如一头小猪！……因此一来，霁清轩流水中尺来长的鱼类，就十分自然的享受了人间和平，不至于作釜中之泣了。

就全院中丘壑设计说，霁清轩或应数颐和园百十所住宅最具有逸格雅趣的一所。我说这个可不是隐逸自赞可以长住意思，恰恰相反，说明这个地方实在只宜短期居住。我们的住屋似乎稍湿了一点儿，不到半个月，房中书籍、衣物、肥皂、药品、几乎都发了霉，长了绿毛。在窗口看景致，听泉声，究竟只宜于较短时期。顽童们八月廿以后即上学，筹备学费是家长秋天第一课。为了这个问题，坐在窗前站在水边都解决不了。所以万寿山高处看秋月，恐得要放弃了。

（四）

顾和园中百十所单独院落，三十年前原由政府指定作逊位后的清皇室居住。二十年前改租普通人，因为进出不怎么方便，园里十分荒凉，还

---

① 形容人谈吐、举止文雅的样子。

② 廿（niàn）：二十的意思。

只是少数人短期过夏，可赁出一部分，居多都上了锁，空在那里。并且来住的多带一点儿抒情成分，养病避暑意味。普通人或无此从容，或无此兴味。直到去年我们来住时，早晚在山道上散步，还可和一些老绅士样子，或一对对情侣度蜜月样子，能领会湖山景色，也对历史文化还有感兴的寄居者彼此碰头，不交一言而各得其所。今年住的人就已大不相同。若从行动测文化，今年似乎已换了一种文化。后山早晚散步的人已不多，不拘男女，饭后在长廊栏干间歇脚谈天的数目却已大大增加。（正和琉璃厂的春天逛厂甸一祥，看字画，买书籍的人已大减，多的却是买冰糖葫芦和麦秆风车的市民。）从小事测时代，时代的确已显明的变了。这件事刺激我们的不甚多，刺激真正老住户的应当还多。园中够得上老住户的人有几位特别值得一提。一是北方画家溥心畬，和宣统为近属兄弟。溥仪在东北作日本人傀儡，“康德”了十多年，北平沦陷又八年，多少有头脑的知识分子，都被拖下了水，与日人亲亲热热，忘记自己本分。心畬王孙却决不为人利用，不染一点儿污浊，自从把那座老王府卖给辅仁大学后，只住在颐和园里作画，十多年如一日。不提别的，即这点性格就够个艺术家！二十年来画笔似未见特别变化，作人风度却值得史笔一书。

（五）

全园子一天中最佳妙处，是清晨和黄昏，整个湖山的寂静，似乎只归三五人享受管领。然而也正象征了这是一个“过去”的场面。没有人，那受得了！“现代”有个特点，即是人。一切为“人”，一切要“人”注意，也即是在心理分析上的人的懦怯性。一个人如能离开人，所需要的勇气实比接近人还大得多。所以关于游逛，我以为一个外来普通陌生人，实应当照顾照顾作向导的，花一点点钱，即可听一听似真非真的掌故，或在铜牛铜狮前照个相，再让他领带到一个什么馆子吃顿便饭，我相信这是间接繁荣颐和园的方法。因此有许多游逛程序，我不想在这个小文章上提及。我待说的是一些三五年前或十多年前到过这园子里的读者，旧地重游如不容易，却想提几件事作为他的印象温习。第一是这个大园子近来托文物整理委员会的福，应修理油漆的地方都花了点儿钱，收拾一遍。如排云殿前大牌楼，是经改成钢骨水泥建筑，一切保存原来式样，只是油漆时彩绘不太好看，可能是材料不大合用。山顶上那座琉璃庙宇“智慧海”，业经大加修理，并且已经开放，泥菩萨座前，有了穿洋装的绅士和摩登女郎上香叩头。里面照明是用电灯，像是力求佛堂空气肃穆，电灯还是暗暗的，如许多庙宇长明灯样子。后山那一组毁废了的西藏式庙塔也重新打扫整顿，且开放了一座有铜罗汉的殿堂。工程还在进行，可能有些会被收拾以后，反而失去了游人到此本来应有的颓毁沧桑兴亡感慨，尤其是修补的材料大有问题。较重要的改造是逼近青龙桥的后宫门开放，新作了个大照墙，宫门正在油漆彩绘。这一来对于逛园子兼游西山玉泉的人真方便不少。据闻待修理的，还有“画中游”那座不大美观的楼房，和大庆寿的“德和园”大戏楼。两种工程都相当大，似乎还无款项可拨。照朋友意见，画中游还是听它倒掉好些，因为地面逼窄，楼廊挤得紧紧的，真不美观！德和园大戏楼，是谭鑫培杨小楼奏过技的地方，在戏剧史上即十分重要，还值得保留个样子。建筑高大，重量完全担负在二十来根柱子上，听说从上面漏水，这工程要着手可一定费点儿心思。全园子管理已有了较大进步，凡有人走的地方，每日都有工人分区负责打扫得干干净净。又多开放了几处陈列室，尤其是乐寿堂前和两厢房子的开放，陈列了些晚清工艺品，似乎是慈禧大寿时各总督，使节，大小宗室官吏的贡品，很可以测验出慈禧太后对于摩登事物的嗜好，以及十九世纪末叶带洋派美术品的标准纪录。有心人一看到这类海上风光和广舶款式，也可知这个大帝国必然快要结束。前两天曾见到一群休假美国官兵，各人提了一具照相机（有的还提大小两具），跟随两个矮矮黑黑的翻译人员到那所陈列室，停留在一些假洋鬼子用的银餐具和镀金餐具旁，说明纸上明明写着银器，那译员却肯定说是老佛爷自用金器。大家既不认识中国字，也不认识美术品好坏，倒落得东单小市或廊房头条银饰铺多做几笔生意。（这些无知的洋兵正可去铺子里照样购货！）前不多久就闻有个什么美国读书人，花四百美金去买一个假洪宪磁瓶，正和美国政府看中中国官僚一样，看错了货色，他人还说不得！颐和园还有一道门开放，对游人实在方便，即在山头上前后山之间，隔绝了智慧海与排云殿那一道山门。多年来都像是怕走风水，闭得紧严严的。全园子面积既相当宽，因此许多人，游逛时，都得考虑考虑足力，好决定行动。一经开放，足力即不大健全的老太太，不问是刘姥姥或是贾母，也可以多逛几处地方，且爬到灵山顶上到菩萨面前叩头了。照她们生长时代的习惯说来，这真是一种功德！中国还是个需要神的时代，不仅仅是些妇人，许多小孩子，也正从另外一种人造的偶像中学习跪拜。要他们相信自己和科学可以重造这个世界，还要些时间！

（六）

园子虽处理得相当整洁，春夏秋星期天游人也分外多，惟在里边开馆子作生意的，可似乎不怎么景气。那些上了点儿年纪的掌柜伙计，可能还记得抗战前数年热闹光景，客人座次不敷用，还得排号次招待！现在长廊上逢星期天尽管游人如织，这些人可都十分现实，除了外来乡巴老，和什么特种人物，坐坐馆子，本市住的游人，多知道自备吃喝。所以这些掌柜伙计好像随时都在打哈欠，当冲处尚或有几个座，得勉强打起精神来周旋呼应，厨房中也随时可听到一片面杖锅铲声响，事实上仍不免令人起寂寞之感。至于背境处，如后山松堂，那么一个幽静林子，茶座却永远是空空的。说深远一点儿，他们应当反美反内战！因为最初是复员美军用罐头包装食物的廉价销售，大家为省事起见，即多自备所需，选择地方食用。内战一延长，近来游客索兴把馍馍窝头也带进了园子。因此一来，开馆子的自然只能把十年前全盛时代当成一种历史向往了。

（七）

谈人事如今正是个多忌讳时代。并且许多人耳朵眼睛都像是不大关事，一件事一句话只要说出去，就总有人歪歪曲曲的来检讨、傅会、申引。所以不如谈谈园子中的虫鸟，作为我这小文结束。

颐和园鸟类相当多，春天的鸣鸟和秋天的季候水鸟，可惜我不很清楚。至于夏天的山鸟，似乎即有十多种。我欢喜不声不响的戴胜，每逢见它在树枝间蹿跃，就好像见到一个老朋友。因为流寓云南乡间八年，每逢在田坎上散步，即必然可碰到戴胜、鹡鸰和云雀。鹡鸰欢喜两两相伴，一面叫一面飞，并点头起伏于麦田中。云雀却如雪莱所描写，先是在草丛中此唱彼和叫得发欢，随后即扶摇盘旋而上，一面叫一面向上飞，直到眼中看不见时，忽然又急剧下堕，钻入草丛中，混于那个在草丛中鸣食的群里。尤其是阵雨过后，天气放晴，天边尚有断虹如一片彩帛悬垂在山边时，这些快乐小鸟，小嗓子叫得真是全生命的欢欣！戴胜却居多痴痴傻傻的站在大路旁，对面前游人望着，好像痴情又像好奇，有时还把头顶上有绒穗子冠毛矗矗，引人注意，直到逼近时，才一翅飞去。这种情形下多不鸣叫。鸣叫时却有季节性，坐在人家屋脊上，骨骨骨骨很庄严的叫下去。叫过一阵就沉默等待远处应和，轮到它时才又再叫。园中的戴胜多在树枝间闪忽即逝，地方环境不同，似乎也影响到这种鸟类性情。其次是荷池间寄身的翠鸟，一身绿得如一片翠玉，却比翠玉多有一种流动生命。平时静静的斜据荷梗间，一声不响，专心一志注意到水面。机会一来，即如一支绿箭向水面射去，将尖喙插入水中，把目的物刺中，随即又衔目的物向荷花深处消失。行为灵敏而神奇，使人惊讶造物者之巧慧和深思！但这园子中的鸟类，还是鸣声奇美的黄鹂有意思。声音实在有情感，有个性，有生命。常常是早晚于林木深处树杪独奏而远处遥遥应和。歌呼交替可说毫无情欲味，却于清朗圆澈中俨若象征一种永恒的统制与管领，在时空两者间唯我独在。因自信而自尊，高低应和中尤具有乐律中的对比性。仿佛是自然哲学，和高级数学，和热情诗歌三种混和物。这个混合虽已无从再分解，然而却依旧能给这三种不同最高心智以一种深刻的激发和启示。歌声且具有一种希奇效果，即不在绵延不绝的连续，却在由短期歌呼以后带来的静默。静默时比歌呼更动人。或给人“山静似太古，日长如小年”感觉，或给人“曲终人不见，江上数峰青”联想。照例是从这个歌呼中把生命比成自然一部分，如与宇宙相契合。如果人生还可照哲学或音乐字面来解释，实接触了一种更真实的不同的人生。如果人生只能照“政治”字面来解释，那这一群鸟的存在，真无什么用处，倒不如听一个冒昧人一一用猎枪弹去好，因为唱的全是高调，在现实时代中，真太不现实了。其次是占时间空间都分外多的“知了”，多据树枝高处，终日作单调急切的聒噪。声音彼此如一，却汇合成一片宏壮，填满了酷夏空间。本身体积相当小，嘴尖尖的如一枚针，一身分量轻轻的，全身带流线型。视觉官能因不大运用，已不太灵敏。然知寄托高枝，即不至于为顽童所损害。个体生命虽极短促，全部歌唱却可一直延长到深秋。阵雨来时，歌唱不免要停一停，一会儿雨过天霁，又即是吾家天下。这小虫且有一个特点，即一切树枝上都可以栖身，虽各在不同树梢头，早晚鸣声起落却整齐划一，统一性若自天生。昔人对于蝉的词赋，常说居高而饮洁，都不免富有一点儿自我恋意味。中医喜用蝉蜕作药引，也充满象征意味，许多病药中，都得加入三五只这种空壳，以为即可将药性散发去毒清火！现代人对于这种生物情感，自然已不大相同。一致性的合唱，虽情调激越，大可用来象征什么要求，由于干燥少个性，引用作诗歌比兴的就不多。正相反，所唱的虽是一种求生的本能，因为反复单调，即明白易懂，但其他不同类生物听来，却不免感到神经麻木疲乏，听来会觉得比流水还少感情！情绪模糊而见解沉闷，有时便如读现代诗和现代文学论文把字撤散后重新随意排成的版面一样。所代表的意义，和真正人间语言文字是完全不同的。第二种是鸣蛩，这一属包括有四五种能飞善跃的昆虫。声音多发自草间，也可说是草莱之士的表现。一般言来，这些生物都胆小而善良。个子不大，欲望不奢。同类之中即或也不免有小小战争，却近于小规模短时间发生冲突，极容易解决。所争的且可能是一点儿意气，为的是这类生物大都早已成熟，声音中即可听出。比如蟋蟀，所争的虽同样是食与性，惟食量既有限，有些且照例拥有两三位太太，得失之争虽激烈，依然近于面子。有些能飞善跃的螽斯，且仿佛是天生素食主义者，且对于生存富有幽默感。所以振翅熠熠作声时，居多倒如赞美本身存在，别无意义。有的虫类又鸣声迫促，单调反复恰如私塾中小学生背书，背来背去，大家都睡着了。有的又如老太太念灶王经，只自己求个心安理得，毫无其他损人利己的意思。不过这些小虫声调似乎都有个共通性，即迟暮衰飒感。这也许是……上帝意思，这时代既不需要神，就说是“自然”也成。自然在许多许多方面的配备，未必以人为中心。但这种草虫清音的合奏，却可以照诗人的解释，说是为安慰大地的疲劳而有，未尝不合理。对于人，则这种虫类多于衰草颓垣间歌呼，且整夜不息，这就不止是象征衰老，简直是衰老一个部门！

（八）

霁清轩除了三种声音，还有一种虽无生命却仿佛若有生命，虽反复单调却令人起深沉之思的声音，即那一绺穿院而过的流水作成的琤琮。仁智所乐而逝者如斯，本身虽无生命，但那点儿赴海就壑一往不回的愿力和信心，却比一切生命表示得还深刻永久，且作了历史上重要心智以种种启示。滋育万物而不居其功，伟大处为“无私”，一个人悟无生宜从此始……

八月七日　霁清轩中

市集

廉纤的毛毛细雨，在天气还没有大变以前欲雪未能的时节，还是霏霏微微落将下来。一个小小乡场，位置在又高又大陡斜的山脚下，前面濒着躴（lāng）躴儿的河，被如烟如雾雨丝织成的帘幕，一起把它蒙罩着了。

照例的三八市集，还是照例的有好多好多乡下人，小田主，买鸡到城里去卖的小贩子，花帓头大耳环丰姿隽逸的苗姑娘，以及一些穿灰色号褂子口上说是来察场讨人烦腻的副爷们，与穿高筒子老牛皮靴的团总，各从附近的乡村来做买卖。他们的草鞋底半路上带了无数黄泥浆到集上来，又从场上大坪坝内带了不少的灰色浊泥归去。去去来来，人也数不清多少。

集上的骚动，吵吵闹闹，凡是到过南方（湖湘以西）乡下的人，是都会知道的。

倘若你是由远远的另一处地方听着，那种喧嚣的起伏，你会疑心到是滩水流动的声音了！

这种洪壮的潮声，还只是一般做生意人在讨论价钱时很和平的每个论调而起。个中虽也有遇到卖牛的场上几个人像唱戏黑花脸出台时那么大喊大嚷找经纪人，也有因秤上不公允而起口角——你骂我一句娘，我又骂你一句娘，你又骂我一句娘……然而究竟还是因为人太多，一两桩事，实在是万万不能做到的！

卖猪的场上，他们把小猪崽的耳朵提起来给买主看时，那种尖锐的嘶喊声，使人听来不愉快至于牙齿根也发酸。

卖羊的场上，许多美丽驯服的小羊儿咩咩地喊着。一些不大守规矩的大羊，无聊似的把两个前蹄举起来，作势用前额相碰。大概相碰是可以驱逐无聊的，所以第一次訇的碰后，却又作势立起来为第二次预备。牛场却单独占据在场左边一个大坪坝，因为牛的生意在这里占了全部交易的四分一以上。那里四面搭起无数小茅棚（棚内卖酒卖面），为一些成交后的田主们喝茶喝酒的地方。那里有大锅大锅煮得“稀糊之烂”的牛脏类下酒物，有大锅大锅香喷喷的肥狗肉，有从总兵营一带担来卖的高粱烧酒，也还有城里馆子特意来卖面的。假若你是城里人来这里卖面，他们因为想吃香酱油的缘故，都会来你馆子，那么，你生意便比其他铺子要更热闹了。

到城里时，我们所见到的东西，不过小摊子上每样有一点儿罢了！这里可就大不相同。单单是卖鸡蛋的地方，一排一排地摆列着，满箩满筐的装着，你数过去，总是几十担。辣子呢，都是一屋一屋搁着。此外干了的黄色草烟，用为染坊染布的五棓子[1]和栎木皮，还未榨出油来的桐茶子，米场白濛白濛了的米，屠桌上大只大只失了脑袋刮得净白的肥猪，大腿大腿红膩膩还在跳动的牛肉……都多得怕人。

不大宽的河下，满泊着载人载物的灰色黄色小艇，一排排挤挤挨挨的相互靠着也难于数清。

集中是没有什么统系制度。虽然在先前开场时，总也有几个地方上的乡约伯伯、团总、守汛的把总老爷，口头立了一个规约，卖物的照着生意大小缴纳千分之几——或至万分之几，但也有百分之几——的场捐，或经纪佣钱、棚捐，不过，假若你这生意并不大，又不须经纪人，则不须受场上的拘束，可以自由贸易了。

到这天，做经纪的真不容易！脚底下笼着他那双厚底高筒的老牛皮靴子（米场的），为这个爬斗，为那个倒箩筐。（牛羊场的）一面为这个那个拉拢生意，身上让卖主拉一把，又让买主拉一把；一面又要顾全到别的地方因争持时闹出岔子的调排，委实不是好玩的事啊！大概他们声音都略略嚷得有点儿嘶哑，虽然时时为别人扯到馆子里去润喉。不过，他今天的收入，也就很可以酬他的劳苦了。

……

……

因为阴雨，又因为做生意的人各都是在别一个村子里住家，有些还

---

① 即五倍子。寄生在盐肤木上的五倍子蚜虫刺激叶细胞而形成的虫瘿，表面灰褐色，含有鞣酸。可入药，也用于染料、制革等工业。

得在散场后走到二三十里路的别个乡村去；有些专靠漂场生意讨吃的还待赶到明天那个场上的生意，所以散场很早。

不到晚炊起时，场上大坪坝似乎又觉得宽大空阔起来了！……再过些时候，除了屠桌下几只大狗在啃嚼残余因分配不平均在那里不顾命地奋斗外，便只有由河下送来的几声清脆篙声了。

归去的人们，也间或有骑着家中打篩的雌马，马项颈下挂着一串小铜铃叮叮当当跑着的，但这是少数；大多数还是赖着两只脚在泥浆里翻来翻去。他们总笑嘻嘻的担着箩筐或背一个大竹背笼，满装上青菜、萝卜、牛肺、牛肝、牛肉、盐、豆腐、猪肠子一类东西。手上提的小竹筒不消说是酒与油。有的拿草绳套着小猪小羊的颈项牵起忙跑；有的肩膊上挂了一个毛蓝布绣有白四季花或“福”字、“万”字的褡裢[1]，赶着他新买的牛（褡裢内当然已空）；有的却是口袋满装着钱心中满装着欢喜——这之间各样人都有。

我们还有机会可以见到许多令人妒羡、赞美、惊奇、又美丽、又娟媚、又天真的青年老奶（苗小姐）和阿妋（苗妇人）。

一九二五年三月二十日

于窄而霉小斋作

① 褡裢（dā lián）：长方形的口袋，中央开口，两端各成一个袋子，装钱物用，一般分大小两种，大的可以搭在肩上，小的可以挂在腰带上。

人物集

流光

上前天，从鱼处见到三表兄由湘寄来的信，说是第二个儿子，已有了四个月，会从他妈手上做出那天真神秘可爱的笑样子了，我惘然想起了过去的事。

那是三年前的秋末。我正因为对一个女人的怀恋得到轻蔑的报复，决心到北国来变更我不可堪的生活，由芷江到了常城[①]。三表兄正从一处学校辞了事不久，住在常城一个旅馆中。他留着我说待明春同行，本来失了家的我，无目的的流浪，还有什么不可？自然就答应他了！我们同在一个旅馆，又同在一间房；并且还同在一铺床上睡觉。

无钱也正同如今一样。不过衣衫比这时似乎阔绰一点儿了，我还记着我身上穿的那件蓝绸棉袍，初几次因无罩衫，竟不大好意思到街上去。脚下那英国式尖头皮鞋，也还是新从上海买的。小孩子的天真，也要多一点儿，我们还时常斗嘴哭脸呢。

---

① 即常德。

也许是还有别种原故吧，那时的快乐心情，比如今便要高兴得多了。并不很小的一个常城，大街小巷，几乎被我俩走尽。尤其感生兴味不觉厌倦的，便是熊伯妈家中与F女校了。熊家大概是在高山巷一带，这时可稍稍模糊了。她家有极好吃的腌莴苣，四季豆，醋辣子，大蒜；每次于我们到时，都会满盘满碗从大覆水坛内取出给我们尝；F女校却是去看望三表嫂——那时的密司易而常常走动。

我们同密司易是同行。但在我未到常以前却没有认识过。我们是怎么就认识，这时却想不起了！大概是死去不久的漪（yī）舅母为介绍过一次。……唔！是了！漪舅妈在未上轮过汉口以前，原是住到伊校中！而我们同二表兄到伊校中去会过伊。当第一次见伊时，谁曾想到这就是半年后的三表嫂呢！这在他两人本身上，也许已发见了一种特别足以注意的处所！我们在归途路上时，似乎就说到伊身上去。

伊那时是在F女校充级任教员。

我们是这样一天一天的熟下去了。在两个月以后，我们差不多是每天要到伊处一次。其实我们旅馆去F校，已有到三里远近距离。间或因到有一点儿别的事情——如有客，或下雨，但那都很少，——不能于下午到F校同上课那样按时看望伊时，伊每每会适如其来的从校役手中送来一封信。信中大致是有事相商，或请代办一点儿……事情当然是真。不过，事情总不是那么很急应得即时办就的，就是再延缓到一天两天——到一礼拜也还不至于误事！不待说，她们是在那里创造永远的爱了。

不知为甚，我那时竟会这样愚笨，单把兴味放在一架小小风琴上面去了，全没有发现自己已成了别人配角。

三表哥是一个富于美术思想的人。他会用彩色绫缎或通草[①]粘出各样乱真的花卉，又会绘画，又会弄有键乐器；性格呢，是一个又细腻，又懦怯，极富于女性的，搀合粘液神经二质而成的人。虽说是几年来长到外面跑，做一点儿清苦教员事业，把先时在凤凰充我小学校教师时那种活泼优美的容貌，用衰颓沉郁颜色代了去一半，然清癯（qú）的丰姿，温和的性格，在一般女性看来，依然还是很能使人愉快满意的丈夫啊！

在当时的谈话中，我还记着有许多次数不知其所以便到了恋爱线上去。其实这也不过很自然的一会儿事！然而这时想来，便又不能不令人疑到两方的机锋上都隐着一个小小针。我们谈到婚姻问题时，伊每每这样说：

“运用由书本上得来一点儿理智，——虽然浅薄，——便可以吸引异性虚荣心，企慕心，为永远或零碎的卖身，成了现代婚姻的，其实同用金钱成交的又相差几许？……我以为感情的结合，两方各在赠与；不在获得。……”

她结论必是“我不爱，……其实独身还好”。这话用我的经验归纳

① 植物名，全名通脱禾。茎中有白色液体，可用于制作通草花或工艺品。

起来，其意正是：

——我没有满意我过去所见的男性，故不愿结婚。

一个有资格为人做主妇，为小孩子做母亲，却寻不到适意对手的女人，大凡都是这么说法。这正是一点儿她们应有的牢骚。伊当然也不是什么例外。

凡是两方都在那里用高热力创造爱时，是谁也会承认这是非常容易达到“中和”途径的！于是，不久，他们便都以为可以合作生活下去，好过这未来的春天了。虽然他俩总也会在稍稍沉静时，偷偷的察觉到对方不足与缺憾，不过那时的热情狂潮，却已自动的流过去弥缝了。所以他们就昂然毅然……自然别人没法阴间也不须阻间。

这消息传出后，就有许多同伊同学过的姐姐妹妹，不断的写了些在她以为是尽忠告的信来劝伊应当再思三思：这不过是一些不懂人情不明事理人的蠢话罢了！那能听的许多？

在他们还没有合居以前，我为着不可抵抗的命运之流又冲到别处去了，虽然也曾得到他们结婚照片，也曾得过他夫妇几次平常的通讯。

不久，又听到三表兄已为一个孩子做父亲了；不久，又听到小孩子满七天时得惊风症殇掉了！……在第一次我叫三表嫂，三表兄觑（qù）着我做出会心的微笑，而伊却很高兴的亲自跑进厨房为我蒸清汤鲫鱼时，那时她们仍在常住着；我到她寓中候轮。——这又是去年夏天的事了！

在这三四年当中，她生命上自必有许多值得追怀，值得流泪，值得歌咏的经过；可是，我，还依然是我！几年前所眷恋的女人，早安分的为别人做二夫人养小孩子了！到最近来便连梦也难于梦见。人呢，一天一天的老去了！长年还丧魂失魄似的东荡西荡，也许生活的结束才是归宿……

不毁灭的背影

“其为人也，温美如玉，外润而内贞。”

旧人称赞“君子”的话，用来形容一个现代人，或不免稍稍迂腐[1]。因为现代是个粗犷、夸侈、褊（biǎn）私、疯狂的时代。艺术和人生，都必象征时代失去平衡的颠簸，方能吸引人视听。“君子”在这个时代虽稀有难得，也就像是不切现实。惟把这几句作为佩弦先生[2]身后的题词，或许比起别的称赞更恰当具体。佩弦先生人如其文，可爱可敬处即在凡事平易而近人情，拙诚中有妩媚，外随和而内耿介，这种人格或性格的混和，在做人方面比文章还重要。经传中称的圣贤，应当是个什么样子，话很难说。但历史中所称许的纯粹君子，佩弦先生为人实已十分相近。

我认识佩弦先生和许多朋友一样，从读他的作品而起。先是读他的抒情长诗《毁灭》，其次读叙事散文《背影》。随即因教现代文学，有机会

① （言谈、行事）拘泥于陈旧的准则，不适应新时代。
② 即朱自清。中国现代作家。

作个进一步的读者。在诗歌散文方面，得把他的作品和俞平伯先生[1]成就并提，作为比较讨论，使我明白代表五四初期两个北方作家：平伯先生如代表才华，佩弦先生实代表至性，在当时为同样有情感且善于处理表现情感。记得《毁灭》在《小说月报》发表时，一般读者反应，都觉得是新诗空前的力作，文学研究会同人也推许备至。惟从现代散文发展看全局，佩弦先生的叙事散文，能守住文学革命原则，文字明朗、素朴、亲切，且能把握住当时社会问题一面，贡献特别大，影响特别深。从民九起，国家教育设计，即已承认中小学国文读本，必用现代语文作品。因此梁任公[2]、陈独秀[3]、胡适之[4]、朱经农、陶孟和[5]……诸先生在理论问题文中，占了教科书重要部门。然对于生命在发展成长的青年学生，情感方面的启发与教育，意义最深刻的，却应数冰心女士[6]的散文，叶圣陶[7]、鲁迅先生[8]的小说，丁西林先生[9]的独幕剧，朱孟实先生[10]的论文学与人生信札，和佩弦先生的叙事抒情散文。在文学运动理论上，近二十年来有不断的修正，语不离宗，“普及”和“通俗”目标实属问题核心。真能理解问题的重要性，

---

① 中国散文家、红学家。

② 即梁启超。中国近代思想家、政治家、教育家、史学家、文学家。

③ 中国近现代史上伟大的爱国者、革命家、启蒙思想家、民主主义者。

④ 即胡适。中国著名思想家、文学家、哲学家。

⑤ 中国著名社会学家。

⑥ 中国诗人、作家、翻译家、社会活动家。

⑦ 中国现代作家、教育家、文学出版家和社会活动家。

⑧ 中国著名文学家、思想家、民主战士、中国现代文学的奠基人。

⑨ 中国剧作家、物理学家、社会活动家。

⑩ 即朱光潜。中国现当代著名美学家、文艺理论家、教育家、翻译家。

又能把握题旨，从作品上加以试验，证实，且得到持久性成就的，少数作家中，佩弦先生的工作，可算得出类拔萃。求通俗与普及，国语文学文字理想的标准，是经济、准确和明朗，佩弦先生都若在不甚费力情形中运用自如，而得到极佳成果。一个伟大作家最基本的表现力，是用那个经济、准确、明朗文字叙事，这也就恰是近三十年有创造欲，新作家待培养、待注意、又照例疏忽了的一点儿。正如作家的为人，伟大本与素朴不可分。一个作家的伟大处，“常人品性”比“英雄气质”实更重要。但是在一般人习惯前，却常常只注意到那个英雄气质而忽略了近乎人情的厚重质实品性。提到这一点儿时，更让我们想起“佩弦先生的死去，不仅在文学方面损失重大，在文学教育方面损失更为重大”；冯友兰先生[1]在棺木前说的几句话，十分沉痛。因为冯先生明白“教育”与“文运”同样实离不了“人”，必以人为本。文运的开辟荒芜，少不了一二冲锋陷阵的斗士，扶育生长，即必需一大群有耐心和韧性的人来从事。文学教育则更需要能持久以恒兼容并包的人主持，才可望工作发扬光大。佩弦先生伟大得平凡，从教育看远景，是惟有这种平凡作成一道新旧的桥梁，才能影响深远的。

我认识佩弦先生本人时间较晚，还是民十九以后事。直到民二十三，才同在一个组织里编辑中小学教科书，隔二三天有机会在一处商量文字，斟酌取舍。又同为一副刊一月刊编委，每二星期必可集会一次，直到抗战为止。西南联大时代，虽同在一系八年，因家在乡下，除

① 中国哲学家、教育家。

每星期上课有二三次碰头，反而不易见面。有关共事同处的愉快印象，照我私意说来，潘光旦[①]、冯芝生[②]、杨今甫[③]、俞平伯四先生，必能有纪念文章写得更亲切感人。四位的叙述，都可作佩弦先生传记重要参考资料。我能说的印象，却将用本文起始十余字概括。

一个写小说的人，对人特别看重性格。外表轮廓线条与人不同处何在，并不重要。最可贵的是品性的本质，与心智的爱恶取舍方式。我觉得佩弦先生性格最特别处，是拙诚中的妩媚，即调和那点儿“外润而内贞”形成的趣味和爱好。他对事，对人，对文章，都有他自己意见，见得凡事和而不同，然而差别可能极小。他也有些小小弱点，即调和折衷性，用到文学方面时，比如说用到鉴赏批评方面，便永远具教学上的见解，少独具肯定性。用到古典研究方面，便缺少专断议论，无创见创获。即用到文学写作，作风亦不免容易凝固于一定风格上，三十年少变化，少新意。但这一切又似乎和他三十年主持文学教育有关。在清华、联大“委员制”习惯下任事太久，对所主持的一部门事务，必调和折衷方能进行，因之对个人工作为损失，对公家贡献就更多。熟人记忆中如尚记得联大时代常有人因同开一课，各不相下，僵持如摆擂台局面，就必然会觉得佩弦先生的折衷无我处，如何难能可贵！又良好教师和文学批评家，有个根本不同点：批评家不妨处处有我，良好教师却要客观，要承认价值上的相对性，多元

---

① 中国社会学家、优生学家、民族学家。
② 即冯友兰。
③ 即杨振声。中国现代著名教育家、作家。

性。陈寅恪[1]、刘叔雅先生[2]的专门研究，和最新创作上的试验成就，佩弦先生都同样尊重，而又出于衷心。一个大学国文系主任，这种认识很显然是能将新旧连接文化活用引导所主持一部门工作，到一个更新发展趋势上的。中国各大学的国文系，若还需要办下去，佩弦先生这点精神，这点认识，实值得特别注意，且值得当成一个永久向前的方针。

凡讨论现代中国文学过去得失的，总感觉到有一点儿困难，即顾此失彼。时间虽仅短短三十年，材料已留下一大堆。民二十四年良友图书公司主持人赵家璧先生，印行新文学大系，欲克服这种困难和毛病，因商量南北熟人用分门负责制编选。或用团体作单位，或用类别作单位。最难选辑的是新诗。佩弦先生担任了这个丅作，却又用的是那个客观而折衷的态度，不仅将各方面作品都注意到，即对于批评印象，也采用了一个“新诗话”制度辑取了许多不同意见。因之成为谈新诗一本最合理想的参考读物，且足为新文学选本取法。

佩弦先生的《背影》，是近二十五年国内年轻学生最熟习的作品。佩弦先生的土耳其式毡帽和灰棉袍，也是西南联大同人记忆最深刻的东西。但这两种东西必需加在一个瘦小横横的身架上，才见出分量，——一种悲哀的分量！这个影子在我记忆中，是从二十三年在北平西斜街四十五号杨宅起始，到“八一三”共同逃难天津，又从长沙临时大学饭厅中，转到昆

① 中国现代古典文学研究家、语言学家、诗人。
② 中国现代杰出的文史大师、校勘学大师。

明青云街四眼井二号，北门街唐家花园清华宿舍一个统舱式楼上。到这时，佩弦先生身边还多了一件东西，即云南特制的硬质灰白羊毛毡。（这东西和潘光旦先生鹿皮背甲，照老式制法上面还带点儿毛，冯友兰先生的黄布印八卦包袱，为本地孩子辟邪驱灾用的，可称联大三绝。）这毛毡是西南夷时代的氆氇，用来裹身，平时可避风雨，战时能防刀箭，下山时滚转而下还不至于刺伤四肢。昆明气候本来不太热太冷，用不着厚重被盖，佩弦先生不知从何时起床上却有了那么一片毛毡。因为他的病，有两回我去送他药，正值午睡方醒，却看到他从那片毛毡中挣扎而出，心中就觉得有种悲戚。想象他躺在硬板床上，用那片粗毛毡盖住胸腹午睡情形，一定更凄惨。那时节他即已常因胃病，不能饮食，但是家小还在成都，无人照顾，每天除了吃宿舍集团粗粝包饭，至多只能在床头前小小书桌上煮点儿牛奶吃吃。那间统舱式的旧楼房，一共住了八个单身教授，同是清华二十年同事老友，大家日子过得够寒伧，还是有说有笑，客人来时，间或还可享用点儿烟茶。但对于一个体力不济的病人，持久下去，消耗情形也就可想而知。房子还坍过一次墙，似在东边，佩弦先生幸好住在北端。

楼房对面是个小戏台，戏台已改作过道，过道顶上还有个小阁楼，住了美籍教授温特。阁楼梯子特别狭小曲折，上下都得一再翻转身体，大个子简直无希望上下。上面因陋就简，书籍、画片、收音机、话匣子，以及一些东南亚精巧工艺美术品，墙角梁柱凡可以搁东西处无不搁得满满的。屋顶窗外还特制个一尺宽五尺长木槽，种满了中西不同的草花。房中还有只好事喜弄的小花猫，各处跳跃，客人来时，尤其欢喜和客人戏闹。二丈见方的小阁楼，恰恰如一个中西文化美术动植物罐头，不仅可发现一民族一区域热情和梦想，痛苦或欢乐的式式样样，还可欣赏终日接受阳光生意盎然的花草，陶融于其中的一个老人，一只小猫，佩弦先生住处一面和温特教授小楼相对，另一面有两个窗口，又恰当去唐家花园拜墓看花行人道的斜坡，窗外有一簇绿荫荫的树木，和一点儿芭蕉一点儿细叶紫干竹子。有时还可看到斜坡边栏干砖柱上一盆云南大雪山种华美杜鹃和白山茶，花开得十分茂盛，寂静中微见凄凉，雨来时风起处一定能送到房中一点儿簌簌声和淡淡清远香味。

那座戏楼，那个花园，在民初元恰是三十岁即开府西南，统领群雄，反对帝制，五省盟主唐继尧将军的私产。蔡松坡[①]、梁任公，均曾下榻其中。迎宾招贤，举觞（shāng）称寿，以及酒后歌余，月下花前散步赋诗，东大陆主人的豪情胜概，历史上动人情景，犹恍惚如在目前。然前后不过十余年，主要建筑即早已赁作美领事馆办公处，终日只闻打字机和无线电收音机声音。戏楼正厅及两厢，竟成为数十单身流亡教授暂时的栖身处，池子中一张长旧餐桌上放了几份报，一个不美观破花瓶，破烂萧条恰像是一个旧戏院的后台。戏台阁楼还放下那么一个“鸡尾”式文化罐头。花园中虽经常尚有一二十老花匠照料，把园中花木收拾得很好，花园中一所房子中，小主人间或还在搁有印缅总督，

① 即蔡锷。中国近代著名政治家、军事家。

边疆土司，及当时权要所送的象牙铜玉祝寿礼物堆积客厅中，款待客人，举行小规模酒筵舞会，有乐声歌声和行酒欢呼笑语声从楼窗溢出，打破长年的寂静。每逢云南起义日，且照例开放墓园，供市民参观拜谒（yè）。凡此都不免更使人感到“一切无常，一切也就是真正历史”。这历史，照例虽存在却不曾保留下来，保留下来的倒常常是“不见马家宅，今作奉诚园”诗人黍离的感慨！就在那么一种情形下，《毁灭》与《背影》作者，站在住处窗口边，没有散文没有诗，默默的过了六年。这种午睡刚醒或黄昏前后镶嵌到绿荫荫窗口边憔悴清瘦的影子，在同住七个老同事记忆中，一定终生不易消失。

在那个住处窗口边，佩弦先生可能会想到传道书所谓“一切虚空”。也可能体味到庄子名言：“大块赋我以形，劳我以生，佚我以老，息我以死。”因为从所知道的朋友说来，他实在太累了，体力到那个时候，即已消耗得差不多了。佩弦先生本来还并未老，精神上近年来且表现得十分年轻。但是在公家职务上，和家庭担负上，始终劳而不佚，得不到一点儿应有的从容，就因劳而病死了。

广济寺下院砖塔顶扬起的青烟，这两天可能已经熄灭了。能毁灭的已完全毁灭。但是佩弦先生的人与文，却必然活到许多人生命中，比云南唐府那座用大理石砌就的大坟还坚实永久。

八月十九日西郊

友情

一九八〇年十一月，我初次到美国哥伦比亚大学一个小型的演讲会讲话后，就向一位教授打听在哥大教中文多年的老友王际真先生的情况，很想去看看他。际真曾主持哥大中文系达二十年，那个系的基础，原是由他奠定的。即以《红楼梦》一书研究而言，他就是把这部十八世纪中国著名小说节译本介绍给美国读者的第一人。人家告诉我，他已退休二十年了，独自一人住在大学附近一个退休教授公寓三楼中，后来又听另外人说，他的妻不幸早逝，因此人很孤僻，长年把自己关在寓所楼上，既极少出门见人，也从不接受任何人的拜访，是个古怪老人。

我和际真认识，是在一九二八年。那年他由美返国，将回山东探亲，路过上海，由徐志摩先生介绍我们认识的。此后曾继续通信。我每次出了新书，就给他寄一本去。我不识英语，当时寄信用的信封，全部是他写好由美国寄我的。一九二九到一九三一年间，我和一个朋友生活上遭到意外困难时，还前后得到他不少帮助。际真长我六七岁，我们一别五十余年，真想看看这位老大哥，同他叙叙半世纪隔离彼此不同的情况。因此回到新港我姨妹家不久，就给他写了个信，说我这次到美国，很希望见到几个多年不见的旧友，如邓嗣禹、房兆楹和他本人。准备去纽约专诚拜访。

回信说，在报上已见到我来美消息。目前彼此都老了，丑了，为保有过去年轻时节印象，不见面还好些。果然有些古怪。但我想，际真长期过着极端孤寂的生活，是不是有一般人难于理解的隐衷？且一般人所谓“怪”，或许倒正是目下认为活得“健康正常人”中业已消失无余的稀有难得的品质。

虽然回信像并不乐意和我们见面，我们——兆和、充和[①]、傅汉思[②]和我，曾两次电话相约两度按时到他家拜访。

第一次一到他家，兆和、充和即刻就在厨房忙起来了。尽管他连连声称厨房不许外人插手，还是为他把一切洗得干干净净。到把我们带来的午饭安排上桌时，他却承认作得很好。他已经八十五六岁了，身体精神看来还不错。我们随便谈下去，谈得很愉快。他仍然保有山东人那种爽直淳厚气质。使我惊讶的是，他竟忽然从抽屉里取出我的两本旧作，《鸭子》和《神巫之爱》！那是我二十年代中早期习作，《鸭子》还是我出的第一个综合性集子。这两本早年旧作，不仅北京上海旧书店已多

---

① 即张充和。张兆和的妹妹。

② 美国汉学家，张充和的丈夫。

年绝迹，连香港翻印本也不曾见到。书已经破旧不堪，封面脱落了，由于年代过久，书页变黄了，脆了，翻动时，碎片碎屑直往下掉。可是，能在万里之外的美国，见到自己早年不成熟不像样子的作品，还被一个古怪老人保存到现在，这是难以理解的，这感情是深刻动人的！

谈了一会儿，他忽然又从什么地方取出一束信来，那是我在一九二八到一九三一年写给他的。翻阅这些五十年前的旧信，它们把我带回到二十年代末期那段岁月里，令人十分怅惘。其中一页最最简短的，便是这封我向他报告志摩遇难的信：

陈真：志摩十一月十九日十一点三十五分乘飞机撞死于济南附近“开山”。飞机随即焚烧，故二司机成焦炭。志摩衣已尽焚去，全身颜色尚如生人，头部一大洞，左臂折断，左腿折碎，照情形看来，当系飞机坠地前人即已毙命。二十一此间接到电后，二十二我赶到济南，见其破碎遗骸，停于一小庙中。时尚有梁思成等从北平赶来，张嘉铸从上海赶来，郭有守从南京赶来。二十二晚棺木运南京转上海，或者尚葬他家乡。我现在刚从济南回来，时（一九三一年十一月）二十三早晨。

那是我从济南刚刚回青岛，即刻给他写的。志摩先生是我们友谊的桥梁，纵然是痛剜人心的噩耗，我不能不及时告诉他。

如今这个才气横溢光芒四射的诗人辞世整整有了五十年。当时一切情形，保留在我印象中还极其清楚。

那时我正在青岛大学中文系教书。十一月二十一日下午，文学院几个比较相熟的朋友，正在校长杨振声先生家吃茶谈天，忽然接到北平一个急电。电中只说志摩在济南不幸遇难，北平、南京、上海亲友某某将于二十二日在济南齐鲁大学朱经农校长处会齐。电报来得过于突兀，人人无不感到惊愕。我当时表示，想搭夜车去济南看看，大家认为很好。第二天一早车抵济南，我赶到齐鲁大学，由北平赶来的张奚若、金岳霖、梁思成诸先生也刚好到达。过不多久又见到上海来的张嘉铸先生和穿了一身孝服的志摩先生的长子，以及从南京来的张慰慈、郭有守两先生。

随即听到受上海方面嘱托为志摩先生料理丧事的陈先生谈遇难经过，才明白出事地点叫“开山”，本地人叫“白马山”。山高不会过一百米。京浦车从山下经过，有个小站可不停车。飞机是每天飞行的邮航班机，平时不售客票，但后舱邮包间空处，有特别票仍可带一人。那日由南京起飞时气候正常，因济南附近大雾迷途，无从下降，在市空盘旋多时，最后撞在白马山半斜坡上起火焚烧。消息到达南京邮航总局，才知道志摩先生正在机上。灵柩暂停城里一个小庙中。

早饭后，大家就去城里偏街瞻看志摩先生遗容。那天正值落雨，雨渐落渐大，到达小庙时，附近地面已全是泥浆。原来这停灵小庙，已成为个出售日用陶器的堆店。院坪中分门别类搁满了大大小小的缸、罐、沙锅和土碗，堆叠得高可齐人。庙里面也满是较小的坛坛罐罐。棺木停放在入门左侧贴墙处，像是临时腾出来的一点儿空间，只容三五人在棺边周旋。

志摩先生已换上济南市面所能得到的一套上等寿衣：戴了顶瓜皮小帽，穿了件浅蓝色绸袍，外加个黑纱马褂，脚下是一双粉底黑色云头如意寿字鞋。遗容见不出痛苦痕迹，如平常熟睡时情形，十分安详。致命伤显然是飞机触山那一刹那间促成的。从北京来的朋友，带来个用铁树叶编成径尺大小花圈，如古希腊雕刻中常见的式样，一望而知必出于志摩先生生前好友思成夫妇之手。把花圈安置在棺盖上，朋友们不禁想到，平时生龙活虎般、天真淳厚、才华惊世的一代诗人，竟真如“为天所忌”，和拜伦、雪莱命运相似，仅只在人世间活了三十多个年头，就突然在一次偶然事故中与世长辞！志摩穿了这么一身与平时性情爱好全然不相称的衣服，独自静悄悄躺在小庙一角，让檐前点点滴滴愁人的雨声相伴，看到这种凄清寂寞景象，在场亲友忍不住人人热泪盈眶。

我是个从小遭受至亲好友突然死亡比许多人更多的人，经受过多种多样城里人从来想象不到的噩梦般生活考验，我照例从一种沉默中接受现实。当时年龄不到三十岁，生命中像有种青春火焰在燃烧，工作时从不知道什么疲倦。志摩先生突然的死亡，深一层体验到生命的脆弱倏忽，自然使我感到分外沉重。觉得相熟不过五六年的志摩先生，对我工作的鼓励和赞赏所产生的深刻作用，再无一个别的师友能够代替，因此当时显得格外沉默，始终不说一句话。后来也从不写过什么带感情的悼念文章。只希望把他对我的一切好意热忱，反映到今后工作中，成为一个永久牢靠的支柱，在任何困难情况下，都不灰心丧气。对人对事的态度，也能把志摩先生为人的热忱坦白和平等待人的希有好处，加以转化扩大到各方面去，形成长远持久的影响。因为我深深相信，在任何一种社会中，这种对人坦白无私的关心友情，都能产生良好作用，从而鼓舞人抵抗困难，克服困难，具有向上向前意义的。我近五十年的工作，从不断探索中所得的点滴进展，显然无例外都可说是这些朋友淳厚真挚友情光辉的反映。

人的生命会忽然泯灭，而纯挚无私的友情却长远坚固永在，且无疑能持久延续，能发展扩大。

一九八一年八月于北京市作

沅水集

常德的船

常德就是武陵，陶潜[①]的《搜神后记》上《桃花源记》说的渔人老家，应当摆在这个地方。德山在对河下游，离城市二十余里，可说是当地唯一的山。汽车也许停德山站，也许停县城对河另一站。汽车不必过河，车上人却不妨过河，看看这个城市的一切。地理书上告给人说这里是湘西一个大码头，是交换出口货与入口货的地方。桐油、木料、牛皮、猪肠子和猪鬃毛，烟草和水银，五棓子和鸦片烟[②]，由川东、黔东、湘西各地用各色各样的船只装载到来，这些东西全得由这里转口，再运往长沙武汉的。子盐、花纱、布匹、洋货、煤油、药品、面粉、白糖，以及各种轻工业日用消耗品和必需品，又由下江轮驳运到，也得从这里改装，再用那些大小不一的船只，分别运往沅水各支流上游大小码头去卸货的。市上多的是各种庄号。各种庄号上的坐庄人，便在这种情形下成天如一个磨盘，一种机械，为职务来回忙。邮政局的包裹处，这

① 即陶渊明。东晋杰出诗人、辞赋家、散文家。
② 一种毒品，吸食者容易上瘾。

种人进出最多。长途电话的营业处，这种坐庄人是最大主顾。酒席馆和妓女的生意，靠这种坐庄人来维持。

除了这种繁荣市面的商人，此外便是一些寄生于湖田的小地主，作过知县的小绅士，各县来的男女中学生，以及外省来的参加这个市面繁荣的掌柜、伙计、乌龟、王八。全市人口过十万，街道延长近十里，一个过路人到了这个城市中时，便会明白这个湘西的咽喉，真如所传闻，地方并不小。可是却想不到这咽喉除吐纳货物和原料以外，还有些什么东西。作这种吐纳工作，责任大，工作忙，性质杂，又是些什么人。假若一旦没有了他们，这城市会不会忽然成为河边一个废墟？这种人照例触目可见，水上城里无[illegible]不可碰头，却又最容易为旅行者所疏忽。我想说的是真正在控制这个咽喉，支配沅水流域的几万船户。

这个码头真正值得注意令人惊奇处，实也无过于船户和他所操纵的水上工具了。要认识湘西，不能不对他们先有一种认识。要欣赏湘西地方民族特殊性，船户是最有价值材料之一种。

一个旅行者理想中的武陵，渔船应当极多。到了这里一看，才知道水面各处是船只，可是却很不容易发现一只渔船。长河两岸浮泊的大小船只，外行人一眼看去，只觉得大同小异，事实上形制复杂不一，各有个性，代表了各个地方的个性。让我们从这方面来多知道一点儿，对于我们也许有些便利处。

船只最触目的三桅大方头船，这是个外来客，由长江越湖来的，运盐是它主要的职务。它大多数只到此为止，不会向沅水上游走去。普通人叫它做“盐船”，名实相副。船家叫它做“大鳅鱼头”，《金陀粹编》上载岳飞在洞庭湖水擒杨幺故事，这名字就见于记载了，名字虽俗，来源却很古。这种船只大多数是用乌油漆过，所以颜色多是黑的。这种船按季候行驶，因为要大水大风方能行动。杜甫诗上描绘的“洋洋万斛船，影若扬白虹”，也许指的就是这种水上东西。

比这种盐船略小，有两桅或单桅，船身异常秀气，头尾突然收敛，令人入目起尖锐印象，全身是黑的，名叫“乌江子”。它的特长是不怕风浪，运粮食越湖。它是洞庭湖上的竞走选手。形体结构上的特点是桅高，帆大，深舱，锐头。盖舱篷比船身小，因为船舷外还有护舱板。弄船人同船只本身一样，一看很干净，秀气斯文。行船既靠风，上下行都使帆，所以帆多整齐。船上用的水手不多，仅有的水手会拉篷，摇橹，撑篙，不会荡桨——这种船上便不常用桨。放空船时妇女还可代劳掌舵。这种船间或也沿河上溯，数目极少，船身材料薄，似不宜于冒险。这种船在沅水流域也算是外来客。

在沅水流域行驶，表现得富丽堂皇，气象不凡，可称为巨无霸的船只，应当数“洪江油船”。这种船多方头高尾，颜色鲜明，间或且有一点儿金漆装饰。尾梢有舵楼，可以安置家眷。大船下行可载三四千桶桐油，上行可载两千件棉花，或一票食盐。用橹手二十六人到四十人，用纤手三十人到六七十人。必待春水发后方上下行驶，路线系往返常德和洪江。每年水大至多上下三五回，其余大多时节都在休息中，成排结队停泊河面，俨然是河上的主人。船主照例是麻阳人，且照例姓滕，善交际，礼数清楚。常与大商号中人拜把子，攀亲家。行船时站在船后檀木舵把边，庄严中带点从容不迫神气，口中含了个竹马鞭短烟管，一面看水，一面吸烟。遇有身分的客人搭船，喝了一杯酒后，便向客人一五一十叙述这只油船的历史，载过多少有势力的军人、阔佬，或名驰沅水流域的妓女。换言之，就是这只船与当地“历史”发生多少关系！这种船只上的一切东西，无一不巨大坚实。船主的装束在船上时看不出什么特别处，上岸时却穿长袍（下脚过膝三四寸），罩青羽绫马褂，戴呢帽或小缎帽，佩小牛皮抱肚，用粗大银链系定，内中塞满了银元。穿生牛皮靴子，走路时踏得很重。个子高高的，瘦瘦的。有一双大手，手上满是黄毛和青筋。会喝酒，打牌，且豪爽大方，吃花酒应酬时，大把银元钞票从抱肚掏出，毫不吝啬。水手多强壮勇敢，眉目精悍，善唱歌、泅水、打架、骂野话。下水时如一尾鱼，上岸接近妇人时像一只小公猪。白天弄船，晚上玩牌，同样做得极有兴致。船上人虽多，却各有所事，从不紊乱。舱面永远整洁如新。拔锚开头时，必擂鼓敲锣，在船头烧纸烧香，煮白肉祭神，燃放千子头鞭炮，表示人神和乐，共同帮忙，一路福星。在开船仪式与行船歌声中，使人想起两千年前《楚辞》发生的原因，现在还好好的保留下来，今古如一。

比洪江油船小些、形式仿佛比较笨拙些（一般船只用木板作成，这种船竟像用木柱作成），平头大尾，一望而知船身十分坚实，有斗拳师的神气，名叫“白河船”。白河即酉水的别名。这种船只即行驶于沅水由常德到沅陵一段，酉水由沅陵到保靖一段。酉水滩流极险，船只必经得起磕撞。船只必载重方能压浪，因此尾部如臀，大而圆。下行时在船头缚大木橈一两把。木橈的用处是船只下滩，转头时比舵切于实际。照水上人俗谚说：“三桨不如一篙，三橹不如一橈。”橈读作招。酉水浅而急，不常用橹，篙桨用处多，因此篙多特别长大，桨较粗硕，肥而短。船篷用粽子叶编成，不涂油。船主多永顺保靖人，姓向姓王姓彭占多数。酉水河床窄，滩流多，为应付自然，弄船人所需要的勇敢能耐也较多。行船时常用相互诅骂代替共同唱歌，为的是受自然限制较多，脾气比较坏一点儿。酉水是传说中古代藏书洞穴所在地，多的是高大宏敞充满神秘的洞穴。由沅陵起到酉阳止，沿酉水流域的每个县分总有几个洞穴。可是如沅陵的大酉洞，二酉洞，保靖的狮子洞，酉阳的龙洞，这些洞穴纵有书籍也早已腐烂了。到如今这条河流最多的书应当是宝庆纸客贩卖的石印本历书，每一条船上照例都有一本“皇历”。船家禁忌多，历书是他们行动的宝贝。河水既容易出事情，个人想减轻责任，因此凡事都俨然有天作主，由天处理，照书行事，比较心安，也少纠纷，船只出事时有所借口。酉水流域每个县分的船只，在形式上又各不相同，不过这些小船不出白河，在常德能看到的白河油船，形体差不多全是一样。

沅水中部的辰溪县，出白石灰和黑煤，运载这两种东西的本地船叫做“辰溪船”，又名“广舶子”。它的特点和上述两种船只比较起来，显得材料脆薄而缺少个性。船身多是浅黑色，形状如土布机上的梭子，款式都不怎么高明。下行多满载一些不值钱的货，上行因无回头货便时常放空。船身脏，所运货又少时间性，满载下驶，危险性多，搭客不欢迎，因之弄船人对于清洁、时间就不甚关心。这种船上的席篷照例是不大完整的，布帆是破破碎碎的，给人印象如一个破落户。弄船人因闲而懒，精神多显得萎靡不振。

洞河（即泸溪）发源于乾城苗乡大小龙洞，和凤凰苗乡乌巢河，两条小河在乾城县的所里市相汇。向东流，到泸溪县，方和沅水同流，在这条河里的船就叫“洞河船”。河源主流由苗乡梨林地方两个洞穴中流出，河床是乱石底子，所以水特别清，水性特别猛。船身必需从撞礚中挣扎，河身既小，船身也较轻巧。船舷低而平，船头窄窄的。在这种船上水手中，我们可以发现苗人。不过见着他时我们不会对他有何惊奇，他也不会对我们有何惊奇。这种人一切和别的水上人都差不多，所不同处，不过是他那点老实、忠厚、纯朴、戇（gàng）直性情——原人的性情，因为住在山中，比城市人保存得多点罢了。乾城人极聪明文雅，小手小脚小身材，唱山歌时嗓子非常好听，到码头边时，可特别沉默安静。船只太小了，不常有机会到这大码头边靠船。这种船停泊在河面时似乎很羞怯。正如水手们上街时一样羞怯。

乾城用所里作本县吐纳货物的水码头。地方虽不大，小小石头城却很整齐干净，且出了几个近三十年来历史上有名姓的人物。段祺瑞时代的陆军总长傅良佐将军，是生长在这个小县城里的。东北军宿将，国内当前军人中称战术权威的杨安铭将军，也是这地方人。

在河上显得极活动，极有生气，而且数量极多的，是普通的中型“麻阳船”。这种船头尾高举，秀拔而灵便。这种船只的出处是麻阳河（即辰溪）。每只船上都可见到妇人、孩子、童养媳。弄船人一面担负商人委托的事务，一面还担负上帝派定的工作，两方面都异常称职。沅水流域的转运事业，大多数由这地方人支配，人口繁荣的结果，且因此在常德城外多了一条麻阳街。“一切成功都必需争斗”，这原则也可用作麻阳街的说明。据传说，这条街是个姓滕的水手滕老九双拳打出来的。我们若有兴趣特意到那条街上走走，可知道开小铺子的，做理发店生意的，卖船上家伙的，经营不用本钱最古职业的，全是麻阳乡亲，我们就会明白，原来参加这种争斗，每人都有一份。麻阳人的精力绝伦处，或者与地方出产有点关系。麻阳出各种橘子，糯米也极好，作甜酒特别相宜。人口加多，船只也越来越多，因此沅水水面的世界，一大半是麻阳人占有的。大凡船只停靠处，都有叫乡亲的麻阳人。乡亲所得的便利极多，平常外乡人，坐船时于是都叫麻阳人作“乡亲”。乡亲的特点是面目精悍而性情快乐，做水手的都能吃，能做，能喝，能打架。船主上岸时必装扮成为一个小乡绅，如驾洪江油船的大老板一样穿袍穿褂，着生牛皮盘云长统钉靴，戴有皮封耳的毡帽或博士帽，手指套上分量沉重的金戒指，皮抱肚里装上许多大洋钱，短烟管上悬个老虎爪子，一端还镶包一片镂花银皮。见人就请教仙乡何处，贵府贵姓。本人大多数姓滕，名字“代富”“宜贵”。对三十年来的本省政治，比起任何地方船主都熟习，都关心。欢喜讲礼教，臧否人物，且善于称引经典格言和当地俗谚，作为谈天时章本。恭维客人时必从恭维上增多一点儿收入，被客人恭维时便称客人为“知己”，笑嘻嘻的请客人喝包谷子酒。妇女在船上不特对于行船毫无妨碍，且常常是一个好帮手。妇女多壮实能干，大脚大手，善于生男育女。

麻阳人中另外还有一双值得称赞的手，在湘西近百年实无匹敌，在国内也是一个少见的。艺术家，是塑像师张秋潭那双手，小件艺术品多在烟盘边靠灯时用烟签完成的，无一不作得栩栩如生，至今还留下些在湘西私人手中。大件是各县庙宇天王观音等神像，辛亥以后破除迷信，毁去极多。

在常德水码头船只极小，飘浮水面如一片叶子，数量之多如淡干鱼，是专载客人用的“桃源划子”。木商与烟贩，上下办货的庄客，过路的公务员，放假的男女学生，同是这种小船的主顾。船身既轻小，上下行的速度较之其他船只快过一倍，下滩时可从边上小急流走，决不会出事。在平潭中且可日夜赶程，不会受关卡留难。因此在有公路以前，这种小小船只实为沅水流域交通利器。弄船人工作不需如何紧张，开销又少，收入却较多。装载客人且多阔老，同时桃源县人的性格又特别随和（沅水一到桃源后就变成一片平潭，再无恶滩急流，自然影响到水上人性情很大），所以弄船人脾气就马虎得多，很多是瘾君子，白天弄船，晚上便靠灯。有些家中人说不定还留在县里，经营一种不必要本钱的职业，分工合作，都不闲散。且能作客人向导，带访桃源洞的客人到所要到的新奇地方去。

在沅水流域上下行驶，停泊到常德码头应当称为“客人”的船只，共有好几种，有从芷江上游黔东玉屏来的，有从麻阳河上游黔东铜仁来的，有从白河上游川东龙潭来的。玉屏船多就洪江转口，下行不多。龙潭船多从沅陵换货，下行不多。铜仁船装油硷下行的，有些庄号在常德，所以常直放常德。船只最引人注意处是颜色黄明照眼，式样轻巧，如竞赛用船。船头船尾细狭而向上翘举，舱底平浅，材料脆薄，给人视觉上感到灵便与愉快，在形式上可谓秀雅绝伦。弄船人语言清婉，装束素朴，有些水手还穿齐膝的长衣，裹白头巾，风度整洁和船身极相称。船小而载重，故下行时船舷必缚茅束挡水。这种船停泊河中，仿佛极其谦虚，一种作客应有的谦虚。然而比同样大小的船只都整齐，一种作客不能不注意的整齐。

此外常德河面还有一种船只，数量极多，有的时常移动，有的又长久停泊。这些船的形式一律是方头，方尾，无桅，无舵。用木板作舱壁，开小小窗子，木板作顶。有些当作船主的金屋，有些又作逋逃者的窟穴。船上有招纳水手客人的本地土娼，有卖烟和糖食、小吃、猪蹄子粉面的生意人。此外算命卖卜的，圆光关亡的，无不可以从这种船上发现。船家做寿成亲，也多就方便借这种水上公馆举行，因此一遇黄道吉日，总是些张灯结彩，响器声，弦索声，大小炮仗声，划拳歌呼声，点缀水面热闹。

常德乡城本身也就类乎一只旱船，女作家丁玲，法律家戴修瓒（zàn），国学家余嘉锡，是这只旱船上长大的。较上游的河堤比城中高得多，涨水时水就到了城边，决堤时城四围便是水了。常德沿河的长街，街市上大小各种商铺不下数千家，都与水手有直接关系。杂货店铺专卖船上用件及零用物，可说是它们全为水手而预备的。至如油盐、花纱、牛皮、烟草等等庄号，也可说水手是为它们而有的。此外如茶馆、酒馆和那经营最素朴职业的户口，水手没有它不成，它没水手更不成。

常德城内一条长街，铺子门面都很高大（与长沙铺子大同小异，近于夸张），木料不值钱，与当地建筑大有关系。地方滨湖，河堤另一面多平田泽地，产鱼虾、莲藕，因此鱼栈莲子栈延长了长街数里。多清真教门，因此牛肉特别肥鲜。

常德沿沅水上行九十里，才到桃源县，再上行二十五里，方到桃源洞。千年前武陵渔人如何沿溪走到桃花源，这路线尚无好事的考古家说起。现在想到桃源访古的“风雅人”，大多数只好坐公共汽车去。在桃源县想看到老幼黄发垂髫，怡然自乐的光景，并不容易。不过或者因为历史的传统，地方人倒很和气，保存一点儿古风。也知道欢迎客人，杀鸡作黍，留客住宿。虽然多少得花点钱，数目并不多。可是一个旅行者应当知道，这些人赠送游客的礼物，有时不知不觉太重了点，最好倒是别大意，莫好奇，更不要因为记起宋玉所赋的高唐神女，刘晨阮肇天台所遇的仙女，想从经验中去证实故事。不妨学个老江湖，少生事！当地纵多神女仙女，可并不是为外来读书人游客预备的，沅水流域的木竹簰商人是唯一受欢迎者。好些极大的木竹簰，到桃源后不久就无影无踪不见了的。

政治家宋教仁，老革命党覃振，同是桃源县人。桃源县有个省立第二女子师范学校，五四运动谈男女解放平等，最先要求男女同校，且实现它，就是这个学校的女学生。

沅陵的人

由常德到沅陵，一个旅行者在车上的感触，可以想象得到，第一是公路上并无苗人，第二是公路上很少听说发现土匪。

公路在山上与山谷中盘旋转折虽多，路面却修理得异常良好，不问晴雨都无妨车行。公路上的行车安全的设计，可看出负责者的最大努力。旅行的很容易忘了车行的危险，乐于赞叹自然风物的美秀。在自然景致中见出宋院画的神采奕奕处，是太平铺过河时入目的光景。溪流萦回，水清而浅，在大石细沙间漱流。群峰竞秀，积翠凝蓝，在细雨中或阳光下看来，颜色真无可形容。山脚下一带树林，一些俨如有意为之布局恰到好处的小小房子，绕河洲树林边一湾溪水，一道长桥，一片烟。香草山花，随手可以掇拾。《楚辞》中的山鬼，云中君，仿佛如在眼前。上官庄的长山头时，一个山接一个山，转折频繁处，神经质的妇女与懦弱无能的男子，会不免觉得头目晕眩。一个常态的男子，便必然对于自然的雄伟表示赞叹，对于数年前裹粮负水来在这高山峻岭修路的壮丁表示敬仰和感谢。这是一群没没无闻沉默不语真正的战士！每一寸路都是他们流汗筑成的。他们有的从百里以外小乡村赶来，沉沉默默的在派定地方担土，打石头，三五十人躬着腰肩共同拉着个大石滚子碾压路面，淋雨，挨饿，忍受各式各样虐待，完成了分派到头上的工作。把路修好了，眼看许多的各色各样稀奇古怪的物件吼着叫着走过了，这些可爱的乡下人，知道事情业已办完，笑笑的，各自又回转到那个想象不到的小乡村里过日子去了。中国几年来一点点建设基础，就是这种无名英雄作成的。他们什么都不知道，可是所完成的工作却十分伟大。

单从这条公路的坚实和危险工程看来，就可知道湘西的民众，是可以为国家完成任何伟大理想的。只要领导有人，交付他们更困难的工做，也可望办得很好。

看看沿路山坡桐茶树木那么多，桐茶山整理得那么完美，我们且会明白这个地方的人民，即或无人领导，关于求生技术，各凭经验在不断努力中，也可望把地面征服，使生产增加。

只要在上的不过分苛索他们，鱼肉他们，这种勤俭耐劳的人民，就不至于铤而走险发生问题。可是若到任何一个停车处，试同附近乡民谈谈，我们就知道那个“过去”是种什么情形了。任何捐税，乡下人都有一份，保甲在糟塌乡下人这方面的努力，“成绩”真极可观！然而促成他们努力的动机，却是照习惯把所得缴一半，留一半。然而负责的注意到这个问题时，就说“这是保甲的罪过”，从不认为是“当政的耻辱”。负责者既不知如何负责，因此使地方进步永远成为一种空洞的理想。

然而这一切都不妨说已经成为过去了。

车到了官庄交车处，一列等候过山的车辆，静静的停在那路旁空阔处，说明这公路行车秩序上的不苟。虽在军事状态中，军用车依然受公路规程辖制，不能占先通过，此来彼往，秩序井然。这条公路的修造与管理统由一个姓周的工程师负责。

车到了沅陵，引起我们注意处，是车站边挑的，抬的，负荷的，推挽的，全是女子。凡其他地方男子所能做的劳役，在这地方统由女子来做。公民劳动服务也还是这种女人，公路车站的修成，就有不少女子参加。工作既敏捷，又能十。女权运动者在中国二十年来的运动，到如今在社会上露面时，还是得用“夫人”名义来号召，并不以为可羞。而且大家都集中在大都市，过着一种腐败生活。比较起这种女劳动者把流汗和吃饭打成一片的情形，不由得我们不对这种人充满尊敬与同情。

这种人并不因为终日劳作就忘记自己是个妇女，女子爱美的天性依然还好好保存。胸口前的扣花装饰，裤脚边的扣花装饰，是劳动得闲在茶油灯光下做成的。（围裙扣花工作之精和设计之巧，外路人一见无有不交口称赞。）这种妇女日常工作虽不轻松，衣衫却整齐清洁。有的年纪已过了四十岁，还与同伴竞争兜揽生意。两角钱就为客人把行李背到河边渡船上，跟随过渡，到达彼岸，再为背到落脚处。外来人到河码头渡船边时，不免十分惊讶，好一片水！好一座小小山城！尤其是那一排渡船，船上的水手，一眼看去，几乎又全是女子。过了河，进得城门，向长街走走，就可见到卖菜的，卖米的，开铺子的，做银匠的，无一不是女子。再没有另一个地方女子对于参加各种事业各种生活，做得那么普通那么自然了。看到这种情形时，真不免令人发生疑问：一切事几几乎都由女子来办，如《镜花缘》一书上的女儿国现象了。本地的男子，是出去打仗，还是在家纳福看孩子？

不过一个旅行者自觉已经来到辰州时，兴味或不在这些平常问题上。辰州地方是以辰州符闻名的。公路在沅水南岸，过北岸城里去，自然盼望有机会弄明白一下这种老玩意儿。

可是旅行者这点好奇心会受打击。多数当地人对于辰州符都莫名其妙，且毫无兴趣，也不怎么相信。或许无意中会碰着一个“大”人物，体魄大，声音大，气派也好像很大。他不是姓张，就是姓李（他应当姓李！一个典型市侩，在商会任职，以善于吹拍混入行署任名誉参议），会告你，辰州符的灵迹，就是用刀把一只鸡颈脖割断，把它重新接上，噀一口符水，向地下抛去，这只鸡即刻就会跑去，撒一把米到地上，这只鸡还居然赶回来吃米！你问他：“这事曾亲眼见过吧？”他一定说：“当真是眼见的事。”或许慢慢的想一想，你便也会觉得同样是在什么地方亲眼见过这件事了。原来五十年前的什么书上，就这么说过的。这个大人物是当地著名会说大话的。世界上事什么都好像知道得清清楚楚，只不大知道自己说话是假的还是真的，是书上有的还是自己造作的。多数本地人对于“辰州符”是个什么东西，照例都不大明白的。

至于辰砂的出处，出产于离辰州地还远得很，远在三百里外凤凰县的苗乡猴子坪。

凡到过沅陵的人，在好奇心失望后，依然可从自然风物的秀美上得到补偿。由沅陵南岸看北岸山城，房屋接瓦连椽，较高处露出雉堞，沿山围绕，丛树点缀其间，风光入眼，实不俗气。由北岸向南望，则河边小山间，竹园、树木、庙宇、高塔、民居，仿佛各个都位置在最适当处。山后较远处群峰罗列，如屏如障，烟云变幻，颜色积翠堆蓝。早晚相对，令人想象其中必有帝子天神，驾螭乘蜺，驰骤其间。绕城长河，每年三四月春水发后，洪江油船颜色鲜明，在摇橹歌呼中连翩下驶。长方形大木筏，数十精壮汉子，各据筏上一角，举桡激水，乘流而下。就中最令人感动处，是小船半渡，游目四瞩，俨然四围是山，山外重山，一切如画。水深流速，弄船女子，腰腿劲健，胆大心平，危立船头，视若无事。同一渡船，大多数都是妇人，划船的是妇女，过渡的也是妇女较多。有些卖柴卖炭的，来回跑五六十里路，上城卖一担柴，换两斤盐，或带回一点儿红绿纸张同竹篾作成的简陋船只，小小香烛。问她时，就会笑笑的回答：“拿回家去做土地会。”你或许不明白土地会的意义，事实上就是酬谢《楚辞》中提到的那种云中君——山鬼。这些女子一看都那么和善，那么朴素，年纪四十以下的，无一不在胸前土蓝布或葱绿布围裙上绣上一片花，且差不多每个人都是别出心裁，把它处置得十分美观，不拘写实或抽象的花朵，总那么妥贴而雅相。在轻烟细雨里，一个外来人眼见到这种情形，必不免在赞美中轻轻叹息。天时常常是那么把山和水和人都笼罩在一种似雨似雾使人微感凄凉的情调里，然而却无处不可以见出“生命”在这个地方有光辉的那一面。

外来客自然会有个疑问发生：这地方一切事业女人都有份，而且像只有“两截穿衣”的女子有份，男子到哪里去了呢？

在长街上，我们固然时常可以见到一对少年夫妻，女的眉毛俊秀，鼻准完美，穿浅蓝布衣，用手指粗银链系扣花围裙，背小竹笼。男的身长而瘦，英武爽朗，肩上扛了各种野兽皮向商人兜卖，令人一见十分惊诧。可是这种男子是特殊的。是出了钱，得到免役的瑶族。

男子大部分都当兵去了。因兵役法的缺陷，和执行兵役法的中间层保甲制度人选不完善，逃避兵役的也多，这些壮丁抛下他的耕牛，向山中走，就去当匪，匪多的原因，外来官吏苛索实为主因。乡下人照例都愿意好好活下去，官吏的老式方法居多是不让他们那么好好活下去。乡下人照例一入兵营就成为一个好战士，可是办兵役的，却觉得如果人人都乐于应兵役，就毫无利益可图。土匪多时，当局另外派大部队伍来“维持治安”，守在几个城区，别的不再过问。分布乡下土匪得了相当武器后，在报复情绪下就是对公务员特别不客气，凡搜刮过多的外来人，一落到他们手里时，必然是先将所有的得到，再来取那个“命”。许多人对于湘西民或匪都留下一个特别蛮悍嗜杀的印象，就由这种教训而来。许多人说湘西有匪，许多人在湘西虽遇匪，却从不曾遭遇过一次抢劫，就是这个原因。

一个旅行者若想起公路就是这种蛮悍不驯的山民或土匪，在烈日和风雪中努力作成的，乘了新式公共汽车由这条公路经过，既感觉公路工程的伟大结实，到得沅陵时，更随处可见妇人如何认真称职，用劳力讨生活，而对于自然所给的印象，又如此秀美，不免感慨系之。这地方神秘处原来在此而不在彼。人民如此可用，景物如此美好，三十年来牧民者来来去去，新陈代谢，不知多少，除认为“蛮悍”外，竟别无发现。外来为官作宦的，回籍时至多也只有把当地久已消灭无余的各种画符捉鬼荒唐不经的传说，在茶余酒后向陌生者一谈。地方真正好处不会欣赏，坏处不能明白，这岂不是湘西的另一种神秘？

沅陵算是个湘西受外来影响较久较大的地方，城区教会的势力，造成一批吃教饭的人物，蛮悍性情因之消失无余，代替而来的或许是一点儿青年会办事人的习气。沅陵又是沅水几个支流货物转口处，商人势力较大，以利为归的习惯，也自然很影响到一些人的打算行为。沅陵位置在沅水流域中部，就地形言，自为内战时代必争之地。因此麻阳县的水手，一部分登陆以后，便成为当地有势力的小贩。凤凰县屯垦子弟兵官佐，留下住家的，便成为当地有产业的客居者。慷慨好义，负气任侠，楚人中这类古典的热诚，若从当地人寻觅无着时，还可从这两个地方的男子中发现。一个外来人，在那山城中石板作成的一道长街上，会为一个矮小、瘦弱，眼睛又不明，听觉又不聪，走路时匆匆忙忙，说话时结结巴巴，那么一个平常人引起好奇心。说不定他那时正在大街头为人排难解纷，说不定他的行为正需要旁人排难解纷！他那样子就古怪，神气也古怪。一切像个乡下人，像个官能为嗜好与毒物所毁坏，心灵又十分平凡的人。可是应当找机会去同他熟一点儿，谈谈天。应当想办法更熟一点儿，跟他向家里走（他的家在一个山上。那房子是沅陵住户地位最好，花木最多的）。如此一来，结果你会接触一点儿很新奇的东西，一种混合古典热诚与近代理性在一个特殊环境特殊生活里培养成的心灵。你自然会“同情”他，可是最好倒是“信托”他。他需要的不是同情，因为他成天在同情他人，为他人设想帮忙尽义务，来不及接受他人的同情。他需要人信托，因为他那种古典的作人的态度，值得信托。同时他的性情充满了一种天真的爱好，他需要信托，为的是他值得信托。他的视觉同听觉都毁坏了，心和脑可极健全。凤凰屯垦兵子弟中出壮士，体力胆气两方面都不弱于人。这个矮小瘦弱的人物，虽出身世代武人的家庭中，因无力量征服他人，失去了作军人的资格。可是那点有遗传性的军人气概，却征服了他自己，统制自己，改造自己，成为沅陵县一个顶可爱的人。他的名字叫做“大先生”，或“大大”，一个古怪到家的称呼。商人、妓女、屠户、教会中的牧师和医生，都这样称呼他。到沅陵去的人，应当认识认识这位大先生。

沅陵县沿河下游四里路远近，河中心有个洲岛，周围高山四合，名

"合掌洲"，名目与情景相称。洲上有座庙宇，名"和尚洲"，也还说得去。但本地的传说却以为是"和涨洲"，因为水涨河面宽，淹不着，为的是洲随河水起落！合掌洲有个白塔，由顶到根雷劈了一小片，本地人以为奇，并不足奇。河南岸村名黄草尾，人家多在橘柚林里，橘子树白华朱实，宜有小腰白齿于其间。一个种菜园的周家，生了四个女儿，最小的一个四妹，人都呼为夭妹，年纪十七岁，许了个成衣店学徒，尚未圆亲。成衣店学徒积蓄了整年工钱，打了一副金耳环给夭妹，女孩子就戴了这副金耳环，每天挑菜进东门城卖菜。因为性格好繁华，人长得风流俊俏，一个东门大街的人都知道卖菜的周家夭妹。

因此县里的机关中办事员，保安司令部的小军佐，和商店中小开，下黄草尾玩耍的就多起来了。但不成，肥水不落外人田，有了主子。可是"人怕出名猪怕壮"，夭夭的名声传出去了，水上划船人全都知道周家夭夭。去年（一九三七年）冬天一个夜里，忽然来了四百武装喽啰攻打沅陵县城，在城边响了一夜枪，到天明以前，无从进城，这一伙人依然退走了。这些人本来目的也许就只是在城外打一夜枪。其中一个带队的称团长，却带了兄弟伙到夭妹家里去拍门。进屋后别的不要，只把这女孩子带走。

女孩子虽又惊又怕，还是从容的说，"你抢我，把我箱子也抢去，我才有衣服换！"

带到山里去时那团长问，"夭夭，你要死，要活？"

女孩子想了想，轻声的说，“要死。你不会让我死。”

团长笑了，“那你意思是要活了！要活就嫁我，跟我走。我把你当官太太，为你杀猪杀羊请客，我不负你。”

女孩子看看团长，人物实在英俊标致，比成衣店学徒强多了，就说：“人到什么地方都是吃饭，我跟你走。”

于是当天就杀了两个猪，十二只羊，一百对鸡鸭，大吃大喝大热闹，团长和夭妹结婚。女孩子问她的衣箱在什么地方，待把衣箱取来打开一看，原来全是预备陪嫁的！英雄美人，可谓美满姻缘。过三天后，那团长就派人送信给黄草尾种菜的周老夫妇，称岳父岳母，报告夭妹安好，不用挂念。信还是用红帖子写的，词句华而典，师爷的手笔。还同时送来一批礼物！老夫妇无话可说，只苦了成衣店那个学徒，坐在东门大街一家铺子里，一面裁布条子做纽绊，一面垂泪。

这也可说是沅陵县人物之一型。

至于住城中的几个年高有德的老绅士，那倒正像湘西许多县城里的正经绅士一样，在当地是很闻名的，庙宇里照例有这种名人写的屏条，名胜地方照例有他们题的诗词。儿女多受过良好教育，在外做事。家中种植花木，蓄养金鱼和雀鸟，门庭规矩也很好。与地方关系，却多如显克微支在他《炭画》那本书里所说的贵族，凡事取“不干涉主义”。因为名气大，许多不相干的捐款，不相干的公事，不相干的麻烦不会上门。乐得在家纳福，不求闻达，所以也不用有什么表现。对于生活劳苦认真，既不如车站边负重妇女生命活跃，也不如卖菜的周家夭妹，然而日子还是过得很好，这就够了。

由沅水下行百十里到沅陵属边境地名柳林岔——就是湘西出产金子，风景又极美丽的柳林岔。那地方过去一时也有个人，很有意思。这个人据说母亲貌美而守寡，住在柳林岔镇上。对河高山上有个庙，庙中住下一个青年和尚，诚心苦修。寡妇因爱慕和尚，每天必借烧香为名去看看和尚，二十年如一日。和尚诚心修苦，不作理会，也同样二十年如一日。儿子长大后，慢慢的知道了这件事。儿子知道后，不敢规劝母亲，也不能责怪和尚，唯恐母亲年老眼花，一不小心，就会坠入深水中淹死。又见庙宇在一个圆形峰顶，攀援实在不容易。因此特意雇定一百石工，在临河悬岩上开辟一条小路，仅可容足，更找一百铁工，制就一条粗而长的铁链索，固定在上面，作为援手工具。又在两山间造一拱石头桥，上山顶庙里时就可省一大半路。这些工作进行时自己还参加，直到完成。各事完成以后，这男子就出远门走了，一去再也不回来了。

这座庙，这个桥，濒河的黛色悬崖上这条人工凿就的古怪道路，路旁的粗大铁链，都好好的保存在那里，可以为过路人见到。凡上行船的纤手，还必需从这条路把船拉上滩。船上人都知道这个故事。故事虽还有另一种说法，以为一切是寡妇所修的，为的是这寡妇……总之，这是一个平常人为满足他的某种愿心而完成的伟大工程。这个人早已死了，却活在所有水上人的记忆里。传说和当地景色极和谐，美丽而微带忧郁。

沅水由沅陵下行三十里后即滩水连接，白溶、九溪、横石、青浪……就中以青浪滩最长，石头最多，水流最猛。顺流而下时，四十里水路不过二十分钟可完事，上行船有时得一整天。

青浪滩滩脚有个大庙，名伏波宫，敬奉的是汉老将马援。行船人到此必在庙里烧纸献牲。庙宇无特点，不出奇。庙中屋角树梢栖息的红嘴红脚小小乌鸦，成千累万，遇下行船必飞往接船送船，船上人把饭食糕饼向空中抛去，这些小黑鸟就在空中接着，把它吃了。上行船可照例不光顾。虽上下船只极多，这小东西知道向什么船可发利市，什么船不打抽丰。船夫说这是马援的神兵，为迎接船只的神兵，照老规矩，凡伤害的必赔一大小相等银乌鸦，因此从不会有人敢伤害它。

几件事都是人的事情。与人生活不可分，却又杂糅神性和魔性。湘西的传说与神话，无不古艳动人。同这样差不多的还很多。湘西的神秘，和民族性的特殊大有关系。历史上“楚”人的幻想情绪，必然孕育在这种环境中，方能滋长成为动人的诗歌。想保存它，同样需要这种环境。

过节和观灯

端午给我的特别印象

说起过节和观灯，每人都有份不同的经验。

中国是世界上一个大国，地面广、人口多、历史长，分布全国各民族语言文化风俗习惯又不一样，所以一年四季就有许多种节日，使用不同方式，分别在山上、水边、乡村、城镇举行。属于个人的且家家有份。这些节日影响到衣食住行各方面，丰富人民生活的内容，扩大历史文化的面貌，也加深了民族团结的感情。一般吃的如年糕、粽子、月饼、腊八粥，玩的如花炮、焰火、秋千、风筝、灯彩、陀螺、兔儿爷、胖阿福，穿戴的如虎头帽、猫猫鞋，作闹龙舟和百子观灯图的衣裙、坎肩、涎围和围裙……就无一不和节令密切相关。较古节日已延长了两三千年，后起的也有千把年历史，经史等古籍中曾提起它种种来历和举行的仪式。大多数节日常和农事生产相关，小部分则由名人故事或神话传说而来，因此有的虽具有全国性，依旧会留下些区域特征。比如为纪念屈原的五月端阳，包粽子、悬蒲艾、戴石榴花，虽然已成全国习惯，但南方的龙舟竞渡，给青年、妇女及小孩子带来的兴奋和快乐，就决不是生长在北方平原的人所能想像的！

大江以南，凡是有河流可通船舶处，无论大城小市，端午必照例举行赛船。这些特制龙船多窄而长，有的且分五色，头尾高张，转动十分灵便。平时搁在岸上，节日来临前，才由二三十个特选少壮青年，在鞭炮轰响、欢笑呼喊中送请下水。初五叫小端阳，十五叫大端阳，正式比赛或由初三到初五，或由初五到十五。沅水流域的渔家子弟，白天玩不尽兴，晚上犹继续进行，三更半夜后，住在河边的人从睡梦中醒来时，还可听到水面飘来蓬蓬哨哨的锣鼓声。近年来我的记忆力日益衰退，可是四十多年前在一条六百里长的沅水和五个支流一些大城小镇度过的端阳节，由于乡情风俗热烈活泼，将近半个世纪，种种景象在记忆中还明朗清楚，不褪色，不走样。

因此还可联想起许多用“闹龙舟”作题材的艺术品。较早出现的龙舟，似应数敦煌壁画，东王公坐在上面去会西王母，云游远方，象征“驾六龙以驭天”。画虽成于北朝人手，最先稿本或可早到汉代。其次是《洛神赋图卷》，也有个相似而不同的龙舟，仿佛“驾玉虬而偕逝”情形，作为曹植对洛神的眷恋悬想。虽历来当作晋代大画家顾恺之手笔，产生时代又可能较晚些。还有个长及数丈元明人传摹唐李昭道《阿房宫图卷》，也有几只装饰华美的龙凤舟，在一派清波中从容荡漾，和结构宏伟建筑群相呼应。只是这些龙舟有的近于在水云中游行的无轮车子，有的又和五月端阳少直接关系。由宋到清，比较著名的画还有张择端《金明争标图》、宋人《龙舟图》、元人王振鹏《龙舟竞渡图》、宋人《西湖竞渡图》、明人《龙舟竞渡图》……画幅虽不大，作得都相当生动美丽，反映出部分真实历史。故宫收藏清初十二月令画轴五月端阳龙舟图，且画得格外华美热闹。

此外明清工人用象牙、竹木和剔红雕填漆作的龙船，也有工艺精巧绝伦的。至于应用到生活服用方面，实无过西南各省民间挑花刺绣：被面、帐檐、门帘、枕帕、围裙、手巾、头巾和小孩子穿的坎肩、涎围，戴的花帽，经常都把“闹龙舟”作主题，加以各种不同艺术表现，作得异常精美出色。当地妇女制作这些刺绣时，照例必把个人节日欢乐的回忆，作新嫁娘作母亲对于家庭的幸福愿望，对于儿女的热爱关心，连同彩色丝线交织在图案中。闹龙舟的五彩版画，也特别受农村中和长年寄居在渔船上、货船上的妇孺欢迎，能引起他们种种欢乐回忆和联想。

记忆中的云南跑马节

还有特具地方性的跑马节，是在云南昆明附近乡下跑马山下举行的。这种聚集了近百里内四乡群众的盛会，到时百货云集、百艺毕呈，对于外乡人更加开眼。不仅引人兴趣，也能长人见闻。来自四乡载运烧酒的马驮子，多把酒坛连驮架就地卸下，站在一旁招徕主顾，并且用小竹筒不住舀酒请人品尝。有些上点年纪的人，阅兵点将一般，到处走去，点点头又摇摇头，平时若酒量不大，绕场一周，也就不免给那喷鼻浓香酒味熏得摇摇晃晃有个三分醉意了。各种酸甜苦辣吃食摊子，也都富有云南地方特色，为外地所少见。妇女们高兴的事情，是城乡第一流银匠到时都带了各种新样首饰，选平敞地搭个小小布棚，展开全部场面，就地开业，煮、炸、槌、錾（zàn）、吹、镀、嵌、接，显得十分热闹。卖土布鞋面枕帕的，卖花边栏干、五色丝线和胭脂水粉香胰子的，都是专为女主顾而准备。文具摊上经常还可发现木刻《百家姓》和其他老式启蒙读物。

大家主要兴趣自然在跑马，特别关心本村的胜败，和划龙船情形相差不多。我对于赛马兴趣并不大。云南马骨架多比较矮小，近于古人说的“果下马”，平时当坐骑，爬山越岭腰力还不坏，走夜路又不轻易失蹄。在平川地作小跑，钻子步走来匀称稳当，也显得满有精神。可是当时我实另有会心，只希望从那些装备不同的马背上，发现一点儿“秘密”。因为我对工艺美术有点常识，漆器加工历史有许多问题还未得解决。读唐宋人笔记，多以为“犀皮漆”作法来自西南，是由马鞍鞯（jiān）涂漆久经磨擦而成。“波罗漆”即犀皮中一种，“波罗”由樊绰《蛮书》得知即老虎别名，由此可知波罗漆得名便在南方。但是缺少从实物取证，承认或否认仍难肯定。我因久住昆明滇池边乡下，平时赶火车入城，即曾经从坐骑鞍桥上发现有各种彩色重叠的花斑，证明《因话录》等记载不是全无道理。所谓秘密，就是想趁机会在那些来自四乡装备不同的马背上，再仔细些探索一下究竟。结果明白不仅有犀皮漆云斑，还有五色相杂牛皮纹，正是宋代“绮纹刷丝漆”的作法。至于宋明铁错银马镫[1]，更是随处可见。云南本出铜漆，又有个工艺传统，马具制作沿袭较古制度，本来极平常自然。可是这些小发现，对我说来却意义深长，因为明白“由物证史”的方法，此后应用到研究物质文化史和工艺图案发展史，都可得到不少新发现。当时在人马群中挤来钻去，十分满意，真正应合了古人说的，“相马于牝（pìn）牡骊（lí）黄之外”。但过不多久，更新的发现，就把我引诱过去，认为从马背上研究老问题，不免近于卖呆，远不如从活人中听听生命的颂歌为有意思了。

原来跑马节还有许多精彩的活动，在另外一个斜坡边，比较僻静长满小小马尾松林子和荆条丛生的地区，那里到处有一簇簇年轻男女在对歌，也可说是“情绪跑马”，热烈程度绝不下于马背翻腾。云南本是个诗歌的家乡，路南和迤西歌舞早著名全国。这一回却更加丰富了我的见闻。

这是种生面别开的场所，对调子的来自四方，各自蹲踞在松树林子和灌木丛沟凹处，彼此相去虽不多远，却互不见面。唱的多是情歌酬和，却有种种不同方式。或见景生情，即物起兴，用各种丰富譬喻，比赛机智才能。或用提问题方法，等待对方答解。或互嘲互赞，随事押

① 旧北京的打磨厂专门出售车马什物的小作坊，有錾金錾银的工艺。

韵，循环无端。也唱其他故事，贯穿古今，引经据典，当事人照例一本册，滚瓜熟，随口而出。在场的既多内行，开口即见高低，含糊不得。所以不是高手，也不敢轻易搭腔。那次听到一个年轻妇女一连唱败了三个对手，逼得对方哑口无言，于是轻轻地打了个吆喝，表示胜利结束，从荆条丛中站起身子，理理发，拍拍绣花围裙上的灰土，向大家笑笑，意思像是说，“你们看，我唱赢了”，显得轻松快乐，拉着同行女伴，走过江米酒担子边解口渴去了。

这种年轻女人在昆明附近村子中多的是。性情明朗活泼，劳动手脚勤快，生长得一张黑中透红枣子脸，满口白白的糯米牙，穿了身毛蓝布衣裤，腰间围个钉满小银片扣花葱绿布围裙，脚下穿双云南乡下特有的绣花透孔鞋，油光光辫发盘在头上。不仅唱歌十分在行，大年初一和同伴各个村子里去打秋千，用马皮作成三丈来长的秋千条，悬挂在高树上，蹬个十来下就可平梁，还悠游自在若无其事！

在昆明乡下，一年四季早晚，本来都可以听到各种美妙有情的歌声。由呈贡赶火车进城，向例得骑一匹老马，慢吞吞的走十里路。有时赶车不及还得原骑退回。这条路得通过些果树林、柞木林、竹子林和几个有大半年开满杂花的小山坡。马上一面欣赏土坎边的粉蓝色报春花，在轻和微风里不住点头，总令人疑心那个蓝色竟像是有意摹仿天空而成的。一面就听各种山鸟呼朋唤侣，和身边前后三三五五赶马女孩子唱的各种本地悦耳好听山歌。有时面前三五步路旁边，忽然出现个花茸茸的戴胜鸟，矗起头顶花冠，瞪着个油亮亮的眼睛，好像对唱歌也发生了兴趣，征询我的意见，经赶马女孩子一喝，才扑着翅膀掠地飞去。这种鸟大白天照例十分沉默，可是每在晨光熹微中，却欢喜坐在人家屋脊上，“郭公郭公”反复叫个不停。最有意思的是云雀，时常从面前不远草丛中起飞，扶摇盘旋而上，一面不住唱歌，向碧蓝天空中钻去。仿佛要一直钻透蓝空。伏在草丛中的云雀群，却带点鼓励意思相互应和。直到穷目力看不见后，忽然又像个小流星一样，用极快速度下坠到草丛中，和其他同伴会合，于是另外几只云雀又接着起飞。赶马女孩子年纪多不过十四五岁，嗓子通常并没经过训练，有的还发哑带沙，可是在这种环境气氛里，出口自然，不论唱什么，都充满一种淳朴本色美。

大伙儿唱得最热闹的叫“金满斗会”，有一次由村子里人发起举行，到时候住处院子两楼和那道长长屋廊下，集合了乡村男女老幼百多人，六人围坐一桌，足足坐满了三十来张矮方桌，每桌各自轮流低声唱《十二月花》，和其他本地好听曲子。声音虽极其轻柔，合起来却如一片松涛，在微风荡动中舒卷张弛不定，有点龙吟凤啸意味。仅是这个唱法就极其有意思。唱和相续，一连三天才散场。来会的妇女占多数，和逢年过节差不多，一身收拾得清洁利索，头上手中到处是银光闪闪，使人不敢认识。我以一个客人身分挨桌看去，很多人都像面善，可叫不出名字。随后才想起这个是村子口摆小摊卖酸泡梨的，那个是城门边挑水洗衣的，此外还有打铁箍（gū）桶的工匠、小杂货商店的管事、乡村土医生和阉（yān）鸡匠，更多的自然是赶马女孩子和不同年龄的农民以及四处飘乡趁集卖针线花样的老太婆，原来熟人真不少！集会表面说辟疫免灾，主要作用还是传歌。由老一代把记忆中充满智慧和热情的东西，全部传给下一辈。反复唱下去，到大家熟习为止。因此在场年老人格外兴奋活跃，经常每桌轮流走动。主要作用既然在照规矩传歌，不问唱什么都不犯忌讳。就中最当行出色是一个吹鼓手，年纪已过七十，牙齿早脱光了，却能十分热情整本整套的唱下去。除爱情故事，此外嘲烟鬼、骂财主，样样在行，真像是一个“歌库”（这种人在我们家乡则叫作歌师傅）。小时候常听老太婆口头语“十年难逢金满斗”，意思是盛会难逢，参加后才知道原来如此。

同是唱歌，另外有种抒情气氛，而且背景也格外明朗美好，即跑马节跑马山下举行的那种会歌。

西南原是诗歌的家乡，我听到的不过是极小范围内一部分而已。建国后人民生活日益美好，心情也必然格外欢畅，新一代歌手，都一定比三五十年前更加活泼和热情。

灯节的灯

元宵节主要在观灯。观灯成为一种制度，比较正确的记载，实起始于唐初，发展于两宋，来源则出于汉代燃灯祀（sì）太乙。灯事迟早不一，有的由十四到十六，有的又由十五到十九。“灯市”得名并扩大，也是从宋代起始。论灯景壮丽，过去多以为无过唐宋。笔记小说记载，大都说宫廷中和贵族里灯彩奢侈华美的情况。

观灯有“灯市”，唐人笔记虽记载过，正式举行还是从北宋汴梁起始，南宋临安续有发展，明代则集中在北京东华门大街以东八面槽一带。从《东京梦华录》和其他记述，得知宋代灯市计五天，由十五到十九。事先必搭一座高大数丈的“鳌（áo）山灯棚”，上面布置各种灯彩，燃灯数万盏。皇帝到这一天，照例坐了一顶敞轿，由几个得力太监抬着，倒退行进，名叫“鹁（bó）鸽旋”，便于四面看人观灯。又或叫几个游人上前，打发一点儿酒食，旧戏中常用的“金杯赐酒”即由之而来。说的虽是“与民同乐”，事实上不过是这个皇帝久闭深宫，十分寂寞无聊，大臣们出些巧主意，哄着他开心遣闷而已。宋人笔记同时还记下许多灯彩名目，“琉璃灯”可说是新品种，不仅在富贵人家出现，商店中也起始用它来招引主顾，光如满月。“万眼罗”则用红白纱罗拼凑而成。至于灯棚和各种灯球的式样，有《宋人观灯图》和《宋人百子闹元宵图》，还为我们留下些形象材料。由此得知，明清以来反映到画幅上如《金瓶梅》《宣和遗事》和《水浒传》等插图中种种灯景，和其他工艺品——特别是保留到明清锦绣图案中，百十种极其精美好看旁缀珠玉流苏的多面球形灯，基本上大都还是宋代传下来的式样。另外画幅上许多种鱼、龙、鹤、凤、巧作灯、儿童竹马灯、在地下旋转不停的滚灯，也由宋代传来。宋代“琉璃灯”和“万眼罗”，明代的“金鱼住水灯”，和用千百蛋壳作成的巧作灯，用冰作成的冰灯，式样作法虽已难详悉，至于明代有代表性实用新品种，“明角灯”和“料丝灯”，实物还有遗存的。中国历史博物馆又还有个明代宫中行乐图，画的是宫中过年情形，留下许多好看宫灯式样。上面还有个松柏枝扎成挂八仙庆寿的鳌山灯棚，及灯节中各种杂剧活动，焰火燃放情况，并且还有一个乐队，一个“百蛮进宝队”，几个骑竹马灯演《三战吕布》戏文故事场面，画出好些明代北京民间灯节风俗面貌。货郎担推的小车，还和宋元人画的货郎图差不多，车上满挂各种小玩具和灯彩，货郎作一般小商人装束。照明人笔记说，这种种却是专为宫廷娱乐仿照市上风光预备的。

我生长家乡是湘西边上一个居民不到一万户口的小县城，但是狮子龙灯焰火，半世纪前在湘西各县却极著名。逢年过节，各街坊多有自己的灯。由初一到十二叫“送灯”，只是全城敲锣打鼓各处玩去。白天多大锣大鼓在桥头上表演戏水，或在八九张方桌上盘旋上下。晚上则在灯火下玩蚌壳精，用细乐伴奏。十三到十五叫“烧灯”，主要比赛转到另一方面，看谁家焰火出众超群。我照例凭顽童资格，和百十个大小顽童，追随队伍城厢内外各处走去，和大伙在炮仗焰火中消磨。玩灯的不仅要气力，还得要勇敢，为表示英雄无畏，每当场坪中焰火上升时，白光直泻数丈，有的还大吼如雷，这些人却不管是“震天雷”还是“猛虎下山”，照例得赤膊上阵，迎面奋勇而前。我们年纪小，还无资格参预这种剧烈活动，只能趁热闹在旁呐喊助威。有时自告奋勇帮忙，许可拿个松明火炬或者背背鼓，已算是运气不坏。因为始终能跟随队伍走，马不离群。直到天快发白，大家都烧得个焦头烂额，精疲力尽。队伍中附随着老渔翁和蚌壳精的，蚌壳精向例多选十二三岁面目俊秀姣好男孩子充当，老渔翁白须白发也假得俨然，这时节都现了原形，狼狈可笑。乐队鼓笛也常有气无力板眼散乱的随意敲打着。有时为振作大伙精神，乐队中忽然又悠悠扬扬吹起“踹八板”来，狮子耳朵只那么摇动几下，老渔翁和蚌壳精即或得应着鼓笛节奏，当街随意兜两个圈子，不到终曲照例就瘫下来，惹得大家好笑！最后集中到个会馆前点验家伙散场时，正街上江西人开的南货店布店，福建人开的烟铺，已经放鞭炮烧开门纸迎财神，家住对河的年轻苗族女人，也挑着豆豉萝卜丝担子上街叫卖了。

有了这个玩灯烧灯经验底子，长大后读宋代咏灯节事的诗词，便觉得相当面熟，体会也比较深刻。例如吴文英作的《玉楼春》词上半阕：

茸茸狸帽遮梅额，金蝉罗剪胡衫窄。
乘肩争看小腰身，倦态强随闲鼓拍。

写的虽是八百年前元夜所见，一个小小乐舞队年轻女子，在夜半灯火阑珊兴尽归来时的情形，和半世纪前我的见闻竟相差不太多。因为那八百年虽经过元明清三个朝代，只是政体转移，社会变化却不太大。至于建国后虽不过十多年，社会却已起了根本变化，我那点儿时经验，事实上便完全成了历史陈迹，一种过去社会的风俗画。边远小地方年轻人，或者还能有些相似而不同经验，可以印证，生长于大都市见多识广的年轻人，倒反而已不大容易想像种种情形了。

一九六三年三月写于北京

抒怀集

生命

我好像为什么事情很悲哀，我想起“生命”。

每个活人都像是有一个生命，生命是什么，居多人是不曾想起的，就是“生活”也不常想起。我说的是离开自己生活来检视自己生活这样事情，活人中就很少那么作，因为这么作不是一个哲人，便是一个傻子了。“哲人”不是生物中的人的本性，与生物本性那点兽性离得太远了，数目稀少正见出自然的巧妙与庄严。因为自然需要的是人不离动物，方能传种。虽有苦乐，多由生活小小得失而来，也可望从小小得失得到补偿与调整。一个人若尽向抽象追究，结果纵不至于违反自然，亦不可免疏忽自然，观念将痛苦自己，混乱社会。因为追究生命意义时，即不可免与一切习惯秩序冲突。在同样情形下，这个人脑与手能相互为用，或可成为一思想家或艺术家；脑与行为能相互为用，或可成为一革命者。若不能相互为用，引起分裂现象，末了这个人就变成疯子。其实哲人或疯子，在违反生物原则，否认自然秩序上，将脑子向抽象思索，意义完全相同。

我正在发疯。为抽象而发疯。我看到一些符号，一片形、一把线、一种无声的音乐、无文字的诗歌。我看到生命一种最完整的形式，这一切都在抽象中好好存在，在事实前反而消灭。

有什么人能用绿竹作弓矢，射入云空，永不落下？我之想象，犹如长箭，向云空射去，去即不返。长箭所注，在碧蓝而明静之广大虚空。

明智者若善用其明智，即可从此云空中，读示一小文，文中有微叹与沉默、色与香、爱和怨。无著者姓名。无年月。无故事。无……然而内容极柔美。虚空静寂，读者灵魂中如有音乐。虚空明蓝，读者灵魂上却光明净洁。

大门前石板路有一个斜坡，坡上有绿树成行，长干弱枝，翠叶积叠，如翠翣，如羽葆，如旗帜。常有山灵，秀腰白齿，往来其间。遇之者即喑哑。爱能使人喑哑——一种语言歌呼之死亡。“爱与死为邻”。

然抽象的爱，亦可使人超生。爱国也需要生命，生命力充溢者方能爱国。至如阉寺性的人，实无所爱，对国家，貌作热诚；对事，马马虎虎；对人，毫无情感；对理想，异常吓怕。也娶妻生子，治学问教书，做官开会，然而精神状态上始终是个阉人。与阉人说此，当然无从了解。

夜梦极可怪。见一淡绿白合花，颈弱而花柔，花身略有斑点青渍，倚立门边微微动摇。在不可知地方好像有极熟习的声音在招呼：

“你看看好，应当有一粒星子在花中。仔细看看。”

于是伸手触之。花微抖，如有所怯。亦复微笑，如有所恃。因轻轻摇触那个花柄，花蒂，花瓣。近花处几片叶子全落了。

如闻叹息，低而分明。

……

雷雨刚过。醒来后闻远处有狗吠，吠声如豹。半迷糊中卧床上默想，觉得惆怅之至。因白合花在门边动摇，被触时微抖或微笑，事实上均不可能！

起身时因将经过记下，用半浮雕手法，如玉工处理一片玉石，琢刻割磨。完成时犹如一壁炉上小装饰。精美如瓷器，素朴如竹器。

白合花极静。在意象中尤静。

山谷中应当有白中微带浅蓝色的白合花，弱颈长蒂，无语如语，香清而淡，躯干秀拔。花粉作黄色，小叶如翠珰。

法郎士曾写一《红白合》故事，述爱欲在生命中所占地位，所有形式，以及其细微变化。我想写一《绿白合》，用形式表现意象。

潜渊

一

黄昏极美丽悦人。光景清寂，极静，独坐小蒲团上，望窗口微明。欧战从一日起始，至今天为止，已三十天。此三十天中波兰即已灭亡。一国家养兵至一百万，一月中即告灭亡，何况一人心中所信所守，能有几许力量，抗抵某种势力侵入？一九三九之九月，实一值得记忆的月份。人类用双手一头脑创造出一个惊心动魄文明世界，然此文明不旋踵立即由人手毁去。人之十指，所成所毁，亦已多矣。

九月××

二

读《人与技术》《红百合》二书各数章。小楼上阳光甚美，心中茫然，如一战败武士，受伤后独卧荒草间，武器与武力已全失。午后秋阳照铜甲上炙热。手边有小小甲虫爬行，耳畔闻远处尚有落荒战马狂奔，不觉眼湿。心中实充满作战雄心，又似觉一切已成过去，生命中仅残余一种幻念、一种陈迹的温习。

心若翻腾，渴想海边，及海边可能见到的一切。沙滩上为浪潮漂白的一些螺蚌残壳，泥路上一朵小小蓝花，天末一片白帆、一片紫。

房中静极。面对窗上三角形夕阳黄光，如有所悟，亦如有所惑。

十月××

三

晴。六时即起。甚愿得在温暖阳光下沉思，使肩背与心同在朝阳炙晒中感到灼热。灼热中回复清凉，生命从疲乏得到新生，久病新瘥一般新生。所思者或为阳光下生长一种造物（精巧而完美，秀与壮并之造物），并非阳光本身。或非造物，仅仅造物所遗留之一种光与影、形与线。

人有为这种光影形线而感兴激动的，世人必称之为“痴汉”。因大多数人都“不痴”。知从“实在”上讨生活，或从“意义”“名分”上讨生活。捕蚊捉虱，玩牌下棋，在小小得失上注意关心，引起哀乐，即可度过一生。生活安适，即已满足。活到末了，倒下完毕。多数人所需要的是“生活”，并非对于“生命”具有何种特殊理解，故亦不必追寻生命如何使用，方觉更有意思。因此若有一人，超越习惯的心与眼，对于美特具敏感，自然即被称为痴汉。此痴汉行为，若与多数人庸俗利害观念相冲突，且成为罪犯，为恶徒，为叛徒。换言之，即一切不吉名词无一不可加诸其身，对此符号，消极意思为“沾惹不得”，积极企图为“与众弃之”。然一切文学美术以及人类思想组织上巨大成就，常惟痴汉有份，与多数无涉，事情显明而易见。

十月××

四

金钱对“生活”虽好像是必需的，对“生命”似不必需。生命所需，惟对于现世之光影疯狂而已。因生命本身，从阳光雨露而来，即如火焰，有热有光。

我如有意挫折此奔放生命，故从一切造形小物事上发生嗜好，即不能挫折它，亦可望陶冶它，羁縻[①]它，转变它。不知者以为留心细物，所志甚小，见闻不广，无多大价值物事，亦如宝贝，加以重视，未免可笑。这些人所谓价值，自然不离金钱，意即商业价值。

美固无所不在，凡属造形，如用泛神情感去接近，即无不可以见出其精巧处和完整处。生命之最大意义，能用于对自然或人工巧妙完美而

①羁縻（jī mí）：意为笼络。

倾心，人之所同。惟宗教与金钱，或归纳，或消灭。因此令多数人生活下来都庸俗呆笨，了无趣味。某种人情感或被世务所阉割，淡漠如一僵尸，或欲扮道学，充绅士，作君子，深深惧怕被任何一种美所袭击，支撑不住，必致误事。又或受佛教“不净观”影响，默会《诃欲经》本意，以爱与欲不可分，惶恐逃避，唯恐不及。像这些人，对于“美”，对于一切美物、美行、美事、美观念，无不漠然处之，竟若毫无反应。

不过试从文学史或美术史（以至于人类史）加以清查，却可得一结论，即伟人巨匠、千载宗师，无一不对于美特具敏锐感触。或取调和态度，融汇之以成为一种思想，如经典制作者对于经典文学符号排比的准确与关心。或听其撼动，如艺术家之与美对面时，从不逃避某种光影形线所感印之痛苦，以及因此产生佚智失理之疯狂行为。举凡所谓活下来“四平八稳”人物，生存时自己无所谓，死去后他人对之亦无所谓。但有一点儿应当明白，即“社会”一物，是由这种人支持的。

十月××

五

饭后倦极。至翠湖土堤上一走。木叶微脱，红花萎悴，水清而草乱。猪耳莲尚开淡紫花，静贴水面。阳光照及大地，随阳光所及，举目临眺，但觉房屋人树，及一池清水，无不如相互之间，大有关系。然个人生命，转若甚感单独，无所皈依，亦无所附丽。上天下地，粘滞不住。过去生命可追寻处，并非一堆杂著，只是随身记事小册三五本，名为记事，事无可记，即记下亦无可观。唯生命形式，或可于字句间求索得到一二，足供温习。生命随日月交替而有新陈代谢现象，有变化，有移易。生命者，只前进，不后退，能迈进，难静止。到必需“温习过去”，则目前情形可想而知。沉默甚久，生悲悯心。

我目前俨然因一切官能都十分疲劳，心智神经失去灵明与弹性，只想休息。或如有所规避，即逃脱彼噬（shì）心啮（niè）知之“抽象”，由无数造物空间时间综合而成之一种美的抽象。然生命与抽象固不可分，真欲逃避，惟有死亡。是的，我的休息，便是多数人说的死。

十月××

六

在阳光下追思过去，俨然整个生命俱在两种以及无数种力量中支撑抗拒，消磨净尽。所得唯一种知识，即由人之双手所完成之无数泥土陶瓷形象，与由上帝双手抟泥所完成之无数造物灵魂有所会心而已。令人痛苦也就在此。人若欲贴近土地，呼吸空气，感受幸福，则不必有如此一分知识。多数人或具有一种浓厚动物本性，如猪如狗，或虽如猪如狗，惟感情被种种名词所阉割，皆可望从日常生活中感到完美与幸福。

譬如说“爱”，这些人爱之基础或完全建筑在一种“情欲”事实上，或纯粹建筑在一种“道德”名分上，异途同归，皆可得到安定与快乐。若将它建筑在一抽象的“美”上，结果自然到处见出缺陷和不幸。因美与“神”近，即与“人”远。生命具神性，生活在人间，两相对峙，纠纷随来。情感可轻翥[1]高飞，翱翔天外，肉体实呆滞沉重，不离泥土。

××说，“×××年前死得其所，是其时。”即“人”对“神”的意见，亦即神性必败一个象征。××实死得其时，因为救了一个“人”，一个贴近地面的人。但××若不死，未尝不可以使另外若干人增加其神性。

有些人梦想生翅膀一双，以为若生翅翼，必可轻举，向日飞去。事实上即背上生出翅膀，亦不宜高飞。有些人从不梦想，惟时时从地面踊跃升腾，虽腾空不高，旋即堕地，依然永不断念，信心特坚。前者是艺术家，后者是革命家。但一个文学作家，似乎必需兼有两种性格。

十月××

十月十六日摘抄

---

① 翥（zhù）：（鸟）向上飞。

青色魇

青

半夜猛雨，小庭院变成一片水池。孩子们身心两方面的活泼生机，于是有了新的使用处。为储蓄这些雨水，用作他们横海扬帆美梦的根据地，大忙特忙起来了。小鹤嘴锄在草地上纵横开了几道沟，把积水引导到大水沟后，又设法在低处用砖泥砌成一道堤坝。于是半沟黄浊浊泥水中，浮泛了各式各样玩意儿：木条子、沙丁鱼空罐头、牙膏盒、硬纸板，凡在水面漂动的统统就名叫做“船”，并赋以船的抽象价值和意义。船在水手搅动脏水激起的漩涡里陆续翻沉后，压舱的一切也全落了水。照孩子们说的，即“宝物全沉入海底”。这一来，孩子们可慌了。因为除掉他们自己日常用的小玩具外，还有我书桌上一个黄杨木刻的摆夷小马，作镇纸用的澳洲大宝贝，刻有蹲狮的镀金古铜印，自然也全部沉入海底。照传说，落到海底的东西即无着落，几只小手于是更兴奋的在脏水中搅动起来。过一会儿，当然即得回了一切，重新分配，各自保有原来的一份。然而同时却有一匹手指大的翠绿色小青蛙，不便处置。这原是一种新的发现。若系平时，未必受重视，如今恰好和打捞宝物同时出水，为争夺保有这小生物，几只手又有了新的搅水机会。再过不久，我的面前就有了一双大眼睛，黑绒绒的长睫毛下酿了一汪热泪，来申诉委屈了。抓起两只小手看看，还水淋淋的。一只手中是那个刚从大海中救回四寸高的小木马，一只手就捏住那匹刚从大海中发现的小青蛙。摊开小手掌时，小生物停在掌中心，恰如一只绿玉琢成的眼睛。

“根本是我发现的，哥哥不承认。……于是我们就战争了。他故意浇水到我眼睛里，还说我不讲道理。我呢，只浇一点儿水到他身上，并不多。”

我心想：“是的，你们因为如此或如彼，就当真战争起来了，很兴奋、认真，都以为自己和真理同在。正犹如世界上另外一处发生的事。这世界，一切原只是一种象征！”不由得不苦笑了。我说：“嗨嗨，小虎虎，战争不是好事情。不要为点点事情就战争！不许哥哥浇脏水到眼睛中去，好看的眼睛自然要好好保护它才对。可是你也不必哭，女孩子的眼泪才有用处！你可听过一个大伙儿女人在一块流眼泪的故事？……”

所有故事都从同一土壤中培养生长，这土壤别名“童心”。一个民族缺少童心时，即无宗教信仰，无文学艺术，无科学思想，无燃烧情感实证真理的勇气和诚心。童心在人类生命中消失时，一切意义即全部失去其意义，历史文化即转入停顿、死灭，回复中古时代的黑暗和愚蠢，进而形成一个较长时期的蒙昧和残暴，使人类倒退回复吃人肉的状态中去。

白

凡是冒险的事情都使人兴奋，可是最能增加见闻满足幻想的，却只有航海。坐了一只船向远无边际的海洋中驶去时，一点儿接受不可知命运所需要的勇敢和寄托于这只船上所应有的荒谬希望，可以说，把每个航海的人都完全变了。那种不能自主的行止，以及与海上陌生事务接触时的心情，都不是生根陆地的人所能想象的。他将完全如睁大两眼作一场白日梦，一直要回到岸上才能觉醒。他的冒险经验，不仅仅将重造他自己的性情和人格，还要影响到别的更多的人兴趣和信仰。

就为的是冒险，有那么一只海船，从一个近海码头启碇，向一个谁也想象不到的彼岸进发了。这只船行驶到某一天后，海上忽然起了大风。船在大海中被风浪簸荡，真像是小水塘中的玩意儿，被顽童小手搅动后情景。到后自然是船翻了，船上人千方百计从各处找来的宝物，全部落了水，船上所有人也落了水。可是就中却有一个冒险者，和他特别欢喜的一匹白马，同被偶然而来的一个海浪，送到了岛屿的岸边。就岛上种种光景推测，背海向内地走去，必然会和人碰头。必需发现人，这种冒险也才有变化，有结束。唯一的办法，自然就是骑了这匹白马向内陆进发，完成这种冒险的行程。

这匹马长得多雄骏！骨相和形色，图画上就少见。全身白净，犹如海滩上的贝壳。毛色明净光莹处，犹如碧空无云天上的满月，如阿耨（nòu）达池中的白莲花。走动时轻快不费力气，完全像是一阵春天的好风。四脚落地的均匀节奏，使人想起千年前历史上那个第一流鼓手，这鼓手同时还是个富于悲剧性的聪明皇帝，会恋爱又懂音乐，尤其欢喜玩羯鼓，在阳春三月好风光里，鼓声起处，所有含苞欲吐的花树，都在这种节奏微妙鼓声中次第开放。

白马正驶过一片广阔平原，向一个城市走去。装饰平原到处是各种花果的树林。花开得如锦绣堆积，红白黄紫，各自竞妍争美。点缀在树枝上的果子，把树枝压得弯弯的，过路人都可随意采摘。大路两旁用作行路人荫蔽的嘉树，枝叶扶疏，排列整齐，犹如受过极好训练的军队。平原中到处还有各式各样的私人花园别墅，房屋楼观都各有匠心，点缀上清泉小池，茂树奇花。五色雀鸟在水边花下和鸣，完全如奏音乐。耳目接触，使人尽忘行旅疲劳和心上烦忧。城在平原正中，用半透明玉石砌成，五色琉璃作缘饰，皎洁壁立，秀拔出群，犹如一座经过削琢的冰山。城既在平原上，因之从远处望去时，又仿佛一阵镶有彩饰的白云，平空从地面涌起。城市的伟大和美丽，都已超过一切文学诗歌的形容，所以在任何人的眼目中，也就十分陌生。

这城原来就是历史上最著名的阿育王城，这一天且是传说中最动人的一天。这个冒险者骑了他的白马，到得城中心时，恰好正值城中所有年轻秀美尚未出嫁女孩子，集合到城中心大圆场上，为同一事件而哀哭。各自把眼泪聚集入金、银、玉、贝、珊瑚、玛瑙等等七宝作成的小盒中，再倾入一个紫金钵盂里。

一切见闻都比梦境更荒唐不可思议，然而一切却又完全是事实。事实增加冒险者的迷惑，不知从何取证。冒险者更觉得奇异，即问明白，使得这些年轻美貌女孩子的哭泣，原来是为了另一个陌生男子一双眼睛的失明。

黄

阿育王是历史上一个最贤明的国工，既有了作国王所应有的智慧和仁爱、公正与诚实，因之凡作国王所需要的一切——权势和尊荣、财富和土地、良善人民和正直大臣，也无不完全得到。但是就中有一点儿缺陷，即年近半百还无儿子。一个国王若没有儿子，在历史上留下的记载，必然是国中有势力的大族，趁这个国王老去时，因争夺继承，不免发生叛变和战争，国力由消耗而转弱，使敌国怨家乘隙侵入，终于亡国灭祀。为避免历史悲剧的重演，唯一方式即采用宗教仪式向神求子。阿育王本不信神，但为服从万民希望，不得已和皇后莲花夫人同往国内最大神庙祝祷许愿，并往每一神像前瞻礼致敬。庄严烦琐的仪式完毕，回到别院休息时，忽闻有驹那罗鸟在合欢树上歌呼。阿育王心想："若生儿子，一双眼睛应当如驹那罗鸟眼俊美有神，方足威临八方。"回宫不久，皇后果然就有了身孕。足月时生产一男孩，满房都有牛头楠檀奇异馥郁香气，长得肥白健壮，有三十二相，八十种好。尤其使阿育王夫妇欢喜的，就是那双眼睛，完全如驹那罗鸟眼睛。因到神庙去还愿酬神，并在神前为太子取名“驹那罗”。总管神庙的先知，预知这个太子的眼睛和他一生命运大有关系，能带来无比权势，也能带来意外不幸，就为阿育王说“眼无常相”法，意思是：

“凡美好的都不容易长远存在，具体的且比抽象的还更脆弱。美丽的笑容和动人的歌声反不如星光虹影持久，这两者又不如某种素朴观念信仰持久。英雄的武功和美人的明艳，欲长远存在，必与诗和宗教情感结合，方有希望。但能否结合，却又是出于一种偶然，因人间随时随处都有异常美好的生命或事物消失，大多数即无从保存。并非事情本身缺少动人悲剧性，缺少的只是一个艺术家或诗人的情绪，恰巧和这个问题接触。必接触，方见功。这里‘因缘’二字有它的庄严意义，‘信仰’二字也有它的庄严意义。记住这两个名词对人生最庄严的作用，在另外一时就必然发生应有的作用。”这种法语似乎相当深晦，近于一切先知的深晦，阿育王自然也只能理解一小部分，其余得从事实证明。

说过后，先知即把佛在生时沿门乞食的紫金钵盂，送给阿育王，并嘱咐他说：“这东西对王子驹那罗明天大有用处。好好留下，将来可以为我说的预言作证。”

金

驹那罗王子在良好教育和谨慎保护下慢慢长大。到成年时，一切传说中王子的好处，无不具备。一双俊美眼睛，则比一切诗歌所赞美的人神眼睛还更明亮更动人。国中所有年轻美丽女孩子，因为普遍对于这双眼睛发生了爱情，多锁住了她们爱情，迟延了她们的婚姻。驹那罗自己也因这双出奇的眼睛和多少人的希望与着迷，始终不好意思和任何一个女子成婚。

按照当时的风俗，阿育王宫中应当有一万妃子，而且每一位妃子入宫因缘，都必然有一种特征和异相。最后一个入宫的妃子，名叫真金夫人。全身是紫金色，光华煜煜，且有异香，稀世少见。当时有婆罗门相师为王求妃，聘请国内名师高手，铸就一躯金相，雄伟奇特，辇（niǎn）行全国，并高声倡言：“若有端正殊妙女人，得见金神礼拜者，将以虔信，得神默佑，出嫁必得人上之人好夫婿。”全国士女，一闻消息，于是各自严整妆饰，穿锦绣衣，璎珞被体，结伴同出，礼拜金神。唯有这个女子，志乐闲静，清洁其心，独不出视。经女伴再三怂恿，方着日常弊衣，勉强随例参谒[①]。不意一到神前，按照规仪将随身衣服脱去时，一身紫金色光明，映夺神座。婆罗门相师一见，即知唯有这个女子堪宜作妃。随即用重礼聘入王宫。这妃子不仅长得华艳绝人，且智意流通，博识今古，明辨时政，兼习术数。就为这种种原因，深得

① 进见尊敬的人。

阿育王爱敬信托。然亦因此，即与驹那罗王子势难并存。推其原因，还由于爱。王妃在未入宫以前，即和国内其他女子一样，爱上了驹那罗那双眼睛。若两人相爱，可谓佳偶天成。但名分已定，驹那罗王子对之只有尊敬，并无爱情。妃子对之则由爱生妒，由妒生恨，不免孕育一点儿恶心种子。凡属种子，在雨露阳光中都能生长，发育滋长，结怨毒果。驹那罗有见于此，心怀忧惧，寝食难安，问计于婆罗门，婆罗门即为出主意，因此向阿育王请求出外就学。

过后不久，阿育王害了一种怪病，国内医生无法医治，宣告绝望。这事情若照国家习惯法律，三个月后，驹那罗王子即将继承王位，当国执政。聪明妃子一听这种消息，心知驹那罗王子若真当国执政，第一件事，即必然是将自己放逐出宫。因此向监国大臣宣称，她能治王怪病，“请用三个月为期，到时若无好转，愿以身殉国王，死而无怨。”一面即派人召集国内良医，并向国内各处探听，凡有和阿育王相同病症的，一律送来疗治。恰好有一女孩，病症相同，妃子即令医士用女孩作试验，吃种种药。最后吃葱，药到虫出，怪病即愈。阿育王经同样治疗，病亦得痊，因向妃子表示感激之忱，以为若有心愿未遂，必可使之如愿。妃子趁此就说：“国王所有，我无不有，锦衣玉食，我无所需。由于好奇，我想作七天国王，别无所求！”既得许可，第一件事即假作阿育王一道命令，给驹那罗王子，命令上说：“驹那罗王子犯大不敬，宜处死刑。今特减等，急将两眼挑出。令到遵行，不许稍缓。限期三日，回复王命。”按照习惯，这种重要文件，必有阿育王齿上印迹，才能生效。妃子趁王睡眠，盗取齿印。王在梦中惊醒，向妃子说：

“事真希奇，我梦见一只黑色大鸷鹰，啄害驹那罗两只眼睛。”

妃子说：“梦和事实，完全相反，王子安乐，何必忧心？”

妃子哄阿育王睡定，欲取齿印时，王又惊醒，向妃子说：“事实希奇，我又梦见驹那罗头发披散，面容憔悴，坐在地上哭泣。两眼成为空洞，可怕可怕！”

“梦哭必笑，梦忧则吉，卜书早已说过，何用多疑？”

妃子于是依然用谎话哄王安睡。睡眠熟时，即将齿印盗得，派一亲信仆人，乘日行七百里驿传，赍送命令，到驹那罗王子所在总督处。总督将命令转送给驹那罗王子，验看明白，相信一切真出王意，即便托人传语总督，请求即刻派人前来执行。可是全省没有人肯作这种蠢事。另悬重赏，方来一外省无赖流氓，企图赏赐报名应征。人虽无赖，究有人心，因此到执行时，迟迟不忍动手。

驹那罗王子恐误王命，鼓励他说：“你勇敢点，只管下手，先挑右眼，放我手心！”一眼出后，千万人民，都觉痛苦损失，不可堪忍。热泪盈眶，如小孩哭。驹那罗王子忘却本身痛苦，反向众人多方安慰，以为同受试验，亦有缘法。两眼出后，驹那罗王子向在场人民从容宣说：“美不常住，物有成毁，失别五色，即得清净；得丧之际，因明本性。破甑（zèng）不顾，事达人情，拭去热泪，各营本生！”那流氓眼见这种情形，异常感动，自觉作了一件愚蠢无以复加事情，随即转身到一大树下扼喉自杀死去。妃子亲信，即将那双眼睛，贮藏于一个小小七宝盒中，乃驰驿传，带回宫中复命。

妃子从宝盒中验看那双眼睛无误时，“驹那罗，驹那罗，你既不在人间，就应当永远埋葬在我心里！”妃子由于爱恨交缚，便把那双眼睛吞吃了。

紫

驹那罗既失去双眼，变成盲人后，不能继续学问，因此弹琴唱歌，自作慰遣。心念父亲年老，国事甚烦，虽有聪明妃子侍侧，忠直大臣辅政，究竟情形，实不明白，十分挂念。因辗转而行，沿路乞丐，还归京都。到王宫门外时，不得入宫，即在象坊中暂时寄身，等待机会。半夜中忽听两个象奴陈述国情，以及阿育王功德；奇病痊愈，得力于王妃智慧多方，代王执政七天，开历史先例。并认为一年以内，从不处罚任何臣民，以德化治，真是奇迹。驹那罗就耳中所闻证本身所受，心中疑问，不能自解，因此中夜弹琴娱心，并寄幽思。阿育王在宫中忽闻琴声，十分熟习，似驹那罗平时指法，惟曲增幽愤，如有所诉。即派人四处找寻，才从象坊一角，发现这个两眼失明王子。形容羸瘦，衣裳败坏，手足生疮，且作奇臭，完全失去本形，因问驹那罗：

“你是谁人？因何在此？有何怨苦，欲作申诉？”

“我是驹那罗，阿育王独生子。眼既失明，名只空存。我无怨苦，不欲申诉，惟念父母，因此归来！”

阿育王一听这话，譬如猛火烧心，迷闷伤损，即刻昏倒地下。用水浇洒，苏醒以后，把驹那罗抱在膝上，一面流泪一面询问：“你眼睛本似驹那罗眼，俊美温柔，燃着清光，明朗若星，才取本名。如今一无所有，应作何等称呼？什么人害你，心之狠毒，到这样子！你颜色这么辛苦憔悴，我实在不忍多看。赶快一一向我说个明白，我必为你报仇。”

驹那罗说：“爸爸，你不必忧恼。事有分定，不能怨人，我自造孽，才有今天！三月前得你命令，齿印分明，说我犯大不敬，于法应诛，将眼挑出，贷免一死。既有王命，证据分明，何敢违逆？”

阿育王说：“我可发誓，并无这种荒悖命令。此大罪恶，必加追究，得个水落石出，我方罢休！”

一经追究，如理泉水，随即知道本源。真金夫人因爱生妒，因妒生毒，毒害之心滋长繁荣，于是方有如彼如此不祥事件发生。供证分明，无可辩饰，阿育王一身火发，因向妃子厉声斥骂说：“不吉恶物，何天容汝，何地载汝。你心狠毒，真如蛇蝎，螫人至毒，死有余辜，不自陨灭，天意或正有待！”因此即刻把这妃子监禁起来，准备用胡胶紫火烧杀后，再播扬灰烬于空中水中，使之消失，表示人天共弃。

阿育王因思往事，想起过去种种，先知所说眼无常相法，即有预言。又想起那个紫金钵盂，及先知所谓“因缘”“信仰”等等意义，当即派一大臣，把那紫金钵盂带到大街通衢人民会萃热闹处所，向国人宣示驹那罗王子所遭不幸经过。“本身失明，犹可摸索，循墙而走，不至倾跌。一国失明，何以作计？”都人士女，闻此消息，多如突闻霹雳，如呆如痴，迷闷怅惘，不知自处。至若年轻妇女，更觉心软如蜡，难于自持。加之平昔对其爱慕，更增悲酸。日月于人，本非嫡（dí）亲，一旦失明，人即如发狂痫，敲锣击缶，图作挽救。今驹那罗王子，两目丧失，日夜不分，对于青春鲜华美丽自信女子，如何能堪？因此齐集广场，同申哀痛。热泪盈把，浥注小盒，盒盒充足，转注紫金钵盂。不一时许，钵盂中清泪满溢。阿育王忧戚沉痛，手捧钵盂，携带驹那罗王子，同登一坛台上，朗朗向众宣示：

“眼无常相，先知早知，因爱而成，逢妒而毁，由忧生信，从信生缘。我儿驹那罗双眼已瞎，人天共见。今我将用这一钵出自国中最纯洁女子为同情与爱而流的纯洁眼泪，来一洗驹那罗盲眼。若信仰二字犹有意义，我儿驹那罗双眼必重睹光明，亦重放光明，若信仰二字，早已失去其应有意义，则盲者自盲，佛之钵盂，正同瓦缶，恰合给我儿驹那罗作叫花子乞讨之用！”

当众一洗之后，四方围观万民，不禁同声欢呼：“驹那罗！”原来这些年轻女子为一种单纯共同信仰，虔诚相信盲者必可得救。愿心既十分单纯真诚，人天相佑，奇迹重生，驹那罗一双眼睛，已在一刹那顷回复本来，彼此互观，感激倍增。全城女子，因此联臂踏歌，终宵欢庆。

探险者目睹这回奇迹，第一件事，即将那匹白马献给阿育王，用表尊敬。至于驹那罗王子呢，第一件事，即请求国王赦免那一位美貌非凡才智过人、用不得其正的妃子，从胡胶紫火中把她救出。

黑

我那小木马，重新又放到书桌边，成为案头装饰品之一了。房屋尽头远近水塘，正有千百拇指大小青蛙鸣声聒耳。试数我桌上杂书，从书页上折角估计，才知道我看过了《百缘经》《鸡尸马王经》《阿育王经》《付法藏经》……

眼前一片黑，天已入暮，天末有一片紫云在燃烧。一切都近于象征。情感原出于一种生命的象征，离奇处是它在人生偶然中的结合，以及结合后发展而成的完整形式。它的存在实无固定性，亦少再现性，然而若于一个抽象名词上去求实证时，“信仰”却有它永远的意义。信仰永存。我们需要的是一种明确而单纯的新的信仰，去实证同样明确而单纯的新的愿望。共同缺少的，是一种广博伟大悲悯真诚的爱，用童心重现童心。而当前个人过多的，却是企图用抽象重铸抽象，那种无结果的冒险。社会过多的，却是企图由事实继续事实，那种无情感的世故。

想象的紫火在燃烧中，在有信仰的生命里继续燃烧中。在我生命里，也在许多人生命里。待毁灭的是什么？是个人不纯粹的爱和恨，还是另外一种愚蠢和困惑？我问你。

白魇

为了工作，我需要清静与单独，因此长住在乡下，不知不觉就过了五年。

乡下居住一久，和社会场面都隔绝了，一家人便在极端简单生活中，送走连续而来的每个日子。简单生活中又似乎还另外有种并不十分简单的人事关系存在，即从一切书本中，接近两千年来人类为求发展争生存种种哀乐得失。他们的理想与愿望，如何受事实束缚挫折，再从束缚挫折中突出，转而成为有生命的文字，这个艰苦困难过程，也仿佛可以接触。其次就是从通信上，还可和另外环境背景中的熟人谈谈过去，和陌生朋友谈谈未来。当前的生活，一与过去未来连接时，生命便若重新获得一种意义。再其次即从少数过往客人中，见出这些本性善良欲望贴近地面可爱人物的灵魂，被生活压力所及，影响到义利取舍时是个什么样子，同样对于人性若有会于心。

这时节，我面前桌子上正放了一堆待复的信件和几包刚从邮局取回的书籍。信件中提到的，不外战争带来的亲友死亡消息，或初入社会年轻朋友与现实生活迎面时对于社会所感到的灰心绝望，以及人近中年，从诚实工作上接受寂寞报酬，一面忍受这种寂寞，一面总不免有点郁郁不平。从这种通信上，我俨然便看到当前社会一个断面，明白这个民族在如何痛苦中接受时代所加于他们身上的严酷试验，社会动力既决定于情感与意志，新的信仰且如何在逐渐生长中。倒下去的生命已无可补救，我得从复信中给活下的他们一点儿光明希望，也从复信中认识认识自己。

二十六岁的小表弟黄育照，在华容为掩护部属抢渡，救了他人救不了自己，阵亡了。同时阵亡的还有个表弟聂清，为写文章讨经验，随同部队转战各处已六年。还有个作军需的子和，在嘉善作战不死却在这一次牺牲了。

“……人既死了，为做人责任和理想而死，活下的徒然悲痛，实在无多意义。既然是战争，就不免有死亡！死去的万千年轻人，谁不对国家前途或个人事业有光明希望和美丽的梦？可是在接受分定上，希望和梦总不可免在不同情况中破灭。或死于敌人无情炮火，或死于国家组织上的脆弱，二而一，同样完事。这个国家，因为前一辈的不振作，自私而贪得，愚昧而残忍，使我们这一代为历史担负那么一个沉重担子，活时如此卑屈而痛苦，死时如此胡涂而悲惨。更年轻一辈，可有权利向我们要求，活得应当像个人样子！我们尽这一生努力，来让他们活得比较公正合理些，幸福尊贵些，不是不可能的！”

一个朋友离开了学校将近五年，想重新回学校来，被传说中昆明生活愣住了。因此回信告诉他一点儿情况。

“……这是一个古怪地方，天时地利人和条件具备，然而乡村本来的素朴单纯，与城市习气作成的贪污复杂，却产生一个强烈鲜明对照，使人十分痛苦。湖山如此美丽，人事上却常贫富悬殊到不可想象程度。小小山城中，到处是钞票在膨胀、在活动。大多数人的做人兴趣，即维持在这个钞票数量争夺的过程中。钞票越来越多，因之一切责任上的尊严与做人良心的标尺，都若被压扁扭曲，慢慢失去应有的完整。正当公务员过日子都不大容易对付，普通绅商宴客，却时常有熊掌、鱼翅、鹿筋、象鼻子点缀席面。奇特现象最不可解处，即社会习气且培养到这个民族堕落现象的扩大。大家都好像明白战时战后决定这个民族百年荣枯命运的，主要的还是学识，教育部照例将会考优秀学生保送来这里升学。有钱人子弟想入这个学校肄业，恐考试不中，且乐意出几万元代价找替考人。可是公私各方面，就似乎从不曾想到这些教书十年二十年的书呆子，过的是种什么紧张日子。本地小学教员照米价折算工薪，水涨船高。大学校长收入在四千左右，大学教授收入在三千法币上盘旋，完全近于玩戏法的，要一条蛇从一根细小绳子上爬过。战争如果是个广义名词，大多数同事，就可说是在和一种风气习惯而战争！情形虽够艰苦，但并不气馁！日光多，在日光之下能自由思索，培养对于当前社会制度怀疑和否定的种子，这是支持我们情绪唯一的撑柱，也是重造这个民族品德的一点儿转机！”

……

这种信照例写不完，乡下虽清静却无从长远清静，客人来了，主妇温和诚朴的微笑，在任何情形中从未失去。微笑中不仅表示对于生活的乐观，且可给客人发现一种纯挚同情，对人对事无邪机心的同情，使得间或从家庭中小小拌嘴过来的女客人，更容易当成个知己，以倾吐心腹为快。这一来，我的工作自然停顿了。

凑巧来的是胖胖的×太太，善于用演戏时兴奋情感说话，叙述琐事能委曲尽致，表现自己有时又若故意居于不利地位，增加点比本人年龄略小二十岁的爱娇。喉咙响，声音大，一上楼时就嚷：

“××先生，我又来了。一来总见你坐在桌子边，工作好忙！我们谈话一定吵闹了你，是不是？我坐坐就走！真不好意思，一来就妨碍你。你可想要出去做文章？太阳好，晒晒太阳也有好处。有人说，晒晒太阳灵感会来。让我晒太阳，就只会出油出汗！”

我不免稍微有点受窘，忙用笑话自救：“若想找灵感，依我想，最好倒是听你们谈天，一定有许多动人故事可听！”

“××先生，你说笑话。……你别骂我，千万别把我写到你那大作中！他们说我是座活动广播电台，长短波都有，其实——唉，我不过是……”

我赶忙补充，“一个心直口快的好人罢了。你若不疑心我是骂人，我常觉得你实在有天才，真正的天才。观察事情极仔细，描画人物兴趣又特别好。”

“这不是骂我是什么！”

我心想，不成不成，这不是议会和讲坛，决非舌战可以找出结论。因此忽略了一个做主人的应有礼貌，在主妇微笑示意中，离开了家，离开了客人，来到半月前发现“绿魇”的枯草地上了。

我重新得到了清静与单独。

我面前是个小小四方朱红茶几，茶几上有个好像必需写点什么的本子。强烈阳光照在我身上和手上，照在草地上和那个小小本子上。阳光下空气十分暖和，间或吹来一阵微风，空气中便可感觉到一点儿从滇池送来冰凉的水气和一点儿枯草香气。四周景象和半月前已大不相同：小坡上那一片发黑垂头的高粱，大约早带到人家屋檐下，象征财富之一部分去了。待翻耕的土地上，有几只呆呆的戴胜鸟，已失去春天的活泼，正在寻觅虫蚁吃食。那个石榴树园，小小蜡黄色透明叶片，早已完全落尽，只剩下一簇簇银白色带刺细枝，点缀在一片长满萝卜秧子新绿中。

河堤前那个连接滇池的大田原，极目绿芜照眼，再分辨不出被犁头划过的纵横赭色条纹。河堤上那些成行列的松柏，也若在三五回严霜中，失去了固有的俊美，见出一点儿萧瑟。在暖和明朗阳光下结队旋飞自得其乐的蜉蝣[1]，更早已不知死到何处去了。

我于是从面前这一片枯草地上，试来仔细搜寻，看看是不是还可发现那些彩色斑驳金光灿烂的小小甲虫，依然能在阳光下保留原先的从容闲适，于草梗间无目的地漫游，并充满游戏心情，从弯垂草梗尖端突然下堕。结果自然全失望。一片泛白的枯草间，即那个半月前爬上我手背若有所询问的黑蚂蚁，也不知归宿到何处去了。

阳光依旧如一只温暖的大手，从亿万里外向一切生命伸来。除却我和面前的土地，接受这种同情时还感到一点儿反应，其余生命都若在“大块息我以死”态度中，各在人类思索边际以外结束休息了。枯草间有着放光细劲枝梗带着长穗的狗尾草类植物，种子散尽后，尚依旧在微风中轻轻摇头，俨若在阳光下表示，生命虽已完结，责任犹未完结神气。

天还是那么蓝，深沉而安静，有灰白的云彩从树林尽头慢慢涌起，如有所企图的填去了那个明蓝的苍穹一角。随即又被一种不可知的力量所抑制，在无可奈何情形下，转而成为无目的的驰逐。驰逐复驰逐，终

---

① 蜉蝣（fú yóu）：昆虫，幼虫生在水中，成虫有两对翅，在水面飞行。成虫生存期极短，交尾产卵后即死。种类很多。

于又重新消失在蓝与灰相融合作成的珠母色天际。

大院子同住的人，只有逃避空袭方来到这个空地上。我要逃避的，却是地面上一种永远带点突如其来的袭击。我虽是个写故事的人，照例不会拒绝一切与人性有关的见闻，可是从性情可爱的客人方面所表现的故事，居多都像太真实了一点儿，待要把它写到纸上时，反而近于虚幻想象了。

另一时，正当我们和朋友商量一个严重问题时，一位爱美而热忱，长于用本人生活抒情的×太太，如一个风暴突然侵入。

“××先生（向一位陌生客人说），你多大年纪了？怎么总不见老？我从四川回来，人都说我老了，不像从前那么一切合标准了。（抚摩自己丰腴的脸颊）我真老了，我要和我老×离婚，让他去和年轻女人恋爱，我不管。我喝咖啡多了睡不好觉，会失眠。（用茶匙搅和咖啡）这墙上的字真好，写得多软和，真是龙飞凤舞。（用手胡乱画些不大容易认识的草字）人老了真无意思。我要走了。明早又还得进城，……真气人。”×太太话一说完，当真就走了。只留下一场飓风来临后的气氛在一群朋友间，虽并不见毁屋拔木，可把人弄得胡胡涂涂。

这种人为的飓风去后许久，主客之间还不免带剩余惊悸，都猜想：也许明天当真会有什么重大变故要发生了？结果还亏主妇用微笑打破了这种沉闷。

“×太太为人心直口快，有什么说什么。只因为太爱好，凡事不能尽如人意，琐琐家务更多烦心，所以总欢喜向朋友说到家庭问题。其实刚才说起的事，不仅你们不明白，过一会儿她自己也就忘记了。我猜想，明天进城一定是去吃酒，不会有什么别的问题的！”大家才觉得这事原可以笑笑，把空气改变过来。

温习到这个骤然而来的可爱风暴时，我的心便若失去了原有的谧（mì）静。

我因此想起了许多事，如彼或如此，在人生中十分真实，且各有它存在的道理，巴尔扎克或契诃夫，笔下都不会轻轻放过。可是这些事在我脑子中，却只作成一种混乱印象，俨若一页用失去了时效的颜色胡乱涂成的漫画。这漫画尽管异常逼真，但实在不人美观。这算个什么？我们做人的兴趣或理想，难道都必然得奠基于这种猥琐粗俗现象上，且分享活在这种事实中的小小人物悲欢得失，方能称为活人？一面想起眼前这个无剪裁无章次的人生，一面想起另外一些人所抱的崇高理想，以及理想在事实中遭遇的限制、挫折、毁灭，不免痛苦起来。我还得逃避，逃避到一种抽象中，方可突出这个无章次人事印象的困惑。

我耳边有发动机在高空搏击空气的声响。这不是一种简单音乐，单纯调子中，实包含有千年来诗人的热情幻想与现代技术的准确冷静，再加上战争残忍情感相糅合的复杂矛盾。这点诗人美丽的情绪，与一堆数学上的公式、三五十种新的合金，以及一点儿现代战争所争持的民族尊严感，方共同作成这个现象。这个古怪拼合物，目前原在一万公尺以上高空中自由活动，寻觅另外一处飞来的同样古怪拼合物，一到发现时，三分钟的接触，其中之一就必然变成一团火焰向下飘堕。这世界各处美丽天空下，每一分钟内差不多都有这种火焰一朵朵在下堕。我就还有好些小朋友，在那个高空中，预备使敌人从火焰中下堕，或自己挟带着火焰下堕。

当高空飞机发现敌机以前，我因为这个发现，我的心，便好像被一粒子弹击中，从虚空倏然堕下，重新陷溺到更复杂人事景象中，完全失去方向了。

忽然耳边发动机声音重浊起来，抬起头时，便可从明亮蓝空间，看见一个银白放光点子，慢慢的变成了一个小小银白十字架。再过不久，我坐的地方，面前朱红茶几，茶几上那个用来写点儿什么的小本子，有一片飞机翅膀的阴影掠过，阳光消失了。面前那个种有油菜的田圃，也暂时失去了原有的嫩绿。待阳光重新照临到纸上时，在那上面，我写了两个字：“白魇”。

沈从文给少年的阅读课

第四册

沈从文 著

天津出版传媒集团
天津人民出版社

兆和人极好，待人接物使朋友得良好印象，又能读书，又知俭朴，故我觉得非常幸福。

——《1933 08 24（北平）致沈云麓》

疏 清

院前老树吐芽，嫩绿而细碎。常有不知名雀鸟，成群结队来树上跳跳闹闹。雀鸟声音颜色都很美丽。小园角芭蕉树叶如一面新展开的旗子，明绿照眼。虽细雨连日，橘树中画眉鸟犹整日歌唱不休。杨柳叶已如人眉毛。全个调子够得上“清疏”两字。

——《1938 04 03（沅陵）复张兆和》

龙龙每日上学，乡下遇有警报时即放炮三声，于是带起小书包向家中跑，约跑一里路，越陌度阡，如一猴子，大人亦难追及。小虎当兆和往学校教书时，即一人在家中做主人，坐矮上用饭，如一大人，饭后必嚷“饭后点心”，终日嚷“肚子饿”，因此吃得胖胖的，附近有一中学，学生多喜逗他抱他散步。

——《1941 04 30（昆明）致沈云麓》

我和虎虎坐在桌上大红烛下，他一面看《湘行散记》，一面喝柠檬水，间或哈哈一笑，为的是“水獭支帽子”好笑!哪想到家里也还有那么一个小读者!
——《1948 07 30（颐和园） 致张兆和》

你们还要提高，不断地学，特别用心地完成学课而把好处发扬，小毛病一一去掉，才够称得是首都的青年学生。要学习得更好些，也才像一个团员，一个先锋队员，才赶得上人民需要。
——《1951 12 06（内江）致沈龙朱、沈虎雏》

爱晚亭

学校在山腰，树木已极多，宿舍一所所在田野中，垂柳萧疏，景物清极。孩子们多长得极活泼。山上树木有三四人才抱住的，到处是鲜红如血的枫叶，这些枫树也多高到十丈以上，整个山中是这种大树，你想想看多好！

——《1956 12 09（长沙）致张兆和》

我看她们跳舞，高兴得和黑妮得奶油冰棍一样发欢，谈起话来却又有些似乎还不如黑蛮伶精成熟。若是廿年前，我一定也可以写成很好的小说，写她们的天真，和某一方面的问题，一定也极动人。

——《1962 01 05（南昌）致沈龙朱、沈虎雏、沈朝慧》

只是孩子太多……终日赤脚在田埂上跑，还有的随地睡下，身体却很好，大都长得胖胖光光的，可知红红到姥姥处，可能还是受特别保护，能野点儿也许反而易健康。

——《1971 05 23（双溪） 致沈虎雏》

红红在暑假中一切极好……且学会了在我面前也事事“保密”。说什么，即咬着奶奶耳朵说，不让我听到。
——《1975 07（北京）致沈虎雏、张之佩》

大每天一回来必把《参考》搁到书桌上，随即去看他的月季花。他已成了种月季的候补花农，妈妈又成了大的学徒，院子里八九月中，每天必有五六种颜色十三四朵新花开放。
——《1977 09（北京）致沈虎雏、张之佩等》

致子女

导读

在“致子女”这一章中，收录了沈从文写给长子沈龙朱、次子沈虎雏（夫妇）和侄女沈朝慧的信。信的年份跨度长达40多年，从孩子的童年、少年到青年、中年。

沈从文常常在信中讲述自己在各地的见闻及内心感受，增长孩子的见识。有时，沈从文会在信中谈及自己少年时的爱好，积极地引导孩子用乐观的心态坚强地面对生活的困境。国家的伟大，个人的渺小，希望孩子能不断地努力进取，为国家作贡献，为人民多服务。

在这些信中，我们还可以发现，沈从文一直认为写信是练笔的较好方式，是提高写作水平的“捷径”。他鼓励孩子们多写信，锻炼文笔。同时，他也常常劝导孩子多读书，即使在他们成年工作后，也希望他们不要停下学习的脚步。

在两个儿子成年成家后，各生了一个女儿，取名叫沈帆、沈红。这两个孙女从小跟沈从文、张兆和住在一起，书信中常常提及“小红红”“小胖妹妹”的生活趣事，充满了温馨之感。

在读这些信时，我们可以体会到沈从文传递给孩子的平和可亲、克己谦让的人生态度。

1938 08 14（昆明）致沈龙朱

八月十四

小龙儿[①]：

你怎么还不来？我很想念你们。很希望姆妈早些日子带你和小弟弟上路。这里石榴如碗大，不来吃，岂不可惜。黄色桃子也如碗大，快要完了。枣子初上市，和三婆家院子里枣树结的枣子一样甜。你小房已收拾好了，只待买小蚊帐。

你姆妈七月卅[②]一来信，还问我事情，等回信，我真不大高兴，不再回她信。姆妈说想不带小虎儿来，留他给八姨看顾，问我意思。我意思大家早来些好，再莫这样挨下去。她若舍得小虎，留在协和寄养，好吃牛奶让他更胖些，未尝不好。小弟弟这时正需要一个不病不疼能吃能睡的环境。

① 沈龙朱当时还没有读信能力，故这封信事实上是写给张兆和的。
② 卅（sà）：旧时用于代表数字 30。

姆妈认为留下好，我没什么不同意。不过姆妈若认为一到这里又得跑，方怕带小弟上路，完全是胡涂打算。不知从谁听来的荒诞传说。这里不好，还有什么地方更好？带小弟弟上路并不怎么麻烦，到了这里好得多。这里东西贱，过日子容易，气候长如春天，对小孩子极相宜。像你和小弟弟一样人乖得可爱，为家中宝贝的孩子，不到三万也有两万。我希望你姆妈体谅我一些，不要再为什么事等我回信。且希望带你和小弟弟来，不要怕这样那样。

我很不必再有什么回信了。东东西西随便处置都成。《小砦[①]》稿（国周[②]登出改过的）想法找出寄出。这里只收到一目录。你们要用的文件都放在寅和二舅处，是有时间性的。另外还有信在那里。我已说过无数次，挨下去，越迟越不经济。一等就是多个月，时间实在不许我们如此从容不迫！早来些你可进幼稚园，对你好，对我也叨一点儿光，可以少着点儿急，少写点儿信，少生点儿气，少流点儿鼻血。姆妈凭经验应当想象得出我做事情形。为了担心你们路费不够，默默地坐在桌子边做事，工作过度鼻子出了血，一面塞住鼻子，一面继续做事的情形。鼻子一破得不到棉花，就撕手巾做条子代替。别人看来也难受不忍，姆妈若反而“眼不见心不烦”不以为意，从人情上说也不大好。我信上不愿意提这些事，可是姆妈既多虑，应当想得到！

姆妈说“什么都不知道”，却偏偏知道些荒唐无稽的谣言，以为来这

---

① 砦（zhài）：同“寨”。
② 国周：即《国闻周报》。

里不久又要走路。说“凡事听你的意见”，我说千次（整大半年）早来经济些，早来我方能做事，这意见就总不相信。真正相信的说不定还是朱干求神问卜，签上要九月南行，必照签上行事。活人的事还得听瞎子土偶来决定。所以我纵不生她的气，可是为自己却非常痛苦。她说“凡事太过虑”，恰好就不虑到我再三用各种方法要你们来的问题，把我的信当成照例的信，同许多年前一样，那里是“过虑”？应当名为“少虑”！这种少虑挨日子的结果，除多花钱外别无意义。迟这一月即已经要多花两三百。把上路的事当成十八岁女孩子对于婚姻的游移态度，姆妈的办法使人不大明白用意何在。难道一定还等到九月海上有风时再走？难道不走反而觉得好些？我给她写了两整天信，换了十四张纸，真不知要如何写下去好。人难受极了。你们不来明明白白我就得等待着，什么事都做不好，为什么还要等我回信，多挨它一个月？

她不愿来，我盼望她托个人让你来。你来这里我使你上学校，同好些小朋友玩。还可带你出城看大黄牛，看马，骑马，骑牛。我欢喜你，想念你。你是我的好孩子。

为我亲亲弟弟黑头发。我也欢喜他。

爸爸字

八月十四

1951 10 31（华源轮 宜昌）致沈龙朱、沈虎雏

龙龙虎虎：

我到了宜昌，是停船在大江中，只能看看岸上的。我们住在甲板上，一人占三脚长地位。明天入峡，情形会不同些。由汉口到宜昌，已走了三天，沿路平平衍衍，直到今大才在两岸见山。下午过枝江县，江岸景物房子极动人，我一看到这些，就总想到要哭哭，因为这些地方过去和我生命发生极多联系，我写的许多文章，背景都是这种光景中产生的。不意一下子，我的工作能力全失去了。只希望好好来为这个伟大国家伟大时代来再写几年，看到江岸边的种种，我的创造的心又活起来了。我一定要为你们用四川土改事写些东西，和《李有才板话》一样的来为人民翻身好好服点儿务！

宜昌江面极平，明天入峡，情形就不相同了。我给妈妈寄了两个信，她会转到你们手边。长江伟大得很，一定要眼到才会明白。宜昌在入峡外边，山还不大。因船停江中，我们无从上岸，其实倒只想上去看看，会得

到些新印象。你们两人要好好读书，要多读，也多写，多写有用处。莫同吴小春胡玩，这事虎虎要特别注意，在学校不要和人打闹，不要和人作不必要的争论，功课得比学校要求要高一些，完成多些，将来才可为国家多做点儿事。这也能鼓励我恢复这个脑子，脑子不得用是极痛苦可怕的。我希望你们肯多努点儿力，这事特别对我是一种鼓励！虎虎如想学工艺，将来工艺学校成立，即可到里面去，将来一定可做许多事。

我们船大致还要四五天才可到重庆。重庆大致还有几天停顿听报告，一路学习下去，到了村子里，可能是十一月半了。村子中工作只两个月左右。我们船上有三百多人，一共六百多人，分两船，到重庆会齐再分散。

到重庆我再写信来。

我们船上大家在甲板上玩的事情和你们在学校玩的差不多，都只是拍拍手换换牌。

船上正报告船还是要靠别一船办联欢会，是到江和轮趸船上举行，还有老解放区代表参加，一定有很多玩意儿。这时船就已在开动。我想如果你们来参加，一定更觉得有意思。我住的甲板上，王珉源、杨起也同在一处。是在船尾上。我身旁睡了个小胖子，是开书铺的，半晚上一打鼾，我即不易再睡。

船上很多同志都极有意思，学的不同，生活不同，却一同去参加革命，我如能写长篇小说，写来一定动人。特别是他们的年轻精神，快乐情趣。

有三分之一是党团员，所以学习特别好。学文件比在革大还深入具体。大家玩得简直如小孩子，歌也唱得很好。

我很想念你们，希望你们好好的学，好好的生活，妈妈如回来，可告妈妈，三个人订一个爱国公约，多来为国家做点儿事！你们有一条极重要，即为国家好好把学业学好。

长江入冬多雾，晚上江面全是雾，极动人。船在开行靠另一船，放哨声比火车响得多。明天入峡，江水即不大平，先告我们救生板用法，说可载浮百六十磅，十二小时，如真的要用到，可不易设想浮到江中和爬上岸时究竟情形。

再过十分钟，我们就得过江和轮联欢去了，这时我是在朦朦灯光下写这个信的。

我在车上摔了一大跤，腿和颈脖同受了点儿伤，今天颈部已转好，腿还不好。

我们国家太伟大了，要好好爱国家，为国家多做点儿事，为人民多做点儿事。

爸爸 从文

十月卅一下六时

1951 11 14（内江）致沈龙朱、沈虎雏

十一月十四下午五时

龙龙虎虎：

这时是五点钟，我们刚吃过饭，来了许多农民兄弟打锣打鼓欢迎下乡下村，大家正在跳舞，和你们一样的欢笑。天气和北京九月一样，温和得很。我们住的名“烈士乡”，是个大糖房改的公所，院子和呈贡杨家差不多，石板地，柱子全是用石头刻的，大糖桶可容一二百石，碾子大得很，每天会出糖千余斤的。过不多久，有些人就得分别下村去了，过三五天即得分住贫农家，一个一个去住，再会齐来报告的。工作紧张而严肃，是历史上极重大事件，我们一切听乡中干部领导支配工作的、我要到处学习，每一事学习，这才真正是从实践中作一个毛泽东主义小学生。我寄的信你们可收到？我很念你们。要好好读书。我在区里看到几百学生在小学校和我小时一样的闹，从戏台边跑来跑去，极感动。特别是看到一些十四五岁

的教员，敬重之至。有些和虎年纪竟差不多。你们想想看，人家都在国家建设工作上如此尽力，你们在读书，不特别用心，如何不合理！要用点儿功，多多学习，特别是虎虎，要合众，龙朱要事事帮弟弟，我们共同来把学习搞好。

同行的都送出了门，分别从竹林子间走去了。锣鼓声还在耳边响，天气已快夜，院子中空空的，情形非常离奇，因为什么都十分陌生，但是和同志们在一处可似乎和家中人一样，工作共同搞好。这糖房过一二月可能要开工的，一定十分热闹，因为千斤糖是要万斤蔗的，一天万斤，不是小事。这个地方是以产糖为主的。山上到处种甘蔗，和芦苇一样。

山上入晚有竹雀叫，这声音动人得很，因为和我相熟。入晚天上淡白，十分静，只闻山雀在屋后大竹林中聒噪，和小孩子哭声。鸟相当多。院子中空而静，我一人坐在阶砌间。昨天走卅里，今天只走二三里。这公所屋前屋后全是竹子和树木，远一点儿即是甘蔗林。糖房制糖间，完全如戏文中布景的空气。有一只牛，住处干净得很，角有三尺长，劳苦了十多年。这里犁田全是水牛的。

弟弟，这信十九才发得出，我们已到五天了。天气还不太冷，衣已全用上。山上各处还是绿的，正在收红薯，还有人带了家中的鸡到田地里去挖红薯，鸡在一旁玩的。干部工作都紧张得很。

1951 12 06（内江）致沈龙朱、沈虎雏

一九五一、十二、四早七时半　川南内江县四区烈士乡寄

龙虎：

我们会已结束，这时正在一个方院子举行一次圆桌会，听代表自由发言。围了百十农民代表，大部分都头包白布巾，穿长衫子，蓝白围裙。男女有同式的。等不到一点儿钟，他们就得回到各个村子里去，推进全面的动去了。这会还刚结束，另外一个妇女代表会又已陆续来到。我过不多久，也就得回到村子里去。看到这一切，实在动人得很，因为每一步骤都有发展性，都和明天的社会国家进步分不开的。开过四天会后的农民弟兄，不仅见不出疲乏，反而十分活泼，平时不说话的，也随便开口了。不会讲演的，也会说出自己意见，并把斗争翻身等等意义，结合到意思中有所表示了。新当选的更振作兴奋。项项有能人，积极分子在短期培养教育中，就完全变了样子。特别是年轻的对于学习，年老的对于开口说话，都

进步得异常快。我们的中国，这三个月是历史上了不起的日子，你们从报上看只是一些土改数目字，在这些数目字下，其实就有万万千种由斗争发展，把一个国家除旧布新，推向前进，且在世界历史上还是空前绝后的事情在进行！

和你们离开快四十天了，很念你们。你们的学习精神，还要提高一些，服务精神，要好好保持，节俭耐劳苦长处，是完全正确，值得巩固，并值得把这种种，向相熟同处的一切小朋友推广，相互教育，启发并提高。要切切实实的去做，才像一个团员，一个少先队员。在这里，有从乡村小学读书二年贫中农女孩代表，在讲演时非常动人，在一村子中且能起领导作用的。不认识字的中年妇女，讲演时且有比城市里大学教授高明得多的。有小村子里小学教员，年纪还不到龙龙大，大都吃苦耐劳能工作，对国家情感且特别强烈，勇于斗争，在为国家基本建政，热情万分的拥护政府并推进一切法令。比起来，你们还要提高，不断的学，特别用心的完成学课而把好处发扬，小毛病一一去掉，才够称得是首都的青年学生。要学习得更好些，也才像一个团员，一个先锋队员，才赶得上人民需要。

我给妈妈信中，曾提到盼寄份《人民日报》来，这事情盼你们做到。村子中小学校有一份北京报纸，对于他们的知识提高，和爱国主义教育的推进，都有极大帮助。龙龙能为每天晚上把它卷起来，早上送到学校门前邮筒，十多天这里即可收到，可能还不用十天。这里今天有人得北方平信，八天九天即到达。我寄的信，可能有十来大也可见到。信有寄西郊的，有寄中老胡同的。还和妈妈商量过，要尽可能家用节约，将我从博物馆得来的薪金退还二百斤到四百斤，献给抗美援朝也好，直接退还国家也好，不得已即存储也好。这事你们两个一定同意。你们应当明白，我们国家财政还紧，看到这里征粮和捐献，我感觉我们实在没有权利多花国家的钱。别的人情形不同，再多点儿都以为不多，我们可应当向那些特别爱国家的人民看齐，少吃少花些，过过节省日子，多做点儿事，才合理。农民刚秋收，就多吃红苕[①]，长年在生产劳动中，有时还吃得更坏，有什么吃什么。我们没有权利乱花钱。你们过去的不自私行为，把钱留下来献给国家行为，永远要维持下去。

离开了我们住的独家村四天，回到了住处，躺了一会儿，才知道这四天实在十分疲倦。我们自己背行李，包包不大，用一个竹杆子挑，另一头是个口袋。虎虎见到，一定会想得出个主意，把它处理得便利些。这里竹子软，编筐做箩容易，虎虎如设计做得出一个专用来背行李卷的筐子，将来对于上路人一定有极大方便。我看到这里的竹篾筐，就想起“虎虎如果来参加土改，可能还比我工作得力，且可把这种负行李筐子设计作好。”我算了算用竹用工的数量大致有四千元即可制出，因为只敌挑谷箩一个，差的就是要个人来设计。一做出样子，对于村干可真得用，因为他们各处走动，打行李虽成习惯，总得费点儿手脚，如有箩筐一装，背上即可走路，多洒脱！加上两个小袋袋，装洗脸手巾肥皂牙刷，就更是合用了。

在这里看北京报纸，说北京的几个文学刊物作了新的调整。老舍他们

① 红苕：即红薯。

编的《北京文艺》已停刊，曾祺叔叔想必也参加了土改，是不是到西南来？还看到报上说十二月尚有一批人派出来的，希望派到这里来参观的有熟人，可以知道你们这些日子情形，我算算王忠叔叔一定有信寄到家里。如果我过西藏，一定有更多可写的。到拉萨大庙里去，别的不提，即从明代以来送到那里的各种绸缎和瓷器，也就可以长多少知识。还有西藏元明以来风俗画，世界上还少有人研究的。

这里小孩子也吸棒棒烟，平时别在腰带间，完全是玩玩意思。水烟袋用竹子制，极特别。草鞋相当好，上脚方便，一千元一双，你们热天穿方便得很，也经济。明年北方大都市实在都值得提倡。现在穿的布鞋，三万一双太浪费。且在夏天不比草鞋舒服。这里因天雨路滑还有在草鞋上加一副铁板的，用钉子钉着，走时叮叮当当，每副值八千文。可相当贵。牛上路也穿草鞋。牛多从贵州来。

这里吃饭用菜，每天吃胡萝卜，切片片，削段段，刷丝丝，砍丁丁，换来换去吃。焖吃，炒吃，泡酸吃，生吃，只不见整段吃。分量多，每顿有时约到饭量二分之一，所以终日口不干。此外即喝米汤，饭前当点心，饭后当汤。本地人平时是不吃米汤的，说对人有益，也不相信。红苕只值米价十分之一，我们希望一半苕，一半米，至少三分之一苕，加在米中吃，办饭的大师傅可不同意。因为习惯吃米是好些的。希望煮烂些，也不成，因为不经饿。碗盘不敷用，装菜常用木盆。蒸饭也是一个大木甑[①]。至于北方用的竹篾圆甑，这里只蒸肉用，可惜还不曾吃过这种蒸肉。在会里

① 甑（zèng）：古代炊具，底部有许多小孔，放在鬲（lì）上蒸食物。

时我们和农代一堆吃，他们吃三大碗，可敌我的六顿。看身个子倒是并不大多少。饭硬硬的，平时用力劳动多，也就消化得了。我吃的总是梗到半夜，难受。乡下人泡酸菜，大都比云南的好。会做豆豉、豆瓣酱、豆腐，可不会做豆腐乳。地方出糖，人极少有糖吃。小学生上学不容易，有从乌龙浦远村子到龙街上学，每日来回走廿里路的。都欢喜唱歌，会唱歌的土改工作人，容易打成一片。村小学教员评薪时，会唱歌的照例多一些。大小对我们都极亲热，和朋友亲戚一样，且比之关系还好。都想知道北京离这里多远，告他们说坐两天火车，七天船，两天汽车，还是得不到正确印象，因为车船如何走动即不易想象。都想知道拖拉机、打谷机，幸好我对于这些玩意儿还明白，说了许多次，可是这里山坡地实在不相宜用到。可能要有人来发明一种收甘蔗机械，节省些人力。至于耕田，也得有比拖拉机简便，比水牛又敏捷的一种轻便机犁来用用。这里冬水田耕时牛在水中行动，水已齐腹，和云南水田比，这里水深泥巴软。因为山地多已开辟成耕种地，树林子不敷用，新的房子建造，木材绝不够用，将来一定是要从竹子使用想办法。竹子也极合用。但大楠竹并不多。本地人习惯，东东西西要结实，用竹子做房子，还恐得要从新的村小学着手，示示范，样子好看、合用，思想一打通，才有人仿效取法。这里山间如一所所新房子树起来，将来的糖房又兼是公众集会演戏地方、也收拾得干干净净时，村子里景致，在中国当自成一种风格，值得在新的小学地理书特别提到，因为好看得很。乡里大房子多用石柱子，取石头也方便。附近不远有个小庙名花之寺，就全是石头做成的。闻本来庙很大，毁去后咸丰时再做一所，现在的即是。式样还和汉代房子相似。庙后有个石塔，像是明时候的，庙中有个石像头，还很像宋代雕的。应当到内江县文物馆去的。

小孩子四五岁即挑了小小撮箕山上到处捡狗屎，山上小路边就常常见到这种小孩子。有时两位有所争夺还吵起来。很奇怪即狗并不多，平时简直见不到，但每天有捡狗屎小孩，撮箕里且照例有些玩意儿。一面也可见出村中贫穷及肥料难得，这种工作和一家生产也分不开。这些小孩子四分之一的劳动力还不足，可是工作却直接和生产有关系。因为贫穷，手脏，很多孩子都一头白疥癞。都很聪敏，但是生活实在贫困。过一二年，必然可在村小学做好学生的。现在已有许多小学教员到村子来，进行民校建校工作，有的只比虎虎大两岁左右，脸圆圆的，初中念毕业已很好，有的可能只念一二年。有人还得把每月收入大部分给家中父母生活。学习热情极高，想看看报纸也不容易，这就是务必要寄报纸来原因。弟弟，你们应当明白这些事情，这是中国许许多多小一点儿城市乡村共通情形。要明白它，才理会得到自己能在城市中上学读书，实在如何幸运。既得到那么好的机会，就一定要格外努力，特别是明天的国家工业化是必然的方向，要各种高级技术人材，为了你们自己，为了国家需要，数理知识提高，你们有责任要尽。龙龙年纪恰是一生中最重要的一个关头，想为国家多做点儿事，在这一二年中，还要加强向上心。不要以为大家都称赞即为满足，照我看，去一个毛泽东时代的青年实在还远，要提高一步。记得学校检评时，说你过左。我看并不是过左，只是并不曾好好读理论的结果，不曾好好读各方面应读书的情形。待和妈妈商讨补正。虎虎的问题，也得检查改正，要合群，不宜孤立，要虚心学，不宜凡事自以为是。高中如可到附中二部，就去，能和大[①]同在一处更好。大的长处要学习取法。丸子们[②]长处也得取法。总之要养成向一切好处看齐习惯，才是毛泽东时代青年，学习是可以战胜一切的。可以配合国家明天需要，完成更高政治任务的。好事肯学都有好处。对人有益都要学。就极近例子看，即在家中情形说，向刘老太学种瓜，瓜就长得大些，向石妈学做饺子和擀面，就可解决困难，做来也好吃。向妈妈学教书，就不会误人子弟。向你最心爱的老师学，就对学生学业进步有实益。一生都是一个学习过程。自然科学和社会科学是两大系列知识，不可偏废。国家有了一个新的基础，一切发展都从一种不可设想的方式中突飞猛进，新一代的人必身心都极健康，且具有高度政治水平及广博文化知识，方能为人民负较多责任。你们要自强不息，不宜以在学校能及格，在相熟人中得称许即了事。华罗庚和油菜花伯伯[③]弄数学，江大哥弄物理，朱伯伯[④]弄英文，都是特别用功才会有成绩的。越学得好，会越明白所学不够用。要如钱三强那么理会一种问题深，也只有用功。他最先也是在孔德读的书。虎虎手中的笔好，如肯好好地写，写二三年就可以有成绩。如只当成一礼拜的作文缴卷，可能到二十岁还只个七十八十分。龙搞组织，就得熟理论，得好好看书。油菜花伯伯到大的年龄，读了许多好书，已相当厉害。即妈妈到大的年龄，也读了许多书，你试问问看。品

① 大：方言，哥哥，指龙朱。

② 丸子们：指两个表哥田纪熊、田纪伦。

③ 油菜花伯伯：指数学家钟开莱。

④ 朱伯伯：指美学家朱光潜，北京大学教授。

质好，更得加强业务知识，提高到一般水准以上，才可望为国家多做些事。要入党，才对党有益。我就那么打量过，体力能回复，写得出几本对国家有益的作品，到时会成为一个党员的。大家都以为你们是好学生，这不成，太容易办到了。家里什么事不用考虑，不用负责，一天只是骑车去学校上课，到时又回来补课。也没有机会和人去吵、打、闹，也用不着去和人争，也不用为吃、穿、住、用犯难，来的熟人又大都和叔叔姑姑一样，对你们很好。学校，社会，且有许多对你们特别照顾处。发展得正常平均，自然没有什么不好处。加之和同院被惯坏了一类孩子一比，自然就见得还好。其实是环境太好的原因。论知识，能干，机敏，与人应对，独立求生存能力和战胜困难勇气，都比好些人差。妈妈好学生贾铁藩就能干得多。即因此种种，向上心和进取心，还不大成。照我看，是不大成的。还缺少一种求知识的浓厚兴趣和雄心。这是要重新认识，明确地认识，和妈妈好好地检讨，由大来领导小弟，共同建立起来，才可望把学习推进的。你们已到了应当认识自己的年龄，要如此来端正学习。不能以目前情况即很好，应要求自己苛刻些，随时随事向那些好的学习，不宜放任自流。要理解学习得好是为了国家，国家需要人的。

我和你们说说这事是有必要的，两人得记住。我体力有个限度，从工作经验上明白，上路走动时明白，饮食上明白，工作持久力上明白。已尽可能作一切努力，每到体力上痛苦支持不下时，想起你们，想起妈妈，更想起国家，我就还是支持下来了。我是理解国家也就格外爱国家的。只希望工作能力回复，来从各方面写写国家新生的种种发展。你们的向上向前，将是我最好的支柱。

回到村子里，我们又要开会，各个山村里来的代表都用旧糖房和牛栏作宿舍，共同进行学习两天。一切事情都是新的，生动的。重庆通成都的铁路已达内江，过两天，还有全县人民代表去看铁路通车典礼，队伍壮大得很。这种建设是完全用中国材料、人力、物资，在一年多以来即作好的。有座大铁桥，桥墩子高高的，我们到时还不曾修好，这廿天即已完工。“劳动创造一切”，从明天国家的发展，更容易理解。其实从过去看看，没有它，什么也不会存在。

在报纸上看到朱伯伯和马大猷的检讨文章，朱伯伯的好，金岳霖的也好。

听说北京落了雪。妈妈穿的衣可够？小小带吃的如何带？有关吃的穿的，要听石妈的意见。

昨天在村子附近，看了七个蛮洞子，往常都说是汉代西南夷古坟墓，在山头上，就石头凿成的，有几种式样，侧面看有这个式样的，正面有这个式样的……是砂石，所以保留不住花纹。同行的都说是近代的。大致还是老洞子，后来又有人住过家。这地方和云南村子全不相同，没有一点儿荒地，远远近近全是小山连亘，丘陵起伏，人家大都在绝壁间，都有竹林子围绕。不见溪河，可是到处有水田，山顶上且居多可以筑堰坝，石头底子，泥巴糯，不漏水，山上堰坝照例水还清幽幽的。竹子格外多。农民都十分聪敏，不识字也聪敏，比云贵湘不大同。特别和我们小时生长的乡下不同。身个子都小小的，大到这儿来已可称高人。由县到乡到村，不曾发现过一位胖子，吃东西分配方式似有问题。农代会上有人能吃干饭大三碗，可抵我的六顿。我吃半碗，夜里还不能消化。饭极干硬，用辣子送下。青菜多先煮煮，把有用的水煮去。一县生产甘蔗，摊子上可买不到。一年出千万斤糖，也见不到糖。地主家有和龙街子杨家相差不多的，房子取景可好得多。有些和石涛和尚画的一个样子。有大半年吃萝卜，多白萝卜和胡萝卜。木床都和戏台一样结实，下垫极厚稻草。窗子多小方格。门用闩不用杠，和湖南不同。泥太糯，一下雨，山路走时极不方便，有些路且极窄小，一面临石壁下插十多丈，走惯后，也就当成平平常常，不以为奇了。我们已走了好几个山头，从绝壁边上走去，虽不及云南西山石壁高，可是到处可以发现，是别的地方少见的。乡下生长的工作干部，都看得极平常，也很少听说有人摔过。

天气转晴明，到山顶上去看看，到处是糖房的黑烟，许多山上都晒满了经过压榨的白色甘蔗皮，如一床床绒毡毯，遮了半个山坡头……这一切的自然景物，和每个小村子里正在发展的土地改革工作，是结合得极密切的。也是历史中最庄严的一回变动。我看到这种种，似有种力量在生命中动着。一定要写它成为戏剧，成为音乐，只可惜我不会作曲！

爸爸

十二月六号

1952 01 19（内江）复沈龙朱

大弟：

得你信和寄款。今天已到旧历送灶日子，这信寄到北京日，想必早过年了。寄了个稿子来，你可和小小先做个读者看通不通，好不好，像不像小说。因和一般解放文学似不甚相合。这里昨天有三千群众公审一大恶霸保长，当场枪毙，在大会上解决。开了八小时会，另有四百大小地主在场，大地主多面对人民跪下，不重要的站在旁边。另外一处则设立一谈判处，地主认赔罚的，即将数目当面商定。地主多成串跪在地下听农会主席训话。在大会进行中，山上堡砦城墙上，山头各处都由武装布防，多梭镖和大关刀，也有拿指挥刀和木鞭的。凡工作干部且佩有一个电筒。散会时各乡分散四路走去，红旗子在前引路，押地主返乡（夜间再进行斗争），一长线在山地和田坎上走去。做小生意的，也多空箩箩还家。这才是真正的人民历史！

寒假中要多看点儿书，以后廿五岁以下党员必从团员选择，我原说的升党员可见有道理，如将来拟争取入党，必将知识充分提高才有可能。重要是事事可做小小的榜样，相互学习提高。这里有工作干部，还只从初中读一二年，做事即十分能干的，且有万万千农村积极分子，小学还只读一二年，做事也非常到家的。你们要为人民多服些务，在城市学校中，最要紧即是莫放松学习。将来才有可能有更多贡献于国家。问大家好。

从文

旧　十二月廿三

1952 01 23（内江）致沈虎雏

虎虎：

今天已廿七号，北京城一定是到处有人为过旧年忙。你捐献工作大致也可以做个小小结束了，如对这工作认识得清楚、深刻，还需要把他转到一个新的工作上去，这工作就是如何在反贪污上做一点儿事。主要是从这运动中对国家有一种认识，要爱护祖国财产。另一面即为国家增加生产，如大和同学等放假天共同去集体劳动，是对的。寒假中如还想得出办法来将大家劳动力捐献给国家，或给志愿军，或甚至于请求入工厂做短期工人，都极有意义。如希望去工厂看看，可以找孙机叔叔，他一定可以便中带你去，多参观些工厂，也可以把政治认识提高一些，再回来向李妈石妈等一作报告，岂不是大家都共同受了教育？此后读书，也应当把书中有教育事情向住处熟人报告，才可能称作模范少先队员。永玉来了没有？汪叔叔走了没有？你凳子可不用做了，我过武汉时，可能为带几张竹子的来，如过成都，必还可得到做得极好的。这里竹子多，十二岁农家小孩都会用竹篾做种种东西，比上小学的做手工切于实用，但在小学校还不免照教科书学下去。村子中小孩子四五岁即参加生产劳动，做得再多也当成本分内事，全不像城市中学生，稍微劳动一下即觉得了不起。你如到这里来，一见到所有孩子们的劳动精神，就必然格外谦虚，格外勤快，而且格外努力于一切工作，因为学习机会比这些农民弟兄多，应当用加强种种学习，作为帮助他们彻底翻身的信心。国家数万万农民将来生活可以好转，是要国家工业生产增加方有可能。到你廿来岁时，能在工厂中做一个工程师，在生产上有发明，才真正对国家有贡献。听大说你捐献已达到百万元，可是把学校课事不免耽误了，我很盼望你不要因小而失大。捐献只是一种爱国教育，如真正使国家好转，主要还是大生产，特别是工业生产，必万千工人从最高技术水准，最高政治热忱下来进行生产建设。这工作一定要进行，要万万千千年轻优秀工人和工程师来领导，你得做七八年后参加这工作的准备。和大都要有这点认识和为人民服务的信心。得比学校要求于一个学生的成绩还好些，将来工作也就可以担当得多些。

……[①]我真对会写曲子的羡慕，因为照目下要求，如懂得作曲子，不知可作多少曲子。中国民间有许多小曲子，只要会利用，稍稍改动综合，用到新的方面来，就可以取得极好效果，但是会作曲子的照例不大肯注意采用，我们明白它有用，好听，特别是作成曲子拿到国外去，必然可得到极大成功，但是却又不会作曲。真是憾事。我只想有机会跟三舅舅学一年作曲，也许过几年来作歌曲，比写小说可以希望有较好成就。因为我知道，

① 收录时此处有删减。

如照新标准要求写曲子，实容易从普及方向上去发展的。明白旧民间曲子多，又知道大作品之所以组成基本原因。如三舅舅情形，如理解到政治要求是什么，必然可以将工作配合时代，不太费力，即可创造出极多好作品。绘画和雕刻，也是相同情形。有基础的大都不知道如何去好好用它，实在可惜。主要是不大明白传统的和民间的多方面优秀成就是什么，又不大理解政治要求，自然不免落后于时代要求之后远甚。大和你有多余时间，应当多学学画，将来有用处。我可惜不会画，不然一定可画许许多。

我有你大小年纪时，常常偷取大伯用的画具，照木版小说和画谱上稿子作画，又格外对文学中的自然景物有情感，到部队中生活极困苦，却大半从自然景物中取得一点儿快乐。后来如会作画，写人民生活，一定有许多十分生动且具永久性。不巧是只会用文字来表现，到社会一变动，即成为无益之业。技术转用到新的方面，也不如习绘画的方便。比如这次在这里土改，如会画，用常书鸿伯伯那个用笔本事，前三四天一回斗争会，必然可以画一幅伟大作品。但如用文字来叙述，就困难多了。因为种种颜色的配合，文字再好也不易表现。

我小时又极欢喜音乐，直到廿来岁时，还常常在夜梦里作个音乐家，唱得自己感动十分，醒后还异常惆怅难过。特别是理解音乐虽不深，一遇到好乐曲，永远是感动得要流泪。从小即如此。且似乎对于一个乐章过程有相当了解，因此大部分故事，总是当成一个曲子去写的，是从一个音乐的组成上，得到启示来完成的。有些故事写得还深刻感人，就因为我把它当成一个曲子去完成。但是极可惜即是许许多故事，如用得真是五线谱表现，也许直到当前，还有极好效果。即重新来努力，也比较容易，可写许多新作品。不巧是只能用文字，受文字限制，因之成了形式主义。文字受绘画中颜色影响过大，受音乐中组织影响过深，工作反而受了形式限制，成为一种奢侈浪费了。如你和大能在音乐和绘画上有兴趣，学到能够创作时，我会容易为你们工作提出些有用意见，或者是你们作品的鉴赏家和批评家。且更有可能，即我们可以共同作些好画好曲子。没有这种合作者，许多经验、知识、题材，都不免糟蹋了。正如其他许许多杂知识，如不是写作，都不可免要糟蹋了。或如教书，又必然把其他部门学的东东西西糟蹋一样。大致是越学得多，越容易明白，涉及艺术创造，大都有个联系性，但又各有它的不同处，不可相混处。有些情形极不可理解，即学习和创造，是一事又如是截然二事。问题不易传递，但在某种情形下，却又极易明白。大和你如习美术，有些条件便利。如永玉来同住半年，你们把素描基础搞好，将来作画，一个艺专教授帮不了忙处，我可能不甚费事即可为解决。我很希望永玉和我们在一起住，他的工作也可以得到进步。特别是将来如搞工艺美术，可以帮他忙甚多。会可以作出点儿真正有创造性的新东西。从传统和民间两方面取法，有个真正充满新生命的东西产生。特别是陶瓷和丝织物，新的水彩画和漆工艺，一面利用传统优秀，一面来作点儿创造性表现，稍稍用点儿心，即可突过当前水准，得到极好成果。如照目前的情形来说，底子不大好，恐只能达到一个限度，即停顿下来，再聪明些也不易逾越。因为工艺美术是永远不能完全脱离传统言创造的，没有凭空创造的，只有懂得多，而又能综合种种优秀造型长处，善于运用，才可产生新的东西。永玉聪明处已够用，只差学习，如能到北京来好好从各方面学十年，将来必可以有极好成就。如不认真学，不可免会走入庸俗的道路，难望得到好发展的。虎虎喜欢图案画，也得好好的学，每天画点儿单位，懂得多，对于形和线和颜色配置都懂得多了，随便用一个什么东西改成图案，都好看了。将来新中国的新东西，有许许多多还是可从古典取法的，比如陶瓷，从彩陶到清末，就有万千种可以作老师。如会学，转手即成为有新意的创作，如不会学，自以为是创作的，说不定正是最不好的模仿……①

这里乡下虽多过旧历年习惯，大多数穷人都为斗争，忙得个团团转，工作人员也不能休息过年，也许有三天要到村场子上去的。村子中近些日子菜花一开，鹡（jí）鸰（líng）斑鸠飞来飞去，且有蜂子飞鸣，很像我们住昆明时情形，因此每天出去到田坎上时总想起和你们在桃源、龙街子种种。看小孩子三三五五用虾撮箕捞虾米，割兔儿草，田坎光景极像去可乐村、乌龙浦一带。走累了些，心跳得不大好受，还常常以为转过竹林子，也许你就会跑来。住的院子也有些和杨家院子差不多，水缸是大石头做成的，也有个后山，不同处，即云南的仙巴掌这里用竹子林代替。大清早出外去时，雾气蒙蒙中照例可见到卅五十白鹭成群飞去。近些日子每天吃饭都有霉豆腐，辣子花椒相当多。自已也做豆腐，家家有磨，还方便。天气阴晴不定，天常是灰灰的。我晚上两肋还是有些痛，已比先前好得多。不

① 收录时此处有删减。

背东西走路，情形即好些。有个同在一处演戏的，一病住医院四十天，至今还未好，得去重庆看看再回来。我幸好不去那个医院，如一去，那么住下来，恐怕只有更糟糕。到内地来最无办法即是害病，药又不方便，设备也差，医生即十分细心热忱，还是解决不了问题的。村子中小孩子有许多都是满头疥癣，白蒙蒙的，虽有下乡医务工作队，对于这事都无从过问。六月里闻生疱生疮亦甚普遍，大致也是听其过去。大多贫农都不吃油，每天只能用红薯当主要粮食，一点儿米也多缴了公粮，生活极艰苦，却终年劳动不息，我们在城中，要时时想到这件事，不应忘记。想到这一点儿，你们的学习，工作，即再忙累也会不以为意了。

爸爸

十二月廿七

1961 07 14（青岛）致沈朝慧

朝慧：

寄来相可为你姆妈寄两张三张去。这里还洗得有各二张，不日即寄回来。顾丁茵歌剧院事不知有无着落，若不要人，来家里时可告她也许希望已不大，还是就所学去工作，比一天唱唱有用，对国家有用。业余有时间，也还不妨唱歌。化工正要人，对于建设国家这个工作十分要人，趁早走上工作岗位好。

你可把红碗画下。这工作不能稍松，既不大费体力，宜多画。有几个荷包、锦缎也可画出来。我还写个信给王家树先生，请他借几个碗来画，那些碗是上次为那个小个儿崔毅选的。有极好看的！到这里参观印花布厂，才知道正需要这种图案做花布。如能学涂色，将来即可为他们画花布，也可送过上海去投稿。可以这么把工作和生活结合起来，不拿稿费也无妨。总之，一切由幼稚到成熟即通过学。工作对国家有用。

打针事要记着，并照料到大哥。许多事学二伯妈精神（只是数钱不要学她，她永远数不清，只比我稍好），特别是对工作认真，对人厚道。家中事事宜尊重她，她是个人人称赞的家长。即以和我在一处而言，真是卅年如一日，家中若没有她，目下大哥二哥和你，那会日子过得这么从容！

王妈帮我们已近十年，彼此情感极好，十分难得，我们要大哥二哥看待她和家中婶子一样，才合。她有些事限于水平，弄不清楚，要处处帮助她，永远对她和和气气说话，是应当注意到的！大哥二哥回来，有些应洗的衣服，你也学到注注意，迫他们换，手空时即为洗洗，免得一定要作成穷破相，也和国家要求不合。

过去出进门叫叫董爷爷，这习惯还是保持下去好。我和他同事已十多年，他在馆中已四十多年！要书看，也无妨为找点儿旧书看。和同院中人都应当口甜些招呼招呼，这都是我的同事，比你长一辈分。有些人工作很出色的！

书也可学到看看文学史，或《唐诗三百首》，和大哥在一起要二伯妈教教，她高兴教的。已寄回一本《杜甫研究》，是我相熟人写的，值得请二伯妈介绍重点看看，看看即懂了。对于知应有好奇追求兴趣，有了它，什么都学得好！我就是用小学底子，什么书通是自己看懂的。你只要有一种年轻人肯学习的精神，即俄文也应当可以学好的。

目下当然先把身体当第一件事弄好它。惟在治疗中家里凡可学的，各样学学，可以放大眼光，人越学也即越“谦虚”。在二伯妈身边，是更容易学到这两字的。你看她一年勤勤恳恳做多少事，一切都真和个普通干部一样，这一点儿我还不如她得多！无事常为家中写写信，从写信也可以练习写作用笔，告点外边事情，对家中也有教育作用！

永玉处我送过他几册日本人印的庭院花卉册子，全是彩色，可以借回来看看，增长知识极多。都是写生花，可以试用作花布设计。目下最需要的即是小花，二三色，以省料明朗活泼为理想，这里有机会看了许许多。同时还看到，长大到四五丈的花布机旁，许多廿来岁年轻女孩子还在工作，庄严感人得很。在工厂作设计，一般多感到资料见得少，无可奈何。你有机会学绘画，底子越打得扎实，将来即可望为国家多作许多事。所以一起始即必须把学的态度端正，将来为人民服务！欣赏兴趣广而高是从学上得来的。正因此越学得多，越知道自己不足，越谦虚用功，将来工作也越有用！

二伯伯

十四日

1961 12 15（茨坪）致沈龙朱、沈虎雏、沈朝慧

给我寄二个信封贴上邮票，寄三四本信笺（把封皮撕去），我即可每天写个极有意思信来。信封信笺（对折一下）用大封套当信寄好。

大弟、小弟、朝慧：

我们今早七点动身，十二点到达吉安县，下一点再动身，下六点到达了井冈山茨坪。去海拔约一千尺，比庐山牯岭低百十公尺，地点又偏南，因此气候也比庐山好受。住新建的大厦四楼，一套房间，我初步计算了一下，从我床边走到房门前，得走廿七步，两间房一个转拐，大床可以横卧四人，小床也差不多也比我家床大。房间之大，可想而知，所以说“可带家眷”。事实上我们在北京一家所占住处也就没有这么大！早上太阳正对大楼，有公鸡叫，似乎还可从鸡声中回想到卅四年前情形，但是实在却不易体会。这里所长是本地人，十六岁即长征，可能值得访三天，谈故事！

路上风景既美不可言，也险得够瞧，好些部分折折转转，比上庐山那条路还多惊人镜头。车约二小时在山谷中盘旋而上，延长七十多公里，时而有小小谷地，对山谷树林多大得两人连手抱那么粗，有些地方又如一刀截。大家先还尽说真正生平壮观，后来多不说话了，再后来幸好云雾封了山谷，什么也看不见，只觉得车在向上盘旋而已。如什么都看见，可能有几位得那个。不是叫就是一声不响。到了地，汽车司机才说，一天由南昌上山，他也还是第一次。原来我们今天已走了三百五十八公里（七百多华里），而最后一点钟，却爬了约一千公尺的云山！司机同志是个高大个子，长得和理想中的明星英雄一样，山东人，一看就使人爱敬。吃饭时一谈天，才知道是邵主席的司机，原来却是林总的，跟到东北打四平四次，后来又到朝鲜搞运输。恰恰同桌的华山同志也是在四平跟部队打来打去，后又到朝鲜许多次，谈得就更有意思了。末后我说："你应当是个最理想的'电影英雄'。"你们猜他怎么说？一定想不到，真的《钢铁运输兵》他就参加拍演！可能还有别的来不及谈了。后来我们想他若会写个传记式的小说，一定是杰作，因为一切条件具备。可是也许他就已经在写也说不定！半路上车开得正飞快时，他忽然停下了车，拿了支猎枪下车，说有野鸡。我们就奇怪怎么还会看得出路旁松林野鸡？只见他下车后，一步步向路旁小松林走去。我们都希奇他的眼力，也希望会一枪把野鸡打下。可惜的是再过去一点儿，那野鸡却曳着长长尾巴飞走了。野鸡还更机灵，明白这个英雄下车有点儿不怀好意。他于是又从容上来开车。

到了这里首先是从桐木岭哨口通过（和黄洋界一样重要），有一块木牌上写明地方的重要性，和革命中在此如何歼敌情形。再经约廿分钟，才忽然从浓雾中灯光齐明。于是车子停到一个四层楼新式大厦前面（正中是六层），一行人上到四楼，一切真和做梦相似。一天走七百里，大家不免拖得有些融融的，但是每人占了那么大个房间，都有同感，心中充实身外却空虚一些。房间如小一点儿，可能还合适一些！空间太多，冬天倒是容易感到寒冷！这里取暖设备和盥洗设备还在装修中。已有人升炭盆，我们似乎还不需要。一来就预感到有千百事可写。但如何写它，可得定定心才好办！我躺在床上时，自以为会写一薄本和《湘行散记》差不多的小书。

康同志不久将回京，拟托他带庐山云雾茶一斤和一瓶五百粒的雷米封回来。这里有些情形信上写不到的，妈妈也可问问康同志，即会知道。衣服照目下气候已刚合适，在房中穿大衣大有其人，我穿薄的正好。医药有的可能还得从南昌设法，好在经常有人来去。我们大致休息一二天才活动，惟大家都累中兴奋，所以也许明天一早即可在附近到处走动了。血压临离南昌时计量，高180低92，略微上升，今天八小时长途行车，后背某部分稍稍不大对，过一会儿吃安眠药一睡，到明天必然就可回复了。刚来时医生一听，也只说："心房肿和主动脉硬化听得出。""不妨事。"是我说不妨事，因为明白并无什么难过处。我如心脏好些，很像是比另外好几位（一半以上）还经熬些！我们真的已经到了卅多年前毛主席带领千八百干部在此，打下中国革命基础的庄严地方了。想起前人的辛苦和牺牲，和近卅年整个中国的变化，发展，和世界革命关系，更容易理解入口处写的中国革命胜利是"毛主席思想的胜利"的深刻意义。深刻，年轻人可不易懂，因为懂也得并背景一起在内。这里真是一个既庄严又非常美丽的地方！你们将来有机会，也应当来看看！妈妈如有机会务必和冰心等一道来。单独来不可能。

爸爸

十二月十五晚九时

沿路村落房子树木都和画一样，却比画动人得多。所有房子都是黑瓦白墙，侧面如上式。一小村落常有好几十所这样排的一崭齐，大樟树和枫树在附近，枫树叶子却是粉红粉紫色，好奇怪！

1962 01 05（南昌）致沈龙朱、沈虎雏、沈朝慧

大弟、小虎、朝慧：

我们在这里过了个比较静的年，一切都好。只是和“老柴”“老悲”像是日益生疏了。从住处窗口望出去，全是各种建筑方窗子。地方极静，因为九层高大楼，住不了多少人。住处阳光特别好，让我想起十多年前在云南乡下常常出到山坡上晒太阳事情。现在住处很好做事，可惜行前不带多少书来，同行的有把《史记》也带了来的，还有全份文房四宝。但是因为同行多诗人，都写旧诗，我因此也受了点儿传染，写了十多首五言诗。有一首七言，还在井冈山大会上由一个廿来岁胖胖的女孩子朗诵过，那个腔调绝不比北京报幕的最好角色减色！到散会后，我碰到一个也是胖都都的穿花棉袄女孩，连忙道谢，并称赞她北京话地道在行，可是她只笑笑。随即发现弄错了，原来这里有很多廿来岁胖胖的女孩，不是文工团团员，即是大厦服务工作人员，我高高的坐在主席团台子上，便把人看错了。这类笑话还有半打，等回来时说。这次出来一个多月，真是见了许多“世

面”，和过去政协参观不同。政协重参观生产建设，这次看革命遗迹，看风景，听老同志谈往事，可以得到不少另外不易得的知识。能在短短时间中写了许多诗也有原因。这些诗你们都可读读，是用“古体”写的，似乎还写得好。这一行，还是我十五六岁时，在部队中做司书，住在小乡村一个祠堂里戏楼上，睡在稻草窝里，用公文纸背面学来的。正像是在瓦沟里撒种，却在另一时居然开起花来！近人写旧诗用七言的较多。易写，不易见好。五言的比较难写，因为格不易高，也难用事措辞。我四十年前常常写，主要一本“老师”是清代袁枚作的《随园诗话》。当时一面为一个胖胖的军法长焖狗肉，一面无事即作诗，胡写下去，后来我的从文二字，还是那胖军法为取的。后来搞文学，多少还和这点儿爱好训练有关。这次到井冈山“茨坪”“大井”看到那些小山村，和村中的人，许多止和我四十多年前所住所见差不多。也有许多十多岁的青年，在那里田坎边笑笑的怯怯的望着外来客人，山中附近十里路还不曾住上卅户人家。但是三十年前在这里闹革命的，目下却在负全国责任！我这个单干户也变得好大，好多！我倒真希望有什么机会，再去看看四十年前我住过的小祠堂和小街，也希望还能带你们回到家乡去各处看看，一定极有意思。可以回想起许多，新旧对照也一定可写出新《湘行散记》。我那些诗如妈妈送给《人民文学》看，最好请朝慧或大弟为抄出一份来，用比较清楚明朗的字抄，过后校对一下，莫错字，原稿即留下，莫遗失，因为也好留作个人这次上山纪念。诗多写实，如不是出来，不可能写得出的。

你们过年不知热闹不热闹？大弟上了工没有？已为买了瓶雷米封，等些日子才好托人便中捎来。这里不好寄，不易找小木盒。住处大楼九层，有些地方布置得比人大礼堂还讲究些，附近全是机关，属于南昌新区，和老市区离得相当远，平时出门不用公家车子，即得乘公共车，挤上去容易，到了市区，挤上挤下可不容易。年轻人似乎力气都蛮大，又不像北京上车那么有规矩，所以市中心到过几次，在我印象中还是乱乱的，不易辨别方向。我们还到过一回这里的“人民商场”万寿宫，全是摆小摊子的，以卖针线竹木杂件为主，也还有卖“江米小汤圆”的。我还记得四十四年前初出门外，穿了套灰布军装，腰边有个三几毛钱，经常即在城门边河街上吃这种汤圆，年纪还只比华华稍大一些，不想一转眼即半个世纪，而这半世纪社会变得好大，个人也变得好大！但是也似乎还有些什么并没有变，大致即是我一种有点点“乡巴佬”的心情，到多数人群中时，个人缩得小小的，或者是感到和什么人也不相熟的一种情形。又或者走到什么僻街小巷，看到一些小孩子在翻小儿书，一些老太太在骂孩子，更小的孩子在门边拉屎，小作铺有小学徒在锯竹木，另一处又有干瘦瘦的妇人在洗衣，一面尽管和他们一点儿不熟习，却又似乎对这些生活在卑微平凡中的哀乐，十分十分熟习，懂得他们的心。因为我事实上懂他们比懂古董还细致具体。但这份知识，可不能用旧诗来表现了，因为太平凡琐碎。如好写，还有好多东西，都必然使人感动！特别是他们的爱恶哀乐的形式，我熟习的可比契诃夫还多好多。但是不是目下文学要求的重点，不好写，即只有听之成为过去了。其实说来还应当写，从这里才具体的接触到人。

我们已有六人下了山，山上已大雪封路，一时恐不易行车。我们若迟二天即不成了。目下还有两人和文联一工作同志滞留山上，在零下八度中等待下山车。上面虽冷些，他们一定不会嫌冷，因为有另外一种火炉，原来两个文工团中一共总有廿来个年轻女团员，都是能歌善舞的，留在山上两位，恰是跳舞选手，所以每次舞会，都显得满场活跃，本来山上医药条件较差，但因此一来，他们的病倒不必太费医药，可望从跳舞中得到调治，过几天下来时，一定显得容光焕发，比我们活泼年轻得多！女孩子来自各方面，还有下放的，其中一位唱得不下于刘淑芳[①]，每唱完，闻说还要祷告一下上帝，大约是上海教会中子女。又有两姐妹从北京中学初三即跑来，已到此三年，还不上廿岁，我看她们跳舞，高兴得和黑妮得奶油冰棍一样发欢，谈起话来却又有些似乎还不如黑蛮伶精成熟。若是廿年前，我一定也可以写成很好的小说，写她们的天真，和某一方面的问题，一定也极动人。总之，变化大，新人新事有可爱的一面，也有不大可爱的一面。有些人可能是极少有看报需要的。有些人尽管是在搞文化工作，却不会明白看书的用处，事实上也不知看什么书有用，什么书真对他们有用。有一显著现象，即在那里唱唱拉拉的，多不知有××××其人。他们学习另是一种方式，不全是从文字传递的。有几位画家，在此作画，一天到处跑，常一跑三四十里，搞重点景物。可是最富宣传性的茨坪本地，从他窗口望出去即十分好，却不认真画过，似乎也无多兴趣。已画的却多是些看不出特征得不到启发的山水景致。原因即是对政治既少认识，不知抓重点，对传统艺术也少理会，取境即不高。因此尽管能到处跑路，画出来的东西，

① 刘淑芳：女高音歌唱家，时任中央乐团独唱演员。

还是不大会对人有吸引力。搞文学其实也会碰到同一问题。所以有人写了几十年还写不出什么动人成品的。画中最有代表性的，无过丰子恺作品，很奇怪，即一个人画了几十年还是这样子！你们欢喜画，在北京条件太好，因此即作为副业来习手，也得多懂、勤学习。其中最扎实方法，是永远不松手，一有机会即画，先用个三年作习题，见什么通能画下，即纯粹近于浪费，也无妨。我过去写作学习，即这么进行的，什么专书指点也不留心，只永远从实践中取经验，不断改正习作方法，大量吸取消化一切能吸收消化的事事物物，初初作来看不出什么和人不同处，也不可能有出色成绩，但是扎根深，到十年八年，一切可就大不相同了。写什么笔就准确有分量了。首先是懂得多，体会深，因此不问是写什么或学什么，都容易向纵深发展。因此学什么抓得紧紧的是必要的。朝慧在家中，正必须就机会许可多学些，也不妨随手写点儿什么新散文、诗歌，不要先计得失，只把他当成一种学艺术文学必经的过程，而且将来即大有可能和你终身职业发生关系。学校教育固然极重要，但是真的学习深入，却总是自己对所学的态度，要有一点儿大志和雄心，才能推动生命向更高处跃进。我到廿岁时标点还不能正确使用，但是努力下去，不到十年，即把位置全变了。可是即不会标点，在学习标点和习题时，就真是用心十分！这种用心一成习惯，终生都得益。近十年学文物，也还是用同一诚恳认真态度，毫不含糊的日夜去摸索，到一定时候，又即形成一种新的进展。现在偶尔写点儿旧诗，有些知识就还是三四十年的储蓄。“有恒”和“认真”是一种重要动力。你们机会好，应当事事超过我才合理。除了本行应搞得特别好，即副业，也值得搞得十分出色。因为社会变化大，要求多，能做个真正“多面手”，对国家实有益。在北京，我们自己总还不大觉得各种知识深入的重要性，一出来，便明白国家还太需要有用知识，而知识能集中于一身，用处却又太大了。而且综合的学习，以目下情形而言，住北京条件可太便利！大弟若还未能上工，正好多画点儿，多读点儿有用文学书，将来并没有人禁止你成一个最优秀的作家或画家，照环境说，对这两方面不感兴趣，倒是奇闻，或者太蠢。比起来，你们学的条件未免太好了，社会也格外鼓励你们，但是有一点儿吃了亏，即学什么不习惯比一般学校要求更加十倍的严格，学的火力或马力可不及我年轻时，雄心和野心也不如我。说野心，若只是“升官发财”，当然要不得，若重在非常珍重自己存在，而肯定从“学”中可以丰富自己有用知识，坚强自己性格，来克服学习上必然困难，通过工作，而完成对于社会有益的任务，你们有些地方还应学学我好。应作超过计。

大弟朝慧楷书写写即有用，用处不在目前。若再用赵帖米帖写两月行书，打个底子，我回来为找点儿别的再学下去，将来用处还多。因为别的不提，只一天随手能记大几千字笔记，十年八年下去，将比人家加倍学得快、学得多。一写信即三几千字，也是将来写作最好条件。你们应客观些，再好好的看一看我写的《龙凤艺术》，内中好多文章都是有用知识，提法见解也扎实。有些问题是前人还未提过，将来社会主义社会搞学问必走之路。特别是对于遗产的研究方法，有的较重要。如像谈北京，北京究竟有什么古迹，古迹意义如何，那篇《北京有许多博物馆，又是个大型建筑博物馆》，你们就值得好好看看，可多懂许多。

你们本业应学好，其他各方面也不妨多有点儿知识，人家几十年而得来的一点儿知识，用几千字概括写出来，你们费个几点钟即可明白，多上算事情。兴趣广博是可以使一个人生命日益充实的事。我们家里少壮，应当有一种热烈兴趣和坚固信心，一切超越父母才是应有道理。但是不加倍用功，我怕你们不易超过，因为你们在学习，我至今也还在学习，而且在看书时抓得蛮紧，你们得努力赶才有希望不至于太落后于爸爸。即赶妈妈也不容易，妈妈底子还是比你们扎实，廿来岁时即早已填词作赋，还能读不少“英格里徐”！人家说“黑牡丹”，不是无因的。朝慧得向妈妈看齐，来个超跃打算。

爸爸

一月五日

还是为我用航空小包寄三册红行格本（抄诗那种旧账本）和廿个好信封，二本好信纸，写“南昌江西省文联舒信波收”转我好。用处多。小格纸不好写字，构思也只像是宜于写信不宜起诗稿的。

1971 05 23（双溪）致沈虎雏

小弟：

大带了他的新娘子，来住了四天。在招待所住，等于在此结婚，因为一登记即上路。来去坐船闻极舒服。五号即去妈妈处，也住了四天，即坐长江船回上海了。今天应早已返京。妈妈信转寄看看，可知到那边大略情形。在这里照了两卷相，下个月或可寄部分来。新娘子人很好，诸亲都放了心。只是分离远了点儿，一二年或者才可望把大调过南方。妈妈还能走路送他们上车，约三小时，廿六里，当天又即赶车回，再走八里，可知体力还好。照今年湖边种庄稼，麦子四百亩，早稻四千亩，晚稻大致也差不多情形说来，即使有部分人要动，也将在十一二月去了……[1]

乡下事有的极新，如社会主义分配制。有的却还旧，如彼此送礼。似乎多借来借去也得送。最小是见面必递烟。我不吸烟，省事多了。最熟的几个青年医生，结婚生孩子，也不送什么，因为是省里来的大学生，照大

---

① 收录时此处有删减。

城市办事。但在他们同事间，可能还得“在乡从俗”。

新住的是贫农大院，大小将约廿六人，鸡、猪、狗、羊，大小约六十。天井即沤肥池，气温已达卅度，猪饲料是酸的，所以有时如坐“酸菜坛子”中。如加上房中大湿霉，即已接近“酸梅汤”。如到四十度以后，还猜不出将是什么。此外六七家均有二窗，通风，我只对天井一窗，所以过夏当然得受点儿考验。也无所谓了。来了就得接受，也是学习。这还是过千斤的中富庶区，水稻区，年有廿万斤蛋，千万斤米，大几千头猪外运的地区。熟了点儿才知所有青年多有灯芯绒衣裤，有的结婚必须做一百廿元的大花床，并准备缝纫机才合格。不到廿即结了婚。新一代或在变化中，昨见高中比球，许多男女孩子多长得极漂亮，挺拔，为北京所少见，可能是水土好。村子卫生条件虽差些，多分散住，无怪病，即反映水土好。闻每年招兵海、陆、空均有，可见一般健康是较好的。只是孩子太多，附近二院即四十多小将，四五岁即吃二大碗米饭，酸菜拌。米比我们的白得多。终日赤脚在田埂上跑，还有的随地睡下，身体却很好，大都长得胖胖光光的，可知红红到姥姥处，可能还是受特别保护，能野点儿也许反而易健康。若经常去两个姨姨处必极好。

各省多成立了党委会，四川似乎慢了一步，不知近来有进展没有？据朋友说，广东当时动荡幅度小，因之回复也比较容易。你是不是还写写检查？据窦祖麟女儿说，巴老伯[1]至今还在“写检”，可不知为什么老没完了。卞诗人等已集中学习，将春播交公社，大致将“打道回衙”了。永玉

① 巴老伯：指巴金。

等似乎也已开始以学习运动为主，不过每日还依旧“操跑步”，永玉、刘焕章还拖得下，七十岁的刘开渠、吴作人等也是“适可而止”。今年招不成生，明年将难再缓了。这里乡村景色人物值得入画处太多，可惜高初中均无师资。这里初中学生无可作为，老师派他们做“工艺品”，可笑之至。因为什么原料也没有。最近又要他们做“水泥”，即回家来捶砖筛成细粉，加上石灰，上缴学校，准备教室讲台座用。看到邻居孩子傍晚还极认真在大门前过筛，一个母亲说：“老师自己无事可做，折腾学生做这样那样，回家来饭也不做了！”倒像是一针见血，起醉麻感。有些老师也值得同情，多近几年初中毕业教初中，有的还只拿工分，加点儿伙食津贴，而一天却好忙！自己即无书可看，虽十分热心，亦无可如何。所以不宜要求过多。但这么学下去，升学也将只近于名分。据说高中教师已全换大专毕业的，但也还是近六年毕业的。所以抓政治第一，还是比较好办。事实上师生还得参加春播夏播，夏收秋收，学生每人必自备一付挑土工具，主要意思还是大多数留在本地不动做农民的。初中毕业农民即日益增多。五年内，县里将增加百多个轻工业工厂，已在陆续建设，作武汉外围市可能将有一部分挑入工厂。一般结了婚生了孩子的，多还舍不得大花板床，不乐意入工厂。所以“坏事变好事”，旧习俗巩固了乡村一定劳动力。十五六女孩挑百廿斤谷子行动如飞是常见事。住处门外即大片水田，每天六点即吹哨子集合上工，不限晴雨，真是十分辛苦！区干部数十人，也绝大多数分别下生产队，赤脚医生多在廿以内，也是工分加伙食津贴十来元，一公社有六七人，每天各处跑。总之，田地极静寂，人却得不停顿的动，和城市干部不同。主要副业是养一二猪和一窝鸡。区里人不到二百，每天似乎必可杀猪，因分别发票，附近村子轮流有肉吃。去年不搞油作物，好几月不供应油。

天气总是三晴三雨，出门如酱缸，可是对庄稼却极好，不多久，田里即大片浓绿了。妈妈那边今年闻有四百亩麦收，过一二礼拜，大致又得为此而忙，每天三四点即将起身下湖。闻今年长得格外茂。但天气变化可难招架，去年即因疏忽，全闷坏了。今年可能不会再出事故，因之也必更忙。

夏衣如未寄，即留下。这里还有细夏布衣一，（系旧长衫改的，合式。虽已近朽，但谨慎脱、穿、洗，即可维持二年以上。）和二三件什么高级的确良，用了十多年那两件旧的又还舍不得放弃，衣裤看来还足够许久不必添。乡下穿的无所谓，再坏些，区里也知道“沈老头是高资，还同主席握过手”，因之再好点儿也不妨事。有一点儿给人印象大致还好，即和人易熟。理发师、成衣师、邮局、食品店人全熟。邮局发信最多，文具店买信封最多。可能只理发师不大满意，因为隔月才理一次发，而且催他们马虎一点儿即成，显不出手艺，或不能欣赏手艺。另外给人一种印象却似乎是“为人吝啬，什么都舍不得吃，好酒好烟全不会享受，穿得也不讲究。人又那么老了，还舍不得！”也可说是“乡评”，有一定道理，无法辩解。外来几个青年医生，就明白“要求不同”。

史先生信中告我：“这一行人太少了，万莫考虑辞职，因为待做的事还多。即那个《服装资料》，也会要你来完成的。有可能将来还得参加廿四史关于文物的注解工作，因为国内没有人会凭空降生。”所以妈妈信头上说，看法有道理。史是上月调回唯一抓业务的，本馆调四十分之一人回。他和外来学校教授、讲师五十多人接触，工作一段后，印象是“文献文物知识两不熟”。

一时动不了，为防万一出突然事故，一面相当谨慎注意到日常生活，一面即尽能力所及，把拟作的卅个小题目一一作下去，好在心中有数，又早有目录，不太费事已写出四篇，随完成随寄给史供参考用。因为廿年来每天和他工作有接触，唯他明白我工作对馆中陈列还相当有用。因为全是就陈列的东西作综合分析，有许多见解还极新而又具体，能解决问题的。将来这些东西如付印，也只有他能整理。

候双好。

从文

五月廿三

1974 01 16（北京）致沈虎雏、张之佩

虎虎、之佩：

红红在此一切很好。在学校结业时，又得“三好”证书。在评语中，且提出许多长处，在家中还不大知道的。在家里，也很主动服务，徐大娘也称赞！扫地倒灰，不必要人叫，肯动手。凡事“十分认真”，大致对于爷爷说的“凡事能耐烦认真，什么也学得好”，在以后十年或廿年学习发展中，都将起一定影响。目下成问题处，是街区文教组，对她留在北京继续上学，不同意。因此学校恐也不能保留名额。曾告家长赶快些想办法。妈妈不会办交涉，我更不会，大家一打官腔，我们即无话可说。他们说，眼病不是留北京理由，“三线子弟”升学，她又不在例内，系指边远地区而言。所以不久前，妈妈写信给你们，提出三办法研究：一、红红她说：“想姥姥。不如回去升学好。”（因为不能升学，即以为不如回姥姥处，事实上那方面课目紧或过紧，晚九点还得为辅导别人不休息。眼睛即不利。生活面窄，学习不可能如这里便利。）二、回自贡。她不提意见。我

们却记住你们说过的情形，认为不大好。 三、即留下半年，为之补课，并加以一些各种做人训练，并把身体弄得结实些，对她总的说，有好处。即返昆山或自贡，也是复习半年已学过的功课。而且在半年内，我或许还有办去，为之解决留下继续读书问题。妈妈和我以至于所有亲友，都觉得留下对红红好，同时对我们生活也可说大有帮助。且都极欢喜她，性格明朗、大派，对人关心，对家中人十分亲爱，极少闹小脾气。即麻烦些些，妈妈可乐意。甚至于对小胖妹妹[1]也好（少见的胖而乖），因为每天逗小胖妹妹说说话，比谁都能得用。红红唱，胖妹妹在大指导下跳舞，弄得大家开心，胖妹妹也学会哼哼唧唧……最重要，或许还是我和妈妈针对她的长处和弱点来教育，易见功。配合学校不到处，来补补生活课，或许对她一生有关系。她记忆力既好，理解又快，在家里可以学到的，将比学校还多。比如学画，便是一例。学校无图画课，而她临画的长处，永厚见到，也觉少有，已经常为学校画黑板报头。其实学什么都快，吸收又强。消化力也强，所以我们都乐意她能留下好。你们最好能请熟人为研究一下，是否可将请求留京信改变一下，以你们在川工作忙，实在照顾不来。家中祖父母都已十分年老，祖母已退休，祖父又还在工作，也有长期心脏病，有个孙女在身边生活将可得到些慰藉。这一点儿或许可以奏效，请求厂里写信大意如此。措词还得活动些，才有可望。我这边，也去馆中商量研究一下，看是否也可代为呈请呈请，解决这个问题，若能写个信证明，会还有可望。

---

① 小胖妹妹：沈龙朱之女，沈帆。

这里大家身体都好，可放心。大嫂已和她姨姨来京，因此妈妈和红红又迁回东堂子[①]暂住，天气冷，还不觉得太挤，大致过了节才会回去。红红前些日子去二姨家住了一天，现在放了假，又被接去和庆庆同住去了。她在那边过得很高兴，不许她看书，出主意，学别的这样那样，因为还可学学打字。一家三代都欢喜她，以为她极懂事，乖得很！人越大越乖，有群众为证！

……[②]

望经常来信，并把对红红的处理意见详细谈谈。工作情况，也望经常有信来，至多一星期一次，免得大家悬心。

并候双好。

从文

一月十六日

① 东堂子：作者在东堂子胡同住的一间宿舍。

② 收录时此处有删减。

1974 07 03（黄山）致沈虎雏、张之佩

小虎、之佩：

我和妈妈、大、红红，及二姨、小平哥哥、小五舅舅等共计十五人，号集中到了黄山温泉宾馆，妈妈等是从南京到芜湖转黄山，我是和窦舅舅等直由上海达黄山。二号上山，走十五里，经过最险且难行的十五里上山路考验，妈妈小红都及格，我和大自然不成问题，只二姨稍缓些些，依然及格。但在半路上却见有不少人打“退堂鼓”，还不到最险最艰难处就退回，还不住摇头说：“上不了，上不了！”于是下了山退回温泉宾馆的。我们在中途住了一天，正值莲花峰[①]被太阳照在顶上一截，夕阳把云海照成金碧明灭不易形容时，也是一生少见时，饱看了一阵云海和逼近不及二三里的高峰！内中还有四位少壮曾先到达，因此还来得及走回头路二里爬上峰顶，在莲花顶最高处照了许多相的。大和小平等等另有六人，还拟于次一日趁早也爬爬莲花峰。我们劝止，才放弃了打算。三号一早再

---

① 莲花峰：疑为天都峰之误。

向上爬，目标地为北海宾馆，经过八百级莲花沟（又叫阎王愁），相当高险，十二点左右且向下行百公尺，经过下行所必经的百步云梯，同样是一面欹入天笔直悬岩绝壁，一面下临千丈深涧悬岩，一般路多宽达三四尺，幸好是在大雾，悬岩直下千丈那一边看不见什么，不至于令人腿软发抖。有的路只三尺稍多，且另一侧无什么石栏杆或铁链索。有的地方又较宽，可到三公尺以上，但近于鲫鱼背，两面悬空，我们还是一直通过。小红红也不要奶奶携带，谨谨慎慎，从容而过。也不觉得什么累，因为和大、奶奶三人作一组，我则和五舅妈及另一人一组在最前。红红等照例只慢些些即可赶上。过了百步云梯最险处后，便是在一经过人工凿成石级的山顶绕行而下，亦近似平平上山路，因此约二点半，我们已达到目的地“北海宾馆”，三点钟便把住处安排定了。（每人一元一天，红红不算。四人一房间。我们因先到，房间向外对山峰，特别好看。）到后约一点钟，二姨和小平哥哥才终于赶到。别的年轻人都夸老太太“勇敢伟大”，十分有趣。为不少卅来岁的少壮，都说今天路上的种种是吃勿消的，够受的。至于我们却似乎还有余勇可鼓。因为打前站四青壮，昨天既另爬天都峰，今天又另爬凤凰松，腿力都极可观。胆量也够好。二姨走得较慢些，但是到达时还是极其从容，因为一头白发，别的同行上山的，廿卅青壮都觉得佩服。到听说我且过了七十二，自然更觉得希奇了。因为我们走路速度并不下别的青壮游客，还在不少极险处照了相。石级壁立处，石级有时又较高，多手足并用，真符合“爬山”二字。有了两天爬的经验的游人，才会明白爬行的好处的。我们还居多不用手爬，只是侧着脚步一级一级走去而已。小红红不仅自己不觉得累，还照例把大家为采得的四朵香气极浓的野百合花和别的难名花草，向后来的一组组人献花，大家拍掌鼓劲，搞得十分热闹！

较早估计，在这里至少住三天，以宾馆为中心的四面各处名胜去看看，每天看一二处。再从另一道路下山，听说较先十五里还有不少好风景可看。下十五里即近平地公路，无可看处了。其实初到落脚的温泉宾馆也已经近于风景区，对山高峰插云和门前大溪涧即已相当美观。上下三里都极可观。再由此乘汽车返芜湖时，车行出山二百里，及到芜湖前百多里，风景也极好，车行在山中盘旋，又美观又惊人。

大等同照了廿卷胶片。可惜多在雨雾中，不大容易见出特征。总有些是前人没有照过的。特别是为每一家人照的，我们照和团体照，过些日子或可选些较好的为寄来。上次在苏州照的想已收到。红红样子和照片一样，还在长高。经过两天考验，一到地就手足舞蹈，平时走路也总是跳跳蹦蹦，可知身体也因之大有好转。这次游山，在小小心中大致为一生最难忘的一种事情，因为是编队行进，她还是个传令兵，每每各组行进缓急不同，相隔一定距离时，前后人总是叫她，她也回叫。内中大致以我的声音最洪亮压到一切。可惜没有鸟声，我的鸟声“口技”无处可施。昨天傍晚景物离奇，今天傍晚夕阳中更离奇惊人，因为比一切画还巧妙。我们大致可在山中留三四天，即下山转车芜湖，回南京住二三天，即可返回北京。大和小平哥哥或许先走一二天。

这里正值梅雨季，因之一切山若常裹云雾中。只要云略微散开，即若别有天地。我们三人一小组，在山顶或山腰休息等待红红和妈妈时，环境离奇的安静和伟大。今天在一个山顶上，看到对面大山相隔不过一二十丈，有的地方还似乎更窄。可是狭涧中，好几十丈的底下，却有一列青青的大树，树顶平平的如一块绒毯，真是奇观。红红说，可不要告她的妈妈，免得她害怕担心！我告她说："有爷爷、奶奶和大在一处，你爸爸妈妈那里还会不放心。"她才如释重负。

并候双好。

从文

七月三日

我们是二号开始上山的。

1975 07（北京）致沈虎雏、张之佩

虎虎、之佩：

前闻改教书，或许只是短时期事。红红在暑假中一切极好。脚已大到穿卅五六号鞋子，和黑妮妮相差不多。奶奶衣服已接收一部分，不必改也可上身，但还是个娃娃脸。人乖得很。只是学校要求似乎太多，一礼拜还有三个晚上，在本院子里学“人民内部矛盾”，约有六七次影戏看，看后还得写“感想”。作了不少画，奶奶去学校时，还看到有好几张始终挂在学校里，作为成绩保存。在本院，且十分得人缘，凡是老太太爷爷一见即叫得甜甜的，遇什么奶奶打水，必抢着代办，且小跑送到人家里去。在外作雷锋已“及格”。只是在家中小屋里，奶奶叫时不听到总得嚷两句，才过瘾似的。骂骂也从不生气。一年多还从不哭过。只是一天嘻嘻笑笑。和奶奶说什么特别多，因大致似乎还对爷爷负有每事间谍责任，和你们小时一样，略有所见，即可向奶奶处上告。样子也长得日益苗条秀气，表面看来，木木的，事实上可不，非常细心观察身边人事，回来即向奶奶汇报。

且学会了在我面前也事事“保密”。说什么，即咬着奶奶耳朵说，不让我听到。不爱吃零食，总得劝驾，才拈取一二小片小粒塞到口中去。有不少像虎虎小时候神气，很会理解人事特征，相当细心，看看她作的画即可知。“爷爷说，凡事只要耐烦就学得好。”这句话大致已牢牢记住了，影响到学习，不必大人担心。只是性格过于善良，入中学学校，若还如目下情形，不免令人担一分心。也许再过两年教育已重新安排上了轨道，不至于如目下。这里相熟人都说中学不好教。男学生最不听，很少有欢喜读书的。好学也只限于看看小说，所以我们馆里挑了大几十个下乡青年做“说明员”，图书馆还为这些学员特别准备一大堆小说，借小说看人可不少！但是至今为止，馆里还不曾为她们安排“业务学习”，因为也没一个人学文物分门别类的搞问题。我也许还得过一阵，为她们共同提高写得很动人的一些专题性某某文物发展历史。服装也还在做。总之能争三……①

① 此信原无结尾，且忘记付邮。

1976 08 20（苏州）致沈虎雏、张之佩

——剧变前夕家书[1]

小弟、之佩：

得大从北京消息，所有受震出毛病七千所房子，都将于十月节前抢修完好。小羊宜宾住处山墙若修好，一行四人仍回北京，还是比较合理。若北方到九月还不解除警报，南方长江边却已宣告无事，到时我和妈妈也许过南京四舅舅处暂住，我则利用在中山门里的博物馆图书进行工作，倒也是一种办法……我一失去东堂子工作生活习惯[2]，饮食睡眠习惯都大大改变，夜里总是在翻腾中半睡半醒的，白天却在上下午补睡，也不像能持久。因在北京近年来都是工作到夜十二点以后才睡，上午五点半前后即起。一个上午至少可以在大书桌边整整消磨六到七小时，虽这事摸摸，那

① 此信曾编入岳麓书社《沈从文别集·泥涂集》一书，于1992年12月出版。现保存发表时的篇名编入。

② 作者从干校回京后，长期一人独居原东堂子胡同被压缩为一间的宿舍内，在此不受限制地工作，并接待来访朋友。每天必往返一次到约两里外的小羊宜宾胡同，和夫人及孙女同吃一顿中饭，并带回自己的另外两餐。

书翻翻，说不出什么具体成绩，可是总不离本业。体力充分消耗，转羊宜宾饭时，逐渐升级，总是一大碗，一会会即下肚。回去稍躺一会儿，再来翻翻写写，或来个把熟人商量商量工作，日子过得虽平板，却较有条理。一成习惯，体力精神都显得十分正常，比不少熟人都健康多多。这次一动，可把秩序全打乱了。体力即不易维持，主要是吃喝变动大，起居变动也大。而且是无书可读。所以最正常的打算，还是九月可望回京。不得已，才会去南京。

并候双好。

从文

八月廿日上午

务必要把身体弄好，这是唯一我们担心的事。也是你们对我和妈妈最大的支持。

我这卅年能维持下去，工作信心未丧失，体力情绪也比不少熟人还健康，主要也像是从总的方面学会了最妥的自处之道，即用个“社会主义公民”的资格严格律己。凡事先想国家和公家，再考虑自己，所以永远不至于灰心丧气。即所学本业，也不是什么一帆风顺或得天独厚，其所以取得与人不大相同的进展，就只是不断努力结果，也即多做少说结果。只有真正明白“公民”的责任的人，才能在任何情形下，都十分认真的照国家所需要的去尽职。

1977 09（北京）致沈虎雏、张之佩等

小弟、之佩、红红：

小帆帆[1]一走，我和妈妈就像是有一半时间空空的，不知应当如何安排，又回复到一天最重要事，即在下午七点等大回家，算是一件大事。因为照习惯，大每天一回来必把《参考》搁到书桌上，随即去看他的月季花。他已成了种月季的候补花农，妈妈又成了大的学徒，院子里八九月中，每天必有五六种颜色十三四朵新花开放。大约有四十株新从蔷薇接枝，到明年必将比今年热闹得多！因为有一部分肯定将移给本院另外两家空地上去，一为朱桥家，一为申宁家。最近还从杭州寄来廿八种，已转给他的同事兼老师家花园里！大照例早晚都在花前或花丛中，妈妈兴致也很好，客人来必指点给人看，因为据说有不少是有名好种。已初步比刘焕章家的好而多。估计明年每天必可有花卅四十朵开放，可以由春五打开到九月底，可是若搬了家，恰巧又是楼上，大致就得放弃了十分七八，把仅有

① 小帆帆：沈龙朱的女儿，沈帆。

三五种名品移到花钵中去，其他全得放弃。目前看来，今年恐无多希望。

妈妈精神情绪都还好，但每天家中三顿也够累，若能搬到有暖气管的住处，也许可稍好些。我表面还能维持，工作不大顺手，效率显明已下降到惊人程度，身上似乎无什么大故障，只是衰退感还是从各方面都可明白看得出来。总的说，还是比多数熟人还好一些，生活虽寂寞，究竟还安定，在近廿五年日子过得还平静，就是大幸运！国家趋势好，但在进展中不可免还有些困难待克服，因为消耗亏损过大，说三年大治，只能是相对的好转，肯定是还有不易克服的矛盾有待逐渐克服，才能真正好转的。不要把希望提得过高，才不至失望。国家太大了，当家的不容易。应凡事十分谨慎的把过去长处继续为国家用上去，不盲目乐观，才不至于悲观丧气。

红红的画，上海那个程公公到北京又看到了，很称赞。望她为之佩小姨再各画不同姿势的三五张来，应当用较大一些纸张画，且不妨学用碳素笔画，会更容易见效果。不会就学会，学学一定会的。

听说今年工艺美院招生，将不限资格，考画，此外只考语文和政治，即成。我当托人问问美术中学熟人情形，若有机会应考，趁我和奶奶还能帮同教文化课，也许对她此后发展面宽些。目前即办不到，中学毕业时总会有办法的。你们目前应鼓励她把画抓得紧一些，每天至少能作一张人像，从长远说，好处多。若尽照教师要求，不会有什么进展的。因为照学校习惯是教不出好画的。必须家中鼓励，从各方面鼓励，才能取得真正突破。[①]

---

① 原信未结束即付邮。

1979 05 14（北京）致沈虎雏、张之佩

信留下，我已多久不写长信。

虎虎、之佩：

我和妈妈在苏、申、杭、宁转了四十天，除了每到一地行、住二事较麻烦，其他一切还好。回来不久，你厂徐同志来看，临行时，我请他转告你们凡事放心。这里红红又经考试，在本班成绩最好，三班合计六名优秀生，五个男的，其中只一女的，即红红。身体也好，只是回家做作业，处理时间还是待改正，不然每晚我即十点上了床，还是近于得奉陪她到十一点左右，在她熄灯以后，才可望安静睡下。而照例我每早却必在五点左右即得起床，近六时许还得催促她起床，并促她紧缩梳那两小辫子时间。得一再催促，且凡是这类督促，还得妈妈加一把力，仍若不起作用，因此经常时候挨到快近七点，有时竟来不及洗脸吃东西，即匆匆跑去。这种起居方式，不设法加以改变，将来升学到了集体生活及做事过独立生活，必然感到麻烦。所以之佩和虎虎似应当轮流在信中反复提提，要改正过

来，既算得是学习爱护祖父，也才可望抽出点儿多余时间，帮同奶奶做点儿杂事，省得我们为之担心着急。在南京植物园温室，见上次四姨父所捎带的吃肉草，在小钵中活得很好，还加一小蝶已被消化，只剩一小小翅膀外露。

大的工作在调整中，转作电子部门技术员，上面还正式要他担任工作组支书，大致因人事怕麻烦，不易处理，一时不肯答应。王矜劝他担当下去不妨事。你们也可从信中对此事提提意见。工作总会有麻烦的，听说好处是有些新青工是他的原来工作组的，易合做……[①]

巴老伯也七十五了，还在做上海作协主席。这次在上海时，妈妈和我又去看他，七四年一次，七六年一次，这是第三次，在最时髦热闹小馆子“红房子”吃了一顿贵而并不好吃的西餐。第一次去他家里时，正听到接电话，说生了个外孙女儿，不久即出医院，第二次去时，外孙女已能跑动，带了我送的松子糖在客厅里跑，这一次去时，却陪我们上餐馆吃奶油点心了。大小姐不久即将陪巴老伯飞巴黎做文化代表。回过头来想想，你们到昆明时，巴老伯的爱人还正到昆明考学校，和汪曾祺等住在青云街我租的那个楼上，后来才在贵阳结婚的。巴老伯比我年纪小三岁，所以现在还能著书译书，主要是还有书，而住的花园有一亩多空间，大草坪全是花。茅房也比我们住处还宽敞清爽得多……

你们的事，最近我曾写了个信托祖春叔叔为向熟人问问，也许会有结果，也许无结果，一切得承认现实，还是好好守住工作岗位做下去，且努

① 收录时此处有删减。

力抽出可用时间把外语学下去吧。不必为我们这边的情况担心，值得注意到的只是我虽像结构耐用，经摔经磨的机器，至今外表还能维持，其实内部好些关键性零件，都到随时可在小小故障中即告报废情况下，我为本身报废以后妈妈的生活而感到一点儿痛苦，以至于从不敢和她正面提及我体力问题，她也极力避开这迟早必然会出现问题。你们工作的转移，如不久能成为事实，据我想来，对她将是十分愉快高兴的。我也很希望能和你们同过三几年稍安定日子。你们一来，显明对红红教育即大有好处。她看来又是个不折不扣乡下人底子，读书用功事不必担心。但重要在如何纠正在今后高中两年，适应半成年期，使其兴趣能比较向外发展，就可以省去不少麻烦。之佩若在此工作，帮助肯定会大一些。单凭妈妈是拨不动的。红红身体虽长大得和个大人差不多，事实上情绪年龄还是个小孩，未成熟。如六月里能搬个家，可能会给她一间单间住处，也许还得就近换个学校。因为据人说，新分配住处在崇文门外市场后面。今年这里还缺少应有的热，家中有上百朵月季还待开放。秋天花还更多。

望保重体力和情绪。一切应看得自然些，开豁些。

从文

五月十四日

一九七九

1980 10 30（美·纽黑文）致沈龙朱、沈虎雏等

小弟、大弟、之佩、永玮、朝慧、焕章：

我们十分平安到达纽约，比预定时间还稍早一些些。出一道门，远远即望见四姨和汉思，隔着一道象征性的绳栏，原来他们也到得略早，海关只循例看看行李，并未开锁，查查护照后，即放行。于是出了站门，只见三行车一致由左而右，上了他们的瑞典造新小车。照规矩，把一条约一寸宽胶皮带斜挂腰间，嘻嘻哈哈的开出车站，估计约三四十分钟，才开上正规直路。沿路经过一些关卡，都得给买路钱才能使车栏木柱自动高举。约二点钟才到家，原来他们家在另一州。

一行最幸运的，即前一排有个壮年，一问知是季羡林[①]伯伯的大公子，是同路，到芝加哥才离开，是在美学高能的。所以到上海转东京，又等机先后约耽搁了二小时，转弯抹角上下楼梯无数，且经两次搜查（怕坏人劫机，向别处飞）才通过。手续繁多，而迷宫似的飞机场内转来转去，多

① 季羡林：语言学家，文学家，国学家。北京大学教授，曾任东方语言文学系主任、副校长等职。

亏得小季先生随事指点帮忙，才不至于迷路。没有个伴，又不懂话，必然麻烦还多。我和妈妈在路上，在四姨家都极舒服，就是累点儿。正在补充睡眠，今天已初次到耶鲁学校看看，一所所房子都小小的。四姨家附近是住宅区，枫叶明黄，房子和积木一样，路上屋前多有一辆新亮亮车子，却不见什么人，行车也无声音，不许按喇叭。家里房间不大，可十分清爽美丽。昨晚从电视看看二总统辩论，不多久就睡了。吃住都极好，望放心。住处比我们公园还好看。住宅区各隔一定距离，全是红红紫紫的树木，小果子多挂在枝上，无人采摘。不远即到了小商店区，约走廿分钟路，也依旧极静。

从文

到后第二天下午六点

1982 05 22（凤凰）致沈龙朱、沈虎雏等

小弟、大弟、永晖、之佩、焕章、朝慧：

我们在家乡过了十多天十分有趣的生活，先是和五个香港来的画家，每个人都食量好嗓门大，加上断掌夫妇[1]时去时来，有时上桌吃饭到廿人左右，热闹到和《水浒》上的忠义堂相差不多。晚上又是电视又是当天的录像机重映，一直延长到十点左右才散场，还特别为黄先生[2]来了两伙戏班子，唱的傩堂戏[3]《搬先锋》特别动人好听，也录了音录了像。将来还可作《边城》电影的引曲，真是快乐中显得凄楚动人，和古人说的楚声必有密切关系。又到四十里外的鸦拉营赶了回场，有上万汉苗人集市买卖牛羊，还如我五十年前文章中形容的差不多，我们在人丛中挤了好一阵，场上比龙街子热闹得多。

---

① 断掌夫妇：作者对老记者萧离、萧凤的谑称。

② 黄先生：指画家黄永玉。

③ 傩（nuó）堂戏：一种祭神跳鬼、驱瘟避疫、表示安庆的娱神舞蹈，起源于商周时期。

到这里来尽管极力避免惊动人，可是当地一广播，因此每天总有人来相看，有的还带了四五十年前我写给他的信，说起云南情形一清二楚，他本人也有了七十多岁。说旧话没完没了，总得黄家永厚、永前出面解围，告客人有事待作，才能解围。客人有的住城里，有的还是从七十里外州上赶来的，精神比大伯还好，真使人有点儿不易招架。朝慧妈每天必来，我们照了好些相。

这里院子大花木多，早上可极清静。本应有各种鸟声，可惜本地人拥有鸟枪似乎过多，即声音最尖最远的杜鹃，也只深夜里间或可听到，平时即麻雀也不多了。天气转热，蝴蝶倒不少，有相当大的，可惜不易捕捉。

今天妈妈邮寄了一包重三千六百多克本地布料，相当好看，本地人可不欢喜，小条格子布是苗人包头用的。估计到州上还会有别的可以寄些来。我们估计三几天即过州上去（七十多里路，一小时多可到），再去张家界看看。总共来去约三天，我们拟从那边即搭车回怀化，转北京。断掌到处走动，我们可不如他方便。这里好茶叶只五六元一斤，比北京十多元的还高些。晚上还得盖厚被，白天热些。有苍蝇，不多。无蚊子。妈妈和我身体都很好。香港客人走了，我们吃饭时人也少了，但也总还约大小十位。白天若无客人，依然极清静，可是早晚总有客人。

妈妈在此还为改校了一本文集已寄花城。到雅拉营附近黄丝桥参观过一个唐初小石城，保存得还完完整整，四面全是碉堡，但保存得较完整矗立山上的只一座，还充满中世纪古堡意思。原来围绕凤凰小山城，就共有七百八十多座碉堡，当时另有二百多里砦墙，即小长城[①]，每堡一个[②]兵，可以想见乾隆时的情景，紧张是长期的。

从文

五月廿二日

① 小长城：即湘西境内的中国南方长城，当地称边墙。

② 一个：疑有笔误。另有信曾估计为十个。

致妻子

导读

沈从文与张兆和相濡以沫50多年，写给张兆和的信有100多封，我们选取了其中13封，其中大部分信中有类似游记的内容，例如他于横石、九溪、沅陵、巫山、济南、南京、上海、苏州、长沙、杭州时所写的信。从这些信中，我们不仅可以欣赏他写景写物的诗情画意，还可以发现他丰富的内心世界和细腻情感。

1949年后，由于政治和自我原因，沈从文很少提及文学话题。但是，在与张兆和的通信中，我们可以发现他对文学事业的眷恋。他说："笔如还有机会能用，还有点儿时间可以自由支配来用，会生长一点儿东西的。"连表达试图继续文学创作的方式，都是充满诗意的。

信中还不乏他对文学的见解，对文艺政策的思考。例如，在1961年1月下旬写给张兆和的信中，我们可以读到他对托尔斯泰、屠格涅夫的代表作的赏析和写作手法的对比。

1934 01 18（横石和九溪）致张兆和

上午九时

我七点前就醒了，可是却在船上不起身。我不写信，担心这堆信你看不完。起来时船已开动，我洗过了脸，吃过了饭，就仍然做了一会儿痴事……今天我小船无论如何也应当到一个大码头了。我有点儿慌张，只那么一点点。我晚上也许就可以同三弟从电话中谈话的。我一定想法同他们谈话。我还得拍发给你的电报，且希望这电报送到家中时，你不至于吃惊，同时也不至于为难。你接到那电报时若在十九，我的船必在从辰州到泸溪路上，晚上可歇泸溪。这地方不很使我高兴，因为好些次数从这地方过身皆得不到好印象。风景不好，街道不好，水也不好。但廿日到的浦市，可是个大地方，数十年前极有名，在市镇对河的一个大庙，比北京碧云寺还好看。地方山峰同人家皆雅致得很。那地方出肥人，出大猪，出纸，出鞭炮。造船厂规模很像个样子。大油坊长年有油可打，打油人皆摇曳长歌，河岸晒油篓时必百千个排列成一片。河中且长年有大木筏停泊，有大而明黄的船只停泊，这些大船船尾皆高到两丈左右，渡船从下面过身时，仰头看去恰如一间大屋。那上面一定还用金漆写得有一个“福”字或“顺”字！地方又出鱼，鱼行也大得很。但这个码头却据说在数十年前更兴旺，十几年前我到那里时已衰落了的。衰落的原因为的是河边长了沙滩，不便停船，水道改了方向，商业也随之而萧条了。正因为那点儿“旧家子”的神气，大屋、大庙、大船、大地方，商业却已不相称，故看起来尤其动人。我还驻扎在那个庙里半个月到廿天，属于守备队第一团，那庙里墙上的诗好像也很多，花也多得很，还有个“大藏”[①]，样子如塔，高至五丈，在一个大殿堂里，上面用木砌成，全是菩萨。合几个人力量转动它时，就听到一种吓人的声音，如龙吟太空。这东西中国的庙里似乎不多，非敕建大庙好像还不作兴有它的。

我船又在上一个大滩了，名为“横石”，船下行时便必须进点儿水，上行时若果是只大船，也极费事，但小船倒还方便，不到廿分钟就可以完事的。这时船已到了大浪里，我抱着你同四丫头的相片，若果浪把我卷去，我也得有个伴！

三三，这滩上就正有只大船碎在急浪里，我小船挨着它过去，我还看得明明白白那只船中的一切。我的船已过了危险处，你只瞧我的字就明白了。船在浪里时是两面乱摆的。如今又在上第二段滩水，拉船人得在水中弄船，支持一船的又只是手指大一根竹缆，你真不能想像这件事。可是你放心，这滩又拉上了……

① 大藏：即转轮藏，一般称转经筒。

我想印个选集了[①]，因为我看了一下自己的文章，说句公平话，我实在是比某些时下所谓作家高一筹的。我的工作行将超越一切而上。我的作品会比这些人的作品更传得久，播得远。我没有方法拒绝。我不骄傲，可是我的选集的印行，却可以使些读者对于我作品取精摘优得到一个印象。你已为我抄了好些篇文章，我预备选的仅照我记忆到的，有下面几篇：

柏子、丈夫、夫妇、会明（全是以乡村平凡人物为主格的，写他们最人性的一面的作品）。

龙朱、月下小景（全是以异族青年恋爱为主格，写他们生活中的一片，全篇贯串以透明的智慧，交织了诗情与画意的作品）。

都市一妇人、虎雏（以一个性格强的人物为主格，有毒的放光的人格描写）。

黑夜（写革命者的一片段生活）。

爱欲（写故事，用天方夜谭风格写成的作品）。

应当还有不少文章还可用的，但我却想至多只许选十五篇。也许我新写些，请你来选一次。我还打量作个《我为何创作》，写我如何看别人生活以及自己如何生活，如何看别人作品以及自己又如何写作品的经过。你若觉得这计划还好，就请你为我抄写《爱欲》那篇故事。这故事抄时仍然用那种绿格纸，同《柏子》差不多的。这书我估计应当有购者，同时有十万读者。

船去辰州已只有三十里路，山势也大不同了，水已较和平，山已成为

---

①这是作者第一次提到印选集的想法。两年后《从文小说习作选》才由上海良友图书公司出版。

一堆一堆黛色浅绿色相间的东西。两岸人家渐多，竹子也较多，且时时刻刻可以听到河边有人做船补船，敲打木头的声音。山头无雪，虽无太阳，十分寒冷，天气却明明朗朗。我还常常听到两岸小孩子哭声，同牛叫声。小船行将上个大滩，已泊近一个木筏，筏上人很多。上了这个滩后，就只差一个长长的急水，于是就到辰州了。这时已将近十二点，有鸡叫！这时正是你们吃饭的时候，我还记得到，吃饭时必有送信的来，你们一定等着我的信。可是这一面呢，积存的信可太多了。到辰州为止，似乎已有了卅张以上的信。这是一包，不是一封。你接到这一大包信时，必定不明白先从什么看起。你应得全部裁开，把它秩序弄顺，再订成个小册子来看。你不怕麻烦，就得那么做。有些专利的痴话，我以为也不妨让四妹同九妹看看，若绝对不许她们见到，就用另一纸条黏好，不宜裁剪……

船又在上一个大滩了，名为“九溪”。等等我再告你一切。

……

好厉害的水！吉人天佑，上了一半。船头全是水，白浪在船边如奔马，似乎只想攫[①]你们的相片去，你瞧我字斜到什么样子。但我还是一手拿着你的相片，一手写字。好了，第一段已平安无事了。

小船上滩不足道，大船可太动人了。现在就有四只大船正预备上滩，所有水手皆上了岸，船后掌梢的派头如将军，拦头的赤着个膊子，船掯[②]到水中不动了，一下子就跃到水中去了。我小船又在急水中了，还有些时候

① 攫（jué）：有抢夺、掠夺的意思。
② 掯（kèn）：湘西方言，表示卡住。

方可到第二段缓水处。大船有些一整天只上这样一个滩，有些到滩上弄碎了，就收拾船板到石滩上搭棚子住下。三三，这争斗，这和水的争斗，在这条河里，至少是有廿万人的！三三，我小船第二段危险又过了，等等还有第三段得上。这个滩共有九段麻烦处，故上去还需些时间。我船里已上了浪，但不妨的，这不是要远人担心的……

我昨晚上睡不着时，曾经想到了许多好像很聪明的话……今天被浪一打，现在要写却忘掉了。这时浪真大，水太急了点儿，船倒上得很好。今天天明朗一点儿，但毫无风，不能挂帆。船又上了一个滩，到一段较平和的急流中了。还有三五段。小船因拦头的不得力，已加了个临时纤手，一个老头子，白须满腮，牙齿已脱，却如古罗马人那么健壮。先时蹲到滩头大青石上，同船主讲价钱，一个要一千，一个出九百，相差的只是一分多钱，并且这钱全归我出，那船主仍然不允许多出这一百钱。但船开行后，这老头子却赶上前去自动加入拉纤了。这时船已到了第四段。

小船已完全上滩了，老头子又到船边来取钱，简直是个托尔斯太[①]！眉毛那么浓，脸那么长，鼻子那么大，胡子那么长，一切皆同画上的托尔斯太相同。这人秀气一些，因为生长在水边，也许比那一个同时还干净些。他如今又蹲在一个石头上了。看他那数钱神气，人那么老了，还那么出力气，为一百钱大声的嚷了许久，我有个疑问在心：

“这人为什么而活下去？他想不想过为什么活下去这件事？”

不止这人不想起，我这十天来所见到的人，似乎皆并不想起这种事情

① 今译作“托尔斯泰”。下同。

的。城市中读书人也似乎不大想到过。可是，一个人不想到这一点儿，还能好好生存下去，很稀奇的。三三，一切生存皆为了生存，必有所爱方可生存下去。多数人爱点儿钱，爱吃点儿好东西，皆可以从从容容活下去的。这种多数人真是为生而生的，但少数人呢，却看得远一点儿，为民族为人类而生。这种少数人常常为一个民族的代表，生命放光，为的是他会凝聚精力使生命放光！我们皆应当莫自弃，也应当得把自己凝聚起来！

三三，我相信你比我还好些，可是你也应得有这种自信，来思索这生存得如何去好好发展！

我小船已到了一个安静的长潭中了。我看到了用鸬鹚咬鱼的渔船了，这渔船是下河少见的，这种船同这种黑色怪鸟，皆是我小时节极欢喜的东西，见了它们同见老友一样。我为它们照了个相，希望这相还可看出个大略。我的相片已照了四张，到辰州我还想把最初出门时，军队驻扎的地方照来，时间恐不大方便。我的小船正在一个长潭中滑走，天气极明朗，水静得很，且起了些风，船走得很好。只是我手却冻坏了，如果这样子再过五天，一定更不成事了的。在北方手不肿冻，到南方来却冻手，这是件可笑的事情。

我的小船已到了一个小小水村边，有母鸡生蛋的声音，有人隔河喊人的声音，两山不大而翠色迎人，有许多待修理的小船皆斜卧在岸上，有人正在一只船边敲敲打打，我知道他们是在用麻头同桐油石灰嵌进船缝里去的，一个木筏上面还有小船，正在平潭中溜着，有趣得很！我快到柏子停船的岸边了，那里小船多得很，我一定还可以看到上千的真正柏子！

我烤烤手再写。这信快可以付邮了，我希望多写些，我知道你要许多，要许多。你只看看我的信，就知道我们离开后，我的心如何还在你的身边！

手一烤就好多了。这边山头已染上了浅绿色，透露了点儿春天的消息，说不出它的秀。我小船只差上一个长滩，就可以用桨划到辰州了。这时已有点儿风，船走得更快一些。到了辰州，你的相片可以上岸玩玩，四丫头的大相却只好在箱子里了。我愿意在辰州碰到几个必须见面的人，上去时就方便些。辰州到我县里只二百八十里，或二百六或二百廿里，若坐轿三天可到，我改坐轿子。一到家，我希望就有你的信，信中有我们所照的相片！

船已在上我所说最后一个滩了，我想再休息一会会儿，上了这长滩，我再告你一切。我一离开你，就只想给你写信，也许你当时还应当苛刻一点儿，残忍一点儿，尽挤我写几年信，你觉得更有意思！

……

二哥

一月十八十二时卅分

1938 04 03（沅陵）复张兆和

十一时

三姊：

十二、十三、十四号信都收到，孩子大小相片见到五张。放大相顶美，神气可爱。有同乡老前辈见到，说小虎简直与其祖父幼小时完全一样。祖父成人时壮美少见，小虎长大一定也极好看。小龙样子聪明，只是缺少男子雄猛气氛。

家中紫荆已开花。铁脚海棠已开花。笋子蕨菜全都上市，蒜苗也上市。河鱼上浮，渔船开始活动，吃鱼极便利。

院前老树吐芽，嫩绿而细碎。常有不知名雀鸟，成群结队来树上跳跳闹闹。雀鸟声音颜色都很美丽。小园角芭蕉树叶如一面新展开的旗子，明绿照眼。虽细雨连日，橘树中画眉鸟犹整日歌唱不休。杨柳叶已如人眉毛。全个调子够得上“清疏”两字。人不到南方，对于这两个字的意义不易明白。家中房子是土黄色，屋瓦是黑色，栏杆新近油漆成朱红色，在廊下望去，美秀少见。耳中只闻许多鸟雀声音，令人感动异常。黄鸟声尤其动人。

今天星期，这时节刚吃过饭。我坐在写字桌边，收音机中正播送最好听音乐，一个女子的独唱。声音清而婉，单纯中见出生命洋溢。如一湾溪水，极明莹透澈，涓涓而流，流过草地，绿草上开遍白花。且有杏花李花，压枝欲折。接着是个哑喉咙夏里亚宾式短歌，与廊前远望长河，河水微浊，大小木筏乘流而下，弄筏人举桡激水情境正相合。接着是萧邦的曲子，清怨如不可及，有一丘一壑之美，与当地风景倒有相似处。只是派头不足，比当地风景似乎还不如。尤其是不及现前这种情景。

你十三号信上说写了个长信，不曾发出，又似乎想起什么事十分难受。我觉得不要这样子为一些感觉苦恼自己。这是什么时代？这时代人应当有点儿改变，在空想上受苦不十分相宜。我知道你一定极累，我知道孩子累你，亲人、佣人都累你，得你操心。远人也累你，累你担心一切，尤其是担心到一些永远不会发生的事情。我看到你信上说的“你是不是真对我好”我真不能不笑，同时也不能不……你又说似乎什么都无兴味了，人老了。什么都无兴味，这种胡思乱想却有兴味。人老了，人若真已衰老，哪里还会想到不真对你好。我知道，这些信一定都是你烦极累极时写的。说不定还是遇到什么特别不如意时写的。更说不定，还是遇到什么“老朋友”来信或看过你后使你受了点儿刺激而写的。总而言之便是你心不安定。我住定后你能早来也许会好一点儿。你说想回合肥真是做梦，你竟似乎全不知道这半年来产生了些什么事，不知道多少逃难者过的是什么日子，经验的是什么人生。我希望你注意一下自己，不要累倒，也不要为想象所苦恼。

希望你译书，不拘译本什么书都好，就因为我比你还更知道你，过去你读书用心，养成一种细致头脑，孩子只能消磨你的精力，却无从消磨你的幻想或思想。这个不曾消耗，积堆过久，就不免转入变态。或郁结成病，或喜怒无常。事后救济和事先预防，别无东西，只有工作。工作本身即无意义，无结果，可是最大好处却……[1]

[1] 据缺尾残信编入。

1938 04 12（沅陵）致张兆和

黄昏

三姊：

昨天黄昏感觉疲倦，腰部大不舒服，因此上了床，决定停一天再走，因此今天不走。白天写信时觉得很好，到下午有点儿不妥，尚以为信写得太多了的原因。吃过饭，便觉得又有点儿和昨天差不多情形，肚子咕噜噜作响，人很疲倦，又想睡。骨节作痛。情形与昨天一样，与小五哥杨小姐数日前所患也一样。应当休息再说。可是行李已打了包，什么都准备好了。还是决定明天上路，一切交之于天：不上路我也不成。钱已快用光了。不上路什么都得重新想法。也许在边境上我可休息两天，因等车而休息。

这时节已将近黄昏，尚可听到八哥和画眉叫声。城头上有人吹号角。我有点儿痛苦——不，我有的是忧愁——不，我只是疲倦而已。我应当休息，需要休息。

想起你每日为孩子累倒的情形，我心中充满同情。若两人在一处，这疲倦便抵消了，会很平静的坐在廊下，看黄昏中小山城炊烟如何慢慢上浮，拉成一片白雾，一切鸟声市声犹如浮在白雾里。

×小姐同刘家父女同大哥正在楼下小房中玩牌，大家都欢喜大哥。

过一会儿我也许还可听听音乐，想它会能恢复我一点儿力量，一点儿生气。如明天可以上车，明天这时节，我一定住在一个小小旅馆里，地方比这里小得多，可是风景却美丽得多。住的地方是黔湘边境，说不定入夜即可听狼嗥，听豹子吼。

头有点儿闷重。应当休息。又似乎吃错了冷茶，我记起了我不宜于吃冷茶，一吃即出毛病。多久以来即注意到这件事。不凑巧今天又这么来了一下。

这里黄昏实在令人心地柔弱。对河一带，半山一条白烟，太美丽了也就十分愁人。家中大厨子病霍乱一天，即在医院去世，今天其父亲赶来，人已葬了，父亲即住在那厨子住的门房里，吃晚饭时看到那老头子畏怯怯的从廊子下边走到厨房去，那种畏怯可怜印象，使我异常悲悯。那么一个父亲，远远的跑来，收拾儿子一点儿遗物，心中凄凉可知。尤其是悲哀痛苦不能用痛哭表现，只是沉默默的坐在那门房里，到吃饭时始下厨房去吃饭。同住的是个马夫，也一句话不说，终日把他的烟管剥剥剥敲房枋。小五哥一走，天又下雨，马像是不大习惯，只听到在园中槽口上打喷嚏。园中草地已绿成一片。

小虎小龙和你若这时在我身边，我一定强多了。

窗间还亮，想睡又觉太早。

孩子使你累得很，到累倒时，想想我的情形，会好一点儿。我不会忘记你们的。黄昏，半夜时听隔屋孩子哭声，心里也很动念，仿佛哭的是小虎。

小龙一定不常哭了。天气转暖，孩子一定已可穿薄夹衣看花了，这里我又穿上了棉袍，也许还得一直穿上昆明。被盖留下大丝棉被，换了一床蓝色绸纱的，比较小，比较轻。箱子只带两个小的，大的不带。将来要带也方便，邮局寄运行李较公路自带还稍贱。

黄昏已来，只听到远远的有鸟雀唤侣回巢，声音特别。有孩子笑嚷。我想给你们寄点儿印花布，做孩子被单，这里印花布太美，来不及了，将来或要大哥寄，当信寄可收到。

手边有一本选集，一本《湘行散记》，一本《边城》，一本《新与旧》，一本《废邮存底》，象征卅年生命之沉淀。我预备写一本大书，到昆明必可着手。

健吾有信来，奇怪……据说是爱国女学的学生。想来很有意思，因料不到有那么一个人同看电影，同过日子的。

大姊无信来，想已回上海，又以为我们上了路。若彼尚在汉口，必可见小五哥。

听到杜鹃叫了，第一次听它，似在隔河。声音悲得很。无怪乎古人说杜鹃悲啼，神话中有杜鹃泣血故事。几个北来朋友还是一生第一次听到它。声音单纯而反复，常在黄昏夜半啼，也怪。

吻你和孩子。

四弟

四月十二下七时

1948 07 30（颐和园）致张兆和

晚八时

三姐：

今早龙龙来，想必八点前后即可到城。杨先生来时，因为忘记把虎虎信附入信中，所以托老胥又带上。我早上即和孟实去青龙桥走走，看看乡村早市。带了点菜返回。鸡蛋一枚已到八万，半月中加四倍。

好些日子都无鱼吃，今天凑巧来了十一斤，如一小猪大，是公的。作价百九十万。冯杨二家既不在，我们就独享了它。大家动手处理，计“天才女”割洗烹鱼头，“北大文学院长”伐髓洗肠（到后由天才女炒鱼肺，鱼油多而苦，放弃），我批鳞处理整段，切分成六大件。这个报告若在历史上倒还动人！午后小虎虎一个人把大砖大石砌了个地灶，拾了松球松枝数袋，我举火熏鱼，两人一面谈笑一面动手，计用二小时熏成鱼约六斤。这回手续已弄对。香料不足不能单吃，如果味道还好，将来即可照办。因活动分子服务极敏捷，一会会即把松枝找来备用也。熏鱼还待烹调，未上桌子。饭后他们上山“魏晋”。我和虎虎坐在水边谈天说地，俨然恢复桃源小院子生活。这种谈天比上课好，因为从银河谈到地质。有一件新事可告，我已失去上山“魏晋”能力，脚被湿气弄肿了，恐得有一二天不便行动。已托人带灰锰氧，你也可为便中买点儿捎来。腹泻倒已止住，惟胃口未回复，不大想吃东西。这实小事，不足念。也不“倦”了，我早说过，只是一时一会儿事，不多久即过去的。我这时只为你有点儿发愁，以瑞这一月住下，我们暑假便算是完了。不得已时，也许还是我一人住城中“省”。精力经济都省。因为我会照料自己，而你和孩子们还可玩玩。

这时已近十点，我和虎虎坐在桌上大红烛下，他一面看《湘行散记》，一面喝柠檬水，间或哈哈一笑，为的是“水獭皮帽子”好笑！哪想到家里也还有那么一个小读者！傅先生明天进城，所以托他捎这个信。有关于家中要什么带什么，如果不能由龙龙办时，望交他办办。这里侉奶奶说要带一块碱，还要半袋面，一包盐，你斟酌看，面可由这里买，或省事些！米还多，不用带。盐碱都不妨在这里买，免繁琐。这里贵不多的。

院子中除了少几个人，其实凡事照常，可是不知为什么，空气竟像是不大一样！我一面和虎虎讨论《湘行散记》中人物故事，一面在烛光摇摇下写这个信，耳朵边听着水声秋蛩[①]声，水面间或有渔泼刺[②]，小虎虎即唉哟一喊，好像是在他心上跳跃。又问《史记》是谁作的，且把从报纸上看到的罗马故事复述。因为日长无事，读了许多报上问题。一切如此真实，

① 蛩（qióng）：蝗虫的别名。古书中也指蟋蟀。

② 泼刺：象声词，形容鱼在水里跳跃的声音。

一切又真像做梦！人生真是奇异。我接触的一分尤其离奇。下面是我们对话，相当精彩：

小虎虎说："爸爸，人家说什么你是中国托尔斯太。世界上读书人十个中就有一个知道托尔斯太，你的名字可不知道，我想你不及他。"

我说："是的，我不如这个人。我因为结了婚，有个好太太，接着你们又来了，接着战争也来了，这十多年我都为生活不曾写什么东西，成绩不大好，比不上。"

"那要赶赶才行。"

"是的，一定要努力。我正商量姆妈，要好好的来写些，写个一二十本。"

"怎么，一写就那么多？"（或者是因为礼貌关系，不像在你面前时说我吹牛。）

"肯写就那么多也不难。不过要写得好，难。像安徒生，不容易。"

"我看他的看了七八遍，人都熟了。还是他好。《爱的教育》也好。"

一分钟后，于是，小小呼鼾从帐中传出。一定睡得怪甜的，因为白天活动了一整天。先是上午玩自己钓来的鱼，换水，在水中还加了些石卵，水藻，十分美观的。随即参加破鱼工作，拿家伙，研究内部组织。下午一个人做灶，拾松果枝子，参加熏鱼，并从旁享受创造快乐。饭后谈天，就听我说小时竹林树林溪边种种，以及熏狗獾、猎野鸡、捉鹌鹑诸事，不胜神驰之至！夜来拉了一泡大屎，回到炕上时说了许多笑话，听我说到"为妈妈写的信就成《湘行散记》底本"时，就插口说："想不到我画的也成书封面！”我说：“这书里有些文章很年轻，到你成大人时，它还像很年轻！”他就说：“那当然的，当然的。”小妈妈，你想想小顽童和我交换意见时神气，除了你习惯了他会相信，别的人一定都不会相信的！他单独和我在一处时，似乎独立得多，老成得多，既无机会可“嗲”，也不再说“爸爸可笑”。好像还宜于做我的群众。但一到和你和龙同在一处，就大大不同了。和龙龙的阋墙[①]战是手口并用，永不疲倦的，（照我想可能是从学校习惯养成的，也是生理年龄上不可免的），在你身边呢，常常是把三四岁情感与“老油子”精神混成一片。我觉得如果间或有一阵子让他们如此分开三五天，一年中有那么几次，对他们都极好，可以纠正梳理他们情绪生活，也能补助人格教育甚多。我还想试试让龙龙去清华小住一阵，将来且可至农学院挹和处去，从教育观点上看，有好处。一切不同对于孩子都有意义，刺激耳目，并学习适应，对他们且不是目前有好处，将来还有作用！凡魏晋又都已酣眠了，只蚊子和我十分精神。脚掌不大受用，我还是得休息了。

二哥从文

① 阋（xì）墙：指兄弟之间不和。

1951 11 01（华源轮·巫山）致张兆和

下六时 巫山县船上

三姐，船今天已入峡，一切使人应接不暇，动人之至。孩子们实在都应当来看看的，真是一种爱国教育！这时约二点钟，过不多久即要到一个重要峡内。已过清冷峡，兵书宝剑峡，新滩，秭归，巴东。昭君村和屈原宅也过了，屈庙可和历史的应有情形不大相称，不过如一个普通龙王庙矗立于半自岨而已。江水到此已不宽，前后统是山，水在山中转，有些地方似乎不到廿丈。水急而深。船一面行进一面呼唤，声音相当惨急。两山多陡绝。特别好看是山城山村，高高吊脚楼，到处有橘柚挂枝，明黄照眼。小湾流停船无数，孩子们在船板上船棚上打闹。一切都如十分熟悉又崭新陌生。因看峡景大家即停止学习一天。水窄处还不如沅水，两山有些地方也不如沅水山之秀峭。特别是水流黄浊浊的，壮而犷悍，和沅水清绝透明不同。过神女峰，秀拔直上天际，阳光强烈，因之斑驳白赭相间，特别美观。下五点左右泊巫山县，小船卖橘柚的，多拢船边，用小兜网揽生意。柚子一斤两个，橘子一斤四个，柿子一斤四个，大而红。县城沿江岸高坎上，有许多吊脚楼沿岸联接，也有人抬货物上船，船多在河边，一排排的十分安定在那里等待装载，和一个做母亲的神气一样。树木还绿阴阴的。气候恰和北京八月相近。川江这些地方，从河边看来都极美观。特别是小一些的村镇，屋前后橘柚垂实，明黄照眼，动人之至。山头都收拾得极干净整齐。上流一点儿有个山，山头圆圆的，上面有个相当大的庙宇，可能是什么楚王神女庙。下游一点儿一个尖山，相当高，上面也有个小庙，好看得很。

同行的大家都靠船边玩，看江景。也有在甲板上说笑话的，吃东西的，写信的。船上约定不许上岸，因此大家不上岸。其实能上岸看看，是有好处的，有教育意义的。照我理想说来，沿江各地，特别是一些小到二百或不过三十户的村镇，能各住一二月，对我能用笔时极有用，因为背景中的雄秀和人事对照，使人事在这个背景中进行，一定会完全成功的。写土改也得要有一个自然背景！可惜不易得那么一个机会。四川人自己呢，又日日生活在此山中，却从不料想到理解到这是了不得的好背景。不知道一切人事的发展，都得有个自然背景相衬，而自然景物也即是作品一部分！

过三天可以到重庆，闻将分发泸州附近，也是长江边，我希望可以到那么一个江边小村中去工作。但是也希望不要因为自然景物太好，即忘了工作的重要性。

在船上文件学习，越学越感个人渺小而无知。必须要十分谨慎的从领导上学习处理工作，方可少犯错误。一面从工作的方式中，也看出国家必然在此谨严步骤中逐渐推进，得到异常迅速进步，三五年后社会将完全改观的。川江给人印象极生动处是可以和历史上种种结合起来，这里有杜甫，有屈原，有其他种种。特别使我感动是那些保存太古风的山村，和在江面上下的帆船，三三五五纤夫在岩石间的走动，一切都是二千年前或一千年前的形式，生活方式变化之少是可以想像的。但是却存在于这个动的世界中。世界正在有计划的改变，而这一切却和水上鱼鸟山上树木，自然相契合如一个整体，存在于这个动的世界中，十分安静，两相对照，如何不使人感动。

江上在这时已起了薄雾，动人得很。可是船上学画的，作曲子的，似乎对这一切都视若无睹，都似乎无从和他待进行的工作有个联系，很奇怪。其实这个江城这个时节的全面，一和历史感兴联系，即是一非常感人的曲子。我如会作曲，在心中泛滥的情感，即必然在不甚费事组织中，可以完成一支曲子。

这里也有另外一种曲子在进行，即甲板上的种种谈话，玩乐笑语，和江面小船上的人声嘈杂，江边货船上的装货呼唤，弄船人的桨橹咿呀声，船板撞磕声。另外还有黑苍苍的大鹰就江面捕鱼。一切都综合成为一个整体，融合于迫近薄暮的空气中。

我似乎十分单独却并不单独，因为这一切都在我生命中形成一种知识，一种启示，——另一时，将反映到文字中，成为一种历史。

这时节船尾有上煤小船挨过，船上水手杂乱歌呼，简直是一片音乐，雄与秀并，而与环境又如此调和，伟大之至，感人之至。

天渐入暮，山一一转成浅黛蓝，有些部分又如透明，有些部分却紫白相互映照，如有生命，离奇得很。更离奇处即活在这个环境中人都如自然一部分，毫不惊讶，毫不离奇，各自在本分上尽其性命之理。

船又来了，蓬蓬蓬蓬的由远而近。

二哥

1956 10 18（南京）致张兆和

白天大街上也静静的，给人印象相当奇怪，主要是街宽行人少。可是和济南静得大不相同。汽车上更容易看出，上车的多有些携带，或是三几个孩子，或是篮子提包，全是家务人样子。孩子坐车比北京不同，一般已成习惯，摇来摇去到了站，下车后大约还得走好一段路。保母作合肥、江北口音的不少。一般三四十岁的妇人多瘦瘦的，眼小小的，见出血气不足，血气枯竭的样子，手中必提个包包或篮子之类。廿到卅岁女子，面目也多呈营养不足或肺病特征，总像是骨肉发育不平均，肉少骨多，颧骨突出，耳根枯焦，眼目无光，发枯不润。吃东西必有关系。早晚吃的份量虽不少，营养却不多，这是主要原因。有些来自乡下的，脸宽宽的江北型姑娘，到廿四五后一生育孩子，即呈一种初期枯槁相。这现象在济南看不出，南京却明显。我估想和饮食方法种类必有极大关系。妇女多参加重劳动，如拉大板车，惟还未见到拉三轮车。可见求生之不易。

初从北方来的人，最容易得到一种印象，是一般人说话声音都极大，和吵架一样。到处都可听到相吵，其实是说话。不大习惯是在车上，说话声音有时如彼此竞赛。在博物院陈列室，也大小竞赛，真正做到百家争鸣的情形。但如此一来，想要静静的看才理解好处的东西（例如字画），只有在百家争鸣情形下看去。特别不习惯的是一些观众在院外大屋子吃菱角，满地是菱壳！这些学生的教育，或有待改善，也能改善。只是大声的带着争吵情形说话的风气，怕不容易改善，因为似乎是一种风气——习惯，积累多年而成，且十分普遍。

南京的道路十分宽阔平直，道旁树多用法国梧桐，入秋叶子黄黄的，萧萧疏疏，相当好看。只是街道过阔，打扫成为问题。打扫不够，不免灰尘扑扑。大电影〔院〕门前总是有些糖果纸张或其他壳壳蒂蒂之类。

我们因为忙于谈话看材料，可来不及玩，特别是我，只是把去孙中山陵和明陵等放弃了。

衣洗得干净，托人洗，五分一件。这里盥洗设备比北京大饭店还强，毛房是“洋”式，整整齐齐。只是乳白漆门上拧纽附近多积垢，约一寸左右，我为悄悄的擦了两次，就弄得干干净净，和其他部分差不多了。年轻人都热心工作，可不甚明白爱护自己工作的各种东西。这也是不可免的，因为也得教育。南京和济南三轮车都组织得很好，分段计价，上车即行，不必讨价，到时一算付款。不过济南似比南京贵些，计人算钱，不是计车。因为三轮有单双座不同。南京只双人座，计车论钱，坐一人或两人不问。一般车身多相当新，行动敏捷。另外还有马车，多载运杂货。三轮货车用竹板做架载运货物如北京式三轮货车极少见。或许因为路有高低，竹板三轮不大相宜。或许好处还未为人发现，致未推广。一般由江边搬运入城货物，多用三人拉大板车，前用纤带，后作推式前进。还未见送小儿上学上托儿所之小儿车，还未见送牛奶之板车，还未见如北京那么多各种新式汽车。

街上除新搭过街牌楼，什么大机关商店也搭红彩牌楼，装饰多不大美观，只像是本单位事务员照例办公事而做，因此有些略显敝旧。到处都可见宫灯，吊些黄色须须，试想想，挂在堂屋中心，能不能叫做好看？我想说它不大好看，比较切合事实。

1956 12 09（长沙）致张兆和

三三：

昨天我们过江到了岳麓山，看师范学院历史教学材料，在那里吃饭。饭后和朋友上山到蔡锷墓、白鹤泉等处看了一下午，才走回江边，由山上到江边恐得有八九里路！风极大，起始穿新大衣。学校即湖南大学旧址，地方条件极好，一切都像在画中或梦中。学校在山腰，树木已极多，宿舍一所所在田野中，垂柳萧疏，景物清极。孩子们多长得极活泼。山上树木有三四人才抱住的，到处是鲜红如血的枫叶，这些枫树也多高到十丈以上，整个山中是这种大树，你想想看多好！如从教员住处到树木最好处，约等于从桃源住处到跑马山还近些，所以到处有如你吹口琴时那种学生，三三五五跑来跑去。我们吃饭处是旧岳麓书院，宋朱熹、张载曾在此讲学，毛主席在此读过书。山比云南西山小些，可是丘壑树木好，面临湘江，气象还开豁些。这里还有一个土木建筑大学，矿冶学院，师专，有过万学生，也照例有一套附属组织，中学，小学，托儿所，百货店……自成一个相当大的单位，包括好几万人的生活。不过一个学校和都市完全脱离，有些知识可能也就永远得不到了。教员生活关系简单如隐士，长久也不是个办法。

江边很动人，有过千帆船停泊，真可说是“帆樯如林”，扒船人都十分沉静。过江必经轮渡，小汽轮能容三百人左右，上有卖脚气粉的一位，说话完全如教授讲学从容（许多名教授还不如他的口才），把剩余美货的脚气粉说得个神乎其神，末了还说用完后可以把筒子做种种用途。可惜未说完船已到岸，只好结束。大致每天这么说若干次，可能有三几次说中，有人出钱二毛八分买去一瓶，拿回去就大试特试！不过天气正当冬令，哪会有脚湿气病？因此也许一天只是白白讲演若干次。但人总得吃饭！可不知如何解决。其实这种人吸收到博物馆做说明员，必然是把好手。因为言语顿挫而富于节奏感，在一般叫卖中极少见也。许多有名人口才都比不上。

长沙街上多卖龟肉狗肉等等，还有古风或蛮风，街上满是人，铺中进出也是人，一般布店或其他铺子生意都相当好，全是干部照顾。彭俐侬[①]等在此演出，每日上座闻相当好，只是票价限制在三毛内。梅兰芳一来到二元，还是满座。惟看戏的必比较少数人。大戏院坐位闻多做沙发式。

今天见老毛父亲[②]，才知大哥已回到家乡，我大致在凤凰可看到他。我们十二号上路，十四可到吉首。

---

① 彭俐侬：著名湘剧女演员。

② 老毛父亲：指戴季韬。通信时在湖南省人民政府参事室任参事。

1957 04 26（上海）致张兆和

礼拜五早上

小妈妈：

早上三四点即起始听到轰轰的市声，六点起来一看，好一片阳光！完全是春天的，明朗的，快乐的，轻而软的。一切都和托尔斯太或中国词人描写到的差不多。迎阳光的万千房子，色彩也显得格外柔和。可是从树木颜色看来，快到初夏了，因为已由浅绿转成大绿。河中泊满了不知从何处来到何处去的小船。

我过不久就得到郊外去。要坐一小时车子，经过许多好和坏的街道，最给人印象深的是一个不好的街道，还有千百人在一个井水边打水，孩子们在泥中爬。这是过去上海的遗留，是这些人对上海有大贡献，却在一时间还不能把自己生活改变过来。或许在许多地区农村样子已全变时，这里还不免有旧东西存在，大都市四郊都必然不免如此！

这里有个极令人奇怪现象，是女孩子一到十四五岁，就像被烘烤逼熟的，把成婚后的女人烫发穿衣全学会了。可能这种人又已经十七八岁，总长不起来，和不健康的花一样，到了时候，勉强开放了。电车上到处可见这种人。另一种是新摩登，也多是个子小小的，脑子里只是钱、钱、钱，虽然已不能如过去那么能得钱用钱，对于钱还是具有极大的兴趣。对于书却绝对不需要。至于生活呢，和苏州许多人一样，吃零碎！永远是什么采芝香，采芝春，采芝什么忠实群众。

也还有一种男人，完全穿新衣（和本来身份生活都不大相合），在街上走，像外国来的，其实可是当地的什么。可能住在最好地方，也可能坐的是最新纸老虎[①]车（开车的说美国车），这种人难于猜想，因为他们从不说话，并且很可能是刚从国外回来的！衣服不大合身，是外国缝的，还来不及换。

这时河面真是奇观，满是小船，差不多把水道也塞住了。不能设想是那里来，又到那里去的。我还从来没有自高处俯瞰过那么多好看船只。我一见船就兴起一种情感，因为船上生活太久，种种又太熟习了。弄船人永远和陆地讨生活不同，永远从容许多，脾气也好得多。将来如有新诗人培养所，应当派到船上过一年半载，因为一面操作一面还容许思索其他事情，回忆旧的，估计新的，却和当前操作不矛盾，彼此同在而不相妨，这正是诗人必要的一种心境。其实写散文也需要。而且随同船只流动，外景

①纸老虎：指美帝国主义。1956年7月14日，毛泽东同志同两位拉丁美洲人士谈话时提到“美帝国主义是纸老虎”，谈话内容收录于《毛泽东选集》。

变换也多。但是要到什么时候，才有人明白这可以培养诗人，或治疗诗人的用脑子方式？怕得在廿一世纪初了。那时一定还有用这种工具的人，同时也有原子船。

1958 08 26（杭州）致张兆和

三姐：

已经九点钟了，好冷清。看博物馆的可能还不到廿个人。湖上游船也多空着在堤岸边，听湖水啮着船边，我们选的地方似乎太“雅”了，来湖中玩的，又多是看“西湖十景”而来的。我到岳庙时还看到一个中年老太太爬着磕头，心中说不定还许了个愿的！总之，调子特别，和展览会可不大适宜。如有五十人在这里作昆曲比赛，是有意义起作用的。搞展出，不大适合。要起作用得下工厂去。工厂恰在市区，将来也许得下厂。

湖面这时还不过三四只船来去。

在图书馆俞楼附近，还开了两家大馆子，一即“楼外楼”，一为“太和园”，规模都相当大，而且装扮得金漆煌煌的。可是生意怕不怎么好，也不可能好。玩的人实在都不大讲口味，因为成分全变了。来的干部居多数。岳坟前那个叫“西湖楼”。即办包饭生意也不会太好，因为住在附近人数究竟有限。

馆中有四十位工作人员，每天观众可能不到三百。内中东西倒不少。

划船的因无生意，有从后湖装载了大堆莲蓬过旗下的。这里莲蓬大而好。产地集中在后湖一带。至于“曲院风荷”，并无一株荷花，只有一个石刻门额四字，让人知道这是旧西湖十景之一而已。

博物馆忽然唱起京戏播音，可是更加寂静，情调也大不相称。

交通倒方便，由车站直达，只一角二分。再过去岳坟，直到灵隐，来去车不少，车也极清洁。从一些小街过身时，小街小巷都特别干净，比苏州好得多。

许多干部模样的人多手抱小孩。也有像度蜜月样子的，走路特别慢，但是安知其中没有唐祈[①]？也间或有个把三轮，因无主顾，就按着喇叭走过。孤山后湖各地，园林培养很费了点心，也搞得比北京公园好。哈同花园本来是艺术学院，已改成了浙大宿舍，因此堤上到处是小孩子。在俞楼附近，又还有个儿童乐园。其实整个就是花园！

也还有人在苏小墓前指指点点，可是摇头摆脑会读那些亭子石柱上刻的对联诗句的已不多。字句已不容易懂，何况还是篆隶书！西泠印社还在那里，还有许多篆隶对联诗句，可是引人注意却是兼卖汽水冰棒。

图书馆还在原地，读旧书的人恐更少。外堤那一边有许多疗养所，住下来大致也会觉得寂寞，因为除了山水，别的什么也没有，许多人会受不了的。

科学院有个分院在断桥边上，倒比较合题。因为科学研究得思索

---

① 唐祈：九叶诗派的诗人，江苏苏州人。

问题。

许多人都长得和金隄[1]差不多。工人也斯斯文文。水上工作用力不大，更见得从容。气候如北京九十月，据说在西湖夏天也不多是这样。北来的人沾了光。车站上办事的倒是大跃进，比北京好。

西湖将来最有希望，可能还是四山全种龙井茶，生产可供全国。

杭州穿衣不讲究，大致是活用钱不会如北京之多，因此市面看不出像北京的活泼。除了车站，其他都静静的。不过城市中人虽穿得不怎么突出，乡村中人却多干干净净。平均了。

中上到太和园吃青鱼划水，只三毛五一份，可抵北京一元量。只是饭粒和子弹差不多，只好换馒头，馒头黑乎乎的。到了馆子才知道已平民化，一般只三毛七一份。馒头一个三分，约比鸡蛋大一倍。

工作已商量好，用四天时间突击。柜子比北京的还好，房子也极好。就只是地方偏僻幽静，不容易招观众。将来如展出，也许得向百货公司想办法。一天保有大几千人观光。

这里虽是一个大花园，而且事实上堤路上比公园里好。可是大约因为习惯，汽车站恰恰停在中山公园门前，因此游人一下车必向园中走。每天可能有过千游客。门前有点儿和排云殿相似，从门里座椅上可望到门外那一片湖水。水比昆明池好些，或者因为对面有一片山绿芜照眼。山再向左才是南屏晚钟和雷峰夕照，远远的只见一堆堆树、一所所房屋而已。

公园是原来行宫一部分，所以规模还好。现在房子并不多，树木长得

---

① 金隄：资深翻译家，小说《尤利西斯》的中文首译者。

茂盛，顶即孤山，但放鹤亭可在另一小山头。里边也照例有照相的，有糖果摊子，糖果也大众化，无什么出奇引人的。约有卅个卧式糖果罐，和北京一样。不如采芝斋见地方性格。到处有绸伞，花花绿绿的，本地人决不会买。只偶一外来人买纪念品注意到，可是各旅行社也有卖的，可能还更好！

西湖好处大致是欲雨不雨澹烟模糊，十分柔和景象。我已看了半天，每天看可能就平常了。到这里玩的本地人，像没有一个人感觉到它的好处。

晚上邀至楼外楼吃了顿待外宾的醋溜鱼，只一条子似的八寸长青鱼，蒸后加料，名不虚传，可是大致得一元多。

晚上徐钦文（廿六）睡不大好，因为太静，一过汽车即震天价响。有蚊子也有蝙蝠，房中有蝙蝠飞来飞去，你能想得出不免相当紧张！但无疑吃了不少蚊子。

工作箱子半天工夫已布置好，今天即着手布置材料，大致三天能赶出来的。房间极明亮。

1958 11 5（南京）致张兆和

三三：

天气极好，草木虽摇落加剧，日日满地黄叶，可是空气润泽清明，景物萧疏，到处如画。住处在一小楼上，楼前有六扇大玻窗，窗外隔一路是个大操坪，早六点除有人上操外，还有各式广播，声音宏大如室中听收音机。这时正是下午四点半，阳光从一丛法国梧桐树影中滤过，从大玻窗照入，满室透明。大操坪远处，正有人在试车。年轻人喊天喊地。对着我窗口附近，还另外有六七十个女中学生在上操，成排立定，到教练呼唤某一姓名时，即有一人走出做五十米低栏表演，在旁的即笑着助兴，一切正和三十年前中公你们上操时相差不多。（很奇怪，我总是这么孤独的在一旁看人上操！）

这里展出陈列室情形甚好。比苏州热闹，有三个房间，就在住处附近不多远，也是大操坪边上。来的人除生产有关方面，还有军人不少，为他们作说明，听来甚感兴趣。三个月来我没有离开陈列室过一天，今天却不能不在住处房中睡睡了。可能即因为几月中没有休息，吃的东西也不大顺，今日去校医处看看，才知道血压已上升到一定程度，又必须吃利血平了。医生说已到二百，我倒不甚觉得重，只是眼涩腰不受用，还以为累了一些所致。目下同时胃也出了点儿毛病，禁止吃茶，已吃药。不是溃疡，说是消化不良的痉挛痛。本来出外吃东西，因此一来，还是只好打扰学校送面来吃了。面还烂，只是略咸一些，胃我估计一二天就会好。至于血压，大致回来再斟酌，一做事，事一做久做多，必然要上升。不做事又不成。只希望事情简单一些，或者可以多做几年。如能做半天，也许有转机，全天怕已不大成，因业务外还有一些学习，一些别的会，体力恐已不易支持。这几月出外虽累极，由于工作比较单纯，还支付得过去，但到一定时候，还是不可免得躺下了。目前人并不怎么难过。

这里可以看隔天北京报。本市报地方新闻多。也有好些剧院，听说大会堂正在演无锡戏极好，没有时间去看。离住处约家中去"红星"远即有公共汽车。约半里远有一邮局，卖书处似不如东单邮局大，《人民文学》不曾见到。住处大操坪四周，有专校三四处，极少见到学生肘夹刊物的，可知文学气氛不厚。书报处人围着，多看画报。苏杭情形正相同。此后刊物可能将还要改成有些画才能引人兴趣。照一般水平说来，刊物还是深了些，和多数人要求不合。此后中学生将不会有过去那么多人读文学刊物的。

南京天气正好，平时中午还不必穿大衣，早晚穿夹大衣正合式。我还不曾上过热闹大街，也不曾去过夫子庙和中山陵，住处离玄武湖较近，去看过一次，很好。这里每早晚除了可听宏大声音广播，还可听到几次军号声，这是北京不易听到的。一听到军号声，极易引起一种少年时痛苦生活回想，一种四十年前穷病景象的回复，对目前存在不免感到惊奇。

我想一礼拜后回来。如不过上海，大致可以成行。回来后希望能休息休息。

孩子们想必忙得极兴奋。

二哥

五日

1961 1 月下旬（阜外医院）致张兆和

三姊：

今天量血压，已下降到极低点，高一百四十。低压虽还在九十，照医生说也已经和年龄要求相差无几。据闻主要影响是玉米油做食物。已第四次检血组成分，如胆固醇同时也下降到二百以下，问题大致就差不多了。闻心脏还是不大好。因此暂时还只服药降压灵一粒，不宜大降。过两天将进行一种针对心脏的什么治疗。左臂在用蜡热治疗，是躺在床上用一大块白蜡包住左臂，约卅分钟，隔日一次，明天以后将每日一次。吃的还是油多。今午吃鱼，量不少，大致在六两左右一盘，加二两油，因此油糊糊的，照目下说明，是可将胆固醇分配量减少有效方法（另一面也是调整较长时期营养单一、不足的一种疗法），是照苏联治疗意见着手的。照我自己说来，倒是“吃得好，不用脑，长长睡，按日洗个澡”必然结果。闻巩固在气功，星期六才正式传法。事先看护已日日提到方法、过程、境界、问题、疗效。重点在气功。一点儿破，方法倒又似乎简单之至，即想出一定办法不用头脑而已。目前说是“大脑皮层的休息控制”。事实上可能和“自我催眠”有关，惟照医学目前说明，是不提“催眠”字样，免得和巫术相混淆的。事实上到另外一时，恐还得回到这两个字上来。

《安娜》[1]已看完，这本书有好处也有一定弱点。写事，笔明朗，如赛马，猎鸟，农事收获，及简单景物描写，都很好。至于写人，写情感变化，有些过细，不大自然，带做作处，似深而并不怎么扎实。乍看好，较仔细看，即觉得不十分好。托自己并不十分满意，是有道理的。评传说英译本将重要议论涉及批评社会制度，思想激烈部分多删节。因此重点转成“恋爱悲剧故事”，不大合符本来目的，评得中肯。周译似即此经过删节的译本，所以讲到社会问题，对话多含糊。又暴露旧俄上层社会生活之无聊，如俱乐部种种，还好。我想把《战争与和平》也看看。如还有屠格涅夫的《父与子》或其他，也看看，可对照得一印象。因为屠在背景描写上加工，有长处。写人分析较少，让人从谈话中见性格，见思想，方法上还是有长处，比托时时用解释方法分析情感，倒是屠的方法比较自然。看看这些十九世纪作品，有另外一种好处，即使我引起一种信心，照这种方法写，可以写得出相等或者还稍好些作品，并不怎么困难。难的不是无可写的人，无可写的事，难的是如何得到一种较从容自由的心情，来组织故事，进行写作。难的是有一个写作环境，成熟生命还是可以好好使用几年的。我想到的总还是用六七万字写中篇，至多有八万字，范围不妨小些，格局不妨小些，人事不妨简单些，用比较素朴方法来处理。如能得到较从

①《安娜》:《安娜·卡列尼娜》，俄国作家列夫·托尔斯泰创作的长篇小说。

容工作环境，一定还可以写得出几个有分量东西的。这自然也只是目下一种主观的估计，事实上脑子的使用还是有一定限度，未必能做到。最难的是作品写出来后，既能为自己批准，又能满足客观要求。这种矛盾统一是不容易的。我希望能有机会到西南走走，会可望有些收成。若一月后医生还说心脏不大健康，倒也许是另外一种转机，因为工作恐得改变。如能做半天工，或者将有“塞翁失马”事出现，有重新试来计划写个中篇可能。看看近来许多近于公式的歌剧、话剧及小说，写土豪、劣绅、军官等等恶人统不够深入，写好人也不怎么扎实，特别是组织故事多极平凡，不亲切，不生动，我还应当试把笔用用，才是道理。如真的照过去那么认真来写，一礼拜写个五六千字，用四个月或半年写一中型小说，不会太吃力，写成也一定不会太看不下去。

在这里杂志上看到几个短篇，都不好。都不会写，不会安排故事，不会对话，不会写人。没有办法看下去。报上特写写人事更加不易感动人。散文和诗写到景物时，都不知如何着手，文字不够用似的，也一点儿不真实。恐怕和每年选的选本作为标准也有关系。大家都用来学习，取法，越学范围越窄，再也无希望从文字上见新风格，或性格（恐怕得想点儿办法了）。报刊上似乎还不曾有人肯提及这个问题。正和工艺美术及美术上碰到问题一样，都只说“好”，事实上在讨论外销时，却都明白有问题，无市场。有的拿去展览即展不出。但是还是在照常生产。待改进生产，并不讳言。文学——一般报刊文学，商讨到如何提高现有水平质量问题似极少见。介绍外国的作品，如像一些诗歌，也都不怎么精采，不知是什么缘故。是不是编辑注重点多不放在这上面，不大客观，还是另外尚有问题？这里放的几种理论刊物，就少有人翻阅，多崭新的摆在架上。有些连环画册倒翻得又油又破。住院的大部分还是知识分子，头脑劳动者，难道是头脑都太累，因此只想看看画册子消遣消遣？还是新文学和这个多数生活，根本上即并无什么关系？有一点儿让我看到有些如托尔斯太小说中列文感到的忧虑，即一吃过饭，好些休息室好几桌麻雀牌都坐上了人，几个女教授和中学女教员，都十分溜刷在行在那里洗牌，精神很好。玩得那么热心，正如把我带回到三四十年前社会环境中去，不免有点儿痛苦。因为让我体会到社会还是有一个相当多数，是只会从这个老方式寻开心得快乐的。还是有许多人乐于用这个方式消耗有限生命，而从书本上求真理得快乐，即或是“知识分子”，也并不怎么热心的。这也是一个问题，应当在文学中来提提。或讲讲什么什么不大好！但是说这个不免近于迂腐，因为社会还是习惯这么下去的。特别是一般书籍如果并不能给多数人比玩麻雀牌更大一些的快乐时，这些书籍再多也是无意义的。我以为《人民文学》还值得做些带主动性的试验，即把它分送到凡是受过大学或中学〔教育〕的机关干部、医生、看护，病院，生产单位如工厂……中小学教师……附一张测验表，提出些问题，问问读者欢喜什么，看过后有什么印象等等。有一时记得车上曾订得有，后来却只有画报和连环画了。我听到许多人说现代人小说都只欢喜《林海雪原》，原来欢喜的是惊险，是把看《七侠五义》的习惯情感转到新的作品而觉得动人的。事实上这些读者更乐意看的也许还是新西游记新水浒传，至于什么短篇，可极少人有兴趣。至于诗，作者自以为政治性强的，读者却简直是全部挡驾，看不懂，无意思，不知说些什么事情。我们说文学应面对大多数群众，这个多数认真说来我们是太不明白，太不认真注意了。新作品对他们一点儿都不需要，你们可不曾注意到。新作品在这个真正多数起过些什么良好作用，你们也并没有认真注意到。你们可以说并不懂读者，作者也不懂，批评家写的文章，和一般读者且隔得更远了。许多作品只有准备写文章和教师要看，和多数读者全无关系。这实在是一种值得注意的事情！我在这里还看到几册电影刊物，多用旧戏编的，又看电视，也是京戏编的，到处是王爷、公主、元帅……我觉得这一切综合作成的影响，是不怎么好的。

1965 04 16（北京）致张兆和

兆和：

昨天寄了个明信片，托作协转，这几天你们可能不是在工厂，就是下了农村。[①] 南方气候不知比北方如何，冷热可得注注意。这里炉子已撤除，房中见得宽了些。气候已达廿多度，从做事说，应是一年中最好时光，但未雨长晴，庄稼栽种、收成都大有问题。菠菜已上市，一毛三斤，过不久或将五斤十斤。上海方面想必已相当暖和。

见报载，正在举行地方戏会演，你们可能有机会看看。若下郊区乡村，也能明白些茶农情形。陈蕴珍等或已见到，孩子也许已升大学了。这里忽然转热，即我也只穿一件绒线衣，去五一还有半个月，这种热若能带来一二天大雨就好！（今天当真落了雨，可能有整天。）公园中已大开丁香，榆叶梅便成过去。到处有大群小学生“游春”。到处在搞卫生，准备过节。今年看情形北京或不至于太热闹，因为将在印尼举行的万隆会议十

① 写此信时张兆和正去上海出差，调查采访当地农民开展“故事会”活动，并为编辑部向上海作家约稿。

周年庆祝会，将成为反击美帝一个重点，接下来又即要进行亚非大会，必然又是一次大反美帝活动。越南问题也必然将在这些会上有申诉谴责。并且在此期间，越南人民军，还必然将有几回胜利漂亮战事，做为大会献礼也。

秀芝[①]来了个信，寄了些尿片样品，大约一寸左右，却不提及应当放大若干倍尺寸。之佩每天必回来吃晚饭，已到医院移动孩子位置，休息了半天，一切甚好，不必担心。惟闻小弟有时十二点才回家，且瘦怜怜的，今天已告他在这段时中，应适当注意一下之佩，能陪她即陪她回来，自己生活也得注注意。听说一天得各车间跑动，自己有时也守在车床边，因为正在试制那台新机床，不仅自己动手，还得分别调动其他力量、生产其他工件，因之一天忙于各处奔走接头。生产上三结合，即“研究、设计绘图和施工”，他倒是近于一个试点。问张之佩能不能，即笑笑，“那不成”，只好甘拜下风。

大弟只回来半天，还不曾问到重点实习教学情形如何。工作大致还做得不坏。车间里大小标语，各样图表，全是他一人画出来的，且很像个样子。一般说，要找这种全能的工人，也不容易。将来或许还得派到他写什么剧本，也会做得满好。在群众中关系好，有威信，工作态度也好，这么做下去，是对的。

闻北大练民兵，女生经常必佩三枚手榴弹，且每日得爬铁丝网，一天亮即做紧急集合，跑步到场，紧张感已到随时可以入伍情形。中央美

① 秀芝：张兆和大学时期结识的好友袁秀芝。

院则依旧在坐而论道阶段。又北大历史系主任与学生，均分组担任卖菜、倒粪等等工作，在海淀区做得十分热闹。有的大学却又正在抓紧上课，各有不同。半工半读也将于今年夏季作若干重点试行，事情大，涉及问题复杂，总得照原则分头去做，各从不同方法着手，到一定程度下，和戏改情形差不多，从成功方面取经验，做样板，再做较大调整。总之，有一定时候探索。

把固有制度一部分打乱，是一件大事，将来如何教书，听学校中人说，即是谁也不明白。感到难教则是普通情形。即党员教授同样不知从何着手，觉得不好教。刊物似乎也会有更多样新的要求，反映新的社会革命情形。目下写农村、工厂，面还过于窄狭，来不及接触更多新的变化也。为配合文化革命，显然内容还是较窄狭，读者也会逐渐感到不过瘾。因为一切都在发展变动中，而变化之大、之迅速，均为一般料想估计所不及。作家中新如李准，也会在短期中即成过时人物。旧的自更不用说了。

二姨等来了一次，小庆庆一脚踢去，打破了个热水瓶，昨天来电话说，必赔偿，便于“起教育作用”。事实上起得也有限，因为此外脾气性情已有许多不易教育处，远不如小黑妮[①]懂事讲道理。补救办法最有效倒是再来一位小的，其中心作用即失去，用分散二老注意力方法改造，倒是最最切实可行！

永玉等还是在开会阶段中。大致五月里即有大批学生将回北京，至于

---

① 小黑妮：黄永玉的女儿黄黑妮。

是否再下去，或换一班人下去，目下不得而知。许多方面工作都似乎正常进行，又似乎不大能正常进行。只听说凡是工厂和学校，较大些的都有就二线如洛阳、武汉、太原，第三线如成都、银川、兰州、昆明设分院分厂打算，详细情形不明白。总之国家为大建设及未雨绸缪百年大计，文化教育和工业建设内移发展，是十分合理的。这十年中西北西南文化建设的进展，都必然将得到突飞猛进，一改旧观。文化革命，文学电影戏剧等等，都似乎有赶不上新要求趋势。这也是势所必然。

我们政协仍是一星期三次学习，思想改造为主，到一定时期，或配合形势，要集体出去参观若干次，大致不会太远太久，因为即以近郊农村工厂来学习，也就够多新东西可看了。惟现有的委员多日见衰老，一般已在六十前后，有的不做事，有的还有工作，居多能“谈”，而不大能“动”，动起来不免有一定安排才成，求如三四年前去湖北丹江口远距离坐大汽车看大水坝事，现在已不大可能了。

我很希望去成都看看蜀锦和南京苏州诸地看看丝绸生产，一时也难有机会。又想若能去景德镇一个月，一定也可以做不少对那边生产有用事情。只怕走不动。服饰史料大致仍得出，得把部分删除，又加入另外一部分，工作虽决定了由馆中另外两个同事去做，事实上还是得我动手，才能掌握轻重分寸。工作可以做的还相当多，而真正得力的助手却无人，真是无可如何。

心部情形如旧，头部有时重些，有时较轻较好，只想吃吃菠菜豆腐，也觉很好了。牛奶吃一半，其余让他们多吃些。白鸡还经常出蛋一枚。院子里杨柳已高过屋檐，山桃花也盛开，可说桃红柳绿好光景。葡萄架子今年已扩大，占了半个院子，看趋势将会有丰收。已通知“不栽瓜菜”，豆荚大致还可下种。从萧家得了些莴萝已种下，若幼苗不为王家白鸡啄食，到你下月回来时，必将已拔苗数尺长。

从

四月十六

致兄弟

导读

这一章精选了沈从文写给大哥沈云麓和六弟沈荃的书信。大哥沈云麓是沈从文的倾诉对象，他的苦闷、抱负以及对家乡的情感在与大哥的通信中经常流露。六弟沈荃曾担任过任国民政府国防部少将监察官，是正面对抗日军的抗日英雄。抗日战争结束后，因反对内战而自己弃勋下野，还乡务农。

在1949年以前作者写给兄弟的书信中，我们可以感受到作者从青岛到北京、武汉，再到云南一隅，所经历的颠沛流离，了解些许在那非常年代的社会实况和艰苦的生活磨难。在1933年8月24日写给大哥的信中，我们可以看到沈从文与张兆和结婚时婚礼的操持与婚房的布置。

1949年后，沈从文经历了人生的转折，即便生活给了他重重的打击，他也没有气馁，没有悲愤，更没有怨言，而是把一切的不满都化作动力，同时也一直鼓励大哥永远向前，多为国家做些事情。

1932 04 28（青岛）致沈荃

六弟：

前信皆写四十三师，不知是不是还可收到。此地近日看来还极平安，樱花已从大开渐有零落之象，气候则仍如湘西二月。萌弟[1]一切尚好，可以勿念。上次寄来信中所附之相，可以见出萌弟之健康，近日其身长已将与二哥相等，似乎尚在微长。思想亦好，故今夏我若回家，亦无不放心处。此时计划大致为夏天彼当往北平进一专学外国文之美国学校（此校一月只许由家人领出一次，规矩之严可知），我则放下教书事务，返乡一行，陪妈休息一年半载。但二月以后，能否如此作去，则不可知，因此时之中国，一切皆似乎无日不在变动，我等计划虽无关于国家大事，惟到时无钱，则一切打算皆成空话矣。

寄来战争一册，书不甚好。大致近年来大负盛名之作品莫不如此，皆徒有虚名，内容琐碎，文字平凡，较之欧洲十九世纪著名作品，相差极

① 萌弟：作者的九妹岳萌。

远。萌弟看书之能力极好，新的总也看不下去。此等书其实当如看《水浒》《红楼梦》，但价值则尚不如《小五义》，作者平凡，故亦需要平凡读者，离艺术则远矣。

北平近日极穷，故不敢过北平住，上海则极乱，亦不想去住。若果六月回乡不成，大体当仍在青大。

此地海水真极美。

二哥

四月廿八日

九九附好

1933 08 24（北平）致沈云麓

大大：

寄来的信，信中的喜帖，照日子看来，也许当在九号可以寄到。今天去九号只半个月，一晃眼也就快要到了。这边只预备请五十个客，在这数目内，请某人不请某人，真是一个费神研究的问题。本来还只想请客廿人，因为实在不便在这种数目请谁，不请谁，故只好多请了些。我们希望在这一天城中家里也有两桌客，一桌老亲，一桌朋友。

张家到如今还无人来主持一切，故这边事皆两人自己互相商量来办，木器、碗盏，皆仿古式样，堂屋中除吃饭用小小花梨木方桌外，只是四张有八条腿的凳子，及一个长条子案桌，一个茶几（皆红木与花梨木）。房中只一床，一红木写字台，一茶几，一小朱红漆书架。客厅器具还不曾弄来，大致为沙发一套，一茶凳，一琴条，一花架，一小橱柜。书房同客厅相接，预备定制一列绕屋书架，一客床，两个小靠椅，一写字台。木器我们总尽可能用硬木，好看些也经用些。全屋有电灯约十二处，光皆极好，厨房虽小，也还干净。大门有一屏风，院子中有一大槐树，一大枣树，院子虽小，因为还系长形，散步尚好。又有一更小院子，可晾衣裳。堂屋隔扇与客厅隔扇，皆如北方一般房子雕花，我们用黄布糊裱，房子纸张则正屋用白色，客厅书房用焦黄色（即包皮纸背面糊成）。

我们最怕送礼，怕吃酒，怕闹，故到了九号，也许先在西山旅馆定下一房间，到时看看有朋友醉酒挟持，要过新家中去玩，我们就设法跑开逃到西山去住一晚。张府长辈虽不来北平，兆和之姐姐妹妹则皆在此，妹妹已同我们住在一处，姐姐则系特意从上海来北平，代我们处置一切诸事，完毕后又得回上海去的。兆和新近出嫁之二姐，则已过日本读书，不能来北平参加热闹了。

我因为初初搬家，处置一切，极其忙碌。我们两人到今天还不曾缝一新衣，必等其大姐来安排。结婚以后兆和每日可过北大上课，我则每日当过杨家编书[①]，这编书工作，报酬每月虽只一百五十元，较之此时去做任何事收入皆少，但所编之书，将来版权则为私有，将来收入，必有可观。并且每日工作，时间不多，欲作文章，尚有余暇，故较之在青岛尚好。近来此后天津大公报即邀弟为编副刊，因条件不合，尚未谈妥。若将来弄得成功，人必忙些，也更有趣些。近年来也真稀奇，只想做事，成天做事也从不厌倦，每天饮食极多，人极精神，无事不做，同时也无一事缺少兴味，真所谓人逢喜事精神爽耶？

① 杨振声于1933年夏辞去青岛大学校长职，受教育部委托，主持编中小学教科书。应邀参加此项工作的，除辞去青岛大学教职的作者外，还有辞去清华大学中文系主任职的朱自清等。当时以杨振声住处为办事处。

兆和人极好，待人接物使朋友得良好印象，又能读书，又知俭朴，故我觉得非常幸福。她的妹妹同九九极好，那妹妹也很美很聪明，来北平将入一大学念书。

九九将过天津念书，或在我结婚以后方去。过两天我们照新相来，把新屋一切照来。

愿妈快乐。

二弟 从文 上

八月廿四

从夏云转来信已收到。

兆和岳萌附笔

1937 07 15（北平）致沈云麓

大哥：

此信寄到时，北方若不是已乱糟糟成一团，即是当局屈服，更特殊化，因当前情形，似如此紧张也。从八日起中日即已冲突[①]，且近在城外二三十里。目前似乎随时可以扩大至成全面战争。各城每日均关上，惟开放一会儿。入晚恐浪人便衣队起事，八时天尚未黑即戒严，大街小巷不许通过。大街上都是砂袋战壕，并有机关枪把守。各路交通断绝，欲离开此大城者亦苦无法可走。市面萧条，人心沉郁。但一切尚安定，似明知惊惶无益，反而坐镇不动也。我等新迁至后门国祥胡同十二号丙，房间大而高，为那王府一小部分。地近城根较僻静，但因之也较蔽塞，城中区情形不甚明悉。

朋友中有主张送妇孺出京，或由平绥路过山西往五台暂住者，无钱可费，故难实现。若再紧张，恐三数日内得实行，亦未可知也。近天气正

① 指1937年7月7日的卢沟桥事变。

热，小孩子不满五十天，上路多麻烦也多危险，故我等至多恐只能尽九妹过上海，小龙朱过苏州，兆和同虎雏仍得在我身边同进止也。我个人意思绝不与此大城离开，因百二十万市民与此城同存亡，个人生命殊太小也。

各学校恐难如时上课。我事若动摇，就非往南方做事不可，但只要地方安静，家中人似仍以住此为宜，便利省费而住处亦较舒适。对小孩子亦极相宜。小虎雏刚足四十四天，即已如三月许孩子，食量大，耗费大，脾气因之亦不小。饮食睡眠皆正常，只是蚊蚋白蛉，对于彼未免太苦。

此间南城可闻炮声，北城较静。住处安静如乡下，每日间或只一辆汽车过街，洋车通过亦不过数十辆，情形可想而知矣。大家都安好，请放心。

二弟从文顿首

七月十五日

1937 12 中旬（武昌）致沈荃

六弟：

自接得杭州来信后即异常担心。曾给信与杭州医院及田个石探听消息，并问其他人。如今既已回乡，望小心调养。

战事到如此情形，国事到如此地步，各人尽职而已。

我本想回沅陵，又恐到地是一死路。因本身既非党员，又非政府直接有关系之人。战事已扩大，继续下去，此后工作显然已无钱可得，虽愿意在有饭吃情形下工作，到时却恐怕会办不好。但在此也不是办法，正因为就大势看来，此地轰炸炮击都是会有一天来到的事。若不必须在此工作，又不想在此活动，离开当然妥当些。

目前大家都穷，如回来能各处设法支持三四月吃的，我觉得回来较好。

同住之杨先生孩子十一月十号离开北平时，曾借给九妹等一百块钱。他们由香港转长沙，他的哥哥杨文衡尚在此。你若有钱，望帮他们还杨家这百块钱。

愿安吉。

二哥

1938 11 16（昆明）致沈云麓

大哥：

闻长沙已陷落，洞庭湖中有敌艇来往，就情形看来，常德不久或将成为大规模轰炸和炮火集中地。常德一失，以近代航机飞行之速，沿河轰炸，自在意中。你们看情形来，如别无事做，家又可以想法安置，你肯来这里住住，也未尝不是一个避难办法。因与其故意在一地方受惊受怕，又无职务责任可言，倒不如来此住住为有意思。

我们已商定，明年不过四川，就在这里做事。这里另一时或不免常受空袭，尤以广西梧州若失陷后，敌驱逐机可来，将更易受威胁。可是不碍事，城中虽小，总不会随意乱炸，来时向空旷处走走，去后依然可以一切照常。得余若一时不能做事，且不想做事，也无妨来玩一两月。我倒很希望他来，谈谈这一年战争，要兆和同九妹记下来，我一定能够写成一本极有意义的书。我们至多不过能活三十年，这本书却有希望活两百年。

这地方一时之间总不会受敌人炮火。

长沙闻已被大火毁去，实在可惜。常桃受炸，损失必不小。艺专在沅陵，有上迁消息没有。

孩子们在这里还算好，只是太闹，尤以小虎，一天走动到晚，食量又大，将来真成问题。已会吃饭，饼，面。样子好看，力气很大。我希望雇个苗阿妍[1]带他，这地方竟找不出。小龙已不必人照料，惟太会闹，无人管住，完全成一野孩子，学校又不能进，所以一时还想不出一个什么办法处置处置。两个孩子身体都好。当时两孩子若丢在上海，我们在这里做事会方便不少。我们说不定过三五月要走动走动，城里住不了时即得下乡去住。孩子们回来恐不容易。将来万不得已时，我就让他们过上海去住，把小虎送罗妹带。听兆和说罗妹很会看顾孩子，我们都放心。

这里我们住下来，各方面消息都不大明白。

学校不久就要开课，外来人极多，尤以北方熟人甚多。

大家都还好。

二弟顿首

十一月十六

① 阿妍：苗语，意为大姐。

1940 05 07（昆明）致沈云麓

大哥：

从报上载沅陵被炸后即无来信，不知情形如何。报载宏恩医院已炸毁，近在屋后，情形令人担心。戴老毛廿七号方离昆明，季韬真爱之，应急于想法将彼送入军校，免得再有耽误。欲彼在普通大学，势不可能，因性情与普通学生相去实在太远。时朋可读书，家中又不能给彼一千元读书，至多一千元必可读至毕业。家乡人有钱的多，有识者少，因此只好坐视其废弃。李振□最好正式参加联合考试，莫再走捷径，说人情，前车可鉴，彤云老毛即其一例，费钱小事，将读书事给家乡人一坏印象，事可不小。向伯翔先生之大小姐云休，在联大读书，与小五哥同班。李小姐则在云大国文系，不常见面。

我事如常。物价日贵，到假中即有支持不下趋势，熟人多有向四川走者，我们可无此能力，因即让孩子们入川，一行四人，至少也得路费千元，目下实无此能力也。只好等待下去，拖混下去。当时知坐困妨碍事情不小，玉公在省有力为谋一空头参政，月有三百五十元，各事好办多了。国选事，湘西情形不知如何，我自己不能回来，玉公又留四川，家乡推派，恐不会到我头上也。这类事若真有民众投票之一日，想来我或可在大学生中学生中有廿万票，或者比许多伟人要人为多。只是这个或系五十年后中国进步情形，如今则只好留下来教教国文了事。前些日子大家做五四纪念文章，想想我大约有五十本书，一半在抽版税，可是一年中就不曾得过一百元版税，这现象，正说明凡事一到中国就成什么样子。只有苦笑。我们六月半即或可能结束课程，假中要赶编教科书。房子将迁出，拟在学校暂住，可省出一笔费用。下年将有四天在乡下，三天住城里。孩子们住乡下凡事尚好，近来正值麦秋，豆麦收成，随家中女用人下田“拾禾线”，收拾残余，因此有新鲜豆子吃，麦饭吃，孩子们十分高兴。过不久，还可带小钓竿同彼等往小河沟钓小鱼，所得不够喂猫，对孩子们却正是一件大事！小虎虎月底满三岁，自己总觉得又长大了，十分俨然。上山去必说“我太胖了，走不动路，还是抱抱好。”事实上倒很能走，到处都可以走去。仙人掌已开花结果，过不久，即可像野人一般，每天上山吃仙人掌果子去了。专颂安吉。

家人同好。

二弟楙琳 顿首

五月七日

1941 04 30（昆明）致沈云麓

大哥：

久不得消息，家中大小想必都好。这方面各事亦照常，城中自今年以来，空袭毁屋已将近五分之一，或且到三分之一。惟市民经验日多，毁去者不过若干房子，生命损失不多，情绪尚能稳定。日俄协定成功后，据闻可抽调敌兵三十万用在南进上，但鬼子狡计，看准南进即将与美国冲突，因此将兵真正封锁中国，一面可望解决中国事件，一面可观望欧非局势。因此福州陷落，江浙亦失去若干土地，且据闻尚拟在长江线上加兵十五万，向汉中攻，再下重庆。将来情形如何，殊不可知，可以想象得到的，即南进若不成功，八月内中国各地必将使战事活泼，因到彼时敌即未大攻，我亦必因英美之助，必须反攻也。就事势看来，长沙恐亦将成为敌一目的地。因此线上彼运输接济方便，抢掠湖米亦必为鬼计之一部。这里昨天又大炸，毁屋过千间，学校附近尚好好保存，电灯亦未息。可虑处在“五四”行将来到，前年毁重庆，今年敌若再找一目的物表示敌机威力，恐将选昆明为目标，因内省各大城，似以昆明最繁华，学生最多，空袭时为有意义也。不过即毁去此城市成为一废墟，与整个战事将依然无关，人货多向四乡疏散，学校则附近尚多剩余房子，似尚经得起若干次轰炸，且即经轰炸，三五天后亦必即可恢复秩序，照常上课。到不得已时，再作迁地计，亦未迟也。

九事做得甚好，望来个信鼓励鼓励她，通信处可写联大图书馆，当能收到。我工作还能照预定计划进行，每星期有三天半下乡，乡下住处已收拾得极好，孩子们日子过得还像样。龙龙每日上学，乡下遇有警报时即放炮三声，于是带起小书包向家中跑，约跑一里路，越陌度阡，如一猴子，大人亦难追及。小虎当兆和往学校教书时，即一人在家中做主人，坐矮凳上用饭，如一大人，饭后必嚷“饭后点心”，终日嚷“肚子饿”，因此吃得胖胖的，附近有一中学，学生多喜逗他抱他散步。一家中自得其乐，应当推他。乡下不当冲要，无汽油存储，所以不必担心被炸。滇缅线公路将来可望改做柏油路。铁路尚无消息，误于数年前张嘉璈，以为不经济，否则近来已成功矣。长荣不知何以为计，有信否?

并颂安佳。

二弟文 顿首

四月卅

1942 09 19（昆明）致沈荃

得余：

疮若未好，试每天吃鲜牛奶羊奶，并吃枣子、核桃等等干果，在最短期间，必即可全好。中药带渗干性有樟脑、冰片等末药也可用。吃肝类也有用。凡糜烂延展性水疮，增加内部抵抗力，即容易于短期内收功，固不必多费事也。

此间事事照常，惟闻物价上涨，衬衣较好者得七百元一件，皮鞋较好者得千元一双，如此或如彼而已。学校节前即上课，教员宿舍无着落，我等还得找房子，学校每人贴房租百元，事实上每人二百元亦办不妥。照大势看缅边日人似无兴趣过怒江，滇越线亦不至于用重兵窥滇，因澳洲与海参崴总有一处可以冒险，所具意义比向云南投资为得计也。闻所罗门岛又有大战，敌若难于兼顾南北，必先从南方下手，因北方问题简单，俄绝无勇气攻彼，一切操纵在敌手中。至若印澳，则不进必退，不攻人即必然受人攻击，且形式上可胜不可败，即占领地亦必想方设法好好保守，不能让步，因一让步，即形成形势消长，影响整个局面也。若攻澳，美方实力似尚可应付；若攻印，不知英如何对付，因印事始终在混沌纷乱中，印人消极，即足致英死命。观日人在太平洋方面惟以美为对象，英人弃新加坡缅甸之容易，使人疑心日人或尚保留一种狡狠计划，即不动印动英人老底子，留作将来议和地步，彼时日人可讨索价钱使英承认。至于印度，则一经独立，即以自由开放为原则，竞争生意，英货安能与日货竞争？惟明日事变尚多，一切或看斯塔林格勒攻下后德国如何用兵而定。若向伊兰，有抢印度趋势，日或先下手；若稳定不动，或攻莫斯科，日必仍以小规模海战与美拖延，留实力用于西北方矣。中国处此等情形下，正因为若不重要，可以从容等待，不过如此等待下去，对士气有无坏影响，以及经济情况能否保持不恶化，就惟看统治能力与技术去矣。

省会改选，闻办法仍照上次，不知湘省已着手没有。

这里大小都还好，物价日高，日子过得紧些，惟不补充衣鞋，收入全用在过日子费用上，所以尚不至于太拮据，秋节将届，孩子们尚可吃火腿月饼，自做烤蛋糕。虎虎乐观而幽默，一天必说若干回笑话，也是使一家人日子过得从容之一法。鸡蛋至一元三一枚，肉卖廿元一斤，火腿又只售廿八元，男短筒袜子卖到四十五元一双，女麻纱长筒近百元，好在天气合式，大小一家有半年不必着袜子，省去不少耗费。学校米贴制度若不变更，校长收入且不如工友，教书者不如门房，因人数上一则规规矩矩写上，一则随意填上，相差悬远，把个本分读书人全缚住动弹不得也。金岳霖[1]不报家眷，每

① 金岳霖：哲学家、逻辑学家，时为西南联合大学教授。

月只六七百元薪金，张奚若[1]、闻一多孩子太多，又正在上学，就简直办不了。若有好茶叶，比上次略细些，你能直接为他们寄点儿茶叶，对他们真是一种享受。金岳霖半斤，通言交联大；奚若四两，联大；张充和四两，重庆青木关教育部音教会；李尧棠（巴金）半斤，桂林文化生活社。

杨四哥托曾文祐家中人为大哥带来好些花籽菜籽，其中有许多极好品种。闻尚有许多药品不[2]带来。这里宝珠梨小树可惜带不来，能带来放在园中，一定很好。云南石榴也极好，树苗亦难带。番茄种有美国来的，果子大，一树能结三十磅，随便即可繁殖，当为找来。这里有上百种菌子，著名的鸡枞，可并不比家乡冬菌好。普通的也未必如家乡松菌。大头菜与火腿，吃惯后全不觉得特别。西红柿极多，我们每天各种菜都加上一点点。季韬事不知会有发展没有。既受训，升师长似易易。据闻今年军制一改编，师长已无多意思，只等于过去旅长，军长则如过去师长，想系事实。修之不知做何事，闻精神尚奋发。彤云无来信，过不久当可回国。这里熟人均如常，不过大家都似乎日趋于衣冠不整，有点儿破破烂烂神气，惟教书读书，倒是一切照样。

每天有排队飞机在上空飘行，声音极响，雨季已成过去，尚无警报空袭事发生，若美机早来半年，昆明市区就不至于如目前毁坏了。

并问安佳。

二哥

九月十九日

---

① 张奚若：政治学家，时任西南联合大学政治学系主任。

② 不：方言，意为没有、不曾。

1959 04 上旬（北京）致沈云麓

这还是四月里写的，忘记寄你

大哥：

气候日益转好，北京已到玉兰盛开时候，家乡城外，想必更是野花满山。记得廿七年春天由沅陵上云南时，沿路满山都是映山红，到贵州公路上，车从山顶走过，看到山谷一个庙里，一树玉兰和一树不知名红花同开，廿多年还记得清清楚楚。还有“五四”（或民九）那年，在保靖部队中寄生，正值病后，出城外看到山坡上全是红紫鸦片花，一望无尽，也是永远在记忆中，异常鲜明。廿年住青岛，公园中红白樱花和海棠、玉兰、棠棣同时开放，也是一种奇观。有条每棠路，当时成排花树刚种下，不到一丈高，前年再去青岛，已高过屋顶成大树。住云南乡下八年，看的花格外多，特别熟习了许多草花。屋外篱笆是用带刺白素馨编的，好几十丈长，开时花上全是蜂子。有半年时间田地有百十种草花开放，蓝色的特别多，也特别好看。北京号称“花房”的公园中温室，其实花都极平常。露天牡丹芍药十分著名，也像是假的，全靠人工扶持，少生气。从南方来的春兰，都瘦得可怜，还有人当成“八宝精”培养的！十三陵一带梨花倒还好看，我们可抽不出时间去看看郊外的春天！

这几天政协视察，正在这里看看工艺学校和市工艺研究所，二礼拜后即开会，会开过后，大致即过五月节了。国家一切都在跃进中，今年令人感到有些忧心的，是西藏问题，大致不久即可平息。惟帝国主义者却不免又要借此兴风作浪，大大散播一番谣言。印度态度不大好，将来也还会有些麻烦处。我们已起始在紧忙，要到九月底完工，我重点工作或将在科学院图谱编辑上，是协助科学院作的，约五千图片，今年大致将只能完成一部分。将来也许要写些有关工艺美术的书，因为比较熟习问题，今年故宫印了五百种清代锦缎，还有些解释说明工作待做。

孩子们工作都还好。龙龙在装车床，虎虎作设计，还肯用脑子，也会用，近来全厂选八十个“红旗手”奖，又被选上，算来一共已得奖五次了。我们高兴处不是得奖，是证明工作对国家有用，在群众中有好影响。一切正如我十五年前在云南写篇文章中所预言的，一个务实的社会，将引导万万年轻人从实际工作中去为人民做事，提高自己，改变国家面貌！家乡一切也必然在日新月异，真正是，有了党、什么都可办好！

二弟

四月廿四

1961 04 13（北京）致沈云麓

大哥：

天气日益暖和，算算家乡，大致已到山花齐放时候，你身体想必也会有了好转，可以晒晒太阳。北京日来也开了海棠丁香，天安门前已有人在修理路灯准备迎接五一了。我们昨天去颐和园玩了一次，随同政协诸老同车，因此还不甚累，朝慧尚是第一回去的。大家吃了一顿好饭！我也有一年多不到那边了。北京这几天人人正在集中情感听乒乓球赛消息，中国年轻人得了不少锦标，主要是把骄气十足的日本队骄气一一打下，许多名手被我国新手全打败了，真正是全市欣喜如狂！今天又听说苏联载人飞船已上了天，还平安落地，许多处正在打锣打鼓庆贺这一划时代伟大成功！气坏了夸大的老美！

这里诸凡如常，孩子们工作还好。我做事半天，下午能睡睡，也即较轻快。血压大致不会过高，惟心脏还是累时即隐痛，记忆力似乎也在日益衰退中，凡事总是随记随忘，特别是书本知识，文物知识，易随学随忘，大不如三四年前，许多工作怕都已不能完成了，因为有心无力！惟仍将尽可能把一些常识性文物问题文章写出来，今年若无别的事故，总还可写十来篇，编个小书。书读得不甚扎实，又善忘，图片又多不在手边，许多文章也就不大好写了。真的要守住这一工作，似乎还得大量看文物，不仅看故宫所有，还全国各处去看，综合知识将可得到许多启发，也可解决一些问题。如仅此下去，知识还是不够用，不易再提高！可是事实上却又必须用“兵来将挡水来土掩”办法处理临时杂事，因此还不知如何是好。也不免有些着急！到不得已时，恐怕还是只有放下一头，恢复写作，做个空头作家，随笔写点儿文章，倒反而省事！因为作家也可分虚做和实做两种：过去卅年只会从实做下功夫，以为拼命去从工作本身上用力，必可得到一定成果。谁知即再认真些，也反而不如别的一些人从虚入手的，简便省事。新社会凡事尚落实，惟作家还是有专从“虚”字作去，倒反而头头是道的。只要对目下新事物善于赞美，即写点儿空空泛泛散文，也即可以得到好评，日子也可以过得真正是丰富多彩！因为可以各国走去，见闻日广。绝不会如我这样一脑子问题和花花朵朵在转，日子也过得相当寂寞沉闷，而且十分闭塞。但一个人总不免受一个人性情限制，我虽到北京已四十年，其实性情还是不免如一个乡巴佬，能勤学苦干，可实在不怎么善于做人，因此许多事总还是做得不怎么好，即容许从空处去做一个作家，事实上大致还只会从实处去帮到年轻人去搞搞工作。我总希望能全国走走，以为会写得出些有新意的散文，大致还只能是一种心愿，要实现可不容易！因为不知如何去想办法。

春天来菠菜已上市，每天已有素菜可吃。北京市因为原因不同，不许可自由市场打乱物价，惟一般市民供应均相当公平，果子酱也总是户各一斤，其他无不如此，可见政策伟大处。南方若干省市如上海杭州闻东西均已较丰富，供应日益正常，大致还是东西多，交通也便利，便不至于日趋紧张也。今年希望不再荒旱，全国可以过个较松动的小丰收年！

二弟

十三日

1962 06 15（北京）致沈云麓

大哥：

天气转热，已近暑天，家乡想必更加多蚊子苍蝇，望谨慎身体，少出门，少到人多处走动，好好过个夏天。国家今年有大量人口下乡，可能有二千万，许多县省工厂和学校，都将因紧缩精简而停办，有相当多学生不能升学，总的安排显然是件十分艰巨的工作，所以各方面都得尽点儿力来协助工作进行，把工作做好。家乡听说年来生产还好，城乡生活也定必比较从容。青年下乡已成习惯，城乡日子过得差不太多，下乡事自然就简单多了。大城市问题可能多些也麻烦些，有些连亲带眷的人要移动，不简单。大致将用到一二年时间来安排这工作，安排得好，将不仅使乡下劳动力增强，同时也会把许多知识带下乡，使得数年后乡村面貌真正为之改观。我们在此还安定，天热，已不大出门，在家中为别的人协助协助工作，前不多久为看了册丝绸史，近又为景德镇瓷研所看了本陶瓷史，且为写了一章有关艺术加工问题，有些什么，和其他工艺又有什么关系。我的杂常识大致这么使用还得用，工作一深入即不成，因为手边掌不住材料，没有工具书，也没有大量图片，一切全凭记忆，工作方法即太落后了。这十年什么都学学，除了绸缎常识扎实些，有些突破，陶瓷也因过手较多，比较艺术知识又还多，有部分问题也比较透，其余多还是常识。近年又因搞服装，从商到明清，凡是能接触的材料通注注意，轮廓也算出来了，但到进一步把文献和文物结合起来谈，可还得费好大一分精力，且不是一个人能办得了，找帮手也不容易，加之心脏常不大好，坐在桌子边到二三小时后，眼即有些浮肿。记忆力也日益差劲，不能像五六年前那么一看即知。真的把工作落实，明清绸缎还得看个十来万，还有人物故事画也大几万。更重要还是得从文献里把主要部分抓下，再来作综合，好大一分劳动！如还是一二十年前，工作一定会突破记录，成绩空前好，能提出许多新问题。现在却受体力限制，不大好办了。真正可惜！古人说："老去方知读书少。"对我说来，意义格外深长。书还是读得太少了，因此许多问题只能接触接触边沿，总不摸底。如果还能好好搞三五年，手边掌握住三几万图片，为国家真是还可做多少事，也可以节省得其他人多少精力和社会物力。

这里新美协大楼已开放，正在做全国美展，画不少，好的也还多。张一尊、李昌鄂等都来参观，湖南画似乎不见特别出色。永玉也有几幅版画，还有些复印的插图。这个六一几乎北京各报和上海《文汇报》全有黑妮小蛮的画和画家家庭访问记刊载，还有电视一当面表演作画一场。也算是国际名人了，不想出在我们碗大城市里，玉书若还活着，才真开心。永玉前些日子曾带小的到旅大海边去，六一前送回，永玉还和学生在那里海边和打鱼人同住。大致要到七月才回京。北京今年菜多而贱，人口似乎已在减少，因之各种供应也稍松些。惟今年北方又旱，夏收恐不大好，最近才落了场雨，雨来得实太迟，不免令人心怀杞忧。闻南方雨特别多，也不正常。今夏出外避暑种种，大致都将一律取消了，外出参观本已列入政协民族组计划中，看来也将作罢。孩子们工作还好，虎虎的女朋友每到星期天即来吃饭，已算是半成员，性情学习都很好，算放心了。龙龙的因为年纪还小，大致还得磨练年把。小龙近来也爱干净了。朝慧作画有进步，每天已成一定课目。

二弟

六月十五

1963 09 20（北京）致沈云麓

九月廿

大哥：

时节已入季秋，家乡想来必到处红紫烂漫，快到打桐子和摘刺莓时候。这样时候我在沅水流域过了五六年，当时生活尽相当狼狈，惟地方自然景物印象，还是留在头脑中十分美丽！即观景山那些树木黄黄紫紫，直到如今，还觉得清澈明朗照眼！同乡张友道已来过，短小精干，和严超同型，凡事“抓住”，充满地方性（和在北方长大的龙虎全不相同），将来也一定极其能干抵事。

这里已快到节日，街市情形一新，今年情况和过去几年不同，亚、非、拉朋友来的必然加多。天安门上头的来宾可能也会有些变化。大广场歌舞烟火，也会换了些花样。游行队伍主要引人注意的大致有三项比较格外突出，即：体育大军，文艺大军和民兵，各有上万人参加，在天安门前走过时，还连唱带演的做出种种姿势，给来自各国的朋友一个深刻动人印象。或许在大礼堂另外尚有一些联欢，一些会，此后，即照例出到各省去参观，广州、武汉、上海、东北、西湖、延安、井冈山……一般总要到十月末才会返国，带了种种兴奋深刻印象，多年来也忘不了。同时为接待这些远方客人，自然也不免忙坏了许多方面的同志们！

今年秋天来得明确。半月来空气和南方差不多，早晚润润的。到处有黄葵花在从墙头院口出现。早晚已可穿毛衣。市面上一片秋意，主要是到处有烟筒应市。北方各种果子多已在摊头出现，除苹果较贵，其余枣、梨等等，多只二毛三一斤，蔬菜则不到一毛。菜市场鸡、鸭、鱼相当多。整支火腿亦到处可见，只是主顾却并不多，因为私人购买力究竟有限。一家四五人靠四五十收入开支的并不少。葡萄酒大量应市，似为历史上仅有纪录（闻有数千万斤之多），一面是满足节日市民要求，另一面也是让上千外来客人看看，并和莫斯科对比对比！北京近年种的葡萄还不到大收成，再过三几年，北京葡萄酒可能将送到全国和海外许多地方去。目下只五毛一斤散装，瓶装好的亦只一元一瓶，据内行说，和国外三五元一瓶的比较毫不次于外国货。全国均在推广良种葡萄的种植，因此过三几年后，用粮食做的绍兴酒和其他烧酒，大致都可以得到节约。苹果新品种、桃梨新品种也在发展中，很多已完全不同过去样子。鸡种也大有变化，“来亨”“澳洲黑”已不算，还有好些杂交种听说都不错。若能更有计划一些把它和省市农村推广，预计过三五年，鸡蛋产量也将大有增加，因为好的来亨鸡一年下二百来蛋已是经常事情。

大小工作均照常，虎虎两人相当忙，还上夜大学，因之有时回家吃饭得在八点以后。年纪轻，能多学一点儿，将来即可多为国家做点儿事情，这一代生活方式可以说已完全不同上一代！分工分业将随社会进展日益具体。

我血压高了一点儿，已到二百一十，别的不难过，只是心常隐痛，头有时不大受用。正在检查诊治。工作已不可能如过去五年集中精力，只能时做时辍，或帮同别人打打杂，看看稿子，自己待做的事，看情形怕做不出什么显明成绩了。待写的小说更难望着手，因为一集中用心，照例即不可能休息，一出毛病即无可补救。幸好的是不用烟酒，别的耗损体力事情也没有，保得住本。熟人中近年来陆续在这个病上忽尔倒下的已不少！

很希望有机会走动走动，看来却有种种原因无从离开。因为远离家中无一个人在身旁已不大成。

国际方面变化多而且大，知道的多只是些表面化了的事情，还有许多倍不可能明白的，或许在较近一些月分中都有表而化可能。大处易懂，细致处便不容易懂了。照两个月前派人去苏会谈时，应当是还可以从谈判谋解决的，不然即不会去。但从近日发展，则决裂到无可妥协，是必然结果，由此以后的影响之大，——对世界对我国，都必然是历史上一个十分严肃的事情。所以大家都在学文件，全国也必然得进行学习，好从以后发展中，知道如此如彼。总之，这个严肃的变化，是和六亿人民今后发展命运密切相关联的！必须相信国家负责人对此事处理实十分谨慎。

今年河北水灾极大（湖北也闻庄稼受影响），北京郊区若干村庄，在大雨时也已经到用空投馒头救济情形。京浦京汉两路火车均被截断过，近虽已通车，许多地区还是积潦成灾，水无排泄处，若干村落多成废墟。救济工作虽不遗余力，损失之大，还是无从弥补。可能在明春间都市将用各种节约号召，来作挹彼注此工作。闻湘西也受旱灾减产，惟洞庭湖收成大熟，拨调工作，也一定在今年冬天即将忙起来。国家伟大处在此，麻烦处也在此，面积大，每年总免不了此旱彼涝，幸得有一个统一政权，不然在天灾中将不知有多少死亡牺牲。

……[①]

二弟 从 候

① 收录时此处有删减。

1966 07 04（社会主义学院）致沈云麓

大哥：

前信计可收到。虎虎等三人已南京去川。临行时，或只有朝慧一人送之上车。小红红还是初次出远门，一家人都舍不得，只有一岁多点儿，得坐三整天车，一定弄得小夫妇二人相当狼狈。廿九年前，虎虎也正是这个年龄，兆和却带了他和小龙，由津到申、到港、绕道越南，经过廿来天，直达昆明。我到车站接他们情形，犹如月前事情，十分明白。幸得当时沿路码头有熟人，且留有钱，同行也有熟人，可是也真辛苦。卅年转眼即成过去，又轮到他们带孩子上路。路上虽远，且相当热，到成都大致还得换一回车，情形大不相同，一切便利。厂中早为他们预备好了一个小家，东东西西也早由北京运去。好在一到达即可迁入小小新居，孩子也即刻可送本厂新办托儿所。计算日子，今天或早已在新居住下，虎虎等且上厂办公了。虎虎工作很好，两夫妇又甚要好，我们可以不用挂心。只是小红红这一年最不好照料，一定会妨碍虎虎工作不少，星期天大致便为照料她全耗去了。之佩爱孩子，可不大会照料。

我正在北京西郊社会主义学院新大楼中学习，永玉也在此，常在一处吃饭。我们住处似乎比“北京饭店”还好些，吃的也比政协会中好。我因血压已过二百，低压也到一百廿，和紧张学习有矛盾，可是既调来，也就顾不得许多了，还得学完为止。总有一年把光景。目下吃的是淡盐病号饭，起居定时，作息有定时，血压即刻大降，心常隐痛。大楼四周有平坦水泥大路，每于早上或饭后，大家即绕住处大楼树荫马路转圈子，有的还作跑步。如像我这种年龄的，似乎还不少，生活看来都过得相当好！什么事都在起绝大变化，明天事情不可知，一切听上面安排。

正当这种大时代，以你年龄身体而言，最好是安居养病，不宜轻易出门。即在本城，也以越少和人往来谈话为好，亲戚间不走动，可省事些。我们这里家中即如此。我星期天也不一定能回家。家中情形甚好，可放心，从朝慧等寄回照片即可知道，大小健康，即是祐也。

住处因为在郊外，早晚均相当凉爽。从窗口望出去，但见绿芜一片，衬以蓝天白云，如同在青岛海边光景。情景十分离奇。回家只需换车一次，总共一小时，共二毛钱即可到达，比去颐和园还近得多。龙龙学校在附近，因为不出门，也不能见到他。

兆和从乡下四清回来，一回家即工作。人瘦了些，精神还极好。惟照情形估计，或许一二年后，终得退休。因为新的工作，绝不是近六十岁的人所能担负（经常下乡即不是老人吃得消的）。不退休或许亦有转业可能。你应当常看报上社论消息，上面刊载文章，多和目下在全国范围内几亿人行动有关系，也和此后国家发展有关。今后有许多事变化必十分大，你手边若还有点点钱，可决不要随意花去。我们或许有一天会两手空着回到家乡的。正如同卅年前抗战未发生前，家里几个人还只是谈闲天，以为“或许有一天将离开这个家（当时还刚搬家不久），远远到云南去。”料想不到半年后即当真到了云南，而且一住八年之久！现在快到七十岁，若真的回来，大致即将作终久计矣。社会变化大，变化大，我等已完全成为过时沉渣、浮沤，十分轻微渺小之至，小不谨慎，即成碎粉。设能在家乡过三几年安定晚境，有个三间容膝安身之地，有一二亲人在身边，已是十分幸福。这显明是一种十分没落的思想，不容许的，事实上大致还将是尽可能把事去，并尽可能把事做得如国家所要求的好，或更好些。为难处是，事情即或已十分认真尽力，且毫不为己的做下去，却由于客观要求日有不同，因之许多事做来都不会有好结果，且深恐把事情做错。这几年搞工艺，或许就不免成为过失之一。对事过分热心，也常常有错误。几经风涛，为“免过”计，自然即不再会如十年前对工作的狂热矣。

多学学毛主席老三篇，文章虽短小，易明白，付之实行，即十分得用。另外把毛的语录反复读也有益。

二弟 七月四日

出版说明

自沈从文的作品被选入中小学语文课本，就深受少年读者们的喜爱。为此，编者精选了沈从文的作品，编辑出版《沈从文给少年的阅读课（全四册）》这套书。

为符合少年读者的接受程度，收录时对部分文章略作删节。由于不同时代的语言习惯不同，作者也有自己的文字风格，在尊重作者和不影响阅读的前提下，尽量保留作品的原貌，对个别不符合现代汉语规范之处进行了修改。